*Amanda – für alles*



Titel der Originalausgabe: The Lady and the Lionheart

Originalausgabe veröffentlicht bei Mason Jar Books.



MIX
Papier aus verantwortungsvollen Quellen
FSC® C014496

2. Auflage 2019
Die vorherige Auflage ist erschienen unter der ISBN 978-3-7655-2082-2.


Lektorat: Konstanze von der Pahlen
Umschlagfoto: Shutterstock
Umschlaggestaltung: Jonathan Maul
Satz: Uhl + Massopust, Aalen
Druck: GGP Media GmbH, Pößneck
ISBN Buch 978-3-7655-0690-1
ISBN E-Book 978-3-7655-7488-7
www.brunnen-verlag.de

JOANNE BISCHOF

# Wo mein Herz zu Hause ist

Roman

Deutsch von Renate Hübsch

BRUNNEN
Verlag GmbH · Giessen

*Die Wunden, die wir tragen,*
*mögen bleiben;*
*doch es gibt eine Liebe,*
*die alles neu zu machen vermag.*

# 1

Roanoke, Virginia
Frühling 1890

Zum Zischen von Bügeleisen und umgeben von Seifengeruch trug Ella einen Stapel Betttücher die Treppe hinauf. Verschneites Abendlicht sickerte kühl und grau durch das Treppenhausfenster des Stadthauses, das nun als Krankenhaus diente. Nachdem Ella den Nachmittag im Keller verbracht hatte, vermochte sogar der Anblick von Nebel und sanft fallenden Flocken ihre Stimmung zu heben. Eigentlich unspektakulär, aber in diesen Tagen – vielmehr: Jahren – war sie dankbar für *überhaupt etwas.* Während der Wind den Schnee in Böen durch die Straße wirbelte, blieb ihr Blick an einem Farbtupfer hängen, der mit den Flocken dahintrieb. Ein Stück Schnur mit bunten Wimpeln. Nass vom Winterwetter trudelte das Band mit den fröhlichen Fähnchen über den Schnee. Rasch trat Ella näher ans Fenster, aber da war der Farbklecks schon aus ihrem Blickfeld verschwunden.

Trotzdem lächelte sie.

„Entschuldigung, *Fräulein Spülmagd.*"

Beim Klang von Claras Stimme machte sich Ella im engen Treppenhaus so dünn wie möglich. „Kommen Sie vorbei?"

Clara fixierte sie mit ihren Augen, während sie sich vorbeizwängte. „Kaum. Und auf diese Betttücher warte ich schon den ganzen Tag." Mit einem missbilligenden Zungenschnalzen rückte die Krankenschwester ihre Haube auf dem Haar zurecht, das etwas dunkler war als Ellas blasses Hellblond, und stieß ihr dabei beinahe den schweren Wäschestapel aus der Hand. Ella hob den Blick, bemüht, weder die Geduld noch das Gleichgewicht zu verlieren. Noch ein Stockwerk. Und sie war kein Küchenmädchen. Sie war auch Krankenschwester.

Na ja … so gut wie.

Als sie sich in der Privatklinik von Dr. Penske vorgestellt hatte, hatte der Arzt nicht lange gebraucht, um aus ihr herauszubekommen, dass sie keine abgeschlossene Ausbildung hatte. Zwar hatte sie zu Hause ein paar Jahre die Schule besucht, sie aber vor dem Abschluss wieder verlassen. Stattdessen hatte sie sich selbst, so gut es ging, weiter in der Kunst der Krankenpflege unterrichtet – und das nicht nur aus den Standardlehrbüchern, sondern mithilfe der Lektüre medizinischer Fachzeitschriften.

Doch das hatte den Doktor keineswegs beeindruckt.

Trotzdem hatte er sie eingestellt, mit der strikten Anweisung, dass sie in der Spülküche blieb: Geschirr und Wäsche wusch, heißes Wasser bereitete, Besorgungen erledigte. Auf jeden Fall nicht mit den Patienten in Kontakt kam. Aber hin und wieder ergab sich eine Situation, in der sie einspringen und helfen konnte, wo Not am Mann war. Fertige Schulausbildung hin oder her.

Schule. Wie sie das Wort verabscheute. Noch ein Scheitern, das sie verfolgte.

Aber es war keine Zeit gewesen, die Ausbildung abzuschließen. Nicht, als sie mit knapp fünfzehn in ihrem Bett gekniet und das Kind eines Fremden zur Welt gebracht hatte. Hinter sich acht Monate voller Angst und Sorgen und dann Stunden voller Schmerz, nur um am Ende mit leeren Armen und einem gebrochenen Herzen dazustehen. Und dann all das selbstgerechte Getuschel der feinen Gesellschaft, dass es doch so besser sei – *Gott sei Dank.*

Aber für sie war der Tod ihres Sohnes verzweifelt weit entfernt davon, Gnade zu sein, wie alle behaupteten.

Heiße Schauer überliefen Ella, während sie gegen die Erinnerung an diese dunklen, freudlosen Tage ankämpfte und die saubere Wäsche nach oben trug. Als sie das oberste Stockwerk fast erreicht hatte, brachte der Klang von stürmischen Schritten sie dazu, sich umzudrehen. Ein Baum von einem Mann polterte fast in sie hinein – mit der ganzen Wucht seines von einem Trenchcoat umhüllten Körpers.

Ella steckte ein Aufschrei in der Kehle, aber der Anblick des Babys, das er im Arm hielt, brachte sie abrupt zum Schweigen.

Aus purer Überraschung fiel ihr die Wäsche aus der Hand, während der Fremde Halt suchend nach dem Geländer griff.

Sein zerzaustes braunes Haar stand zu Berge, als ob tausend Sorgen daran zögen. „Ich brauche einen Arzt“, keuchte er. Mit einer Geschmeidigkeit, die jeder Logik – und da er Ella dabei sehr nahe kam, auch jedem Anstand – widersprach, stieg er über den Wäschehaufen auf den Treppenstufen. Dabei kitzelte irgendetwas Ellas Nase, ein Geruch von Kohlenrauch und … *Karamell?*

Ella wollte einen Schritt zurückmachen, konnte jedoch nicht ausweichen. Aber was spielte das auch für eine Rolle, als sie erneut erblickte, was er da im Arm hielt. Das Baby war in eine schneebestäubte Decke gehüllt und glänzte von Schweiß oder vielleicht auch Tränen. Ella streckte die Arme nach dem Kind aus, aber der junge Mann drückte es nur fester an sich.

„Einen Arzt!“ Seine blassgrünen Augen funkelten grimmig.

Ella verschlug es fast die Sprache. „Ähmm … folgen Sie mir.“

Sie schob die Wäsche beiseite und eilte die letzten Stufen hinauf, der junge Mann dicht neben ihr. Noch ein paar Stufen und sie drängte sich durch die Tür zur Kinderstation.

„Hierher“, rief sie über die Schulter und sah sich suchend nach dem Arzt um. „Dr. Penske. Hier ist ein Baby, das anscheinend hohes Fieber hat.“

Der Doktor wandte sich von dem Jungen ab, den er gerade untersuchte, und ließ den Blick über den geflickten Mantel und die ungebundenen Stiefel des Fremden schweifen, die polternd neben Ella zum Stehen kamen. Der Brustkorb des Fremden hob sich, während er nach Luft rang.

„Anscheinend?“ Dr. Penskes Tonfall war ebenso herablassend wie sein Blick.

„Ich … habe das Kind nicht untersucht“, erwiderte Ella.

Der Arzt schaute sich um. Weiter hinten im Saal waren zwei Schwestern mit irgendwelchen Verrichtungen beschäftigt. Er wischte sich mit dem Handrücken eine Locke aus der Stirn. „Also … warum tun Sie es dann jetzt nicht?“

*Ich?* Bisher hatte man ihr nur die niedrigsten Arbeiten anvertraut – Nachttöpfe leeren und Betten beziehen. Hoffentlich ahnte der Fremde das nicht. „Bitte legen Sie es hierher.“ Ella trat an eines der Kinderbetten und ließ das Gitter an einer Seite herunter. „Ich messe die Temperatur.“

Der Mann beäugte sie misstrauisch, tat aber, was sie sagte. Ellas Finger zitterten plötzlich, als sie das Kissen unter dem kleinen blonden Köpfchen zurechtschob. Noch nie hatte man ihr einen Patienten zugewiesen. Nicht ein einziges Mal. Aber sie hatte ihre Krankenpflegebücher vorwärts und rückwärts studiert und die anderen Schwestern Tag und Nacht beobachtet. Außerdem war sie die Älteste von fünf Geschwistern. Ella zwang sich zur Ruhe. Wenn es um Fieber ging, wusste sie, was zu tun war.

Sie prüfte den Puls des Kindes – knapp über einhundertzwanzig.

Ella wickelte das Baby aus der Decke und warf sie ans Fußende des Bettes. In einem zerknitterten Kleidchen und Pullover lag das kleine Mädchen vor ihr. „Wie heißt sie?“

Der Mann kniete jetzt auf der anderen Seite des Bettes, wo er das Gitter ebenfalls heruntergeklappt hatte. „Holland.“

Ein kurzer Blick in sein Gesicht sagte ihr, dass er das ernst meinte. Ella strich dem Baby mit dem Handrücken über die rundliche Wange. Sie griff nach einem Thermometer und lockerte die Kleidung so weit, dass sie die Glasspitze unter den Arm des Kindes schieben konnte. „Wie alt ist sie?“

„Sieben Monate.“

„Seit wann hat sie Fieber?“

„Seit ein paar Tagen. Aber heute ist es schlimmer geworden.“

Das Quecksilber stieg. „Gut, dass Sie sie hergebracht haben.“ Ella wartete noch eine Minute, nahm dann das Thermometer heraus und atmete tief durch, als sie den Wert sah. Sehr gut sogar, dass er gekommen war. „Hatte sie Krämpfe?“ Ella zog dem Kind die Lederschühchen von den Füßen.

„Nein.“

„Ganz sicher?“

„Das wüsste ich doch wohl.“ In seiner Stimme schwang Ärger.

Ella hob besänftigend die Hand. „Der Doktor ist gleich bei ihr. Bitte setzen Sie sich doch.“

Sie wies auf einen Stuhl neben dem Bett. Der Fremde zog ihn heran und setzte sich so nah zu dem Kind, wie er konnte.

„Hat sie etwas getrunken?", fragte Ella. „Und gegessen?"

„Gegessen kaum. Getrunken ein wenig Wasser." Er sah sich ratlos im Raum um und dann wieder das Kind an. „Wir haben sie kaum dazu gebracht, etwas zu trinken. Sie war so schläfrig." Der junge Mann beugte sich vor und strich mit einer Hand, die aussah, als könne er die Kleine damit in einem Schwung hochheben, über die winzigen Fingerchen. „Hey", sagte er sanft und strich ihr die blonden Locken zurück. „Wach auf, meine Kleine."

„Sie ist lethargisch", sagte Ella, als das Kind die Augen nicht aufschlug. „Ich mache einen Tee und wir probieren, ob wir ihr nicht ein bisschen Flüssigkeit einflößen können."

Ella entschuldigte sich und eilte davon. In der Küche füllte sie warmes Wasser in einen Topf und tat ein wenig Süßholzwurzel und eine kräftige Prise Zucker hinein.

„Ist er … *ein Mensch?"*

Ella musste aufschauen, um zu erfahren, dass die geflüsterte Frage von ihrer Freundin Abigail gekommen war. „Wovon redest du?"

„Sieh dir doch nur sein Gesicht an." Abigail zog die Augenbrauen hoch und erschauderte gekünstelt, aber ihr durchtriebener Gesichtsausdruck strafte sie Lügen. „Er macht ein bisschen zu sehr auf vernarrten Vater. Wie kann man so attraktiv sein und gleichzeitig so eine Glucke?"

„Er ist vielleicht einfach ein bisschen komisch." Ella zog ihre Schürzenbänder fest und strich sich die Uniform glatt. Mit einem hastigen Griff nach einem Mulltuch stieß sie beinahe den Korb mit Verbandszeug um.

„Na, er ist sicher ein bisschen mehr als das, denkst du nicht? Und da stellt sich mir die Frage …"

„Hast du nichts zu tun?" Ella suchte nach einer Pipette, und als sie sie gefunden hatte, machte sie ein Tablett fertig.

„Seit der Zirkus da ist, treiben sich gerade eine Menge merkwürdiger Gestalten in der Stadt herum. Kurz vor dem Sturm sind sie angekommen und jetzt heißt es, bei dem Wetter sitzen sie hier fest." Abigails Blick hellte sich bei ihrer Entdeckung auf. „Ich wette, er kommt von dort."

„Aus dem Zirkus?" Ella dachte wieder an die bunte Schnur, die der Wind vor sich hergetrieben hatte.

„Liest du keine Zeitung? Und diese absonderlichen Geräusche heute Morgen – das waren wohl Elefanten."

Ella musste sich beherrschen, nicht aus dem Fenster zu spähen, während Abigail ihr zuflüsterte, es sei ein Jammer, dass er nicht *sie* angerempelt hatte.

„Er hat mich nicht angerempelt", murmelte Ella, als Abigail an ihr vorbei aus dem Raum ging und Dr. Penske seinen Kopf zur Tür hereinsteckte.

„Ich hab mir das Kind gerade angesehen. Wie hoch ist das Fieber?", fragte er, während er seine Brille mit dem Saum seines Jackets polierte.

„Neununddreißig acht."

Der Arzt warf einen Blick auf den Tee, den sie gerade abgoss. „Gut. Sie braucht viel Flüssigkeit, keine Decke, kalte Kompressen. Ich bin gleich wieder bei ihr. Behalten Sie sie gut im Blick."

„Jawohl, Sir." Mit einem leichten Schaudern, dass man ihr eine solche Aufgabe anvertraute, trug Ella das Tablett ans Bett des Kindes.

Der Fremde auf dem Stuhl starrte das Kind so intensiv an, dass Ellas Schritte sich unwillkürlich verlangsamten. Er hatte dunkle Ringe um die Augen. Ella hatte schon früher besorgte Eltern gesehen, aber er übertraf sie noch. Sein finsterer Blick fiel auf Ella. Unwillkürlich raufte er sich die Haare. Etwas verunsichert stellte sie das klappernde Tablett ab. Der Mann richtete sich auf, aber sein wachsamer Blick haftete weiter an ihr.

Der Zirkus …

Ella begann, die Knöpfe am Pullover des Kindes aufzuknöpfen. Jetzt war vermutlich *nicht* der richtige Moment, um zu erwähnen, dass sie keine richtige Krankenschwester war. Vielleicht würde sie es einfach für sich behalten. Der Mann rieb sich das leicht stoppelige Kinn. Wenn sie ihn so betrachtete, musste Ella sich sehr viel Mühe geben, so zu tun, als wüsste sie nicht, was Abigail so ins

Schwärmen gebracht hatte. Olivfarbene Haut setzte sich gegen blassgrüne Augen ab, die sie noch immer so eindringlich fixierten, dass sie beinahe den letzten Knopf vom kleinen gelben Pullover abgerissen hätte.

Sie war sich nicht sicher, ob sie schon jemals einen gesehen hatte, aber unvermittelt schoss ihr das Wort *Zigeuner* durch den Kopf. Ella nahm ein kaltes feuchtes Tuch und presste es auf die Wange des Kindes.

Mit gefurchter Stirn lehnte der junge Mann sich vor, stützte die Ellbogen auf die Oberschenkel und faltete die Hände. Die Augenlider des Kindes zuckten, öffneten sich aber nicht.

Ella strich dem Mädchen eine feuchte Locke aus der Stirn. „Holland“, sagte sie leise, überrascht vom Klang des Namens, der allerdings erstaunlich gut zu dieser kleinen Elfe mit ihren blonden Locken und Rosenknospenlippen passte. Wie winzig sie war. Und in der Obhut dieses Mannes …

„Ihre – die Kleine?“

Der Mann nickte, während Ella dem Kind den Pullover auszog.

„Bekommen Sie Geld?“ Er griff in seine Jackentasche.

„Nicht jetzt. Darüber können wir uns später Gedanken machen.“

„Sind Sie sicher?“

„Ganz sicher.“ Ella schenkte dem Fremden ein hoffentlich beruhigendes Lächeln, setzte sich aufs Bett und nahm das Baby auf den Schoß. Holland war ganz schlaff, wie sie befürchtet hatte. „Hallo, meine Kleine“, flüsterte Ella. Die rundliche, winzige Gestalt des Mädchens zeigte, wie jung sie war. Ihr Kleid bestand aus etlichen farbigen Flicken, die Strumpfhose war an den Knien dünn. Nahm man noch die gestrickte Zipfelmütze hinzu, die Ella schon zur Seite gelegt hatte, sah die Kleine ebenso sehr wie ein Zigeuner aus wie ihr Vater. Ella sog etwas Tee in die Pipette und schob sie dem schlafenden Baby in den Mund. Sie drückte kurz auf das Gummi, sodass ein paar Tropfen herausliefen, und Hollands Kehle reagierte.

„Sehr gut, Schätzchen.“ Sie spürte den Blick des Mannes auf

sich, als bohre er sich in sie hinein. Ella wischte dem Kind ein wenig Speichel ab und legte es in ihre Armbeuge. Ein weiterer Versuch war erfolgreich und bald war die Pipette leer.

Sie sah den Mann an. „Wir geben ihr alle fünfzehn Minuten ungefähr 30 Milliliter. Und ich versuche es auch mit ein bisschen Eis. Ich hole gleich etwas."

Er nickte.

Besorgt darüber, wie das Baby bei ihrer Berührung zusammengezuckt war, legte Ella die Kleine wieder auf das Bett und klappte das Gitter hoch. Dann wischte sie dem Kind die Stirn ab und reichte dem Fremden das Tuch mit einer Geste, die bedeutete, er solle es so machen wie sie. Aber oh … sie musste ja noch die Angaben zur Person der Patientin aufnehmen. Dr. Penske führte in seiner Klinik ein strenges Regiment.

„Ich bin gleich wieder da." Eilig holte Ella das dicke Patientenregister und war im Handumdrehen zurück. Mit gezücktem Bleistift fragte sie so bestimmt wie möglich: „Ihr Nachname? Hollands Nachname?"

Er zögerte einen winzigen Moment. „Löwenherz."

Ella neigte den Kopf ein wenig und wusste, dass ihre hochgezogenen Augenbrauen sie verrieten.

Der junge Mann wies mit der Hand auf das Register. „Schreiben Sie's einfach auf."

Beinahe hätte sich Ella entschuldigt, während sie den Namen aufschrieb, und fürchtete sich, die nächste Frage zu stellen. „Ihr Name, Sir?"

„Charlie. Und wie sie – Löwenherz."

Bevor sie das notierte, warf Ella ihm einen Blick zu. „Charlie. Von Charles?"

„Nein, von Richard. Wie der König."

Gegen ihren Willen musste Ella lachen.

„Meine Eltern hatten Sinn für Humor." Die Augenbrauen des jungen Mannes hoben sich steil.

Ella beendete ihre Eintragungen und legte das Buch zur Seite. Hollands Kopf war noch immer hochrot und Ella zog ihr kurzerhand das Flickenkleidchen aus, sodass sie nur noch in einer

Windel dalag. Sie nahm das Kind auf den Arm und betastete den schweißnassen Rücken. „O meine Süße."

Sanft wiegte sie die Kleine und hoffte, die kühle Luft würde dem Kind helfen. Sie selbst gab sich Mühe, nicht zu beachten, was die kleine Gestalt des Kindes – dieses leichte Gewicht – in ihrem Herzen anrichtete. Charlie Löwenherz beobachtete sie; er sah auf einmal sehr verletzlich aus. Auffallend verletzlich.

Er hatte dieselben dichten Wimpern wie das Baby und seine Haut war zwar dunkler, aber sein Profil wies eine bemerkenswerte Ähnlichkeit mit dem des Kindes auf. Während sie schwiegen, zog er sich ein Seidentuch vom Hals und steckte es in seine Tasche, wobei dunkle, fingerlose Handschuhe sichtbar wurden.

„Sind Sie Schausteller?", fragte Ella in der Hoffnung, ihn zu beruhigen, während sie Holland im Arm wiegte.

„Wie bitte?" Der junge Mann strich sich mit einer kräftigen Hand über das Gesicht, das schon etliche Tage kein Rasiermesser mehr gesehen hatte.

„Der Zirkus. Gehören Sie zum Zirkus?"

Meine Güte, das war sicher das Falscheste, was sie hatte sagen können.

Der Fremde machte keine Anstalten, ihre Frage zu beantworten, und griff stattdessen in die Tasche. „Wird dies ..." – er nahm eine Handvoll Münzen heraus – „wird dies reichen?" Die Unsicherheit in seinem Blick hätte ihm seine eigene Frage beantworten können.

Ella brauchte nur einen Moment, um die kleine Summe zu überschlagen. Sie atmete langsam durch die Nase ein. „Ja." Aber es fühlte sich an wie eine Lüge.

Charlie musste das gespürt haben. „Für wie lange?"

„Für eine Nacht." Und das nur knapp. Ella strich mit der Hand über Hollands heiße Wange. Sie wünschte, es wäre anders, aber Dr. Penske vertrat strikte Grundsätze, was dieses Hospital anging, das sich um die oberen Zehntausend von Roanoke kümmerte. Sie waren schließlich im Privathaus des Doktors und der war nicht gerade ein Menschenfreund.

Davon hatte dieser Fremde sicher nichts geahnt, als er auf

der Straße vor dem dreistöckigen Gebäude gestanden hatte. Dr. Penske gab sich zwar gelegentlich auch mit Ratenzahlungen für sein Honorar zufrieden, aber wenn dieser Mann zum fahrenden Volk gehörte, wusste sie nicht, wie großzügig der Doktor sein würde.

Charlie blinzelte rasch. „Schön. Ist das ... ähem, genug Zeit, dass sie gesund wird?"

Ella gab sich Mühe, sich nichts anmerken zu lassen. Als der junge Mann sich hastig im Raum umsah, wusste sie, dass ihr das nicht gelungen war.

„Gibt es irgendetwas, das ich tun kann?" Er blickte wieder sie an. „Das ist alles, was ich habe."

„Alles?" Es war kaum genug, um eine warme Mahlzeit zu kaufen.

„Wollen Sie auch noch die Kleider, die ich am Leib trage?"

„Nein."

Holland auf ihrem Arm wimmerte und Ella schaukelte sie leise.

„Mr Löwenherz ..."

„Charlie."

„Charlie, Sir ... wir konzentrieren uns jetzt erst einmal auf heute Abend und auf Holland. Vielleicht geht es ihr morgen früh schon viel besser. Wir werden sie gut beobachten und alles für sie tun, was wir können. Wenn sie morgen noch weitere Behandlung braucht, überqueren wir diese Brücke, wenn wir da angekommen sind." Ella hielt seinem Blick stand und betete im Stillen, dass der Doktor sie nicht Lügen strafen würde. „Nur wegen ein bisschen Geld werden wir nicht zulassen, dass Holland etwas passiert."

Der Gesichtsausdruck des jungen Mannes wurde sanfter, als sie seine Kleine beim Namen nannte. Schließlich nickte er. Sie spürte, dass die Atmosphäre zwischen ihnen sich veränderte, als er sie nahezu vertrauensvoll ansah.

„Danke", sagte er.

„Keine Ursache. Sollten ... können Sie die Mutter des Kindes irgendwie verständigen?"

„Die Mutter?"

„Ihre Frau?"

Charlie starrte auf die Matratze hinab und strich sich dann mit den Fingerspitzen über die Stirn, ohne aufzusehen. „Ich hatte nie eine Frau", erwiderte er mit einem Tonfall, der ihr Gespräch wie heißes Wachs versiegelte.

In diesem Moment tauchte Abigail auf und bat Ella, ihr die Kampfertinktur in der Küche suchen zu helfen. Damit lenkte sie Ellas Gedanken von dem ab, was der Mann gerade angedeutet hatte, und richtete sie auf die Pflichten, die es zu erledigen galt. Es tat ihr weh, das Kind aus dem Arm zu legen und auf die kleine Matratze zu betten. Dann fiel ihr das Eis wieder ein. „Ich bin in ein paar Minuten zurück." Sie stellte das Tablett zurecht, sodass die feuchten Tücher in Charlies Reichweite waren.

Er dankte ihr mit einem leichten Nicken.

Als Ella vom Bett wegtrat, beugte er sich vor und küsste Holland auf die Stirn. In der Küche legte Ella die Pipette ins Waschbecken und warf über die Schulter einen Blick zurück, wo sie hörte, wie Charlie dem Baby leise etwas zuflüsterte – es klang beinahe wie ein Gedicht. Er sang nicht direkt, aber sie erkannte doch eine Art von Lied. Eines, das ihr bekannt vorkam. Wieder strich seine große Hand dem Kind die blonden Locken glatt. Sein Arm lag um die Kleine, als ob seine bloße Berührung jeden auf Abstand halten könnte, der hier eindringen und die beiden trennen wollte.

Sein Kummer war spürbar und Ella musste den Blick abwenden. Sie erinnerte sich erneut an ihre eigene Angst und dass es keine Rolle gespielt hatte, dass sie die Hoffnung nicht hatte aufgeben wollen. Trotzdem hatte sie sich auf den Knien wiedergefunden – nichts in den Händen als kalte Erde und kalten Stein. Und die Blumen, die sie auf ein Grab legte, das so klein war, dass man es fast übersehen konnte. Ihre Trauer war so tief, dass es sie nicht kümmerte, dass die Leute sie eine Dirne nannten. Sie wollten nicht wissen, dass sie einfach zur falschen Zeit am falschen Ort gewesen war. Und dass man die eigene Seele nicht verkaufen musste und sie einem doch gestohlen werden konnte.

Mit einem weiteren Blick über die Schulter sah Ella, wie Charlie aufstand, Holland das Kissen zurechtzog und sich wieder auf die Stuhlkante hockte.

Vielleicht war das Ganze eine sehr schlechte Idee gewesen. Vielleicht war die Spülküche doch der beste Platz für Ella. Da war es sicher. Zwischen Bettpfannen, Flaschen und Schrubbern musste ihr Herz nicht auf das Leben reagieren.

Voll Kummer über ein kleines Mädchen namens Holland und einen kleinen Jungen, dessen Mutter es nicht übers Herz gebracht hatte, ihm einen Namen zu geben, stahl Ella sich davon.

# 2

Charlie lehnte sich im Stuhl zurück und schob damit versehentlich seinen Mantel von der Lehne. Er hob ihn auf und stopfte Schal und Handschuhe zurück in die Tasche. Dann fiel ihm Hollands kleiner Stofftiger ein, der in der anderen Tasche steckte. Er nahm das Tier heraus und legte es ihr in den winzigen Arm. Der Tiger war klein und der Stoff schon fadenscheinig, aber es gab nur wenige Momente, in denen sie ihn nicht bei sich hatte – selbst wenn sie um das Zelt herumkrabbelte oder das Spielzeug auf dem Bett in Charlies Wagen hin- und herdrehte. Und die blauen Augen leuchteten dabei vor Mutwillen.

Charlie wurde die Kehle trocken.

Es brachte ihn um, hier zu sitzen und nichts tun zu können, aber er hielt sich an das, was man ihm gesagt hatte: Flüssigkeit, kalte Umschläge und Medikamente, die sie nur hier bekommen konnten. Im Lauf der Stunden und mit der Hilfe dieser Frau war Hollands Fieber gesunken. Beim Gedanken daran griff Charlie wieder zu einem feuchten Tuch und wischte der Kleinen damit sanft über den Hals und die bloße Brust.

„Hey", flüsterte er und stützte die Unterarme auf das Bett. „Du musst gesund werden. Ich brauche dich nämlich. Regina braucht dich auch. Und alle anderen ebenfalls, hörst du?"

Holland atmete langsam und schläfrig. Während sich ihre Brust hob und senkte, stützte Charlie das Kinn auf die gefalteten Hände und betrachtete das kleine Wesen. Hollands Hand war zur Faust geballt. Mit einem Finger, der beinahe so dick war wie ihr Handgelenk, strich Charlie darüber.

*Fels des Heils, geöffnet mir …*

Das Lied ging ihm nicht aus dem Kopf – wieder und wieder kamen die Worte, wie immer, wenn er nicht wusste, was er tun sollte, wenn ihm die Luft zu schwer wurde.

*Birg mich, ew'ger Hort, in dir.*

Er starrte auf ihre blasse Haut, dachte daran, wie oft diese winzigen runden Fingerchen ihn am Haar gezogen hatten oder an seiner Kappe, an allem, was sie zu packen bekamen. Er erinnerte sich an ihr Lachen, das von ganz tief unten kam und das er mit ein paar leidenschaftlichen Küssen auf ihren Nacken, ihre Wangen … oder die pummeligen Beinchen hervorlocken konnte. Charlie lächelte bei diesem Gedanken und hob Hollands schlaffe Finger an seinen Mund, um seine Lippen darauf zu pressen.

„Wie geht es ihr?"

Beim Klang der Stimme sah er auf, direkt in die blauen Augen der Schwester, die immer wieder gekommen und gegangen war. Die junge Frau legte die gebrauchten Tücher in einen Eimer. Wie hieß sie noch? Sie füllte die Pipette und versuchte zum wiederholten Mal, Holland ein wenig Tee einzuflößen, was nur mit Mühe gelang. Hatte die Schwester nicht Eis holen wollen?

Charlie knetete Hollands blaue Strickmütze in den Händen. Faltete sie zusammen und wieder auseinander.

Wie oft, wusste er nicht.

Schweigend machte sich die Schwester an Holland zu schaffen. „Das Fieber ist wieder gesunken. Das geschieht oft gegen Morgen. Das wird ihr eine kleine Erholungspause verschaffen." Sie untersuchte Holland eingehender, schaute ihr in den Mund und tastete den Hals ab. „Ich fürchte, das ist nicht nur eine einfache Erkältung. Ich werde heute ein bisschen nachlesen müssen."

„Was ist mit dem Doktor?"

Dem Doktor, der kaum zwei Minuten Zeit für Holland gehabt hatte.

Wie diese Schwester zu dem Mann mit den aufgekrempelten Hemdsärmeln hinübergesehen hatte, das hatte Charlie nicht gefallen. Und auch nicht das Misstrauen, das er in ihrer Miene las. Beunruhigt sah Charlie erst zum Doktor, dann wieder zu der Schwester. „Ich habe vergessen, Sie nach Ihrem Namen zu fragen."

Sie neigte den Kopf, sodass der goldblonde Zopfkranz um ihren Kopf sichtbar wurde. „Ella. Schlicht und langweilig Ella." Sie schenkte ihm ein kleines Lächeln. „Meine Eltern hatten wohl vergessen, dass sie auch Humor haben."

Charlie sah sie forschend an und stellte fest, dass sie ihn aufzog. Noch jemand, der über seinen Namen lachte. Sarkasmus stieg ihm die Kehle hoch. „Sie sind wirklich witzig, wissen Sie das?“

Ella verdrehte die Augen und Charlie hätte seine zynische Bemerkung bedauert, wenn sie sie nicht verdient gehabt hätte. Dabei hatte er gerade angefangen, sie zu mögen. Ein Blick aus dem Fenster zeigte, dass es noch immer neblig war und leicht schneite. Noch ein Tag, an dem der Zirkus keine Vorstellung geben konnte. „Schneit es in Roanoke immer um diese Jahreszeit?“, fragte er abwesend, ohne eine Antwort von der *schlichten und langweiligen Ella* zu erwarten.

„Ich könnte mich nicht erinnern“, erwiderte sie trotzdem. „Es ist doch schon spät für Schnee. Ich hatte schon gehofft, dass der Frühling kommt …“

Ja, das hatte der Zirkus auch. Alle hatten es nur als einen Zwischenstopp betrachtet – drei Tage mit Vorstellungen und dann würden sie weiterziehen. Stattdessen saßen sie nun in dieser Stadt fest. Charlie sah auf Holland in ihrem Bett hinab und wusste, es war gut, dass er den Tag freihatte.

Den Blick auf die Schwester gerichtet, beobachtete er sie – zu intensiv, wie er bemerkte, als sie errötete. „Wie spät ist es?“, fragte Charlie hastig.

Was sie nicht im Geringsten zu stören schien. Sie warf einen Blick zur gegenüberliegenden Wand.

„Fast fünf Uhr morgens.“

Vielleicht könnte er sie doch mögen.

„Wie lange bleiben Sie noch?“, fragte er.

„Ich gehe in einer guten Stunde. Dann wird sich eine andere Schwester um Holland kümmern. Sie versteht etwas von ihrer Arbeit und ist sehr nett.“

„Danke.“ Aber er wollte nicht, dass diese junge Schwester ging. Sie reizte ihn zwar immer wieder, aber sie machte ihre Sache mit Holland gut.

In diesem Moment stürmte der Doktor in den Raum, offensichtlich erzürnt, sein pechschwarzes Haar wirr. Er knurrte etwas von fehlenden Laken und Ellas Wangen färbten sich, als sie eingestehen musste, dass die Wäsche noch im Treppenhaus lag. Der Doktor begleitete sie zu einem Schrank in der Nähe, wo eine längere Predigt über Sauberkeit und prompte Erledigung von Aufgaben auf sie niederging. Charlie versuchte nicht zu lauschen, aber er hörte doch, wie der Arzt sagte, er würde ihr den Lohn kürzen.

Der junge Mann setzte sich auf und blickte zu den beiden hinüber.

Ella entschuldigte sich und verschwand dann für etliche Minuten, vielleicht, um die Wäsche zu holen. Als sie zurückkam, machte sie sich schweigend daran, Hollands Nachttisch aufzuräumen. Charlie strich sich über die Wange. Vielleicht sollte er dem Doktor sagen, dass *er* daran schuld war, dass sie die Wäsche aus der Hand gelegt hatte. Aber er hatte so eine Ahnung, dass sie das nur noch mehr in Schwierigkeiten bringen würde.

Der blasse Schatten unter ihren Augen erinnerte ihn daran, dass sie nicht geschlafen hatte – und er ebenfalls nicht. Nicht geschlafen und nichts gegessen. Und er trug immer noch das halbe Kostüm von der Parade gestern, die im Schneetreiben untergegangen war. Die Weste war jetzt aufgeknöpft und er hatte die Handschuhe ausgezogen, aber es gehörte sich nicht, sich in der Öffentlichkeit ohne Handschuhe zu zeigen. Er überlegte, sie wieder anzuziehen, aber die Erschöpfung hielt ihn davon ab.

Seit sie hier in der Stadt waren, hatte er Holland nur allein gelassen, wenn er arbeiten musste, und war immer so schnell wie möglich zu seinem Zelt zurückgeeilt. Aber als er gestern seinen Mantel ausgezogen und sich neben Hollands Bett gekniet hatte, hatte er gewusst, dass es ihr nicht besser ging … sondern schlechter.

Charlie rieb sich mit Fingern und Daumen über die Stirn, um die aufziehenden Kopfschmerzen zu vertreiben. Die Kleine schlief, er konnte wohl auch die Augen schließen. Nur für ein paar Minuten.

„Was bedeutet das?“, fragte die Schwester leise. „Diese Schrift.“

Er sah zu ihr hoch. „Hmmh?“

„Auf Ihrer Hand.“

Charlie verdrehte die Hände, um zu sehen, welche Hand sie meinte. „Ach, das … *Carpe Diem.*“ Er rieb sich wieder die Stirn und ließ dann die Arme sinken. Auf ihren fragenden Blick hin, fügte er hinzu: „Es bedeutet: Nutze den Tag."

„Oh." Ihre Stimme war leise. Sie betrachtete seine Hand erneut. „Ist es ein …"

Er kniff die Augen zusammen und wartete ab. Zögernd biss Ella sich auf die Unterlippe.

„Ein Tattoo", beendete er den Satz für sie.

Wieder starrte sie auf die feine schwarze Schrift. „War das sehr schmerzhaft?"

Charlie warf ihr einen raschen Blick zu. *„Dieses* nicht." Als ihre Augen sich weiteten, wusste er, dass die Bemerkung unangebracht war. „Finden Sie das anstößig?"

Ella schob die Lippen vor. „Warum haben Sie es machen lassen?"

„Damit ich es nicht vergesse."

Sie hob die Augenbrauen. „Geht es wieder ab?"

Charlie schüttelte den Kopf und nahm Ellas Gesichtsausdruck in sich auf. Die unausgesprochenen Gedanken, die er auf ihrer Stirn lesen konnte. Er hatte sie nicht schockieren wollen, hatte es aber doch getan. Er sprach kaum je mit *Zeiseln* – Menschen von außerhalb der Zirkuswelt. Jedenfalls nicht außerhalb des Zirkusplatzes. Und nicht offen. Etwas an diesem Gespräch faszinierte ihn. Vor allem da sie nicht wusste, mit wem – besser mit was – sie da sprach.

Wenn sie es wüsste, wäre sie noch deutlich blasser geworden als beim Anblick seiner Hand.

„Hat der Doktor es vielleicht gesehen?", fragte sie sanft.

„Ich weiß nicht. Warum? Würde er dann denken, ich sei kriminell?"

Ella presste die Lippen zusammen und warf einen Blick auf den dunkelhaarigen Mann hinten im Raum. Antwort genug war, dass sie rasch blinzelte, als ob sie eine geheime Sorge abschüttelte. Sie stellte eine leere Schüssel und eine Tasse auf das Tablett. „Ich komme noch einmal vorbei und sehe nach Holland, bevor ich gehe. Möchten Sie ein bisschen Wasser? Oder etwas zu essen? Sie müssen hungrig sein."

„Nein, danke, ich habe alles." Er wollte ihr keine Mühe machen.

Die Schwester wollte schon fortgehen, blieb aber am Fußende des Bettes noch einmal stehen. Charlie sah zu ihr auf und diese Bewegung verstärkte das Pochen in seinem Kopf.

*„Nutze den Tag"*, sagte sie. „Ein schöner Gedanke."

Gegen seinen Willen lächelte er ein wenig. „Ja, ich nehme an, es gibt wirklich Schlechteres."

Jetzt erreichte ihr Lächeln auch ihre Augen und ein paar Minuten später brachte sie ihm doch ein Glas Wasser und eine Scheibe Brot.

Obwohl sie den Mantel gegen die Kälte eng um sich gezogen hatte, zitterte Ella. Sie vergrub das Kinn hinter dem Kragen und überquerte die schlammige Kreuzung von Campbell und Second Street. Fast hätte sie das schwarz- und cremefarbene Plakat übersehen, das am Zaun vor der Rorer Hall hing. Sie trat näher und strich über das Papier, auf dem die Tuschezeichnung eines Trapezkünstlers über den fetten Buchstaben *Die spektakulärste Show* prangte. Ihre Finger glitten weiter hinunter zu den Umrissen von drei Löwen. Einem Clown auf einem Einrad. *Eintritt zehn Cent,* stand da. *Nur drei Tage.* Die Daten waren durchgestrichen und durch Termine später in der Woche ersetzt worden. Ella lächelte erleichtert, als ihr klar wurde, dass das bedeutete, dass Holland mehr Zeit hatte, gesund zu werden.

Die junge Frau beeilte sich, das Mietshaus zu erreichen, in dem sie wohnte. Ihre Füße klagten, dass sie drei Stockwerke erklimmen mussten, bevor Ella den Schlüssel in die Tür stecken konnte. Sie trat in den kleinen Raum, der Wohnzimmer und Küche zugleich war. An der Seite war das Schlafzimmer, das sie sich mit ihrer Mitbewohnerin Margaret teilte, die oft in der anderen

Schicht arbeitete. Ella ließ sich auf das verschlissene Sofa sinken, schnürte die feuchten Stiefel auf und schob sie näher an den heißen Kaminofen heran.

Mit der Vorfreude auf eine Tasse Tee legte sie im Ofen ein paar Kohlen nach. Während das Wasser heiß wurde, wusch sie sich Gesicht und Hände. Dann löste sie ein paar Haarnadeln und der Zopf fiel herab. Ella warf ihn über die Schulter zurück und blies sich ein paar hellblonde Haarlocken aus der Stirn, während sie den kleinen Raum durchquerte. Nachdem sie ihre Schürze aufgehängt hatte, strichen ihre Finger über ihr Mieder und sie dachte an das kleine Mädchen, das sie den größten Teil der Nacht in den Armen gehalten hatte. Daran, wie mühsam Holland geatmet hatte. An ihr Wimmern, wenn Ella sie zu heftig bewegte. Und dann war da noch eine Frage …

Ella griff sich ihr Krankenpflegelehrbuch aus dem Regal, goss eine Tasse Tee auf, zog sich ihr Nachthemd an und kroch ins Bett. Dann zog sie die Wolldecke eng um sich, nahm einen Schluck des heißen Getränks und kuschelte sich noch tiefer in die Decken.

Eifrig blätterte sie im Buch herum, las zuerst über Mandelentzündung. Nein. Das war es nicht. Sie schlug das Stichwortverzeichnis auf und suchte nach Lungenentzündung. *Seite 564.* Dort las sie: *„Eine verbreitete Kinderkrankheit. Der Husten ist meist hartnäckig und beschwerlich.“* Holland hatte nicht gehustet. Ella überflog die Seite bis zum Ende und nippte an ihrem Tee. „Hmm …“ Jetzt kam ihr ein anderer Gedanke und rasch fand sie auch das Stichwort: Rheumatisches Fieber.

*„Rheumatisches Fieber – eine höchst ansteckende Krankheit … Entzündung der Gelenke, die sehr schmerzhaft ist.“*

Ella verzog den Mund.

*„Die Hauptverursacher sind Mandelentzündung, Unterkühlung und Mangelernährung.“* Sie dachte an Charlie und seine wenigen Münzen. An den Schneesturm, der so plötzlich losgebrochen war. Hollands dünnes Kleid. Ellas Herz zog sich zusammen, als sie weiterlas. *„Die Temperatur der Patienten liegt zwischen 39 und 40 Grad und kann stark schwanken.“*

Sie las den Abschnitt über das Fieber noch einmal und verglich das Gelesene mit den Symptomen des Kindes. Nun ergaben die Ereignisse der letzten zwölf Stunden einen Sinn. Sorgfältig studierte sie, welche Behandlung empfohlen wurde, war froh, dass sie getan hatte, was sie konnte, und merkte sich ein paar weitere Maßnahmen für den nächsten Tag vor.

*„Der Patient sollte sich nicht im Geringsten anstrengen; alles, was das Herz zusätzlich belastet, muss unbedingt vermieden werden."*

Ella würde es Holland so angenehm wie möglich machen. Und sie würde genau hinsehen, ob sich ein Ausschlag entwickelte.

Sie rutschte noch tiefer in die Kissen und nahm einen letzten Schluck Tee. Ihr Blick blieb am Rand der Tasse hängen und sie erinnerte sich, wie finster Dr. Penske Hollands Vater angesehen hatte. Wie er ihn regelrecht gemieden hatte.

*„Ich weiß nicht. Warum? Würde er dann denken, ich sei kriminell?"*, hatte Charlie gefragt.

Ella dachte an einen Vorfall im Winter, als ein Matrose mit einem Anker-Tattoo auf der Schulter in die Klinik gekommen war. Der Doktor hatte den Mann wirklich schlecht behandelt. Und allen Mitarbeitern hatte er erklärt, er habe eine Studie gelesen, dass man an Tattoos Menschen leicht als Straftäter erkennen könne, weil Tattoos meist im Gefängnis erworben würden. Die Schwestern hatte er zur Vorsicht gegenüber derart unangenehmer Gesellschaft ermahnt.

Ella dachte an Charlie, an die zärtliche Sorge, die er für dieses kleine Mädchen hegte, und versuchte sich einen Reim auf alles zu machen. Ein Blick zur Uhr sagte ihr, dass sie nur noch ein kurzer Schlaf vom Beginn ihrer nächsten Schicht trennte. Also stand Ella auf, schloss die Vorhänge, um das Licht auszusperren, und schlüpfte zurück ins Bett.

# 3

Die fünf Straßen von ihrer Wohnung bis zum Klinikgebäude mit seinen weißen Fensterflügeln und schmiedeeisernen Blumenkästen kamen Ella an diesem kalten Nachmittag lang vor. Es fielen zwar nur ein paar Schneeflocken, aber der dichte Nebel machte es ihr schwer, den Weg vor sich zu erkennen. Rußgeruch hing in der Luft, in der Ferne pfiff ein Zug und an der ersten Ecke hatte sich eine kleine Menschenansammlung um einen Mann gebildet, der irgendeine politische Plakette am Mantel trug. Ella zog den Kopf ein und überquerte eilig die Straße.

In der Hand trug sie ihr Holzkästchen mit Kräutern und Medikamenten, und wenn Dr. Penske es erlaubte, würde sie etliche davon für Holland verwenden. Das Krankenhaus verfügte natürlich über alles, was sie in ihrem kleinen Kästchen hatte, aber Ella hoffte, ihr Angebot würde vielleicht das Honorar reduzieren, das der Doktor von Charlie verlangen würde.

Auf der obersten Stufe zur weitläufigen Vorderveranda entdeckte sie Clara, die ihre kleine weiße Haube zurechtrückte. „Alles in Ordnung?“, fragte Ella und betrat den Gehsteig.

„Ich warte auf den Krankenwagen. Ich dachte, ich hätte ihn schon gehört.“

Ella lauschte, ob sich ein Wagen näherte, hörte aber nur einen unbestimmten Lärm von irgendwo aus den oberen Räumen. „Was ist los?“

Clara warf ihr einen vielsagenden Blick zu. „Es tut mir ja leid, dass seine kleine Tochter sich erkältet hat. Aber deswegen muss er noch lange nicht herumbrüllen.“

„Wer?“

„Dieser Mann!“

„Welcher Mann? Was ist passiert?“ Ella hatte die Treppe erreicht und fürchtete die Antwort.

„Der mit dem Baby. Er veranstaltet da oben eine Riesenszene, weil sie die Kleine nach Hause schicken.“

„Nach Hause?“

„Das Fieber ist gesunken.“

„Es ist normal, dass es schwankt.“ Ella eilte die Vordertreppe hinauf.

„Es geht ihr gut“, rief Clara ihr nach.

Ella stürmte ins Foyer und die teppichbelegte Treppe zum obersten Stock hinauf. Der Puls raste in ihren Ohren, als sie um die Ecke zur Kinderstation bog, wo helle Aufregung herrschte. In der hinteren Ecke hörte sie Charlie herumbrüllen. Holland weinte. Ihr Wimmern klang so erstickt und erschrocken, dass Ella selbst kaum atmen konnte.

„Manchmal sinkt es, aber dann steigt es auch gleich wieder!“, donnerte Charlie. „Das war gestern auch schon so. Und vorgestern. Deswegen habe ich sie ja hergebracht.“

„Was ist los?“, fragte Ella eine Schwester, die einen Sessel durch den Gang schleppte.

„Heute früh waren ein paar ziemlich ungehobelte Männer hier und wurden wegen Blasen an den Händen behandelt. Dann verschwanden sie, ohne zu bezahlen. Whiskey haben sie auch aus einem der Schränke mitgehen lassen. Der Doktor tobt. Er schwört, das waren Leute vom Zirkus. Also hat er den Mann mit dem Baby aufgefordert, im Voraus zu zahlen, aber das kann der nicht.“

Mit offenem Mund bahnte sich Ella einen Weg dahin, wo Dr. Penske sich direkt vor Charlie aufgebaut hatte. Der hielt Holland an die Brust gedrückt, deren Geschrei heiser klang. Der dunkle Mantel hing ihm bis auf die Schuhe.

„Ich kenne diese Leute ja nicht mal! Wenn Sie mir ein bisschen Zeit geben, lasse ich mir telegrafisch Geld anweisen. Ich habe ein Konto in New York und eins in New Orleans.“

Holland hob eine Hand ans Ohr und zupfte daran, als ob ihr etwas wehtat.

„Oh, *das* kann ich mir vorstellen.“ Dr. Penske fiel eine Haarsträhne auf die Stirn. „Raus aus meiner Klinik.“

„Das können Sie nicht tun!“, schrie Charlie.

„O doch, das kann ich sehr wohl!“, brüllte der Doktor zurück.

Knurrend stürmte Charlie zum Bett, griff sich Hollands Sachen vom Nachttisch und stampfte durch den Mittelgang hinaus. Jetzt erst schien er Ella entdeckt zu haben, und als er an ihr vorbeirauschte, wandelte sich der Zorn in seinem Blick zu Verzweiflung. Er hielt Holland weiter eng an die Brust gedrückt, und als er um die Ecke bog, war ihr Weinen alles, was von ihnen noch im Raum zurückblieb.

Ella eilte zu Dr. Penske. „Ist das Fieber denn gesunken?"

Der Doktor nahm die Brille ab und putzte die Gläser am Mantelkragen. „Sie kommt schon wieder auf die Beine. Ich habe ihrem Vater gesagt, was zu tun ist – nichts anderes, als was wir hier auch getan haben. Bei einem einfachen Fieber kann man kaum mehr tun. Sie braucht nur ein bisschen Zeit und Ruhe. Glauben Sie mir." Er verzog einen Mundwinkel nach oben. „Wir tun ihm einen Gefallen, wenn wir ihn nach Hause schicken."

„Aber es könnte rheumatisches Fieber sein."

„Sind *Sie* jetzt hier der Arzt?"

„Gestern Abend deuteten alle Anzeichen darauf hin. Schmerzen. Und ihr Hals. Alle Symptome …"

„Das haben Sie wohl auch aus einem Ihrer Bücher?", fauchte der Doktor.

„Haben Sie sie am Nachmittag noch einmal untersucht?"

„Ihr fehlt nichts. Wir brauchen diese Betten für Patienten, die schlimmer dran sind und am Ende auch zahlen können." Sein düsterer Blick folgte dem Weg, den Charlie genommen hatte. Leise sprach er weiter: „Das Letzte, was wir hier brauchen, ist irgendeine Krankheit, die man sich in der Gosse auflesen kann. Sollen sie doch in das Loch zurückkriechen, aus dem sie gekommen sind."

Mit offenem Mund wandte Ella ihren Kopf ab. Ihr Herz schlug wild. In diesem Moment fiel der Blick des Doktors auf das Kästchen in ihrer Hand und dann auf ihr Gesicht. Er musterte sie durchdringend. Ella wich einen Schritt zurück, dann noch einen.

„Was haben Sie vor?", fragte er.

Das wusste sie selbst nicht.

„Wenn Sie jetzt durch diese Tür gehen, junges Fräulein, haben Sie hier keine Stelle mehr."

Ellas Brustkorb hob und senkte sich, während sie ihren Dienstherrn anstarrte. Für diese Stelle hatte sie hart gearbeitet. Es war ein Job, den viele gern hätten, und ihr war es gelungen, ihn zu bekommen.

Aber sie konnte an nichts anderes denken als an das Weinen des Kindes. Daran, dass Holland rheumatisches Fieber haben könnte und dass es ihr Herz schädigen würde, wenn man es nicht behandelte. Ella wich einen weiteren Schritt zurück.

„Das ist mein voller Ernst, Miss Beckley."

Ella nickte langsam. Sah sich die Gesichter der kleinen Patienten im Saal an … und dachte nur an eines. Nein … zwei. An Holland. Und an den kleinen Jungen, den sie nicht hatte retten können. Aber diesmal …

Ella hatte ihren Entschluss gefasst. Eilend lief sie die Treppe hinunter und hinaus in den Nebel – voller Furcht, dass Holland längst nicht mehr da war.

Angestrengt spähte sie die Straße entlang. Sie hatte keine Ahnung, in welche Richtung die beiden gegangen waren. Ella schloss die Augen und versuchte sich das Zirkusplakat von gestern ins Gedächtnis zu rufen. Wo hatten sie noch mal ihre Zelte aufgebaut? Kurz hinter der Campbell Street. Drei Straßen entfernt von ihrer Wohnung.

Jetzt rannte Ella die Straße entlang, wich einem Kohlenwagen aus, sprang über eine Pfütze und erreichte den Gehsteig auf der anderen Seite. Mit gerafftem Rock eilte sie über die rutschigen Bohlen, an Backsteinmauern entlang, und obwohl die Schatten frostig waren, erhitzte sich ihre Haut vom Laufen.

Sie bog um eine Ecke und überquerte eine ruhige, verschneite Straße, als sie in der Ferne einen Mann entdeckte. So groß und breitschultrig, wie sie Charlie in Erinnerung hatte. Ella rief seinen Namen.

Er sah zurück, ohne stehen zu bleiben – es war das Profil, das sie kannte.

Ella erreichte ihn und blickte atemlos in tief bekümmerte Augen. Charlie hatte den Mantel eng um das zitternde Baby gezogen.

„Was machen Sie hier?" Seine Stirn legte sich in steile Falten.

„Ich möchte Ihnen helfen."

Die Falten wurden noch steiler.

Ella sah in das winzige Gesicht des sieben Monate alten Säuglings, das aus den Falten seines Kragens hervorlugte. Die Kleine hatte die Augen geschlossen und schlief, auf den Wangen glänzten noch die getrockneten Tränen.

„Ich glaube, ich weiß, was ihr helfen könnte." Ella bedeutete ihm weiterzugehen.

Charlie gehorchte und blickte sie von der Seite an. „Sie wollen ihr helfen?" Sein Blick fiel auf das Medikamentenkästchen, das sie trug.

„Ich müsste Sie begleiten."

„Jetzt?", fragte er unsicher.

Ella zögerte. „Ich habe heute ein wenig Zeit."

Charlie schluckte, sah dann zurück auf den Weg, den sie gekommen waren, und voraus in die Richtung, in die er ging. Unentschlossen legte er seine Hand in den Nacken, als hätte sie gerade von ihm verlangt, das Gesetz zu brechen. Er kniff die Augen zusammen, dann sah er wieder zu ihr hinab. „Okay." Nichts weiter. Schnell setzte er seinen Weg fort und sah sich nur kurz nach Ella um.

Der Nebel umwehte sie kalt, während sie dahineilten, vorbei an verschwommenen Häuserblocks, durch vertraute Straßen, die Ella jetzt kaum wahrnahm. Sie konnte nichts anderes sehen als die zielstrebige Gestalt von Charlie, die mit breiten Schultern vor ihr aufragte, und die donnernden Schritte, hinter denen sein Mantel beinahe die Straße fegte.

Jetzt entdeckte Ella ein Trio großer Fahnen, die im Wind flatterten. Im dicken Nebel, der die Konturen verwischte, wirkten sie eher wie Geisterflaggen. Charlie lief weiter darauf zu. Ella stolperte beinahe über ihre eigenen Füße, als plötzlich eine Stimme ertönte.

„Hey! Charlie, mein Freund. Wo treibst du dich nur mein liebes Leben lang rum?"

Ellas Kopf schoss hoch. Das musste der Zirkuseingang sein, in dem Charlie jetzt verschwand, denn auf beiden Seiten standen

Bretterhäuschen. Aus einem davon war diese merkwürdige Frauenstimme gekommen.

„Ich hab mein Kartenspiel geübt", erwiderte Charlie abwesend und öffnete ein niedriges Tor.

„Ach, wurmt dich das immer noch?"

Erst jetzt entdeckte Ella eine füllige Frau, die fast das ganze Häuschen einnahm. Eine Zigarette steckte hinter ihrem Ohr, das Haar war in einem wilden Knoten zurückgebunden. Die Wangen glänzten feurig vor Rouge. Über ihr leuchtete ein Schild *Graven Brothers Circus.*

„Nicht ganz so schnell, Madam. Was glaubt sie wohl, wer sie ist?", polterte die Frau nun und versperrte Ella den Weg mit einem Stock. Abrupt blieb sie stehen und starrte auf einen Unterarm so blass und dick wie ein Teigklumpen.

Charlie blieb stehen. „Sie gehört zu mir, Lorelai."

„Red keinen Unsinn. Ich will hier keine fremden Weibsleute. Nicht auf meinem Gelände."

„Lorelai, sie ist *Krankenschwester.* Sie kommt wegen Holland."

„Ich rat ihr nur, dass das stimmt." Die Miene der Frau wurde milder, als sie mit Charlie sprach. Der Stock senkte sich. „Ah, is'n guter Junge, mein Charlie. Komm, gib mir 'nen Kuss, mein Lieber, und ich hab nichts gesehn."

Charlie drückte im Vorübergehen einen Kuss auf die gefärbte Wange. „Du bist gut zu mir." Er hielt das Tor für Ella offen, die schluckte, weil ihr das Herz plötzlich bis zum Hals schlug.

„Noch ein Küsschen für Holland", sagte die Frau. Dann musterte sie Ella eindringlich.

Charlie machte kehrt und die Frau pustete einen Kuss in Richtung des Babys, das jetzt aufgewacht war. Dann drehte Charlie sich um und lief weiter, jetzt wieder mit seinem kräftigen Schritt. Ella schlitterte über die dünne Schicht matschigen Schnees, um mit den beiden Schritt zu halten. Zwei Männer, die damit beschäftigt waren, ein Schild aufzuhängen, winkten Charlie zu. Ihre Stadt – ihre Welt – bald nur noch eine Erinnerung.

„Spielen wir morgen?", rief Charlie.

„Jep!", bellte einer der Männer und sah zu dem riesigen gestreiften Zelt hinüber, das etwas entfernt stand. „Dürfte jetzt erst mal vorbei sein mit dem Sturm."

Charlie nickte und suchte sich einen Weg um einen bemalten Karren. Beinahe wäre Ella gegen den Karren gerannt. Plötzlich leuchtete dicht vor ihrer Nase das verblichene Bild von zwei stirnrunzelnden Clowns. Sie schluckte einen Schrei hinunter und eilte weiter.

Von allen Seiten wurde Charlie jetzt von fremdartigen Stimmen begrüßt. „Tach, Pastor!", rief jemand; ein anderer, der einen Schubkarren mit Stroh schob, erkundigte sich nach „der lütten Holland".

Wenig später blieb Charlie vor einem Zigeunerwagen mit grünem gerundeten Dach stehen. Eine Frau stand davor – leicht gebräunte Haut, hinreißend schön, das lange Haar mit einem bunten Seidenschal zurückgebunden. Ella hielt Abstand zu einem Schild, das verkündete, hier konnte man sich für fünf Cent aus der Hand lesen lassen, während Charlie eine Münze gegen ein Glas Milch tauschte. Mit einem Augenzwinkern steckte die Frau das Geld in die Tasche, sagte etwas in einer Sprache, die Ella nicht verstand, dann stieg sie die Treppe zu ihrem Wagen hinauf und verschwand hinter einem Glasperlenvorhang.

Eine Ziege meckerte zum Abschied, als Charlie weiterging.

„Sie kennen eine Menge Leute hier", sagte Ella in der Hoffnung, es würde sie ein bisschen beruhigen und ihm signalisieren, dass sie ihm noch folgte. Vielleicht hatte er das ja schon vergessen.

Charlie reagierte, ohne langsamer zu werden. „Und aus welchem Grund sollte das nicht so sein?"

Ein Buckliger mit einem Affen auf der Schulter lief ihnen in den Weg. Charlie ging langsamer, konzentrierte sich dann aber plötzlich auf einen anderen, der einen Braunbären an einer Kette führte. Ella hatte nicht bemerkt, dass Charlie stehen geblieben war, und stolperte in ihn hinein. Er drehte sich nach ihr um, seine Miene undurchdringlich.

„O … tut mir leid." Ella schluckte und widerstand dem Drang, sich die Nase zu reiben.

Charlie wollte weitergehen, hob dann aber den Arm und

starrte auf seinen Ärmel. Erst da wurde Ella bewusst, dass sie sich daran klammerte, als hinge ihr Leben davon ab.

Hastig ließ sie los.

„Alles in Ordnung mit Ihnen?"

„O ja", keuchte sie mit einem Seitenblick auf den Bären. *Natürlich,* das war alles vollkommen normal. Nichts als ein ganz alltäglicher Ausflug.

Charlie verdrehte die Augen und marschierte weiter – schneller als Ellas Puls schlug, während sie sich darum bemühte, mit ihm Schritt zu halten, durchgefroren bis auf die Knochen und völlig allein bis auf diesen Mann, den sie nicht kannte. Dass sie wirklich eine kluge Entscheidung getroffen hatte, davon war Ella nur noch wenig überzeugt.

„Mr Löwenherz … Charlie … ich …"

Er warf ihr über die Schulter einen Blick zu, während sie über eine kleine verzierte Brücke schritten. Die Angst musste ihr ins Gesicht geschrieben sein, denn nun blieb Charlie stehen.

„Stimmt etwas nicht?", fragte er und blickte sich um. Als er eine Gruppe von Zirkusarbeitern entdeckte, senkte er den Kopf, sodass sein Gesicht dem von Ella näher kam, als wolle er ihre Anwesenheit hier so wenig öffentlich machen wie nur möglich.

„Es ist nur … wohin gehen wir?"

„Nach Hause – damit Holland in ihr Bett kommt. Hier geht's lang. Sie muss aus der Kälte raus." Seine Nerven lagen sichtlich blank. „Und offen gesagt, *Sie* auch."

„Ich?", flüsterte sie. Spürte er, dass sie am liebsten auf der Stelle geflohen wäre? Nach Hause, um den Schlamm dieses Platzes von den Schuhen zu schütteln. Ein Teil von ihr wollte genau das. Aber da fiel ihr Blick wieder auf das winzige Gesichtchen, das aus Charlies Mantel hervorsah. Seine Arme bargen die kleine Gestalt, so gut er konnte. Ella schaute in kleine blaue Augen voller Tränen.

Sie hob das Kinn. „Ach, nichts."

„Es ist gleich da drüben." Er wies auf ein schlichtes Stoffzelt in einiger Entfernung.

„Dort wohnen Sie?", hauchte sie und bereute gleich, dass sie es ausgesprochen hatte.

Charlie schenkte ihr einen rätselhaften Blick und ging weiter.

Sie steuerte geradewegs auf ein Zelt zu, und zwar an der Seite eines Mannes, von dem sie nicht das Geringste wusste. Würden sie etwa allein in dem Zelt sein?

„Sie … leben doch nicht allein, oder?" Ellas Stimme klang jetzt unnatürlich hoch.

Charlie hatte sie anscheinend nicht gehört und blieb jetzt vor einem Karren stehen, auf dem Holz gestapelt war. Er feilschte mit dem Besitzer um ein paar Scheite und sagte, er würde sie innerhalb der nächsten Stunde abholen. Dann bedeutete er Ella weiterzugehen.

Ihre Frage war noch immer unbeantwortet. Ella machte einen neuen Versuch, um herauszufinden, mit was für einem Menschen sie es hier zu tun hatte. „Wo lassen Sie Holland, wenn Sie arbeiten?"

„Glauben Sie etwa, ich lasse Sie allein?"

„O … nein, natürlich nicht."

Charlie blickte zurück zu dem Holzkarren, dann wieder Ella an. „Sie bleibt bei einer Frau, die bei mir wohnt. Sie heißt Regina."

Ella stolperte fast, als sie sich die Zigeunerlady vorstellte, die diesen Mann hatte. Und im nächsten Augenblick traf sie die Erkenntnis, was er da gerade angedeutet hatte, wie ein Schock. Was war noch alles anders bei diesen unkonventionellen Menschen und an ihren Vorstellungen von Moral?

Als Ella stumm blieb, kehrten Charlies grünen Augen zu ihr zurück. Abwartend.

„Regina", fuhr er jetzt fort, offensichtlich bemerkend, dass er wohl deutlicher werden musste. „Regina ist Kostümmeisterin. Ich teile Zelt und Wagen mit ihr und sorge für sie. Dafür kümmert sie sich um Holland wie um eine eigene Tochter."

„Soll das heißen, dass diese Frau, mit der sie leben, nicht die Mutter des Kindes ist?"

Ein Mundwinkel zuckte. „Nein." Charlie sah amüsiert aus. „Sie ist nicht die Mutter des Kindes."

Ella befeuchtete ihre Lippen. Er zögerte einen Moment, als versuche er, in ihrer Miene zu lesen. Die seine war erschreckend unschuldig.

Er fuhr sich mit einer Hand durch die Haarmähne. „Irritiert Sie das?"

„Ich ..." Sie musste schlucken, womit sie unwillkürlich zugab, was seine Auskunft in ihr auslöste. Erinnerungen überschwemmten sie wie eine kalte Flut, wie sie so vor diesem Mann stand, der offensichtlich wenig Respekt vor Frauen hatte. Steif und leblos kamen die Worte aus ihrem Mund. „Nun, sicher wird das einiges Stirnrunzeln auslösen."

Nun blieb Charlie vor einem Zelt stehen. Der Eingang war verschnürt und er machte sich daran, den ersten Knoten zu lösen. „Was Sie nicht sagen." Er löste den nächsten Knoten.

Ella ignorierte die Ironie.

„Sollen die Leute doch die Stirn runzeln, so viel sie wollen." Charlies Stimme sank zu einem Flüstern, als er den dritten Knoten aufmachte. „Es ist nicht ihr Leben. Außerdem ... Regina ... sie bedeutet uns viel. Sie bedeutet mir viel."

„Verstehe."

„Ich brauche sie." Er richtete sich auf. „Und Holland ist ganz vernarrt in sie. Sie kommen gut miteinander aus. Interessiert die Leute das auch?"

„Ich ... weiß ... nicht."

„Dann lassen Sie sie aus dem Spiel." Er schlug die Zeltplane zurück und winkte Ella hinein.

„Nach Ihnen." Ihr Ton war so scharf wie der seine.

Für einen Moment kniff er die Augen zusammen. „Hören Sie. Es tut mir leid, wenn ich kurz angebunden bin, aber ich könnte für das hier echte Schwierigkeiten kriegen. Verstehen Sie?"

„Meinetwegen?"

Er nickte, und nach dem Blick zu schließen, den er ihr zuwarf, ging es um mehr als nur ein bisschen Ärger. „Es ist gegen die Regeln."

„Sie haben hier Regeln?"

*„Jedes Mal,* wenn ich etwas sage, kommen Sie mit einer neuen

Frage." Er sah sich rasch um. „Können wir jetzt reingehen? Bitte. Ich erzähle Ihnen, was Sie wollen, aber drinnen."

Charlies Blick wühlte Ella auf und sie fragte sich, wie sie – einsfünfundsechzig in einer grauen Schwesterntracht mit weiten Ärmeln und feuchten Händen – ihm wohl gefährlich werden sollte.

Ella umklammerte ihren Holzkasten und folgte ihm nach drinnen.

Mattes Licht sickerte durch die weiße Zeltwand und erhellte den provisorischen Raum.

Charlie wies auf eine untersetzte Frau, die an einem niedrigen schwarzen Herd stand. „Ella. Darf ich dich mit Regina bekannt machen? Regina, das ist Ella. Sie ist aus der Stadt und ist Krankenschwester."

Die kräftig gebaute Frau warf einen Blick über die Schulter und lächelte, was eine Zahnlücke zum Vorschein brachte. Viele Silberfäden durchzogen ihr dunkles Haar, das zu einem schweren Zopf geflochten war. Sie stand auf einer Kiste, um besser an den Herd heranzureichen, und mochte wohl kaum einen Meter groß sein. Ein paar Sekunden vergingen, in denen sie die Augenbrauen hochzog. „Hatten Sie etwas wie Schneewittchen erwartet, *cara?*"

Die Frage stand einen Augenblick im Raum. Und noch einen.

Plötzlich spürte Ella Charlies Mund dicht an ihrem Ohr und erschrak.

„Das heißt: Starren Sie mich nicht so an", flüsterte er vernehmbar.

# 4

Ella schluckte und sah sich in dem quadratischen Zelt um, das überraschend geräumig und warm war. Nur drei Wände bestanden aus Zeltplanen. Die vierte bildete die offene Seite eines grün gestrichenen Wagens. Sie hatte Bilder von Zirkuswagen in einem Bilderbuch gesehen, aber vor denen, die sie heute zu Gesicht bekommen hatte, verblassten sie alle. Vor allem vor diesem Wagen hier, einem soliden Gefährt mit verschnörkelten Verzierungen, Dachrinnen und goldbemalten Rädern. Zelt und Wagen waren so eng miteinander verschnürt, dass kein Luftzug hereindrang.

Regina kam herüber und nahm Charlie das Milchglas ab.

„Freut mich, Sie kennenzulernen“, sagte Ella leise.

Die Frau erwiderte Ellas Worte, aber aus der Art, wie sie ihre rundliche Hand gegen die gebräunte Wange presste, sprach Sorge. Ihre dunklen Augen folgten Charlie, der jetzt an ein kleines Holzbett trat. Darunter bedeckte ein gemusterter Teppich das Gras. Charlie legte das Baby auf eine Fransendecke, während der Blick der Frau zu Ella zurückkehrte, die sich nun neben Holland kniete.

Nachdem Charlie dem Säugling die Mütze abgenommen hatte, sah er Ella an. Sie wappnete sich für jede denkbare Bemerkung, aber er sagte einfach nur: „Danke.“

Mit einem tiefen Atemzug hielt sie seinem Blick den Moment lang stand, den er es zuließ. Fieberhaft überlegte sie, womit sie anfangen sollte. „Haben Sie ein wenig Öl? Und heißes Wasser, damit wir ihr einen Tee kochen können? Ach ja, ich brauche auch einen kleinen Topf.“

Charlie stand auf und kam mit einer Flasche und einem Kupferkessel zurück. „Wird das gehen?“

Regina hob den Kessel auf den niedrigen Kanonenofen.

Schnalzend sprang der Verschluss von Ellas Holzkästchen auf. Sie holte ein kleines Glas mit getrockneten Eukalyptusblättern heraus und mischte einen reichlichen Teelöffel voll mit dem Öl.

Dann bat sie Charlie, den Kessel auf den Ofen zu setzen, einen weiteren Topf mit Wasser zu füllen und ebenfalls einen Teelöffel Eukalyptusblätter aus dem Glas hineinzutun. Als Nächstes zog Ella dem Baby behutsam die Kleidung aus. Es würde ein wenig dauern, bis das Öl warm genug war, aber sie tauchte einen Finger in das lauwarme Kräuteröl und rieb es Holland in langsamen Kreisen auf die Brust. Dann nannte sie ein paar andere Dinge, die sie benötigte.

Charlie zog zwei schmale Vorhänge zurück, die die Längsseite des Wagens verhüllten. Ein Stapel Kisten bildete provisorische Stufen zu einer Art übergroßem erhöhten Bett, das mit Kissen und Decken übersät war. Er suchte eine Weile herum und Ella erhaschte flüchtige Blicke auf eine Kiste mit zusammengelegten Kleidern, einen Zylinder, der an der Wand hing, und ein paar blank polierte Stiefel. Charlie hatte inzwischen Notizbuch und Bleistift gefunden, schrieb eine rasche Notiz und riss das Blatt heraus. Beim Herabsteigen musste er ihren Blick in sein Privatgemach bemerkt haben, denn er schloss rasch die Vorhänge wieder und verbarg es vor ihren Augen.

Den Zettel reichte er Regina. „Bring das Mr Graven. Er wird bezahlen, was du brauchst. Er kann es mir vom Wochenlohn abziehen."

Regina nahm den Zettel mit einem Kopfnicken in Empfang, hielt aber den Blick auf Ella gerichtet. „Sie kann nicht hierbleiben. Das weißt du."

Holland zog wieder an ihrem Ohr und Ella gab es auf, am Kinn des Kindes nach geschwollenen Lymphknoten zu tasten. Die Kleine schaute zu ihr auf und Ella lächelte zärtlich.

Regina sprach leise. „Wenn Madame Broussard das herauskriegt …"

„Das wird sie nicht." Charlie strich sich mit der Hand über den Nacken. „Und es ist ja nicht für lange." Er schwieg eine Weile, und als er wieder sprach, war seine Stimme unendlich weich. „Ich weiß nicht, was ich sonst tun kann."

Regina streckte den Arm zu ihm hoch und drückte ihm mütterlich die Hand.

Ella überfiel erneut der Gedanke, wie wenig sie von diesem Mann wusste – von diesen Leuten überhaupt –, und sie wandte den Blick ab. Aber Charlie kam zurück ans Bett und kniete sich neben sie. Seine Gestalt war so breit und raumgreifend wie eh und je, aber in der Art, wie er Holland die kleinen Schuhe und dann die Strumpfhose auszog, lag eine anrührende Zärtlichkeit. Er legte beides beiseite. „Was können wir noch für sie tun?"

Ella sog langsam die Luft ein und hoffte mit jeder Faser ihres Herzens, dass sie auf diese Frage die richtige Antwort hatte.

Wenn bekannt wurde, dass er eine junge Frau mitgebracht hatte, würde nicht nur ein übellauniger Doktor ihm auf den Fersen sein. Charlie versuchte, nicht daran zu denken, als Ella ihren Mantel auszog und ablegte.

„Wir brauchen Apfelessig. Haben Sie den?", fragte sie. „Und Lakritzpastillen, die man in kleine Stücke teilen kann."

Charlie sah zu Regina hinüber, die nach ihrem Schal griff.

„Ich werde welche auftreiben. Sonst noch etwas?", fragte Regina.

Ella bat noch um ein paar andere Dinge wie Sirup, Brandy und weitere Mulltücher für kalte Umschläge. Regina befeuchtete ein Tuch und reichte es Ella.

„Wie stellen wir es an, dass sie die Sachen zu sich nimmt?", fragte Charlie, als Regina gegangen war.

„Ich weiß es noch nicht." Ella durchsuchte ihr Medikamentenkästchen und inspizierte etliche Flaschen. Zwei stellte sie schließlich auf die Bettkante. „Wir müssen es mit irgendetwas vermischen, was sie nimmt. Deswegen der Sirup. Apfelmus könnte auch gehen." Sie nickte in Richtung der Kräuter, die sie in das Öl gegeben hatte. „Wir erhitzen Eukalyptusblätter, der Dampf wird ihr ein bisschen Erleichterung verschaffen. Die anderen Kräuter sind gegen das Halsweh; ich fürchte, das kommt von einer Infektion. Und die verursacht das Fieber. Nur das Fieber zu senken, würde jetzt nicht viel nützen. Aber natürlich müssen wir es so niedrig wie möglich kriegen." Sie befühlte Hollands Windel und begann, die Sicherheitsnadeln zu öffnen.

„Das mache ich." Charlie zog einen Korb heran. Er arbeitete schweigend, bemüht, das Baby nicht mit den Nadeln zu verletzen, und legte die nasse Windel an die Seite. Er würde sie morgen mit dem restlichen Windelberg waschen. Dann bemerkte er, dass die Schwester ihn anstarrte.

Sie legte Holland den Handrücken auf die Wange. „Sie machen das gut mit dem Kind."

„Da bin ich aber froh. Sie hat nämlich nur mich." Er bereute seinen sarkastischen Ton, als er Ellas traurigen Blick sah.

Sie verlagerte die Kompresse von Hollands Stirn auf die Brust. „Die Mutter des Kindes ... ist sie verstorben?"

Charlie beförderte die Windel in den Wäschekorb.

Über seine Privatangelegenheiten redete er mit keinem *Zeisel.* Nie. Warum musste diese Frau nur so neugierig sein? Aber war er ihr nicht eine Antwort schuldig? Jetzt formten sich Worte in seinem Mund. „Hollands Mutter ist gestorben, als die Kleine fünf Wochen alt war."

„Das tut mir leid."

„So etwas geschieht", brach Charlie das Gespräch ab, ging zum Ofen und sah nach dem Kessel. Aber die Trauer hatte sich schon in seiner Brust festgesetzt. Er nahm einen leeren Blechbecher, der am Bett des Babys stand, und stellte ihn in die Spülschüssel. Seine Gedanken waren auf einmal ebenso ungeordnet wie die Dinge in diesem Raum. Was immer Ella ihn in das Wasser hatte geben lassen, es füllte den Raum mit einem intensiven würzigen Duft. Er spürte die Frische mit jedem Atemzug, den er nahm, und war dankbar, dass Holland dieselbe Luft atmete.

„Ich weiß es zu schätzen, dass Sie mitgekommen sind. Dass Sie helfen. Ich danke Ihnen."

Ella schenkte ihm ein zurückhaltendes Lächeln.

„Wann müssen Sie zurück sein im Hospital?"

Die junge Frau faltete ein feuchtes Tuch zusammen und rieb damit den Arm des Babys ab. Die Worte kamen zögernd. „Ich muss heute nicht mehr hin."

„Ich bezahle Ihnen die Zeit."

„Ich möchte nicht, dass Sie mich bezahlen."

„Ich würde es trotzdem gern tun." Charlie rieb sich das Kinn mit den Knöcheln. „Ich bekomme bald meinen Lohn. Wenn Sie ihr nur helfen, gebe ich Ihnen den und auch alles, was ich sonst noch habe."

Ihre blauen Augen schienen traurig zu werden.

„Was kann ich tun?", fragte er.

„Setzen Sie sich einfach einen Moment. Es gibt nicht viel zu tun, bis ich die Tinkturen und Tees zubereiten kann. Im Moment scheint sie ganz zufrieden zu sein."

Da sie jetzt allein waren, zog Charlie eine Kiste zum Zelteingang und setzte sich, sodass sie mehr Raum für sich hatte. Er hatte sich so platziert, dass jeder, der vorbeikam, ihn sehen konnte. Der Himmel wurde etwas heller.

„Ich nehme an, Sie müssen heute auch nicht arbeiten?", fragte sie.

„Bis zur nächsten Vorstellung jedenfalls nicht öffentlich."

Sie biss sich auf die Unterlippe und sah aus, als wolle sie gleich fragen, wie die öffentliche Version aussah. Er war froh, dass sie es nicht tat. Warum sollte er sie vollkommen aus der Fassung bringen? Charlie sah um sich. Mit einer Frau zusammen zu sein, die nicht Regina war, fühlte sich ungewohnt an. Er faltete die Hände und richtete seinen Blick auf Holland. Er wollte nicht, dass die Schwester sich befangen fühlte. Die Kleine schien ruhig zu schlafen.

Er räusperte sich. „Ich habe noch nie jemanden von den Stadtleuten mit hierhergebracht", bekannte er. Nicht in den Zirkus und schon gar nicht in dieses Zelt. „Es tut mir leid, wenn ich unhöflich war. Ich weiß nur nicht, was ich tun oder sagen soll, das ist alles neu für mich. Ich spreche nicht oft mit Menschen wie Ihnen."

„Menschen wie mir?"

Er spürte das verräterische kleine Grinsen. *„Zeiseln."*

„Zeiseln?"

„Menschen, die dafür zahlen, dass sie uns zusehen."

„Oh."

„Wenn ich also … ruppig war, tut es mir leid. Ich bin nicht gut in diesen Dingen. Das soll keine Ausrede sein. Ich möchte mich dafür entschuldigen, dass ich unfreundlich war." Das kam alles ganz falsch heraus. „Ich werde mich bessern. Jedenfalls werd ich's versuchen."

Ella lächelte, als wäre das die seltsamste Entschuldigung, die sie je gehört hatte. „Vielen Dank. Ich bin froh, wenn ich helfen kann."

Charlie senkte zustimmend den Kopf.

Jetzt legte Ella das Tuch aus der Hand und strich Holland eine Locke aus der Stirn. Charlie bemerkte, dass das Haar der Schwester ebenso hellblond war. Sie sah ihn an und in ihrem Blick lag Freundlichkeit. „Wie kommt es, dass Sie hier mit Regina zusammenleben?"

Charlie atmete tief ein. Kalte Frühabendluft wehte durch den Spalt ins Zelt und er zog die Plane etwas weiter zu. „Sie ist schon lange eine Freundin meiner Familie. Ihr Mann ist vor ein paar Jahren gestorben, und als ich dann mit Holland allein war, ist sie eingezogen, um uns zu helfen."

„Das ist sehr freundlich."

„Das ist eben Regina. Eine treuere Seele gibt es nicht. Ihr Vertrag besagt, dass sie für mich die Kostüme in Ordnung hält, aber eigentlich ist sie meine Taufpatin."

Ella quittierte die Bemerkung mit einem Strahlen, als sei Regina auch ihre Patin. Ihr Gesicht leuchtete auf und er wünschte, dieser entzückende Ausdruck würde länger anhalten. Aber sie wandte sich wieder dem Säugling zu. „Sie müssen ihr einfach Flüssigkeit einflößen, sooft sie sie schluckt. Sorgen Sie dafür, dass sie sich wohlfühlt. Und sich nicht zu viel bewegt. Schlaf ist das Beste. Der Kräuterdampf wird ihr guttun, am besten lassen Sie den Kessel die Nacht über kochen."

Durch den Zeltspalt erblickte Charlie Regina, stand auf und schlug die Zeltbahn zurück.

Die untersetzte Frau brachte einen gefüllten Korb. „Das allermeiste hab ich bekommen und Angelina hat angeboten, zum Konditor zu gehen und die Lakritzpastillen zu holen. Sie bringt sie vorbei, wenn sie zurück ist.“ Regina reichte Charlie einen Umschlag. „Und Mr Graven hat den halben Lohn vorgestreckt.“

Charlie stieß einen Seufzer der Erleichterung aus, blickte kurz in den Umschlag und blätterte die Scheine durch. Er nahm einen heraus und reichte ihn Ella, und als sie den Kopf schüttelte, faltete er ihn zusammen und steckte ihn in ihr Arzneikästchen.

Sie nahm ihn wieder heraus und schob ihn unter eine Blumenvase auf einer Kiste.

Charlie verdrehte die Augen. Ella lächelte. Dieses Spiel war noch nicht zu Ende.

Die nächsten paar Minuten verbrachte Ella damit, zu inspizieren, was Regina alles aufgetrieben hatte. Die beiden kamen leicht ins Gespräch, während Ella eine Tinktur zubereitete und Regina ein paar Hinweise gab, was sie am Abend tun sollte. „Wenn sie aufwacht, geben Sie ihr Tee aus dem blauen Krug und dann kochen Sie ihr Kamillentee.“

„Damit?“ Regina zog ein kleines Stoffsäckchen aus dem Korb.

„Ja, genau. Der Tee ist gegen die Infektion und Kamille wird sie beruhigen. Sie wird vermutlich viel schlafen, aber wenn sie aufwacht, geben Sie ihr kleine Bröckchen von den Lakritzpastillen. Sie müssen Sie aber sehr fein zerstoßen.“ Ella warf einen Blick auf Charlie und zögerte ein wenig, bevor sie sagte: „Ich sollte jetzt besser gehen. Ich kann morgen wieder nach ihr sehen.“ Sie griff nach ihrem Mantel. „Eis haben Sie sicher nicht?“

Er schüttelte den Kopf.

„Ich werde etwas mitbringen. Soll ich … denselben Weg nehmen, auf dem wir gekommen sind?“

„Am besten bringe ich Sie hinaus“, sagte er. „Morgen erwarte ich Sie am Eingang. Um welche Zeit?“

Sie schlüpfte in ihren Mantel. „Wie wäre es mit neun Uhr?“

Er nickte.

Sie traten aus dem Zelt, und obwohl es bereits eine Stunde vor Sonnenuntergang war, war der Himmel heller. Die Wolken rissen auf. „Sieht so aus, als ob das Wetter morgen besser wird", bemerkte sie.

Während sie nebeneinanderher gingen, war Charlie darauf bedacht, diesmal nicht so schnell zu laufen. Jede Menge Zirkusleute waren auf dem weitläufigen Gelände damit beschäftigt, alles aufzubauen und zu trocknen, was bis zum nächsten Tag fertig sein musste. Bunte Plakate wurden aufgehängt, die neben der Hauptvorstellung auch noch Dutzende von Nebenattraktionen und Sondershows anpriesen.

Da er die Konsequenzen kannte, die es haben würde, wenn man ihn mit einer Fremden hier sah, noch dazu mit einer jungen Frau, hätte Charlie sich gern etwas von Ella entfernt gehalten, aber er wollte nicht unhöflich sein. Also vergrub er die Hände in den Taschen und konzentrierte sich darauf, dass sich ihre Schultern nicht berührten.

„Es tut mir leid, dass ich Ihnen unterstellt habe ... nun, also ..." Ihre Stimme klang unsicher. Sie gingen hinter dem Hauptzelt entlang, wo die Gefahr kleiner war, dass man sie sah.

Charlie warf ihr ein Lächeln zu – vermutlich genau die falsche Reaktion, denn was sie ihm unterstellt hatte, war ja wohl, dass er die Frauen zu sehr mochte. Dass er mit einer Geliebten zusammenlebte – oder was immer sie sich gedacht hatte.

„Auch wenn Sie es vielleicht nicht vermuten, aber man hat mir durchaus gute Sitten beigebracht." Er wechselte an ihre andere Seite, die Hand aufs Herz gelegt. „Ich bemühe mich außerdem, nicht mit dem Gesetz in Konflikt zu geraten."

Ella schürzte die Lippen. Ihr Blick spiegelte Bedauern und sie sah aus, als würde sie sich gleich entschuldigen. Charlie lächelte und führte sie hinten um das bunte Zelt herum. Er hatte gedacht, es würde schwer sein, mit Zeiseln Freundschaften zu schließen.

Aber sieh mal an, wie gut er sich schlug.

Aus der Nähe ertönten Hammerschläge und Ella wandte den Kopf in die Richtung – er konnte nicht sagen, ob sie nur die Röte in ihren Wangen verbergen wollte oder aus Neugier.

Einen Moment später konnte er beobachten, wie ihr roter Mund offen stehen blieb, als vor ihnen ein paar Elefanten in das

Menageriezelt geführt wurden. Charlie starrte auf die Dickhäuter und versuchte sie so zu sehen, wie Ella es vielleicht tat. Versuchte sich vorzustellen, dass die gewaltigen Leiber und lappigen Ohren etwas ganz und gar Ungewöhnliches waren. Aber es gelang ihm nicht und so begleitete er Ella einfach bis zum Eingang und schleuste sie hindurch.

Nachdem er sich verabschiedet hatte, sah er ihr nach, wie sie die Straße überquerte. Von der nächsten Ecke winkte sie ihm noch einmal kurz zu und versprach, sie werde morgen um neun da sein. Hätte sein Vater jetzt neben ihm gestanden, hätte er Charlie gewarnt, bloß nicht zu gut mit ihr bekannt zu werden.

Charlie schlug die Faust in die Hand und gab sich alle Mühe, sich diese Warnung zu Herzen zu nehmen, während er sich auf den Rückweg machte.

# 5

Ella Beckley! Ich kann nicht glauben, dass du das gemacht hast!"

„Ich weiß", stöhnte Ella und legte den Kopf auf die verschränkten Arme.

Während sie hier mit ihrer Mitbewohnerin am Frühstückstisch saß, wusste sie, dass sie sich auf eine Gardinenpredigt gefasst machen musste – und das ganz zu recht.

„Sämtliche Schwestern waren außer sich. Du hast Dr. Penske einfach stehen lassen?"

„Ich weiß. Ich weiß!" Ella setzte sich auf. „Ich weiß nicht, was ich jetzt tun soll. Danke, dass du meine Sachen mitgebracht hast."

„Er hat sie mir praktisch in den Arm gedrückt." Margaret lächelte süffisant und beugte sich vor. „Weißt du, was sie tuscheln? Dass du wegen eines Patienten gegangen bist. War es dieser Zirkusprinz?" Ihre Augenbrauen hoben sich. „Ich hab noch gehört, was der für ein Theater gemacht hat."

Ella wich dem forschenden Blick der Freundin aus.

„Ja, er war es."

Sie nickte.

„Ella! Was ist passiert?"

Zögernd erzählte Ella ihre Geschichte und endete mit dem Bericht über Charlie und Holland und ihren Besuch auf dem Zirkusgelände. Margaret lauschte gebannt – kopfschüttelnd und mit offenem Mund.

„Ich kann es nicht glauben", flüsterte die dunkelhaarige Freundin.

„Es ist nur allzu wahr."

„Und gehst du heute wieder hin?"

Ella nickte. „Ich werde mir die Kleine ansehen und ein bisschen Eis für sie mitnehmen."

„Ist das aufregend!", juchzte Margaret mit runden Augen.

*Aufregend?* „Margaret, ich weiß nicht, was ich jetzt machen soll. Ich bin meinen Job los." Ella legte ihre Hand auf den Arm der Freundin. „Ich verspreche dir, ich werde nicht mit der Miete knapsen. Kannst dich drauf verlassen." Sie wusste nur noch nicht, wie das gehen sollte. Ella dachte an das Geld, das Charlie ihr angeboten hatte. Sie würde darüber nachdenken müssen.

Margaret drückte ihr die Hand. „Jetzt mach dir keine Sorgen. Uns fällt schon was ein."

Ella nahm einen Schluck Kaffee und überschlug, was sie an mageren Ersparnissen hatte. Als sie einen Blick auf die Uhr warf, setzte sie die Tasse abrupt ab. „Oh, ich muss los."

„Warum so eilig?"

„Ich hab versprochen, um neun da zu sein, und dafür ist es schon zu spät." Ella griff nach Schal und Arzneikästchen und hastete die Treppe hinunter; dann wieder hinauf, wobei sie jedes einzelne Stockwerk ärgerte, weil sie das Eis vergessen hatte. Sie schnitt einen kleinen Eisblock ab, wickelte ihn in ein Mulltuch und war schon wieder unten auf dem Gehsteig.

Ein eiliger Blick in beide Richtungen und sie überquerte die Straße. Das Zirkusgelände war nur drei Straßen entfernt und Ella rannte fast den ganzen Weg. Die Gehsteige waren beinah menschenleer, einige Geschäfte hatten sogar geschlossen. Aber viele strömten aus der Stadt zum Zirkusgelände für die erste Vorstellung, ungeachtet der dreckigen Straßen. Ein Tag im Zirkus war das wert.

Sie brauchte ein paar Minuten, bis sie in der Menge Charlie entdeckte. Er lehnte an einem der bunt bemalten Stände, die Arme über der Brust verschränkt, und Ella wusste, dass sie zu spät dran war. Sein Blick ging forschend in die Ferne und das Morgenlicht lag warm auf seinem braunen Haar. Ein zerknittertes weißes Hemd steckte lose im Bund, Hosenträger baumelten um seine Hüften. Dann sah er Ella und richtete sich auf.

„Sie sind spät, *schlichte, langweilige* Ella."

„Es tut mir leid."

An Charlies zuckenden Mundwinkeln konnte Ella sehen, dass er sie aufzog. „Hier entlang." Mit einem Kopfnicken in Richtung des Eingangs, den sie gestern auch genommen hatten, umging er die Schlangen, die sich dort gebildet hatten, und verursachte hier und da ein wenig Protest aus der Menge, die darauf wartete, ihr Tagesticket zu kaufen.

„Oh, keine Aufregung", murmelte er. Eine Hand auf eine niedrige Holzabsperrung gestützt, sprang er hinüber, drehte sich dann um und fasste Ella um die Taille. Wollte er sie hinüberheben?

Sie wich zurück.

Als ob er sein Verhalten bedauerte, nahm Charlie ihr das Eis ab und steckte es in die Tasche, dann hob er das Kästchen über den Zaun, reichte ihr den Arm und sie kletterte über die Bretter. Mit einem „Puh!" landete sie auf der anderen Seite und Charlie warf einem der Ticketkontrolleure am Eingang eine Münze zu.

Charlie lief los und Ella hielt mit ihm Schritt. Alles war ganz anders als am Tag zuvor. Die Sonne schien aus wenigen Wolken und das weitläufige Gelände war nicht länger ein Reich von Frost und Schatten. Zwar hatte ein Regenschauer die dünne Schneeschicht weggespült und den Boden in Matsch verwandelt, aber es waren jede Menge Leute unterwegs. Zwei Arbeiter schaufelten Sägespäne auf die Hauptgänge; ein Haufen kichernder Kinder starrte zu einem Stelzenmann hinauf, der über ihre Köpfe hinwegstolzierte. In der Luft hing der derbe Geruch von nassem Stroh und Mist nach einem Regenguss. Von irgendwo weiter weg hörte man die Rufe exotischer Vögel.

„Es tut mir leid, dass ich so in Eile bin", sagte Charlie. „Aber ich muss bald ins Zelt. Die Vorstellung beginnt erst um eins, aber ich muss vorher noch ein paar Dinge mit meinen Jungs abstimmen."

„Wie geht es Holland?"

„Dem Anschein nach ein wenig besser", seufzte er erleichtert.

„Das sind wunderbare Neuigkeiten", strahlte Ella Charlie an, was sie besser nicht getan hätte, denn unverhofft packte Charlie sie am Ellenbogen und zog sie aus dem Weg eines jungen Mannes, der mit Holzbällen jonglierend an ihnen vorbeilief.

Als sie weitergingen, ließ er sie los.

„Was tun Sie hier?", fragte sie, um ihre Verlegenheit zu kaschieren.

Die Hände in den Taschen vergraben, hob er das frisch rasierte Kinn. „Zweimal dürfen Sie raten."

Sie beäugte ihn von Kopf bis Fuß, wagte aber nicht zu gestehen, welche Vorstellungen sie sich in der letzten Nacht gemacht hatte. Dann nannte sie die kühnste. „Schwert … Schwertschlucker."

Charlie lachte. „Nein, dann hätte ich Sie vermutlich schon viel früher aufsuchen müssen. Einen Versuch haben Sie noch. Ich geb Ihnen einen Tipp, denn offenbar sind Sie nicht gut im Raten." Die Amüsiertheit in seiner Miene wärmte sie mehr als die abziehenden Wolken.

Sie sah ihn an, dann schaute sie sich um, dann wieder ihn an. Spürte, wie sich ihre Stirn in Falten legte. Die Lachfältchen um seine Augen vertieften sich, er wies mit dem Daumen über die Schulter auf ein Plakat an einem Absperrgitter. Als Ella näher trat, erkannte sie, dass es ihn zeigte – einen Zylinder tief ins Gesicht gezogen, hoch konzentriert, Löwen auf beiden Seiten. Mit weit aufgerissenen Augen las sie: „Wilde Löwen im Großen Zelt. Live und ungezähmt." Sie starrte ihn an. „Sie arbeiten mit Löwen?"

Er nickte.

„Ist das … nicht gefährlich?"

Er legte den Kopf zur Seite und die Sonne beschien seine olivfarbene Haut. „Würde ich hier stehen und mit Ihnen reden, wenn es das wäre?" Er winkte ihr, weiterzugehen.

Die Zelte, die sich im leichten Wind bauschten, wurden jetzt schlichter. Die verzierten Wagen mit ihren Glasfenstern, kleinen Gardinen und sogar ein paar Topfblumen sahen mehr nach Wohnstätten aus als nach Schaufenstern. Was bedeutete, dass Charlies Zelt und Wagen nicht mehr weit waren. Ella hatte es eilig, zu Holland zu kommen, aber ihr Schritt verlangsamte sich. „Sie sind nicht … hier in der Nähe, oder? Die Löwen, meine ich?" Er würde sie doch nicht etwa unweit des Babys halten?

Charlie grinste und legte Ella eine Hand in den Rücken, um sie weiterzuschieben. „Sie bleiben neben dem Hauptzelt."

„Und Sie kommen jetzt gerade daher?"

Er nickte und ließ die Hand sinken. „Ich arbeite immer vormittags mit ihnen, aber gestern war ich nicht dort. Das ist nicht ideal. Sie haben die üble Angewohnheit, sich schlecht zu benehmen, wenn sie eifersüchtig sind." Er zwinkerte ihr zu.

Ella war leise versucht zu fragen, was schlechtes Benehmen bei einem Löwen genau bedeutete.

Vor seinem Zelt war Regina in einen Tauschhandel um Kohle verwickelt. Sie unterbrach sich und wandte sich an Charlie. „Sie ist gerade aufgewacht. Und unsere gute Angelina hat ein Glas Honig vorbeigebracht für Axel."

„Angelina ist wirklich ein Engel", sagte Charlie und schlug den Zelteingang für Ella zurück, sodass sie eintreten konnte. Licht tanzte auf den Zeltwänden; innen war es so behaglich, wie sie es in Erinnerung hatte.

Dann entdeckte sie Holland, die auf dem Bett neben einem Stofftiger lag. Die Kleine schaute an die Zeltdecke, die der Wind bewegte wie das Gras in der Prärie. Ella ging ans Bett und kniete sich auf den Teppich. Holland drehte ihr den Kopf zu.

„Hallo, du Süße." Ella entnahm ihrem Arzneikästchen eine Taschenuhr und tastete mit dem Daumen nach dem Puls des Babys.

„Sie hat nicht gut geschlafen, aber heute Morgen geht es besser", sagte Charlie.

Ein Blick auf die Uhr bestätigte, dass Hollands Puls heute niedriger war – bei einhundertzwölf. Viel besser als vorher. Ella gab ihr einen Kuss auf die Stirn. Das Baby blickte mit lebhaften Augen von ihr zu Charlie. Der kleine Mund saugte an etwas, das wohl Lakritzpastillen waren.

Ella ließ die Uhr in die Tasche gleiten und wies auf das schmelzende Eis. „Würden Sie das bitte zerstoßen?"

Charlie trat an ein Regal neben dem Ofen und begann, das Eis zu zerschlagen; einen Augenblick später kam er mit einer Schale voller Eissplitter zurück.

„Perfekt." Bevor Ella nach einem Löffel fragen konnte, hatte er schon einen geholt.

„Essen tut sie noch immer nicht viel." Er kniete sich neben sie.

Ella strich Holland über die Stirn und nahm sie dann vorsichtig auf den Schoß. „Das Fieber ist noch da." Sie hielt dem Baby den Löffel an die Lippen; Holland zögerte, dann saugten die Lippen das Eiswasser ein.

Charlie beobachtete die beiden. „Sie hat ein wenig getrunken."

„Das ist ein gutes Zeichen."

Er hakte mit dem Finger eine Liste ab. „Tee … Tinktur … einreiben mit Öl – alles gemacht." Er furchte die Stirn. „Und noch etwas, an das ich mich nicht erinnere."

Ella lächelte. Der Eukalyptusduft hing noch in der Luft. „Haben *Sie* denn geschlafen?"

„Wie ein Murmeltier." Aber so abrupt, wie Charlie aufstand, spürte sie, dass er ihrer Frage auswich, indem er sich daranmachte, den kleinen Raum aufzuräumen.

„Du wirst noch zu spät kommen, Charlie", sagte Regina.

Ella hielt den Löffel weiter an Hollands Mund, die noch ein bisschen Eis in sich hineinnuckelte. Charlies Hemd war noch immer zerknittert und lose und jetzt bemerkte Ella auch, dass es am Kragen an einigen Stellen Risse hatte.

„Stammt das von einem Löwen?"

Charlie schielte auf den zerschlissenen Kragen hinab, wobei er sich die dicken Locken aus der Stirn streichen musste. „Oh. Ja. Han und Kristov fahren gern ihre Krallen aus, wenn wir balgen. Axel hat bessere Manieren." Als sei eine solche Aussage das Normalste der Welt, stieg Charlie über seine Kistenstufen in den Wagen und zog die Vorhänge hinter sich zu. „Habt ihr die neuen Plakate gesehen, die sie aufgehängt haben?", rief er von innen.

„Ja", antwortete Regina. „Sie sind fantastisch. Du siehst richtig grimmig aus."

Von hinter dem Vorhang kam seine Stimme. „Ich habe gelächelt, aber so will mich einfach niemand malen."

Regina blinzelte Ella zu.

„Hast du vielleicht meine Schminkdose gesehen?", fragte er.

„Ja, hier auf dem Regal."

Diesmal gedämpfter: „Und ich hatte schon gehofft, ich wäre sie endlich los."

„Er kann Schminke nicht leiden", flüsterte Regina Ella zu. Die kleine Frau rührte in einem Topf und Ella nickte, als verstünde sie, wovon die Rede war.

Holland hatte noch einen Mund voll Eis geschluckt, sodass Ella den kleinen Löffel neu füllte. Als Charlie nach seinem Hemd rief, watschelte Regina zu einem Stuhl, auf dem das gefaltete Kleidungsstück lag. Sie reichte es ihm hinter den Vorhang und nahm dafür das andere in Empfang. Ella bemühte sich zu ignorieren, wie er herumpolterte. Regina legte das zerrissene Hemd auf einen Stapel weiterer, die darauf warteten, geflickt zu werden. Dann verschwand sie hinter einem niedrigen Wandschirm, der wohl ihr eigenes Bett verbarg, denn sie tauchte mit einer gefalteten Decke wieder auf.

Als es Ella endlich gelungen war, Holland ein Lächeln abzuschmeicheln, öffnete sich der Vorhang und Charlie kletterte heraus. In schwarzen Hosen und hohen, blanken Stiefeln wirkte er noch imposanter. Unter der bestickten Weste leuchtete das frische weiße Hemd. Von einem Haken nahm er ein grünes Samtjackett, das vorn kürzer war als hinten und so dunkel, dass es fast schwarz wirkte, und ließ es sich über die breiten Schultern gleiten. Ella konnte den Blick nicht abwenden. Er knotete sich eine schwarze Krawatte um und schob sie mit geübten Fingern unter den Kragen. Ein kurzer Handgriff zum obersten Knopf und den Manschetten an beiden Ärmeln und er war fertig.

Sie musste ihn zu lange angestarrt haben, denn Charlie unterbrach sein Ankleidemanöver und lächelte sie an. Ihr fiel der Mund zu.

Mit einem leisen Lachen trat er vor einen Spiegel an der Wand, beugte sich vor und befeuchtete sein Haar aus einer Waschschüssel. Als Nächstes griff er zu einer Dose Pomade und strich sich etwas davon ins Haar. Ella streichelte Hollands kleine Fingerchen und sah zu, wie Regina ihm einen Kamm reichte. Er kämmte das Haar zurück, scheitelte es seitlich und kämmte es, bis es vollkommen glatt war.

Sein Blick fand ihren im Spiegel.

Verflixt! Sie starrte immer noch. Schnell stellte Ella die jetzt leere Eisschale beiseite, während Holland mit dem Löffel spielte und ihn in ihren pummeligen Händchen drehte. Dann ließ sie ihn fallen, fasste sich ans Ohr und Ella reichte ihn ihr wieder. Mit einem kleinen Stück Stoff wischte sie dem Baby die laufende Nase ab. Dass die Nase lief und dass sie keine Anzeichen eines Ausschlags entdeckt hatte, waren hochwillkommene Anzeichen, dass die Kleine doch nur eine Mandelentzündung hatte und nicht das weit ernstere rheumatische Fieber.

Charlie holte eine weitere Dose aus dem Regal und nahm ein paar Dinge heraus.

„Das Weiß. Nimm das Weiß“, sagte Regina.

„Nein, will ich nicht.“ Er rieb sich das glatte Kinn.

„Es ist die erste Vorstellung. Sie warten darauf.“

„Setz dich. Ich helf dir.“ Charlie grinste und Regina warf Ella ein Lächeln zu. „Sehen Sie, wie ich ihn verwöhne?“

Ella sah, dass Holland schlaftrunken blinzelte. Unwillkürlich presste sie dem Kind noch einen Kuss auf die Stirn. Charlie beobachtete sie mit einem merkwürdigen Gesichtsausdruck. Dann sagte Regina etwas und holte ihn damit aus seinen Gedanken zurück. Er zog eine Kiste heran und platzierte sie neben Regina, die mit einer Dose in der Hand auf ihn wartete.

Charlie setzte sich, legte den Kopf in den Nacken und schloss die Augen. Regina puderte ihm das Gesicht, bis es ganz weiß war; dann nahm sie einen schwarzen Stift und malte ihm mit geübten Strichen die Umrisse einer Maske auf, umrundete die Augen mit einer Art schrägen Katzenaugen und tönte die Maske dann mit sanften Pinselstrichen dunkel, bis sie schwarz war wie die Nacht. Die Wirkung war ebenso eigenwillig wie faszinierend.

„Machen Sie das vor jeder Vorstellung?“, fragte Ella.

Charlie schielte zu ihr hinüber und seine Miene war wachsam, als wüsste er, wie ungewöhnlich das alles war. „Ja, allerdings. Aber Regina ist zum Glück sehr gut in ihrem Metier.“

Die kleine Frau befahl ihm, den Mund zu halten. „Das sagt er nur, damit er es nicht selbst machen muss.“ Noch ein paar Striche mit dem Stift, dann lehnte sich Regina zurück und begutachtete ihr Werk.

„Jetzt bist du wirklich spät dran.“ Sie wischte sich die Hände mit einem Tuch ab.

Charlie kramte weiter herum und kam dann mit einem Spazierstock mit Kupferspitze und weißen Handschuhen wieder zum Vorschein. „Mein Hut?"

Regina wies auf seinen Wagen und Charlie holte einen schwarzen Zylinder, setzte ihn auf, nur um ihn nach ein paar Sekunden gegen einen anderen auszutauschen.

„Bis heute Nachmittag", sagte Regina.

Charlie verabschiedete sich, setzte den neuen Hut auf, zog ihn ins Gesicht und ein wenig zur Seite, sodass seine Augen im Schatten lagen. Er schenkte Ella ein schelmisches Lächeln. Sein Gesicht war mit der Schminke nicht weniger attraktiv als ohne.

„Adieu, Miss Holland", verabschiedete sich Charlie, zog den Hut in Richtung des Babys, ging zum Zelteingang und schaute dann noch einmal zurück. Seine grünen Augen wirkten jetzt irgendwie lebendiger. „Vielen Dank, Ella. Wenn Sie noch da sind, wenn ich fertig bin, begleite ich Sie hinaus." Ein Lächeln und er war fort.

Ella war nicht bewusst, dass ihr der Mund offenstand, bis Regina an ihren Topf zurückkehrte und sagte: „Wenn der Wind dreht, bleibt Ihnen das Gesicht so stehen."

Ella wandte sich zu der kleinen Frau um. Sie wusste, sie musste die Frage stellen, die schon lange gestellt sein wollte. Aber selbst jetzt war sie sicher, dass sie sich anhören würde wie ein albernes Schulmädchen. „Wie lange … wie lange sind Sie noch hier? In Roanoke?"

„Wir spielen drei Tage. Also ab morgen sind's noch zwei. Dann gehts weiter in den Norden."

Hollands ruhige Atemzüge füllten das Schweigen.

Ella sah auf das Baby und dann zur Zeltöffnung, durch die Charlie eben verschwunden war. „Und dann sind Sie fort … einfach so."

Reginas Lächeln war traurig, als verstünde sie. „Einfach so, *mia cara*", sagte sie sanft, dann legte sie eine kleine, weiche Hand an Ellas Wange. „Wie der Wind, Sie werden sehen. In diesem Augenblick weht er hier, im nächsten ist er fort. Keine Spur mehr davon, nichts als Erinnerung." Sie trat zurück und ging wieder an den Ofen.

Ella befürchtete, dass ihr Gesichtsausdruck sie verraten hatte, und als Regina weitersprach, wusste sie, dass es so war. „Wenn ich für jedes gebrochene Herz, das dieser Mann zurücklässt, eine Perle haben könnte …“

Reginas Flüstern verstummte, aber Ella ahnte, dass Regina in diesem Fall eine reiche Frau wäre.

# 6

Den Blick in die Ferne gerichtet, bahnte Charlie sich einen Weg durch die wartende Menge. Zeisel gafften immer, wenn er kostümiert war. Und besonders jetzt, nachdem sie in der Vorstellung gewesen waren. Er hatte gelernt, ihnen aus dem Weg zu gehen, weil jedes Gespräch unweigerlich persönlich wurde. Auch jetzt winkte er zwei Jungen nur kurz zu, die ihm nachsahen, als hätten sie tausend brennende Fragen. Als er wortlos vorbeiging, stand ihnen die Enttäuschung ins Gesicht geschrieben.

Doch dann meldete sich Charlies Gewissen und er kehrte um und ging die paar Schritte zurück. Sofort hatten sie ihn umringt.

„Füttern Sie die Löwen mit Zebras?“, fragte der Ältere der beiden.

„Nur wenn wir gerade keine kleinen Jungen mehr haben.“

Die beiden grinsten und ihre Mutter verzog den Mund.

Charlie zog grüßend den Hut und ging in die Hocke, um die Wissbegier ihrer Söhne zu befriedigen.

„Wo schlafen die Löwen?“

„Schnurren sie eigentlich?“

„Kratzt eine Löwenmähne?“

Weil er keine Chance hatte, zwischen ihren Fragen ein Wort einzuschieben, zauste er dem Jüngeren einfach das Haar, als der fragte: „Wie zähmt man eigentlich einen Löwen?“

Charlie blickte in die beiden sommersprossigen Kindergesichter und sah in Augen – in Seelen –, die eines Tages Männern gehören würden. Männern, die für Kinder und Frauen zu sorgen hatten. „Ihr wollt wirklich wissen, wie man einen Löwen zähmt?“

Sie nickten eifrig. Er winkte sie näher zu sich. Eine kleine, wagemutige Hand betastete die Goldlitze auf seinem Ärmel. Charlie lächelte. Leise und sanft flüsterte er ihnen etwas zu, Worte, die nur für ihre Ohren bestimmt waren.

Sie wichen zurück, ehrfürchtiges Staunen in den Gesichtern. Verwunderung.

„Wirklich?", hakte der Ältere nach.

Mit großer Geste legte Charlie seine Hand aufs Herz. „Vergesst es nicht." Dann stand er auf und nickte der Mutter der beiden und der Menge zu, die sich um sie gesammelt hatte. Mit einem kurzen Abschiedsgruß an die Jungen setzte er seinen Weg fort.

Die Vorstellung war gelungen. Es drängte ihn, nach Hause zu kommen, aber ebenso wenig wollte er die Fütterung der Löwen verpassen. Zweimal in der Woche erhielten seine Raubkatzen ihr Futter, etwa zwanzig Kilo Fleisch am Stück, und Charlie hatte es sich – ebenso wie vor ihm sein Vater – zur Gewohnheit gemacht, die Fütterung zu überwachen. Manche Tierpfleger glaubten, ein überfütterter Löwe sei friedlicher, leichter zu beruhigen. Dann wieder gab es Zirkusse, die ihre Großkatzen darben ließen, um Kosten zu sparen. Beides kam für Charlie nicht infrage. Er wollte seine Löwen gesund und zufrieden sehen, und um das sicherzustellen, war er bei jeder Fütterung dabei.

Aber er hatte länger gebraucht als gedacht, als er Ella versprochen hatte, sie hinauszubegleiten.

Als er das Zelt erreichte, fand er niemanden, nur eine Notiz. Charlie hängte Zylinder und Mantel auf, schälte sich aus der Weste und warf sie übers Bett, die Krawatte folgte. Ein wenig Öl befreite sein Gesicht von der Schminke, dann wusch er es gründlich am Waschtisch und trocknete es ab. Er verließ das Zelt wieder, um sich ein Sandwich zu holen, Ellas Notiz in der Hand.

Charlie holte sich sein Abendessen und verzehrte es im Schatten des Verpflegungszeltes. Um ihn her wimmelte es von Zirkusarbeitern und Artisten. Nachdem er noch ein Glas Limonade hinuntergespült hatte, trat er auf die belebte Zirkusstraße. Eine Zigeunertruppe jonglierte mit Kegeln; ein Stück weiter hinten bestaunte ein Menschenknäuel mit *Aaahs* und *Ooohs* drei Clowns, die auf bunten Stäben Teller kreisen ließen. Charlie ließ die Szene hinter sich; er hatte den Clowns schon unzählige Male zugesehen.

Mitten im Weg saß ein Mann vor einer rot bemalten Dampforgel. Unter seinen geschickten Fingern blies das Instrument eine fröhliche Countrymelodie aus den vergoldeten Pfeifen. Vor ihm auf dem Boden sammelte ein kleiner Affe mit einem Hut Münzen ein.

Durch die Menge war beinahe kein Durchkommen. Vor dem Zelt der Wahrsagerin warteten zwei Ladys, die Charlie ungeniert musterten, als er sich vorbeidrängte. Sie waren nach der neuesten Mode gekleidet, mit Spitzenkragen bis zum Kinn und Federn an den Hüten. Schweres Parfüm hing in der Luft und ein zuckersüßes Lächeln lag auf ihren Gesichtern. Charlie erwiderte es warm, aber was er wirklich *wollte,* war, Ella zu finden.

Dann entdeckte er sie. Sie stand neben dem Hauptzelt in der Sonne und betrachtete einige bunte Vögel in einem Käfig. Holland hatte sie sich in einem Tragetuch umgebunden und schaukelte sie sanft.

Charlie drängte sich durch die Menge und trat hinter sie. „Sie sollten nicht hier draußen sein", raunte er ihr leise ins Ohr.

Ella drehte sich um und sah ihn fragend an. „Es tut mir leid. Regina ist zum Markt gegangen. Holland war unruhig und ich dachte, wenn ich sie ein wenig herumtrage, würde sie das besänftigen. Sie hat heute das ganze Eis gelutscht und hätte wohl noch mehr genommen. Ich wünschte, ich hätte mehr mitgebracht. Jedenfalls dachte ich, ein wenig frische Luft und Sonne würden ihr guttun." Sie strich über den weichen Stoff des Tragetuchs, das normalerweise Charlie um die Brust trug. „Regina hat mir geholfen, sie in das Tuch zu binden. Holland ist sofort eingeschlafen."

Charlie blickte auf das Kind. Die runden Bäckchen lehnten an Ellas Brust, der winzige Mund war leicht geöffnet und sie lag so still, dass selbst hundert Zimbeln sie wohl jetzt nicht wecken konnten. „Sie verstehen es mit ihr", sagte er und meinte es ehrlich. Um Ella die Befangenheit zu nehmen, nahm er sie sanft am Ellbogen und zog sie behutsam vom Vogelkäfig fort. „Aber ich muss jetzt wirklich darauf bestehen, dass Sie wieder in unser Zelt gehen."

„Es tut mir leid."

„Nein, bitte nicht." Die nächsten Worte bereute er schon, bevor er sie ausgesprochen hatte. „Sie wissen ja, ich habe Ihnen gesagt, dass es gegen die Regeln verstößt, dass Sie hier sind ... mit mir."

Ella nickte ernüchtert.

„Das war ernst gemeint. Wenn Sie allein hier wären, wäre das okay. Aber mit Holland ... zu viele Leute könnten das Kind erkennen und ..." – er sagte es nicht gern – „Sie und mich zusammenbringen."

Er zog sie weiter.

„Was heißt das denn?", flüsterte sie.

„Es heißt ..." Im Weitergehen fuhr er sich mit der Hand durchs Haar. „Es heißt, ich sollte keine Gesellschaft haben. Jedenfalls nicht von Stadtvolk. Selbst eine Unterhaltung mit Ihnen hier draußen ist ..."

„Aber ich bin doch nur eine Krankenschwester!" Ihr verwundert-empörter Blick war so hinreißend, dass die Grenze zwischen *Ella* und *Schwester Ella* plötzlich verschwamm. Und wenn er ehrlich war, dann war das schon lange vor diesem Moment geschehen.

Trotzdem sagte er, was er sagen musste, weil es sicherer war. „Auch wenn Sie nur eine Krankenschwester sind. Und eine neugierige noch dazu." Dann grinste er und trat einen Schritt zurück, den Blick auf Ella gerichtet. „Ich kann Holland jetzt nehmen."

Ellas Hand strich der Kleinen über den Kopf, als hätte sie noch nie etwas anderes getan. Sie verweilte auf den blonden Locken, als wäre Holland zu schön, um wahr zu sein. Ella senkte den Blick und begann, das Tragetuch zu lösen. Charlie trat näher.

In einer Geste, die sie anscheinend überraschte, griff er nach ihrem Schal, der ihr heruntergerutscht war. Er legte ihn ihr über die Schultern, über die Brust, und verbarg Holland darunter. Das Tuch schützte das Baby in ihren Armen vor neugierigen Blicken und nahm ihm sein Unbehagen ein wenig.

Wortlos sah Ella zu ihm auf.

„War das auch wieder verkehrt?" Er hatte ihr nicht zu nahe treten wollen, hatte es aber vielleicht doch getan. Charlie suchte nach Worten und fand vermutlich die falschen: „Ich gehe heute auf dieser Straßenseite und Sie auf der anderen. Am Eingang treffen wir uns wieder."

Ella zögerte. „Ich habe noch meinen Arzneikasten in Ihrem Zelt."

Als Charlie sich kurz umsah, bemerkte er, dass die Sonne schon tief stand. „Ich muss mich gleich für die nächste Vorstellung fertig machen. Können Sie Ihre Sachen hierlassen und morgen holen? Oder soll ich sie Ihnen bringen?"

„Sind Sie sicher, dass ich morgen noch einmal kommen sollte?"

Hatte er sie gekränkt? Es stand zu befürchten. „Nur wenn Sie Zeit haben. Aber wie auch immer – ich möchte Ihnen die Zeit, die Sie investiert haben, und das Eis bezahlen."

Ella schüttelte wieder den Kopf. „Ich nehme kein Geld. Aber ich habe morgen Zeit."

Er hatte noch keine Antwort gefunden, als jemand ihn ansprach.

„Also, wenn das heute kein stolzer Prinz Charlie ist."

Charlie sah auf und blickte in das lächelnde Gesicht von Ruth.

„Die ganze Woche hab ich dich noch nicht zu Gesicht gekriegt", sagte sie.

„Ruth." Er nickte den beiden anderen Trapezkünstlerinnen, die neben ihr standen, herzlich zu. Die Mädchen in ihren knappen Rüschenhöschen und Schnürmiedern, die Gesichter puppenhaft geschminkt, hatten schon einen Schwarm von beifällig murmelnden Zuschauern angezogen, die zweifellos bewundernd auf die dünnen Strümpfe starrten, die die Beine der Mädchen vom Zeh bis zur Hüfte kaum verhüllten. Etwas, das Ruth, wie er wusste, genoss.

Die junge Schottin stemmte die Hände in die Taille, und als Charlie sich anschickte weiterzugehen, schwenkte sie bezeichnend die Hüften. „Und wann sehe ich dich mal wieder bei mir?"

„Wann sehe ich dich mal wieder bei *mir?*", entgegnete er und wich ihr aus. Er hatte Ella aus den Augen verloren.

Die Federn an Ruths Spitzenhöschen zitterten. „Hab keine Zeit für solchen Unsinn, weißt du doch."

„Und genau deswegen, meine Liebe" – Charlie blieb stehen und legte eine Hand aufs Herz –, „werden sich unsere Wege trennen."

Ruth setzte ihren Schmollmund auf, den Charlie schon seit Kindertagen von ihr kannte. Er wandte sich zum Gehen, um Ella zu finden.

„Hast heute in der Show gute Arbeit gemacht", rief Ruth ihm nach.

„Du aber auch", sagte er und blickte sich in der Menge um. „Ihr alle … Wirklich schöne Saltos."

Jetzt entdeckte er Ella. Sie stand auf der anderen Seite der Zirkusstraße. Gut so. Er hatte es ja so gewollt. Charlie musterte sie über die Entfernung und konnte selbst von hier aus erkennen, dass ihre Wangen gerötet waren. Was ihn veranlasste, noch einen Blick auf die Trapezartistinnen zu werfen. Wie mochte Ella sie sehen? Rüschen, dünne Strümpfe, Mieder, die mehr zeigten als verbargen – verglichen damit, wie die Damen aus der Stadt sich kleideten, war das völlig unzureichend. Skandalös unzureichend. Sein Blick ging zurück zu Ella. Ihre Wangen waren jetzt noch röter.

Als sie sich dem Ausgang näherten, wo sich nur noch das Stadtvolk drängte, ging er zu ihr hinüber. Schweigend wanderte sie die Zirkusstraße entlang, bis die auf die Straße zur Stadt mündete. Pferdekutschen ratterten vorbei; Kinder mit Schultaschen wuselten dazwischen herum. Gedankenverloren sah Charlie sich um. Aber Ella stürmte einfach weiter. Er rannte ihr nach. Er hatte versprochen, sie nach Hause zu begleiten. Und außerdem hatte sie Holland noch bei sich.

Als er sie fast erreicht hatte, wurde er langsamer, vergrub die Hände in den Taschen. Jetzt war unverfänglicher Small Talk sicher das Beste. Charlie versuchte ein Thema zu finden. Das Wetter? Er warf einen Blick zum Himmel und suchte nach irgendetwas, das ein normales, alltägliches Gespräch einleiten konnte.

Doch Ella kam ihm zuvor. „Wie hieß sie? Hollands Mutter", fragte sie leise.

„Ähm." Charlie blinzelte und rang um Fassung. Obwohl er nie über sein Privatleben sprach, gewöhnte er sich allmählich an die Fragen dieser Frau. Etwas in ihm wollte ihr antworten. „Ihr Name war Jessamine, aber ich habe sie eigentlich nie so genannt." Der bloße Gedanke an ihr sonniges Lächeln gab Charlies Herzen einen Stich.

Er folgte Ella um eine Straßenecke. Sie schwieg bis fast zur nächsten Straße.

„Woran denken Sie?", fragte er.

„Ich … habe mich nur gefragt … warum all diese Frauen …" Sie sah ihn forschend an, als könnte sie gerade hier, in diesem Moment, seinen Charakter lesen. „Haben sie sie gekannt? Sie scheinen mir nicht sehr … ähm, *geduldig.*"

„Wovon reden Sie?"

„Von Hollands Mutter. Es tut mir leid, wenn ich da ein schwieriges Thema anspreche. Aber ich versuche aus Ihnen klug zu werden, Charlie Löwenherz."

„Inwiefern?"

„Nun ja." Sie schüttelte den Kopf und schien nach den richtigen Worten zu suchen. „Haben Sie es bereut, dass Sie … die Situation rechtlich nicht geklärt haben?"

Charlie sah zu Boden. Rechtlich nicht geklärt? Sprach sie von Holland? Wie konnte sie das wissen? Er konnte erkennen, dass Ella das Gespräch unangenehm war, und versuchte, den Sinn ihrer Worte zu erfassen.

Vergeblich. *„Was?"* Die knappe Frage spiegelte seine Verwirrung.

„Es tut mir leid. Es geht mich ja nichts an. Es ist nur … ich weiß nicht, was ich denken soll." Ella kräuselte die Lippen. Charlie verschränkte die Arme vor der Brust und wartete. „Nun, ich muss gestehen", setzte sie wieder an, „ich bin mir nicht sicher, was ich von all dem halten soll. Von Ihnen und von Hollands Mutter. Von Ihnen und von diesen anderen Frauen."

„Mit diesen anderen Frauen spreche ich so gut wie nie."

„So sah es eben nicht gerade aus. *‚Und wann sehe ich dich mal wieder bei mir?'*" Sie machte eine Geste in die Richtung, aus der sie gekommen waren.

Bei ihrem Vorwurf wurde Charlie heiß. „Wie bitte? Sind Sie jetzt meine Mutter? Ella, ich habe vom Gottesdienst gesprochen."

*„Gottesdienst?"* Ihre Augenbrauen schnellten hoch und blieben

so lange oben, als seien sie am Himmel festgeklebt. „Das hörte sich für mich aber nicht sehr fromm an."

Charlie atmete langsam aus, dann sah er ihr direkt in die Augen. Er würde bereuen, was er jetzt sagen würde, denn es war nicht wahr. „Offen gesagt interessiert es mich nicht, was Sie denken."

„Sie hat mehr Respekt verdient. Von diesen Frauen." Ella sah aus, als verabscheue sie ihn. „Und von Ihnen auch. Sie war doch ein lebendiger Mensch."

„Wer?"

„Hollands Mutter!" Sie spuckte die Worte beinahe aus, während ihre Augen Feuer sprühten.

Charlie starrte auf den Gehsteig, dann auf das Baby, dann auf Ella. Kniff die Augen zusammen. „Ich verstehe nicht." Er machte einen Schritt auf sie zu, aber sie wich ihm aus und einen Moment lang glaubte er, sie würde ihn ohrfeigen. Was zum Kuckuck war nur in sie gefahren? Dann ging ihm auf, was ihre Worte bedeuteten – trafen ihn ins Herz und drängten ihm die Worte auf die Zunge. „Ella! Jessamine war meine *Schwester.* Holland ist nicht meine Tochter."

Ella riss die Augen auf.

„Sie ist meine Nichte. Haben Sie gedacht, ich bin ihr Vater?"

„Sie haben gesagt, das Kind sei Ihres."

„Nun, das ist es ja auch – jetzt." Denn außer ihm hatte die Kleine niemanden mehr. Und er hatte alles gegeben, was er hatte, um sie wiederzubekommen. Bei Gott, er würde alles daransetzen, dass das etwas zählte.

„Ooohhhh …", stöhnte Ella und ihre Hände zuckten, als taste sie nach einem Stuhl, auf den sie sinken konnte.

„Hatten Sie gedacht …?" Er schüttelte den Kopf, unfähig, angemessene Worte zu finden. Wie kam sie darauf, dass er mit jeder Frau, die ihm unter die Augen kam, das Bett teilte? „Jetzt sind Sie mir böse."

Sie schüttelte den Kopf. Nickte. Schüttelte wieder den Kopf.

Ohne dass er es wollte, verzog sich sein Mund zu einem Lächeln.

„Sie haben mich übel hinters Licht geführt", sagte sie.

Das Lächeln verschwand sofort. „Ich hab Sie nicht hinters Licht geführt." Charlie forschte in ihrem Gesicht. Nie zuvor war er gegenüber einem völlig Fremden so offen gewesen wie zu ihr. „Ella, bitte glauben Sie mir das. Ich hätte nicht gedacht, dass Sie solche Schlüsse ziehen könnten."

Ein seltsamer kleiner Laut kam aus ihrer Kehle.

„Aber ... ich kann jetzt verstehen, dass es in gewisser Weise naheliegend war, so zu denken."

Wieder dieser Laut. Nur dass sie ihn jetzt zornig anfunkelte.

„Meine Güte, Ella! Ich weiß wirklich nicht, was ich mit Ihnen anfangen soll. Sie sind so ... kompliziert!"

„Ich bin kompliziert? Warum haben Sie mir nicht gleich gesagt, dass Holland Ihre Nichte ist?"

„Nun, ich binde nicht gern jedem meine Privatangelegenheiten auf die Nase." Jetzt kamen zwei Männer mit Filzhüten vorbei und beäugten sie, was Charlie veranlasste, die Stimme zu senken. „Aber Sie stellen zu viele Fragen und keine Antwort ist Ihnen recht und deshalb war es das jetzt." Charlie machte eine abwehrende Handbewegung. Er hätte einer Fremden erst gar keinen Einblick in sein Leben geben sollen. Und schon gar keinen Zutritt zu seinem Zuhause. Er hätte ihre Hilfe für Holland annehmen und sie dann nach Hause schicken sollen. Jedenfalls hatte er nicht *so etwas* erwartet. Dieses Etwas, das er nicht benennen konnte. Das sich aber mit jedem Moment, den er in ihrer Nähe verbrachte, stärker in ihm bemerkbar machte.

Sein Blick folgte dem blonden Haarkranz auf ihrem Kopf, den ein kleines weißes Schleifchen hinter dem Ohr festhielt. Und schon sagte er wieder Worte, die er bereuen würde. „Wenn ich mit Ihnen zusammen bin, habe ich ständig das Gefühl, ich mache etwas falsch." Er fuhr sich mit der Zunge über die Lippen und wagte sich noch weiter vor. „Mit niemand anderem, den ich kenne, geht mir das so. Ruth zum Beispiel. Ich kenne sie, seit sie drei war. Und es war immer so zwischen uns wie das, was Sie vorhin beobachtet haben. Nun ja, vielleicht nicht *ganz* so."

Ellas Augen verengten sich zu schmalen Schlitzen. So viel zu seinem Versuch, witzig zu sein.

„Wir sind noch nie einer Meinung gewesen, Ruth und ich. Aber sie ist mir nicht böse und blafft mich nicht an. Sie geht dann einfach." Und wenn sie sich wiedersahen, hatte sie die Sache vergessen. Ruth war leicht zu durchschauen.

Ella schob die Unterlippe vor. Dann zitterte ihr Kinn.

O nein.

Charlie schloss die Augen. Für einen Moment hielt er den Atem an, blies ihn dann aus, öffnete die Augen wieder und sah, dass Ella Holland aus dem Tragetuch hob. Ein neuer Ausdruck lag auf ihrem Gesicht. Ein so tiefer Schmerz, dass er fürchtete, sie hatte mit ihren Worten noch sehr viel mehr sagen wollen. Er überlegte, wie er es wiedergutmachen könnte, wollte sie fragen, was sie so sehr schmerzte …

„Sie wissen, was Sie tun müssen. Für Holland." Ellas Kinn zitterte noch immer. Sie zögerte, dann schlossen sich ihre Finger fest um Hollands pummelige Gestalt und sie hielt sie ihm entgegen. Es sah aus, als könnte sie die Kleine ewig so halten.

Charlie nickte geistesabwesend und nahm das Baby, das zappelnd aufwachte.

„Falls ihr Zustand sich verändert, können Sie mich hier finden." Ella warf einen Blick auf das mittlere Fenster im dritten Stock. „Aber ich denke, noch ein paar Tage mit derselben Behandlung wie bisher werden reichen, damit sie wieder ganz die alte ist." Die Stimme versagte. „Leben Sie wohl, Charlie."

Ella trat zurück, sah ihn unter feuchten Wimpern hervor an und hastete dann die Stufen zu ihrem Wohnhaus hinauf.

Es schmerzte, als er die Stirn gegen die Holzwand seines Wagens schlug, aber Charlie wiederholte es noch zweimal. Regina schaukelte hinten im Zelt auf ihrem niedrigen Stuhl und er spürte ihren Blick auf sich ruhen.

Noch einmal schlug er den Kopf an die Bretter, dann sah er sich zu ihr um.

„Die Schwester", sagte sie. „Ella?

Er nickte.

„Vielleicht ist es so das Beste."

Ja, sicher. Warum drängte es ihn dann, zurückzugehen und Ella zu sagen, dass es ihm leidtat? Dass er nicht behutsamer mit ihr umgegangen war. Dass er ihr gesagt hatte, sie sei kompliziert, seltsam. Und sogar zweimal, sie sei langweilig. Schlimmer noch, er war ausfällig geworden. Hatte sie zum Weinen gebracht. Hatte gesagt, es interessiere ihn nicht, was sie dachte.

Kein Wunder, dass er noch nie Freunde gefunden hatte – nicht außerhalb der Zirkuswelt.

*Versuch bloß nicht, dich mit Zeiseln anzufreunden. Es lohnt sich nicht.*

Wie oft hatten seine Eltern ihm das gesagt, als er noch ein Kind war. Und sich unten in die Stände an der Zirkusstraße gehockt und beobachtet hatte, wie die Kinder aus dem Stadtvolk herumrannten und Spaß hatten. Charlie war nicht so dumm gewesen, auch nur den Versuch zu machen, mit ihnen in Kontakt zu kommen. Er würde sie ja doch nie wiedersehen.

Kein Wunder, dass er jetzt alles verdorben hatte. Er hatte keine Ahnung, was er mit Ella anfangen sollte. Musste sich klarmachen, dass er auch *sie* nie wiedersehen würde. Charlie rieb sich die Stirn mit den Fingerspitzen. Als Regina die Dose mit der Schminke öffnete, war das sein Signal. Er schloss die Augen, nahm einen tiefen Atemzug und öffnete sie wieder.

Sein Blick fiel auf Holland, die friedlich in ihrem Bett schlief, einen feuchten Umschlag auf der Stirn.

Er war Manns genug hierfür.

Er zog eine Kiste zu Reginas Stuhl und setzte sich, während sie die Schminkdose in ihren Schoß legte. Charlie nahm den Kopf zurück, schloss die Augen ... und gestattete Regina, den letzten Funken Frieden, der ihm noch geblieben war, wegzuschminken.

Langsam sog er die Luft ein. Stieß sie wieder aus. Er musste sich bewusst machen, dass das hier nicht sein wahres Ich war. Es war nur eine Show. Nur eine weitere Vorstellung, wenn auch von anderer Art. Keine Löwen. Nur er selbst. Er spürte Reginas Finger kühl auf der Stirn, als sie die Haut schwärzte. Und ihm diesen gejagten Ausdruck gab, der ihr so gut gelang. So wie sein Vertrag es von ihm verlangte.

Dieses Papier, das seine Unterschrift trug. Dass er seinen Körper verkaufte. Sein Leben. Für das von Holland.

Es war es wert. Er atmete schwer. Es war es wert.

„Charlie", flüsterte Regina.

Die Augen noch immer geschlossen, räusperte er sich.

„Atme, mein Junge."

Als sie ihr Werk fast beendet hatte und die Hände wegnahm, nickte er nachdrücklich.

„Wir müssen das nicht mehr lange machen." Ihre Stimme klang wie ein Hoffnungsschrei. „Die Schulden sind fast bezahlt. Du hast es fast geschafft."

Er nickte noch einmal, mit trockener Kehle. Nur ein Jahr. Hollands erstes Lebensjahr. Das hatte er versprochen.

Aber sein Puls raste. Die Premiere war immer am schlimmsten. Ein neues Publikum. Fremde Gesichter. Buhrufe von Leuten, die ihn noch nie zuvor gesehen hatten. Der Schmerz darüber war mit jedem Premierenabend schlimmer. Ein Teil von ihm starb dabei – der Teil, der immer noch davon träumte, dass jede neue Stadt auch die Chance für einen Neuanfang böte. Aber jedes Mal war diese Chance schon vertan, sobald Reginas Hände und ihre Kunstfertigkeit mit dem Pinsel ihren Dienst taten … und er ausführte, was er Madame Broussard hatte versprechen müssen …

Gerade die Menschen, mit denen er sich ein normales Zusammensein wünschte, zahlten gutes Geld, um ihn in der Manege anzugaffen.

Er war froh, dass Ella an diesem Abend nicht hier war, sondern außerhalb seiner Welt.

„Fels des Heils", sagte Regina leise, „geöffnet mir."

Jetzt erst merkte er, wie rasend sein Atem ging. Charlie versuchte ruhiger zu werden. Und suchte in seinem Herzen nach dem alten Choral. An den klammerte er sich an jedem neuen Tag und die dunklen Nächte hindurch. Es war das Einzige, was ihn davor bewahrte, den Verstand zu verlieren.

„Birg mich, ew'ger Hort, in dir", sang Regina leise für ihn weiter.

Die nächste Zeile ging ihm durch den Kopf und er stieß die Luft aus. Regina machte die letzten Pinselstriche. Heute Abend würde er nicht in den Spiegel schauen. Er hasste diesen Anblick.

Regina schraubte den Deckel auf die Schminkdose und Charlie stand auf. „Fertig?"

„Damit kriegst du ein Riesenpublikum." Es sollte ein Kompliment sein, doch es fühlte sich ganz und gar nicht so an.

Charlie nickte, bemüht, Kraft zu sammeln, sein Herz zu beruhigen. Gegen seinen Schatten war Regina winzig, fast verloren. Sie drückte ihm die Hand. Als sie sie zurückzog, krempelte Charlie den Ärmel hoch und starrte auf die Stelle, wo der Schriftzug *Carpe Diem* mit anderen dunklen Linien verschwamm. „Ich glaube, ich kann heute nicht …"

„Holland hat sich gerührt." Reginas Stimme klang warnend. Er würde keine andere Antwort bekommen, sie wussten beide, dass ihm keine Wahl blieb.

„Bitte nimm du sie." Er wollte nicht, dass Holland ihn so zu sehen bekam.

Regina stand auf und das Baby hörte auf zu weinen. Charlie trat an den Schlitz im Zelt, der in die schwarze Nacht hinausführte. Als wüsste sie, dass er gleich gehen würde, begann Holland zu wimmern. Das Gesicht noch immer abgewandt, griff er nach dem schwarzen Umhang, der am nächsten Zeltpfosten hing.

Charlie warf sich den Umhang über die Schultern und zog sich die Kapuze tief ins Gesicht, sodass es fast verborgen war. Hollands Gewimmer hatte sich zu einem Weinen gesteigert. Durch den Zeltspalt drang das Licht von Fackeln. Rief nach ihm. Erinnerte ihn daran, dass er später im Fackelschein auf die Knie sinken würde – nichts als ein Ausstellungsobjekt.

Hollands heiseres Weinen zerriss ihm das Herz. Seine Arme brannten förmlich danach, sie darin zu bergen. Sie an sich zu drücken. So zu tun, als wäre dies alles hier nur ein schlechter Traum. Aber genau *darum* tat er das alles ja überhaupt nur.

Damit er sie bergen konnte. An sich drücken. Damit diese Hoffnungslosigkeit nicht auch ihre Zukunft bestimmen musste.

Obwohl er doch wusste …

Es hätte für sie noch viel schlimmer kommen können. *Viel schlimmer.*

Das war das Stichwort, das er brauchte, um die Schultern zu straffen und sich aufzurichten. Wenn er jetzt in die Dunkelheit hinausging und der Menge den Nervenkitzel gab, nach dem sie verlangte … konnte er später zu Holland zurückkehren, sie in den Arm nehmen und gewiss sein, dass sie in Sicherheit war.

Und nur aus diesem einzigen Grund trat er hinaus in die Nacht. Nur aus diesem einzigen Grund würde er es auch morgen wieder tun.

# 7

Morgenlicht drang durchs Fenster. Ella saß am Tisch, die Arme auf die Zeitung gebreitet, die sie studierte. In der Nacht hatte es geregnet, aber nun leuchtete ein klarer Tag durch verwehende Wolkenfetzen.

Margaret stand neben ihr und kramte in einem Kästchen mit Schnüren und Schleifen. Ella überflog die Anzeigen in der Hoffnung auf irgendein Jobangebot. Vielleicht als Kindermädchen oder Wäscherin. Sie wäre auch mit einem Kellnerjob hochzufrieden; mit Haushaltsarbeiten kannte sie sich aus. Ihre Ersparnisse würden aufgebraucht sein, nachdem sie die Miete für diesen Monat bezahlt hatte … Und nachdem Charlie *nicht* Hollands Vater war.

Den ganzen Morgen hatte sie über fast nichts anderes nachdenken können.

Als sie vorhin auf den Gehsteig hinuntergeschaut hatte, wo er am Abend zuvor gestanden hatte, waren ihre Gefühle verworrener als die Bänder, die Margaret gerade aufzudröseln versuchte.

Margaret verschwand im Schlafzimmer und kam ohne Schleifen wieder. „Wozu hat man freie Zeit, wenn man andauernd nur in der Wohnung hockt?“

Ella sah die Freundin an.

„Ich hab gedacht, ich geh mal in den Zirkus. Warum kommst du nicht mit?“ Margaret strich eine Falte an ihrem Volantrock glatt und goss sich eine Tasse Kaffee ein. „Zeitung lesen kannst du später immer noch.“

Ella seufzte. „Ich würde vielleicht mitgehen, aber ich muss wirklich Arbeit finden.“

Margarets Kopfnicken bestätigte, dass das nur allzu wahr war. „Ich weiß. Aber …“ Sie sah Ella flehend an. „Komm doch mit. Bitte. Die Plakate sagen, sie sind nur noch morgen hier, und heute ist mein einziger freier Tag. Es soll wirklich sensationell sein, hab ich gehört. Es gibt ganz unterschiedliche Darstellungen und Attraktionen ... Und vor allem die Tiere!" Margaret nahm sich ein Brötchen von einem Teller in der Mitte des Tisches, brach ein Stück ab und steckte es in den Mund. „Ich würde gern mal einen Elefanten sehen. Und" – sie fächelte sich sehr betont Luft zu – „ein paar von den schneidigen Mannsbildern, von denen alle reden."

Ella lächelte müde. Sie wollte ganz und gar nicht in den Zirkus. Aus Gründen, die sie nicht nennen konnte. Aber einen Grund gab es doch, der vernünftig klang und leider nur zu wahr war. „Ich muss jeden Cent sparen, den ich habe." Und das waren wenige genug. „Für die Miete."

„Ich lade dich ein."

Ella lachte auf.

„Was ist daran so komisch?"

„Nichts." Nur die Ironie des Ganzen. Sie musste wieder daran denken, wie Charlie ihr über die Absperrung geholfen hatte. Ihre Hand in seiner. Sie hatte sich den Gedanken daran nicht oft gestattet. Aber jetzt, nach ihrem Streit und allem, was passiert war, betrachtete sie ihre Finger und versuchte sich zu erinnern, wie seine Berührung sich angefühlt hatte.

„Ist da drin jemand zu Hause?" Margaret tat, als klopfe sie an Ellas Kopf. „Wo bist du gerade?"

Ella blinzelte hastig. „Tut mir leid. Amüsier dich gut. Und erzähl mir hinterher alles."

Margaret seufzte. „Also schön. Dann amüsiere ich mich also im Zirkus ... mit mir allein."

Ein bittersüßes Lächeln stahl sich auf Ellas Lippen – und in ihr Herz die Versuchung, sich Margaret anzuschließen, sich die Ausstellung anzusehen, Popcorn und Limonade zu kaufen, und das alles nur für eine letzte Chance, den Löwenbändiger noch einmal zu sehen. Wenn auch nur aus der Ferne.

Selbst wenn sie nur hier saß, konnte sie Charlie beinahe vor sich sehen – wie er mit seiner eindrucksvollen Persönlichkeit nicht nur die Manege, sondern auch seine Furcht einflößenden Gefährten beherrschte. Das dunkle, glatt gekämmte Haar, blütenweiße Handschuhe und sein geschminktes Gesicht. Lebhafte

Augen, hinter denen sich eine geheimnisvolle Wirklichkeit verbarg. Wusste sein Publikum, wer dieser Mann war? Wie er sich um ein Kind sorgte, das nicht seines war? Ein Waisenkind, das er ins Herz geschlossen hatte?

Ella schluckte den Kloß im Hals hinunter und bemühte sich, die Freundin anzulächeln.

Es wäre leichter, die Perle zu verschenken, die sie Reginas Halskette schuldete.

Mit einem Abschiedsgruß eilte Margaret die Treppe hinunter und Ella riss die Zeitungsseite heraus, auf der sie drei Anzeigen eingekringelt hatte. Gesucht: eine Näherin in der Fifth Street, eine Wäscherin in einem gut gestellten Haushalt und ein Kindermädchen für drei Jungen.

Wenn sie jetzt in der Wohnung blieb, würde sie es später nur bedauern. Also griff Ella nach ihrem Mantel und ging hinaus. Ihre Mutter hatte ihr und ihren Schwestern beigebracht, wie man mit Nadel und Faden umging, aber bis dorthin, wo eine Näherin gebraucht wurde, würde sie jeden Tag recht weit laufen müssen. Vielleicht ein wenig zu weit. Aber einen Versuch war es wert. Der Wäscherinnenjob wäre nur wenige Straßen entfernt und die Anzeige, die ein Kindermädchen suchte, kam aus einem der wohlhabenderen Häuser am Stadtrand. Das war die Adresse, die sie sich einprägte, während sie ihren Mut zusammennahm.

Draußen lachte die Sonne fröhlich und Ella lief Richtung Westen. Der klare, ruhige Tag beschwingte sie, und als sie ein paar Straßen weiter an die Tür eines eleganten Stadthauses klopfte, öffnete ein Bediensteter, der sie in einen Empfangsraum führte. Ein großer, feingliedriger Mann führte das Gespräch mit ihr und ließ sie wissen, dass er der Vater der Jungen war. Drillinge. Sie hatte noch nie mit Drillingen zu tun gehabt. Und je mehr Fragen dieser Mann, der seinen Blick ein wenig zu direkt auf ihr ruhen ließ, an sie richtete, umso unbehaglicher wurde ihr zumute.

Es wurde nicht besser, als er fragte, wie jemand, der so jung und so hübsch sei wie sie, ohne Stellung sein konnte. Er zwinkerte ihr zu und Ella beeilte sich, einen Grund vorzuschieben, warum sie die Stelle nicht annehmen konnte.

Die Erinnerung an ihn überlief sie heiß, als sie das Haus verließ, um zum nächsten Angebot zu gehen – der Position der Wäscherin. Sie klopfte an der angegebenen Adresse und ein Zimmermädchen öffnete.

Ella hielt ihr die Anzeige entgegen. „Ich bin hier, weil Sie …"

„Es tut mir leid, wir haben die Stelle bereits besetzt."

„Besetzt?"

Die Bedienstete nickte bekräftigend und fragte, ob sie sonst noch etwas für Ella tun könnte.

„Nein, vielen Dank." Auf dem Gehsteig setzte Ella sich einen kurzen Moment in den fleckigen Schatten eines blattlosen Ahorns und las die letzte Anzeige noch einmal – die für eine Näherin. Sie wollte wirklich nicht jeden Tag zwei Meilen laufen müssen, aber allzu viele Optionen gab es nicht.

Die Sonne stand bereits hoch, als sie das schmale Ziegelhaus erreichte. Sie wurde der Familie vorgestellt und erfuhr, dass sie nur fünfzehn Cent am Tag verdienen würde, und das bei langen Arbeitszeiten, allerdings hätte sie Kost und Logis frei. Sie folgte der Hausherrin zu einem Schrank, dem diese ein Dutzend modische Kleider entnahm, die die letzte Schneiderin des Hauses genäht hatte. Ella schluckte und musste zugeben, dass sie besser flicken und Knöpfe annähen konnte, woraufhin sie freundlich entlassen wurde.

Mit wunden Füßen ging Ella zurück zu ihrer Wohnung. Die kleine Hoffnungsflamme war verloschen. Vielleicht brachte die morgige Zeitung das Richtige für sie.

Wieder zu Hause machte sie sich ans Putzen, um etwas zu tun zu haben. Da der Tag so schön war, trug sie die Betten aufs Dach zum Lüften. Dann sah sie nach ihren Kräutertöpfen in dem kleinen Gewächshaus, das zu nutzen der Vermieter ihr erlaubt hatte. Die Petersilie war grün und kräftig, die Erdbeeren röteten sich schon und vom Schnittlauch nahm sie eine Portion mit hinunter in die Wohnung.

Bald danach kam Margaret zurück und berichtete mit glühenden Wangen, was sie alles gesehen hatte. Über die Vorstellung war sie ganz aus dem Häuschen. Sie beschrieb alles wortreich und detailliert – das Zelt, den Beifall des Publikums und die großartigen Darbietungen von Artisten und Tieren. „Dann habe ich die Toilette gesucht, und du glaubst nicht, was ich dabei gesehen habe! Ein paar Zirkuswagen waren im Schlamm stecken geblieben – diese bunt bemalten, verzierten Wagen, du weißt schon." Sie gestikulierte wild. „Ein paar Arbeiter versuchten, einen freizuschieben. Und weißt du, was?" Ihre braunen Augen waren weit aufgerissen und funkelten.

So sehr, dass Ella lächelte. „Nein, was?", fragte sie theatralisch.

„Sie hatten einen *Elefanten* dabei. Das hättest du sehen sollen. Wirklich aufregend! Aber sie haben den Wagen trotzdem nicht freibekommen, auch nicht mit einem Pferdegespann. Schließlich ist die Deichsel gebrochen und sie hatten alle Mühe, den Elefanten davon abzuhalten, den Wagen noch tiefer in den Dreck zu schieben."

Ella nickte ernst und dachte daran, dass Charlie erzählt hatte, wie sie gestrandet waren. Und das war kein Spaß gewesen.

„Und dann die Männer. Jede Menge Männer!" Margaret zog die Spitzenhandschuhe aus. „Aber für mich hat sich nur irgendein Hinterwäldler interessiert. Ganz bestimmt nichts für mich. Er und seine Kumpane trugen nicht mal anständige Hüte und von den jungen Damen, die sie im Schlepptau hatten, hatte eine nicht mal ihre Strümpfe ordentlich hochgezogen. Man sollte doch denken, dass die Leute bessere Manieren haben ..." Margarets Hand erstarrte in der Luft. „Oh, tut mir leid, das hätte ich nicht sagen sollen."

Ella schüttelte den Kopf, sie war nicht im Mindesten peinlich berührt. Sie schämte sich nicht dafür, dass sie auf dem Land aufgewachsen war, in einer Familie, die so arm war, wie diese Leute es sicher sein mussten. Ella hatte auch einmal rutschende Strümpfe getragen.

Margaret legte die Handschuhe auf einen Stuhl und Ella hakte nach. „Hast du auch die Löwen gesehen?"

Margarets Augenbrauen tanzten. „Deinen Zirkusprinzen habe ich gesehen, falls du das meinst. Später war er auch bei dem festgefahrenen Wagen und hat mit ein paar anderen die Räder freigeschaufelt, bevor die Deichsel brach. Ich hätte ihn allerdings fast nicht erkannt – ungeschminkt und ohne sein fesches Kostüm. Er sah aus wie einer von den Arbeitern."

Etwas stach in ihrem Herzen, und bevor sie noch mehr hörte, bot Ella rasch an, das Abendessen zu richten.

„Du bist ein Schatz." Margaret zog sich die Schnürstiefel von den Füßen. „Ich mach inzwischen den Abwasch."

Ella bereitete eine einfache Mahlzeit aus getoastetem Roggenbrot und Käse aus dem Kühlfach zu und rührte den letzten Rest Honig unter die Butter. Margaret erkundigte sich nach ihrer Stellensuche und beim Essen erzählte Ella von ihrem erfolglosen Ausflug. Als Margaret sich daranmachte, die Küche aufzuräumen, wünschte Ella ihr eine gute Nacht und ging früh schlafen.

Ihr taten die Füße weh, und um die Wahrheit zu sagen ... auch das Herz.

Ella schlüpfte unter die Decke und der Schlaf ließ nicht lange auf sich warten. Es konnte nur wenige Stunden vergangen sein, als ein ungewohntes Geräusch sie weckte. Alles war dunkel, die Straßen unten still. Still, außer einem polternden Klang im Korridor. Schritte. Dann pochte es an der Tür.

Ella setzte sich auf. Mit klopfendem Herzen wartete sie. Es klopfte noch einmal. Sie schlug die Decke zurück und warf einen Blick auf Margaret, die in dem anderen schmalen Bett schlief. Beim dritten Klopfen spähte Ella von der Schlafzimmertür aus durch den dunklen Wohnraum zur Tür, die sie noch von dem nächtlichen Besucher trennte. Sie wollte ganz sicher nicht öffnen und überlegte, ob sie Margaret wecken sollte.

Dann wurde aus dem Klopfen ein Hämmern und jemand rief ihren Namen.

Die Stimme kannte sie.

„Ella. Ich bin's, Charlie", rief er durch den Briefschlitz. Ella hörte ein Baby weinen. „Sind Sie da? Ich habe Holland bei mir. Sie ..."

Nun war Ella schon an der Tür und schloss hastig auf. Sie drückte die Klinke herunter und Charlie, Holland auf dem Arm, blickte auf sie herunter.

„Kommen Sie rein.“ Sie hielt ihm die Tür auf und sein Trenchcoat rauschte über die Schwelle.

Das Baby wimmerte und hielt die Pfote des Stofftigers umklammert; Tränen liefen ihm über die Wangen.

„Sie will nicht essen, nichts trinken und auch nicht schlafen“, keuchte Charlie.

„Haben Sie es mit Eis versucht?“

„Ich habe kein Eis.“

Natürlich. Deshalb war er hier. Ella eilte zum Eisfach, klappte den Messinghenkel hoch und nahm den kleinen Eisblock aus der Holzkiste. Sie legte ihn auf den Tisch und wühlte in einem Tongefäß mit Küchengeräten nach einem Holzklopfer und einem Buttermesser. Sie spaltete etwas Eis vom Block und zertrümmerte es mit dem Hammer in feine Kristalle. Charlie stand neben ihr, als sie den Löffel füllte.

Ella lehnte ihre Schulter an die seine und hob dem Baby den Löffel an den Mund. „Hier, meine Süße“, flüsterte sie. „Versuch das mal.“ Sie schob ein bisschen Eis zwischen die Lippen des Kindes und die Kleine lutschte das gefrorene Wasser. „So ist es fein.“ Ein paar Eiskrumen, die auf dem Kragen von Hollands Nachthemd landeten, wischte Ella fort.

Holland schluckte, krümmte sich und fing wieder an zu weinen. Ella warf einen forschenden Blick auf die Schlafzimmertür, die aber geschlossen war, und füllte den Löffel erneut. Das Ganze wiederholte sie etliche Male, bis das Weinen des Kindes nachließ. Das kalte Eis tat dem Hals der Kleinen gut und brachte zugleich die höchst notwendige Flüssigkeit in den Körper. Holland drückte ihre verweinte Wange an Charlies Brust und rieb das Gesichtchen an seinem Hemd.

Ella strich ihr mit der Hand über den Rücken. „Vielleicht schläft sie ja jetzt.“

„Ich behalte sie einfach im Arm.“

„Sie sollten sich setzen.“

Er sah müde aus. Ella nahm eine zerdrückte Decke vom Sofa, aber Charlie war schon vor dem alten Möbel auf den Boden gesunken.

Die Schlafzimmertür ging auf und Margaret steckte den Kopf hindurch. Ein Blick auf Charlie – und Margaret machte Augen so groß wie Mühlräder.

„Das ist schon okay", sagte Ella. „Er … ist … ein Freund." Sie nannte seinen Namen und hoffte, Margaret würde nicht gleich enthüllen, dass sie bereits von ihm gesprochen hatte.

„Was macht er hier?", flüsterte Margaret.

Charlie warf Ella einen Blick zu. Sie kniete neben ihm und winkte ihre Mitbewohnerin heran. „Seine Kleine ist immer noch krank."

Margaret verschwand und kam in einem Morgenmantel zurück. Mit einem wachsamen Blick auf Charlie kniete sie sich neben Ella und legte Holland die Hand auf die Stirn. „Oh, sie fiebert."

„Sie hat eine Infektion." Ella spulte die Liste der Maßnahmen ab, mit denen sie es schon versucht hatte, von Tee bis zu Kräutertinktur.

Charlies Blick ging zwischen Margaret und Ella hin und her und blieb dann auf Ella liegen.

„Ich habe ihr einfach zerstoßenes Eis gegeben. Hast du noch eine andere Idee?", fragte Ella Margaret.

„Nein. Aber ich weiß, dass diese Dinge Zeit brauchen. Oft etliche Tage. Geht es ihr denn schlechter oder besser?"

Ella warf Charlie einen fragenden Blick zu.

„Ich dachte, es ginge ihr besser", sagte er. „Aber dann hat sie den ganzen Tag nichts gegessen und auch kaum etwas getrunken. Die Kräutertinktur hat sie geschluckt, sonst aber nichts. Ich konnte sie auch nicht zum Einschlafen bringen und ich glaube, sie hat Hunger. Ich wusste nicht, was ich tun sollte, also bin ich hergekommen." Seine Wimpern hoben und senkten sich, während er Ellas Gesicht studierte.

Ihre Stimme klang schwach. „Das ist normal, meinst du nicht, Margaret? Dass sie nicht viel isst?"

Margaret nickte. „Auch wenn sie kaum etwas isst – solange sie genug Flüssigkeit bekommt, wird sie sich erholen. Die Halsentzündung macht das Schlucken schwer." Sie sprach hauptsächlich zu Ella und warf nur einen kurzen Blick auf Charlie, als sie geendet hatte. Margaret war der kontaktfreudigste Mensch, den man sich denken konnte, und ihre Unsicherheit jetzt betonte nur, wie ungewöhnlich die ganze Situation war. Ein Mann in ihrer Wohnung.

Ella erforschte Kopf und Herz, fand aber keine Spur von Furcht darin. Was sie tatsächlich fand, ließ sie ratlos zurück. Sie sah Charlie an.

„Was muss ich tun? Für heute Abend?", fragte er. „Was kann ich tun, damit sie sich wohler fühlt?"

„Haben Sie etwa bis jetzt versucht, sie zum Einschlafen zu bringen?" Ella schaute zur Uhr – es war viertel vor drei. Fast Morgen.

„Versucht, ja." Er nahm seine Hand von Hollands Kopf und fuhr sich übers Gesicht. „Letzte Nacht war es auch schon so."

Ella sah ihn prüfend an. „Charlie?"

Der Blick in seinen früher so strahlenden Augen flackerte unstet.

„Haben Sie geschlafen?"

Er antwortete nicht.

„Charlie, bitte, seien Sie ehrlich. Haben Sie überhaupt geschlafen?"

Langsam schüttelte er den Kopf.

„Und gestern Abend haben Sie gearbeitet und morgen müssen Sie ebenfalls auftreten, ja?"

Er nickte.

Besorgt, das Baby könnte vom Sofa rutschen, eilte Ella ins Schlafzimmer, griff ihr Bettzeug und breitete die Decken neben Charlie auf den Boden. Dann bedeutete sie ihm, das schlafende Kind abzulegen, und bat Margaret, nicht ihretwegen aufzubleiben. Sie wusste, dass die Freundin am nächsten Tag Frühschicht hatte, und war erleichtert, als sie hörte, dass Margaret in die Kissen sank.

„Um welche Zeit müssen Sie heute auftreten?", fragte Ella und deckte das Baby sorgfältig zu.

Charlie räusperte sich. „Ich sollte um acht bei den Löwen sein. Sieben wäre besser."

„Und was haben Sie gegessen?"

Als er keine Antwort gab, musste sie dem Drang widerstehen, ihn zu rütteln. „Holland schläft jetzt. Lassen wir sie ein wenig ausruhen. Sie können sich dazulegen und ein bisschen die Augen zumachen und ich mache Ihnen etwas zu essen. Sie können ruhen, essen und ganz rechtzeitig zu Hause sein."

Charlie sah Ella ins Gesicht und ließ seinen Blick ungeniert darin umherwandern. Etliche Haarsträhnen hatten sich aus ihrem Zopfkranz gelöst, die Ella jetzt feststeckte. Sie sagte seinen Namen sanft, aber er sah sie nur an. So lange, dass ihr Herz zu schmerzen begann, wenn sie an die Worte dachte, die sie sich so zu sagen sehnte.

Sie ging zu ihm hinüber und kniete sich neben ihn. „Charlie." Sie strich ihm über den Ärmel, berührte kaum den Stoff, bevor sie die Hand zurückzog.

Sein Blick folgte der Bewegung und galt dann wieder ihrem Gesicht.

„Es tut mir sehr leid", sagte sie. „Können Sie mir verzeihen? Wegen gestern?"

Er blinzelte ein paarmal.

„Ich habe Sie unfair behandelt und ich war sehr unfreundlich. Es tut mir wirklich leid."

Immer noch sah er sie nur an und sie wünschte, sie könnte ergründen, was er dachte. Ganz sicher war er mit seinen Kräften am Ende.

Sie schluckte. „Werden Sie jetzt bitte schlafen und mir erlauben, Ihnen etwas zu essen zu machen?"

Endlich senkte er den Kopf und fuhr sich mit der Hand durch das zerzauste Haar. War das ein Nicken gewesen?

„Das wäre nett", sagte er mit rauer Stimme. Sein Blick fand den ihren. „Vielen Dank."

Ella stand auf, legte ein paar Kohlen ins verglimmende Feuer und ging zum Küchenschrank. Was konnte sie rasch zubereiten? Sie fand ein Glas mit Mais und eine Tüte Mehl und mit den Eiern aus dem Kühlfach rührte sie rasch einen Teig für Maispfannkuchen zusammen.

Der schmelzende Eisblock fiel ihr wieder ein und sie wischte die kläglichen Reste vom Tisch. Ella durchstöberte den Eisschrank und nahm den Schnittlauch und den Schinken heraus, den Margaret – die Gute – vom Markt mitgebracht hatte. Sie schwor sich, ihrer Freundin das Geld zu erstatten, schnitt einen Streifen ab und machte daraus kleine Würfel, die sie in den Teig gab. Sie würde auch einen frischen Eisblock kaufen müssen. Entschlossen schob sie jeden Gedanken an ihre schwindenden Ersparnisse beiseite, stellte eine eiserne Pfanne auf den Herd, gab Butter hinein und maß den Teig für drei kleine Pfannkuchen dazu. Während die Pfannkuchen braun wurden, ging sie zurück zum Sofa, zu Charlie und Holland.

Sie wollte ihn gerade wecken, war dann aber froh, es nicht getan zu haben, wie er da so vor ihr auf dem Fußboden lag, den Kopf in ihre Bettdecke vergraben und einen Arm um Holland gelegt. Beide schliefen friedlich. Der Anblick rührte ihr Herz mit einer Empfindung, die sie nicht kannte. Ella trat noch näher, nahm die Decke vom Sofa und breitete sie sanft über Vater und Kind.

*Nein, nicht Vater,* erinnerte sie sich. Aber wenn man sah, wie er die Kleine im Arm hielt … wie er anscheinend alles, was er besaß, für dieses Kind hergab … sie konnte ihn sich nur als Vater für sie vorstellen. Sie zog die Decke über seiner Schulter fest.

„Schlaf schön, Charlie“, flüsterte sie.

Der Duft der Pfannkuchen rief sie zurück an den Herd; sie wendete die Kuchen, froh, dass sie auch kalt noch schmecken würden. Jedenfalls würde er ein kräftiges Frühstück bekommen. Und dann konnte sie ihm vielleicht zeigen, dass sie es mit ihrer Entschuldigung ernst gemeint hatte. Mit Gottes Hilfe konnte sie diesen Schmerz in seinem Blick vielleicht mildern – den Schmerz, den erst ihre Worte aufgerissen hatten.

# 8

Ella“, sagte die leise Stimme eines Mannes.
Sie räkelte sich, helles Licht schien ihr ins Gesicht.

„Ella.“ Es war Charlie, der ihren Namen sagte. Die Erinnerung an die Ereignisse ein paar Stunden zuvor kam wieder und Ella blinzelte in den gelblichen Dunst des Morgens.

Charlie kauerte vor ihr. „Schlafen Sie immer vor der Tür?“

Sie zog das Nachthemd enger um die Beine, erschüttert, dass sie so rasch eingeschlafen war. Noch dazu mit einem Fremden in ihrer Wohnung. „Nein.“ Sie setzte sich auf. Alles tat weh. „Ich wollte nur nicht, dass Sie verschwinden, ohne etwas gegessen zu haben.“ Deshalb hatte sie sich vor der Wohnungstür auf den Fußboden gesetzt; sie hatte nicht eindämmern wollen. Sie erinnerte sich nicht einmal richtig daran, wie es passiert war.

„Oder wollen Sie mich hier festsetzen?“ Charlie nahm einen Bissen von dem Pfannkuchen, den er bereits in der Hand hatte. „Am Frühstückstisch?“ Er lächelte.

In ihrem Nachthemd und Morgenmantel kam sie sich im hellen Tageslicht ausgesprochen fehl am Platz vor. Noch dazu, da Charlie vollständig angezogen war, samt Mantel und Stiefeln. „Ich sehe, ich hätte mir keine Sorgen machen müssen.“ Sie machte Anstalten aufzustehen und Charlie half ihr auf. Seinen sanften Händedruck spürte sie noch lange, nachdem er ihre Hand wieder losgelassen hatte. „Wie geht es Holland?“

„Sie schläft noch.“

„Und wie lange sind Sie schon wach?“

„Ein Weilchen.“

„Und Sie haben mich einfach da vor der Wohnungstür schlafen lassen?“

Charlie legte die Stirn in Falten. „Hätte ich Sie in Ihr Bett tragen sollen?“

„Nein!“, rief Ella und sie spürte, wie ihr die Hitze in die Wangen stieg. „Ich meinte – Sie hätten mich wecken können.“

„Sie sahen so friedlich aus.“ Sein Gesichtsausdruck war Ella noch immer ein Rätsel.

Egal. So kam sie nicht weiter. „Ich sollte mich anziehen. Es wird nur ein paar Minuten dauern. Sind Sie dann noch da?“

„Kann ich.“

War das zu direkt gewesen? Als wünschte sie sich, dass er blieb. Ella drängte sich an Charlie vorbei, bemüht zu ignorieren, wie er sie ansah. Aber bevor sie im Schlafzimmer verschwand, warf sie einen Blick über die Schulter und wäre beinahe gegen den Türpfosten gerannt.

Großartig. Und er grinste.

Ella schloss die Tür und zog sich rasch an. Sie gab sich Mühe, Margaret nicht zu stören, die morgens nicht gut aus dem Bett kam. Ella kämmte sich und flocht das Haar fürs Erste zu einem einfachen Zopf. Mit einem geflüsterten Dankeschön, dass Wasser im Waschkrug war, wusch sie sich das Gesicht und spülte den Mund aus. Sie rubbelte sich die Wangen mit einem Handtuch ab, dann nahm sie einen Pullover vom Haken an der Tür und zog ihn über ihr gelbes Seersuckerkleid. Sie erlaubte sich einen Moment, ihr Spiegelbild zu begutachten. Gespenstisch einsame Augen blickten sie an. „Morgen zieht er weiter“, sagte Ella zu sich selbst. *„Morgen.“* Sie steckte eine widerspenstige Haarsträhne zurück in den Zopf. „Damit werde ich mich abfinden müssen.“

Ihre Gefühle – ihr Herz – fest in beiden Händen, ging sie ins Wohnzimmer und trat ans Sofa, um nach Holland zu sehen.

Charlie kniete vor dem Ofen und warf eine Schaufel Kohlen nach.

Hatte er das Feuer für sie angemacht? So musste es wohl sein. Margaret war noch nicht wach, und selbst wenn sie es gewesen wäre, hatte Ella ihre Zweifel, ob die Freundin sich in ein Zimmer getraut hätte, in dem ein Löwenbändiger auf dem Fußboden döste.

„Danke“, sagte Ella, als er die Ofentür schloss.

„Ich danke *Ihnen.*“ Charlie legte den Kopf schräg. „Für das Frühstück … und den Schlafplatz.“ Er lächelte wieder, dann rieb er sich gedankenverloren das Handgelenk. Es war nett, dieses

Lächeln. „Und für Ihre Hilfe heute Nacht. Ich wusste einfach nicht, was ich tun sollte." Jetzt rieb er das andere Handgelenk. „Mit Ihnen alles in Ordnung?"

Ella schluckte und ging zu dem Deckenberg, in dem das Baby schlief, die rundliche Wange auf ein Damastkissen gelegt. Sie setzte sich neben die Kleine und legte ihr die Hand auf die Stirn. Die Haut war kühl. Gut. „Ich denke, Schlaf war das, was sie gebraucht hat", sagte Ella. „Und vielleicht mag sie jetzt auch etwas essen. Ich kann auch etwas anderes machen, wenn sie keinen Pfannkuchen nimmt."

Charlie sah Ella forschend an, als spürte er, welcher Kampf in ihr tobte. „Wir sollten jetzt gehen. Kann ich die Pfannkuchen mitnehmen?"

Ella verzog den Mund. Dann kam ihr ein Gedanke. Wie sie ihm und Holland noch ein letztes Mal helfen könnte. „Wie wäre Folgendes: Ich füttere die Kleine und könnte sie vielleicht auch baden. Und dann bringe ich sie Ihnen zurück. Wenn Sie das erlauben."

„Müssen Sie heute nicht arbeiten?"

Ella wollte gerade den Kopf schütteln, aber es war an der Zeit, ihm eine ehrlichere Antwort zu geben. „Nein." Langsam stand sie auf und rieb die Hände aneinander. „Ich arbeite nicht mehr dort."

Charlies Augen forschten in ihrem Gesicht. Würde es die Gründe verraten?

„Aber doch nicht, weil ..." Er versuchte offensichtlich zwei und zwei zusammenzuzählen. „Weil Sie mir gefolgt sind?", flüsterte er. „Dafür hat man Sie entlassen?"

Fast hätte sie genickt.

„Ella."

„Ich denke, ich wäre auch von selbst gegangen." Vielleicht stimmte beides ein wenig.

„Wegen Holland." Das war keine Frage.

„Ja", murmelte sie leise.

„Ella." So, wie er ihren Namen hauchte, hatte sie plötzlich das Gefühl, alles würde wieder in Ordnung kommen. Als stünde jemand ihr zur Seite. Jemand, der stark war und tüchtig und dem etwas an ihr lag. Aber das Gefühl verschwand so rasch, wie es gekommen war. Sie kannte ihn ja kaum. Und er würde bald weiterziehen. *Sehr* bald. Ella sah zu ihm auf, ließ ihren Blick von der sanft gewölbten Stirn zum leicht vorstehenden Kinn wandern und erlaubte sich einen winzigen Moment volle Konzentration auf seinen Mund, bevor sie sich wieder ganz in den Blick vertiefte, der mit einer zarten Verletzlichkeit auf ihr lag. Was bedeutete dieser Charlie Löwenherz ihr denn?

Und was konnte sie ihm schon bedeuten?

Ihr Angebot fiel ihr wieder ein und sie setzte ein, wie sie hoffte, überzeugendes Lächeln auf. „Vertrauen Sie mir. Ich kümmere mich um Holland, sorge dafür, dass sie etwas isst, und bringe sie dann vorbei. Es wäre mir eine Freude." Vielleicht war Humor die beste Strategie. „Ich habe heute ja doch nichts anderes vor und sie würde mich vor Stunden der Langeweile bewahren."

„Wenn das so ist?" Ein flüchtiges Lächeln.

Ella nickte.

Er sah auf das Baby hinab, das jetzt tief schlief und zum ersten Mal seit Tagen friedvoll aussah. „Dann nehme ich an …" – er beäugte Ella noch einmal, als wolle er sichergehen, dass ihr nicht plötzlich Hörner wuchsen – „… kann es nicht schaden, Holland schlafen zu lassen. Aber nur, wenn es Ihnen nichts ausmacht, sie später zurückzubringen."

„Es wäre mir ein Vergnügen."

Charlie studierte sie noch einen Augenblick, aber jetzt, so bemerkte sie, auf eine irgendwie andere Weise. Auf eine Weise, die ihr sehr bewusst machte, dass sie eine Frau war und er ein Mann. Dann wandten beide gleichzeitig die Köpfe in Richtung der schleppenden Schritte jenseits der Schlafzimmertür. Die Schritte blieben stehen, vielleicht lauschte Margaret von der anderen Seite.

„Ich sollte jetzt gehen, dann kann Ihre Freundin rauskommen. Sie fühlt sich bestimmt schon als Geisel in ihrer eigenen Wohnung." Er legte seinen Mund so nah an Ellas Ohr, dass ihr ein kleiner Schauer über den Rücken lief. „Ich bin überzeugt, sie fürchtet sich vor mir."

Ella sah zu ihm auf, während er langsam von ihr zurücktrat. Mit einem raschen Blick nahm sie alles in sich auf: seine beachtliche Gestalt in dem schwarzen Mantel, der bei jedem Schritt den Boden fegte, bis zu den hohen Stiefeln mit den klirrenden Schnallen, die wer weiß welchen Zwecken dienten.

„Sie können einen schon ganz schön einschüchtern", sagte sie halb im Ernst und halb im Scherz.

Er lächelte und sah noch einmal zu Holland, bevor er zur Tür ging. „Oh." Eine Hand griff in die Tasche und er zog ein Zehncentstück heraus.

In der Jackentasche hatte nichts geklimpert, sodass Ella annahm, dass es die einzige Münze war, die er besaß.

„Damit Sie den Eintritt zahlen können." Charlie reichte ihr die Münze. „Und Ella", er hatte eine Hand zur Faust geballt und rieb mit dem breiten Daumen der anderen über die Fingerknöchel, „ja, ich verzeihe Ihnen … und ich hoffe, Sie verzeihen mir auch."

Ella schnürte sich plötzlich die Kehle zu. Sie rang sich ein Lächeln ab und nickte. „Danke, Charlie."

Sein Adamsapfel tanzte und er sah sich in der Wohnung um. „Es gibt noch etwas, das ich Ihnen sagen muss. Wir … würden eigentlich morgen weiterreisen. Heute sollte die letzte Vorstellung sein. Aber wir haben Schäden an einigen Wagen. Und dazu sind die Straßen nach Charlottesville immer noch sehr schlammig. Und zwar so sehr, dass unser Vortrupp kaum durchgekommen ist. Der ganze Zirkus schafft es auf keinen Fall."

Ella atmete tief ein. Hielt den Atem an.

„Sie mussten umkehren. Und nach dem Regen in der Nacht wurde beschlossen, dass wir hierbleiben, bis das Wetter trockener ist."

Was sagte er da?

In der Ferne ertönte ein Böllerschuss, gefolgt von gedämpften Beifallsrufen. „Wir sind also noch ein paar Tage hier. Ich hoffe, das ist euch hier in Roanoke recht. Wir werden auch ein gutes Programm anbieten, versprochen." Jetzt tauchten seine Augen so tief in ihre, dass sie sich bewusst erinnern musste, auszuatmen. „Sie müssen uns also noch ein wenig länger in Kauf nehmen."

Ihre Lungen füllten sich mit Luft. Ein paar Tage. Etwas so Geringfügiges. Aber aus irgendeinem Grund weckten diese Worte etwas in ihr – Wärme, Hoffnung – und sie wagte es, die Düsternis, die unweigerlich folgen würde, zu ignorieren.

Verriet ihre Miene ebenso viel verwundertes Staunen wie seine? Sie musste einfach lächeln. Was in Ordnung zu sein schien, denn er tat es auch.

# 9

Holland schlief noch, während Ella durch die Wohnung schlich, die Kochnische aufräumte und versuchte, Margarets endlose Fragen zu beantworten.

Wie lange ist Charlie schon beim Zirkus? *Weiß ich nicht.*

Warum heißt er Löwenherz? *Hab ich mich auch schon gefragt.*

Warum ist das Baby nach einem Land benannt? *Ich bin mir ziemlich sicher, es ist kein Land.*

Findest du ihn nicht ein bisschen angsteinflößend? *Am Anfang vielleicht. Aber … nein.*

Und warum das so war, versuchte sie selbst noch zu verstehen.

Etwas in ihr wusste, sie sollte sich vor Männern fürchten. Dass sie es nicht tat, überraschte sie selbst. Jedenfalls fürchtete sie nicht alle Männer und nicht grundsätzlich. Furcht weckten in ihr nur solche Vertreter des männlichen Geschlechts, die sich geistlich gaben; sie wusste, welche Abgründe an Bosheit sich unter einer solchen Fassade auftun konnten. Viel besser, wenn ein Mann freimütig zu sich stand. Und sich nicht hinter irgendwelchem Gewäsch von Gnade und Erbarmen versteckte.

Ella packte die Schüssel, die sie spülte, fester und schob die aufsteigenden Erinnerungen beiseite. Unwillkürlich hatte sie tief eingeatmet und stieß die Luft jetzt seufzend aus.

Margaret hatte es eilig, rechtzeitig zur Frühschicht zu kommen. Als es an der Tür klopfte, öffnete Ella dem Milchmann, bezahlte ihn und verabschiedete Margaret, die mit einem Winken aus der Wohnung eilte. Am Herd stellte Ella einen kleinen Topf auf die Platte, goss etwas Milch hinein, tat eine Prise Zucker dazu und ließ sie warm werden.

Sie war froh, dass Charlie in der Nacht so umsichtig gewesen war, eine Tasche für Holland mitzubringen, die das Wichtigste enthielt. Sie durchsuchte den Baumwollbeutel und fand zwei trockene Stoffwindeln, eine Garnitur Wechselkleidung und eine Saugflasche mit Nuckel – genau das Richtige, um ein wenig

Nahrung in die Kleine hineinzubekommen. Nach einem Blick auf das süße schlafende Bündel polsterte Ella das Spülbecken mit Mulltüchern aus. Sie füllte einen Topf mit Wasser und stellte ihn auf den Herd.

Essen. Baden. Und weil sie sonst nichts wusste, was noch hilfreich sein könnte, räumte Ella das Wohnzimmer auf und bemühte sich sehr, nicht an Charlie zu denken.

Was ihr allerdings nicht gelang. So war sie froh, als Holland schließlich aufwachte.

Ella nahm sie hoch. „Guten Morgen!", gurrte sie leise.

Die blauen Augen der Kleinen waren weit geöffnet, das Mündchen zusammengepresst, als verwirre die fremde Umgebung das Kind. Holland sah sich um und Ella spürte einen Stich bei dem Gedanken, dass die Kleine vermutlich Ausschau hielt nach Charlie.

„Er musste zu seinen Löwen", sagte Ella munter und musste fast lachen, so absurd klang die Bemerkung. „Wir machen dir jetzt ein feines Frühstück und dann bring ich dich bald nach Hause." Hollands Tränen waren verschwunden. Ella hielt sie auf dem Schoß, füllte die Flasche, testete die Temperatur mit der Hand und ließ sich dann mit ihrer kleinen Freundin auf einen Küchenstuhl sinken. Es brauchte ein paar Versuche, Holland zu überzeugen, dass es sich lohnte, den Flascheninhalt zu probieren, aber dann saugte sie gierig und Ella tupfte ihr mit dem Saum des Nachthemds die Tropfen vom Kinn.

„Na, schmeckt das gut?"

Die Kleine leckte sich das Rosenmündchen. Als die Flasche leer war, brach Ella Brotstücke ab, die bereitwillig verputzt wurden. Anschließend ging Ella zum Spülbecken. Das Baby auf ihrer Hüfte und das Wissen, dass die Kleine satt war, gaben Ella ein Gefühl von Zufriedenheit. Sie ließ Wasser ins Spülbecken laufen, gab dann etwas von dem heißen Wasser vom Herd dazu. Als die Temperatur stimmte, wusch und badete sie eine sehr ruhige Holland, die sich immer noch suchend umsah, ob Charlie nicht doch irgendwo zu entdecken war.

Über das Spülbecken gebeugt, stützte Ella ihr Kinn in eine

Hand und sah zu, wie das Baby mit nassen, eingeseiften Zehen planschte. Besorgt, die Kleine könnte zu lange im Wasser sein, hob sie die seidenglatte Gestalt aus dem Becken und drückte sie an sich.

„Du bist wirklich ein allerliebstes kleines Ding", sagte sie und trocknete die Kleine ab, was diese fröhlich strampelnd geschehen ließ. „Geht es dir jetzt besser? Ein voller Magen und ein paar Stunden Schlaf. Dein Papa wird glücklich sein, wenn er sieht, wie du strahlst."

Sie holte einen kleinen grünen Kittel aus der Tasche, den vorn eine Reihe Knöpfe in Bootsform zierten. Nach den weißen Strumpfhosen zog Ella der kleinen die Lederstiefel an. Dann sammelte sie die letzten herumliegenden Sachen ein, steckte alles in die Baumwolltasche, die sie sich umhängte, bevor sie mit Charlies kleinem Mädchen die Wohnung verließ. Der Gang bis zum Zirkusgelände war schön; unterwegs erläuterte Ella ihrer kleinen Begleiterin, was es alles zu sehen gab. Holland hatte noch immer keinen Laut von sich gegeben. Aber die weit geöffneten, eisblauen Augen nahmen die Welt in sich auf. Ein zartes Händchen klammerte sich an Ellas Kragen.

Als Ella unter dem weithin sichtbaren Schriftzug *Graven Brothers Circus* am Zirkuseingang angekommen war, holte sie das Zehncentstück heraus. Sie erkannte die Frau im Kassenhäuschen wieder und grübelte, um auf den Namen zu kommen. Lorelai. So hieß sie.

„Guten Morgen, Madame Lorelai."

Die Frau sah auf, nahm die Münze und sah dann vom Baby zu Ella und wieder zum Baby, während langsam ein verstehender Ausdruck sich auf ihrem Gesicht ausbreitete.

„Also, wenn das man nich' mein Liebling Holland is. Nein, sieh dir das nur an. Froh und munter. Nur für die gute alte Lorelai, was?"

Ella hielt das Baby der Frau entgegen, die dem Kind die Hand schüttelte. „Ich bringe sie zurück zu Charlie."

„Der is' jetz' im Großen Zelt. Mit seinen Katzen."

„Vielen Dank", sagte Ella, die dieser Satz förmlich durch den

Eingang hineinzog. Sie war auf der Suche nach einem Mann, der mit Löwen arbeitete. Nein, kein Grund zur Beunruhigung.

Doch je näher sie dem Großen Zelt kam, umso wilder schlug ihr Herz. Es war noch früh am Tag, die Menschen würden erst noch kommen und sie wusste, dass die Hauptvorstellung nicht vor ein Uhr begann. Sie ging auf das gewaltige Zelt mit seinen roten und weißen Zeltbahnen und flatternden Fähnchen zu. Suchend sah sie sich um, und als sie einen Mann entdeckte, der eine Schubkarre voller Mülleimer schob, wandte sie sich in diese Richtung.

„Entschuldigung, Sir, arbeiten Sie hier?"

„Nein, Miss, ich mach das hier nur aus Spaß." Als Ella die Lippen vorschob, zuckte es um seine Mundwinkel, als ob er den Scherz bedauerte. „Was kann ich für Sie tun, Miss?"

„Charlie Löwenherz." Sie suchte nach einer Erklärung, die Charlie keine Schwierigkeiten bringen würde. „Ich bin Krankenschwester und habe mich um Holland gekümmert. Könnten Sie mir sagen, wo ich ihn finden kann?"

Der Mann zog seine Mütze vom Kopf und winkte ihr, ihm zu folgen. „Gleich hier lang."

„Vielen Dank, Sir."

Er führte sie außen um das kolossale Zelt, löste ein paar dicke Seile und verschwand durch einen Spalt. „Bleiben Sie aber schön in den Sitzreihen, Miss. Wenn er die Löwen da hat, lässt er um diese Zeit keine Besucher rein. Aber da Sie ja Miss Holland bei sich haben …" Er ließ ein paar Goldzähne aufblitzen und setzte seine Kappe wieder auf.

Ella schlüpfte ins Zelt, sorgfältig bedacht, das Baby gut festzuhalten. Die stehende Luft im Inneren war kühl und machte sie benommen – der würzige Duft von Staub und Tieren und Regennässe. Das Große Zelt erstreckte sich weit und rund um sie, vor ihr viele Sitzreihen, die jetzt leer waren. Ihr Blick ging zur Manege.

Und dann sah sie ihn. Die Arena war von einem runden Gitterkäfig umgeben, der sich vom Boden bis zum Gestänge unter der Kuppel erhob. Mitten darin stand Charlie und mit ihm zwei, nein drei ausgewachsene Löwen. Die gewaltigen Katzen liefen im Kreis um ihn herum – und er stand im Zentrum. Ella hielt die Luft an.

Der Mann neben ihr lachte leise. „Ich lass Sie dann mal hier zusehen, bis er fertig ist."

Ella hätte fast vergessen, sich zu bedanken, als der Mann ging. Holland noch immer eng an sich gedrückt, starrte die junge Frau in die Manege. Charlie redete leise mit den Tieren, dirigierte sie hierhin und dahin. Ein zweiter Mann in gestreifter Hose und schwarzem Mantel sah zu. Er hatte die Arme über seiner breiten Brust verschränkt und stand direkt vor den verzierten Gittern, die die ganze Manege umgaben. Das Käfigrund war so groß, dass sicher auch eine Elefantenherde darin unterzubringen war. Der Mann sprach in einem angenehmen Bariton – es war irgendetwas über die neue Sicherung der Käfigwände – und Charlie antwortete, dass er noch nicht vertraut genug damit war.

Ella war gut ein Dutzend Sitzreihen entfernt vom Gitter, ging aber weiter auf die Mitte zu.

„Nein. Du …", wandte sich Charlie an den Löwen, der ihm am nächsten war, stehen blieb und sich hinlegte, „… du hörst nicht zu." Er ging zu dem Tier, kniete sich hin, strich der Katze mit der Hand über den ganzen Rücken und tätschelte die muskelbepackte Schulter.

Ella blieb der Mund offen stehen.

„Du alter, gerissener Faulenzer", sagte Charlie.

Der andere Mann sagte etwas zu Charlie, das sie nicht verstand.

„Für heute Morgen haben sie genug, La'Rue. Kein Training mehr." Charlie, noch immer in den Hosen und darüberhängendem Hemd, in denen sie ihn zuletzt gesehen hatte, ließ sich neben dem Löwen in den Sand nieder. Das gewaltige Tier rollte sich auf den Rücken und legte den Kopf in Charlies Schoß. Mit raschen Bewegungen fuhr Charlie dem Tier durch die dicke Mähne und lachte, als ein zweiter Löwe herankam und ihn anstupste.

Ella war sprachlos. Ungläubig stand sie da und lauschte auf das Klopfen von Charlies Hand auf dem Fell des Tieres. Die große

Katze streckte sich neben ihm aus, ihr Schwanz schlug träge hin und her. Jetzt kam auch der dritte Löwe heran und präsentierte mit einem herzhaften Gähnen blitzende weiße Fangzähne. Ein tiefes kehliges Knurren erklang, das Ella Schauder über das Rückgrat jagte. Eine riesige, rosafarbene Zunge fuhr Charlie über den Kopf. Charlie grinste und wich aus. Immer noch zauste er dem Löwen neben sich die Mähne und der wälzte sich noch einmal um die eigene Achse.

Charlie stöhnte und ermahnte ihn gutmütig: „Mach Platz, Axel."

Die Katze ignorierte ihn und gähnte. Die runden Ohren, die aus der Mähne hervorlugten, wirkten größer als Ellas Hand. Die beiden anderen Katzen neben ihnen wälzten sich auf dem Boden und schlugen mit den Tatzen in die Luft. Charlie legte beide Hände um den Kopf des Löwen und zog sanft an dem gewaltigen Kiefer, einmal, noch einmal, als spiele er mit einer Hauskatze.

Der Mann auf der anderen Seite sagte etwas und Charlie hob den Kopf und blickte suchend auf die Ränge. Dann sah er sie und Ella erstarrte. Der Puls dröhnte in ihren Ohren und sie erinnerte sich, dass er gesagt hatte, sie solle zu seinem Zelt kommen. Sie überlegte noch, ob sie aufstehen sollte, etwas sagen … oder überhaupt etwas tun, da sprach er sie an.

„Als Gentleman sollte ich eigentlich aufstehen, aber leider bin ich gerade verhindert."

Ella erhob sich, ging vor und setzte sich in die erste Reihe. Sie postierte Holland sicher auf ihrem Schoß und spähte durch die Gitterstäbe, die zwar stabil aussahen, aber Charlie und seine Tiere ihrem Blick kaum verbargen.

Der Löwe hob den knochigen Kopf und blickte sie aus blassgoldenen Augen an – ein furchtloser, kühner Blick wie der eines Königs.

„Ich würde ihn nicht zu lange anschauen. Nicht so direkt", sagte Charlie. „Sonst glaubt er, Sie wollen ihm etwas wegnehmen."

Ella richtete den Blick auf die rundlichen Ohren, die zuckten, als eine Zeltplane am anderen Ende des Zeltes im Wind schlug.

Das linke Ohr erbebte und Charlie rieb es sanft zwischen den Fingern. Der Löwe fixierte sie noch immer. Der Schwanz mit der dunklen Quaste beschrieb einen trägen Bogen, bevor er wieder im Sand landete. Dann begann das Tier, an Charlies Hemdsaum zu nagen. Charlie schob den wuchtigen Kopf einfach beiseite.

Ihr fehlten die Worte.

„Wie haben Sie mich gefunden?", fragte Charlie.

Es kostete sie Mühe, einen Ton herauszubringen. „Ein bisschen Hilfe von Lorelai und einem anderen Mann. Es tut mir leid, ich hätte nicht ..." Sie verstummte, als er energisch den Kopf schüttelte und ihre Zweifel wegwischte. Sie warf einen Blick auf die Löwen, die jetzt so dicht vor ihr waren. „Sie können nicht ... heraus, oder?"

„Das fragen Sie mich *jetzt?*" Er kniff amüsiert die Augen zusammen.

Sie biss sich auf die Lippe und sah ihm noch ein paar Augenblicke zu. Erst jetzt bemerkte sie den verzierten Käfigwagen an der Seite der Manege. Leuchtend gelb und mit blauen und goldenen Verzierungen besetzt, stand der Wagen mit der Rückseite direkt am Absperrgitter um die Manege.

Ellas Blick wanderte zurück zu Charlie und seinen Großkatzen. Nicht in ihren wildesten Träumen hätte sie gedacht, dass sie überhaupt jemals einen Löwen zu Gesicht bekommen würde, geschweige denn aus nächster Nähe. „Benehmen sie sich immer so?"

Charlie nickte. „Ja, sie wollen jetzt nicht mehr arbeiten. Wir haben einen neuen Ablauf einstudiert. Sie müssen sich erst noch daran gewöhnen." Er betrachtete den Löwen, der immer noch faul neben ihm lag.

„Ganz besonders du, Axel, nicht wahr?"

Eine Löwenpranke legte sich auf Charlies Brust. Mit einem Grinsen schob er sie beiseite. „Jetzt wissen Sie also, was wir normalerweise so tun. Vorhin haben wir gespielt. Sie müssen ihre Energie loswerden. Meist auf meine Kosten." Charlie verlagerte seine Position und zuckte dabei leicht zusammen. Sie mochte nicht daran denken, was seine Worte beinhalten konnten. „Jetzt machen sie ihr Schläfchen. Nachher, wenn die Vorstellung beginnt, werde ich diese ungezähmten Kreaturen mit meinem Charme bezwingen." Seine Augenbrauen tanzten. „Und die Menge wird in ehrfürchtigem Staunen erstarren. Sagen Sie, dass Sie beeindruckt sind."

Ella stieß ein kurzes Lachen aus. „Machen Sie das schon immer?"

„Solange ich denken kann."

Der Löwe wälzte sich von Charlie weg, streckte sich und rollte dann wieder zurück. Die enormen Fangzähne spielten wieder mit dem Hemdsaum und Charlie schob den Kopf des Tiers beiseite. Unbeeindruckt versuchte der Löwe es aufs Neue.

„So etwas hätte ich nie geglaubt." Ella schüttelte ungläubig den Kopf. „Einen Dompteur habe ich mir immer mit irgendetwas in der Art" – sie machte eine peitschende Handbewegung – „vorgestellt."

Charlie zuckte. „Ja, die Sorte gibt es natürlich auch. Die meisten benutzen die Peitsche allerdings nur wegen des Knalls. Aber ..." Er schüttelte den Kopf. „Mein Vater hatte da seine eigene Theorie. Dass es eine bessere Methode gibt. Kein Stock, keine Peitsche, keine Haken oder so etwas. Man muss die Tiere nicht bezwingen. Man muss sie so behandeln, dass sie hören *wollen.* So, dass das Leben im Zirkus für sie genießbar ist. Und das heißt" – er nickte zu dem lang ausgestreckt daliegenden Löwen hin, ein Lächeln in den Augen – „dass dies der wichtigste Teil meines Tages ist. Die Vorstellung ist dagegen ein Klacks. Aber *dies hier ...* " – Charlie fuhr mit der Hand durch die dicke Mähne und kraulte das dichte bernsteingelbe Fell – „dies zeigt ihnen, dass ich einer von ihnen bin. Und schon immer war. Und dass ich mich um sie kümmere. Sie müssen nichts befürchten. Und das macht mir meine Arbeit sehr viel leichter." Seine Mundwinkel verzogen sich zu einem Lächeln.

„Und Sie haben keine Angst, wenn sie mit ihnen da auf dem Boden liegen?"

„Ich bemühe mich, auf einer Ebene mit ihnen zu bleiben. Am Boden, wenn sie am Boden sind", sagte Charlie. „Dann fühlen sie sich nicht von mir bedroht. Ich bin ja nicht da, um ihnen wehzutun."

Der Löwe hob die gewaltige Tatze und leckte sie langsam ein paar Mal, die großen blassen Augen wieder auf Ella gerichtet.

„Im Lauf der Jahre haben sie gelernt, dass ich sie nicht im Stich lasse. Sie vertrauen mir." Charlie tätschelte den gerundeten Bauch mit ein paar freundschaftlichen Klapsen. „Sie sind wie Brüder für mich." Wieder ein Kopfnicken nach unten, wo der Löwe gerade seine kräftigen Pranken um Charlies Bein legte. „Und wie Sie sehen, haben sie mich ziemlich in ihr Herz geschlossen."

„Unglaublich", hauchte sie.

„Für sie bin ich nicht ihr Dompteur. Manchmal frage ich mich ernsthaft, ob sie wissen, dass ich ein Mensch bin. Oh, und Sie sollten erst sehen, wie Axel mit Holland umgeht."

Ella schlang die Arme um das Baby. „Wagen Sie das bloß nicht."

Er lachte und setzte sich wieder zu Boden. „Warten Sie's ab."

„Lieber nicht."

Er lachte noch herzhafter. Anscheinend alarmiert, hob der Löwe den Kopf und presste seine große schwarze Nase gegen Charlies Brust.

„Eifersüchtig, mein Junge?" Charlie schmiegte eine Wange in die dichte Mähne und strich mit der Hand über den Hals des Tieres.

„Jetzt weiß ich auch, warum Ihre Haare immer so aussehen, wie sie aussehen", sagte Ella.

Die Augenbrauen senkten sich, er sah todernst aus. „Und wie sehen sie aus? Komisch?"

Sie nahm sein ewig zerstrubbeltes Haar genau in Augenschein. Es stand ihm immer irgendwie zu Berge. Ungezähmt. „Wussten Sie das nicht?" Sie konnte ein Lächeln nicht unterdrücken.

Er fuhr sich mit der Hand durch die braunen Locken. „Immer?" Aber als er aufstand, sagte ihr das Lächeln in seinen Augen, dass er das genau wusste. „Ich sollte meine Jungs jetzt lieber heimbringen, bevor sie mir in der Manege einschlafen."

Charlie nickte seinem Partner zu und der stieß einen Pfiff aus.

Sofort tauchten ein paar Zirkusarbeiter auf. Einer von ihnen führte einen riesigen Elefanten, der eine Art Zaumzeug über Rücken und Brust trug.

Ella blieb der Mund offen stehen.

Holland klatschte in die Händchen.

„Sie liebt diesen Elefantenführer mehr als mich“, scherzte Charlie und öffnete eine Falltür im Gitter, während der Elefantenführer sein Tier vor dem Käfigwagen zum Stehen brachte. Die massiven, staubigen Füße gingen zwei Schritte zurück, dann zog der Mann irgendetwas aus seiner Tasche. Die Spitze des faltigen grauen Rüssels betastete die Hand, die riesigen Ohren wedelten und der Elefant vertilgte seine Belohnung. Dann schlenkerte das Tier den Rüssel und hob ihn grüßend in die Luft. Holland brabbelte, als der Elefantenführer die Wagendeichsel mit dem Zaumzeug verband, und Ella hatte alle Mühe, das zappelnde Baby festzuhalten, das sich in den Kopf gesetzt hatte, Teil der Szene zu sein.

„Überanstreng dich lieber nicht, meine Kleine“, warnte Charlie.

Holland gurrte und sprudelte Spuckeblasen. Der Elefant trompetete zur Antwort.

Nachdem Charlie eine Rampe an den Wagen angestellt hatte, griff er zu einem Eimer und schleuderte kleine Stückchen Fleisch in den Wagen. Dann stieß er einen leisen Pfiff aus und seine Katzen hoben die Köpfe.

„Kristov, hoch! Axel, hoch!“

Nacheinander trotteten die Löwen die Rampe hinauf. Die Schwänze pendelten träge. Als auch der dritte Löwe im Wagen verschwunden war, folgte Charlie ihnen und schloss die Tür. Ella hatte alle Mühe, nicht in Ohnmacht zu fallen.

„Ich bin gleich wieder da“, rief er ihr zu.

Die Löwen ließen sich geräuschvoll nieder und begannen sogleich damit, die Gesichter aneinanderzureiben und sich die Mähnen zu lecken, während Charlie Stroh ausbreitete, das einer der Zirkusgehilfen ihm hereinschaufelte. Der Elefant zog den schweren Wagen aus der Manege und durch einen Spalt im gestreiften Zelt ins Freie.

Holland wurde unruhig und Ella flüsterte ihr zu, dass Charlie bald zurück sein würde.

Wenige Minuten später war er bei ihnen. Er stiefelte durch die staubige Manege und klopfte sich die letzten Strohhalme von der Hose. Mit einem breiten Lächeln nahm er Holland unter beiden Armen und hob sie an seine Brust.

Charlie küsste die rundliche Wange und dankte dann Ella für ihre Hilfe. „Ich muss mich jetzt für die Vorstellung zurechtmachen. Möchten Sie nicht kommen? Ich reserviere Ihnen einen der besten Plätze des Hauses und Sie erhalten Ihr Geld zurück, falls der Löwenbändiger verspeist wird."

Ella konnte ein Lächeln nicht unterdrücken. „Wer könnte ein solches Angebot ablehnen?"

Charlie befeuchtete sich die Lippen. „Holland schläft um diese Zeit gewöhnlich. Und anstatt heute Abend im Kochzelt zu essen, dachte ich, also, ja ... wenn Sie mögen ..." Er kratzte sich verlegen am Hinterkopf. „Regina hat gesagt, sie hilft mir, etwas für Sie zu kochen. Wenn Sie mögen. Es wäre nichts Großartiges und Sie können selbstverständlich ablehnen. Aber ich würde mich gern revanchieren für heute Nacht."

Als Ella aufschaute, traf sie ein hoffnungsvoller Blick aus blassen Augen. „Oh, vielen Dank. Sehr gern."

Sein Lächeln schien sein ganzes Gesicht mit Hoffnung zu erhellen und etwas Seltsames passierte in ihrem Herzen. Dann traten sie hinaus ins Sonnenlicht. Der Duft von Popcorn hing schwer in der Luft. Charlie steckte die Hand in die Tasche, zog sie aber sogleich wieder heraus, wobei etwas zu Boden fiel. Als er sich rasch hinkniete, rempelte er Ella versehentlich an und sein Arm streifte ihren Rock, bevor er einen Zettel und einen Penny aufhob.

„Was war das denn?"

„Keine Ahnung." Grinsend schmiss Charlie den Papierfetzen in einen Abfallkorb. Den Penny warf er in die Luft und fing ihn wieder auf, bevor er in die Tasche zurückwanderte. Dann wurde er sofort wieder ernst. „Es hat doch wohl nicht so ausgesehen, als wollte ich versuchen, Ihre Hand zu erhaschen, oder?"

Gegen ihren Willen musste Ella lachen.

Plötzlich blieb Charlie wie angewurzelt stehen und sog scharf die Luft ein.

Ella blieb nun ebenfalls stehen und Charlie warf ihr einen Blick zu, in dem so etwas wie Bedauern lag. Vielleicht hätte er es vorgezogen, dass sie weiterging. Vor ihnen stand eine zierliche Frau und starrte sie aus feurigen Augen eindringlich an. Das schwarze Haar war zu einem strengen Knoten gebunden. Die Lippen waren fest zusammengepresst, die kleinen Augen sprühten Funken und jetzt wanderte ihr Blick von Ella zu Charlie. Der zog mit einer lockeren Handbewegung einen imaginären Hut.

Die Frau verdrehte die Augen. Schweres Parfüm lag in der Luft. Ein wenig abseits stand ein kräftiger Mann, die fleischigen Hände vor der Brust gefaltet.

„Ich wünsche mit dir zu reden", sagte die Frau mit einem starken ausländischen Akzent.

Charlie schnippte betont mit den Fingern. „Es wäre mir eine *Ehre.*" Die Stimme tropfte geradezu vor gespielter Begeisterung. „Aber *leider* habe ich einen Auftritt."

Die Frau reichte Charlie einen Umschlag. Er nahm ihn, faltete ihn zusammen und schob ihn in die Hemdtasche. Ella wurde klar, dass der Duft in der Luft kein Parfüm war. Sie kannte diesen Geruch von einem Patienten, bei dem sie im letzten Jahr assistiert hatte. Es war Opium.

„Vielleicht *nimmst* du dir einfach die Zeit. Später. Falls du nicht *zu* beschäftigt bist." Die zartgliedrige Frau warf noch einen Blick auf Ella. Dann fiel ihr dunkler Blick auf Holland.

Charlie rückte das Baby auf seinem Arm zurecht. Der Blick der Frau wurde angespannt. Dann zog sie eine verzierte Uhr aus ihrem Mieder. Sie warf einen Blick darauf, sah Ella noch einmal scharf an und ging. Charlie schaute starr vor sich hin. Ella warf einen Blick zurück und beobachtete, wie die Frau sich einen Weg durch die Menge bahnte. Der kräftige Mann folgte ihr.

Charlie nickte Ella zu, weiterzugehen.

„Wer war das?", flüsterte sie.

„Nur eine alte Freundin." Er deutete ein Lächeln an. Ella verzog den Mund, und als wüsste er, dass sie ihm die Antwort nicht abnahm, kam er näher. Die freie Hand in der Tasche, sprach er weiter, den Blick auf den Weg gerichtet. „Haben Sie schon einmal für jemanden gearbeitet, den Sie nicht mochten?"

Sie wollte es ungern zugeben, aber er sprach schon weiter.

„So jemanden wie Ihren guten Doktor, zum Beispiel."

Ella zog die Nase kraus.

„Genau." Er wies mit dem Daumen über die Schulter zurück. „Sie ist auch so." Er schenkte Ella ein schiefes Lächeln, aber in seinen Augen lagen Schatten und sie spürte, dass es schlimmer war. „Nun, zumindest müssen wir uns jetzt keine Sorgen mehr machen, ob Sie jemand hier entdeckt."

# 10

Auf ihrem Platz in der ersten Reihe umklammerte Ella die Kante des Sitzes fester. Die Luft in dem großen gestreiften Zelt war schwer und erfüllt vom verlockenden Aroma von Süßigkeiten, dem frühlingshaften Duft von Erde und den intensiven Ausdünstungen der Tiere. Aus der Mitte der Manege kündigte der Zirkusdirektor die erste Darbietung an und das Tuscheln und Flüstern im Zelt legte sich. Die Manege, in der Clowns und Jongleure das Publikum unterhalten hatten, während die Reihen sich füllten, leerte sich nun. Eine Ouvertüre, dachte Ella. Der stabile Käfig war noch um die Manege aufgebaut, sodass man nicht lange raten musste, was die erste Nummer sein würde. Ein Schauder überlief sie.

Erwartungsvolles Schweigen herrschte im Zelt, während ein paar Männer in der Kleidung von Zirkusarbeitern das hohe Metallgitter inspizierten. Vorboten der kommenden Gefahr. Aber zunächst schlüpfte ein Trio von Trapezkünstlerinnen in Strumpfhosen, Miedern und knappen Rüschenhöschen durch die Käfigtür und trabte auf lautlosen weißen Schnürstiefeln mitten in die Manege, während im Zelt anzügliche Pfiffe ertönten. Ella erkannte Ruth unter ihnen, die vorwitzige Rothaarige vom Vortag.

Vom Gestänge fielen Seidenbänder herunter und die Mädchen griffen danach, schlangen sie um Handgelenke und Knöchel und kletterten in schönem Gleichmaß nach oben. Mit angehaltenem Atem sah Ella zu, wie die Frauen im Hinaufklimmen die farbigen Bänder ineinander verwoben. Als sie die Plattform unter der Kuppel erreicht hatten, zogen sie den restlichen Seidenstoff herauf, lehnten sich wie in Hängematten in das Geflecht und wisperten mit den Fingern auf den geschminkten Lippen unisono ein verschwörerisches „Schschschhhh …“ Amüsiertes Kichern lief durch die Reihen.

Inzwischen waren die Arbeiter fertig und verließen die Manege durch die offene Käfigtür. Unter der Kuppel schwebten die drei Frauen wie ein Taubentrio in einem verzierten Käfig.

In der Reihe hinter Ella rief ein Kind: „Mama, sieh mal!"

In seinem Auftrittskostüm und so stattlich und souverän wie eh und je betrat Charlie die Arena, das Gesicht weiß gepudert, zwei Tränen unter die Augen gemalt. Mit stoischer Selbstsicherheit schritt er direkt auf sein Publikum zu. Die hohen Stiefel zogen eine Spur in den Manegensand. Ella hatte nicht gewusst, dass ein einzelner Mann ein vollbesetztes Zirkuszelt ohne ein einziges Wort in erwartungsvolles Schweigen versetzen konnte … bis sie Charlie Löwenherz erlebte. Ihr Mund verzog sich zu einem Lächeln. Hinter ihm liefen noch ein Dutzend Zirkusgehilfen ein, die behutsam drei große Holzverschläge abstellten, bevor sie die Manege wieder verließen. Die Käfigtür schloss sich knarrend und ein Riegel wurde vorgelegt. Nun allein bis auf die drei hübschen Gesichter über ihm, schlug Charlie mit seinem kupferbeschlagenen Stock leicht auf die Verschläge. Schien zu prüfen, ob alles gut verschlossen war. In den Reihen erklang Gemurmel.

Angespannte Erwartung lag in der Luft. Ella biss sich auf die Daumenspitze.

Charlie rüttelte an den Türen der Verschläge. Begutachtete die Schlösser. Tastete sein Jackett ab. Eine behandschuhte Hand glitt in die Jackentasche, dann die andere. Hier und da hörte man Kichern. Ellas Lächeln vertiefte sich. Charlies Partner außerhalb des Gitters trat näher und legte prüfend die Hand auf den Riegel. Charlie zuckte theatralisch die Schultern, wandte dem Publikum den Rücken zu und verließ die Manege, wie er gekommen war, wobei er die Gittertür betont verriegelte. Verwundertes Geraune erhob sich.

Dann blieb er abrupt stehen und schnippte mit den Fingern. Er machte kehrt und steuerte auf die Logenplätze in der ersten Reihe zu, offensichtlich auf der Suche nach etwas. Er spähte in die Pompadoure kichernder Ladys und brachte einen Mann dazu, seine Taschen auszuleeren. Gelächter erfüllte das Zelt. Ella konnte es spüren. Das Publikum … er hatte es in der Hand.

Und sie war hier, mitten in der Menge. Weil er sie gebeten

hatte. Verletzbarkeit und Unschuld waren ihm ins Gesicht geschrieben gewesen, als sie draußen in der Sonne gestanden hatten. Allein die Erinnerung daran trieb ihr die Wärme in die Wangen. Was um alles in der Welt tat sie hier? Ihre Zeit in einem Zirkus vertun – mit einem Löwenbändiger. Einem Löwenbändiger in einem smaragdgrünen Jackett, den Hut perfekt schief auf den Kopf gedrückt, ein amüsiertes Lächeln auf den Lippen – und nur ein paar Meter von ihr entfernt. Und so attraktiv, dass sie sehr nervös wurde, als er auf sie zukam.

Er ließ seine Hand über Kleidersäume gleiten, die den Manegenrand streiften, untersuchte sogar den Schuh eines glücklich kichernden Kindes auf der Suche nach dem Schlüssel. Zu Ellas Erleichterung ging er an ihr einfach vorbei. Aber nach ein paar Schritten blieb er abrupt stehen. Drehte sich um. Und zeigte auf sie. Ellas Herz schlug wild.

Mit verschränkten Armen kam er auf sie zu, die Augenbrauen missbilligend hochgezogen. Er streckte seine behandschuhte Hand aus.

Als sie mit großen Augen einfach dasaß, tappte er ungeduldig mit der Fußspitze.

Verlegen strich Ella ihr Mieder glatt, dann spähte sie unter den Sitz. Die Arme noch immer vor der Brust verschränkt, wurde Charlie nun sichtlich ungeduldig. Die Menge lachte. Seine grünen Augen blitzten sie an. Ella musste befürchten, dass ihr Gesicht tatsächlich so rot war, wie es sich anfühlte. Sie griff in die Tasche ihres Kleides – und spürte kühles Metall in ihrer Hand. Charlie musste ihr den Schlüssel hineingeschmuggelt haben, als er sie angerempelt hatte. Ella zog den Schlüssel heraus und reichte ihn ihm. Charlie nahm ihn, grinste und deutete eine Verbeugung an. Dann richtete er sich auf und präsentierte den Schlüssel. Lachen ging über in Applaus und Charlie zwinkerte Ella zu, bevor er zurückeilte in die Manege.

Dafür würde er bezahlen.

Charlie ging zum ersten Holzverschlag und öffnete das Schloss. Dann wiederholte er das bei den beiden anderen. Er trat gerade vom letzten Verschlag zurück, als ein grollendes Knurren die Stille im Zelt unterbrach. Das Publikum hielt die Luft an. Mit dramatischen Gesten nahm Charlie die Schlösser von den Käfigen. Zögerte. Schlug die Seitenwände herunter. Geschmeidig schwang er sich auf den mittleren Verschlag und marschierte mit donnernden Schritten unter seinen blank polierten Stiefeln bis vorn zur Kante.

Atemloses Staunen erfüllte das Zelt, als die Löwen gemächlich und schwanzwedelnd aus ihren Verschlägen trotteten und gähnend ihre beachtlichen Zähne zeigten. Völlig ungerührt von den voll besetzten Zuschauerreihen schlugen sie mit den Pfoten nacheinander. Charlie ließ sie ein Weilchen unter dem *Aah* und *Ooh* des Publikums miteinander balgen. Er hatte ihr erzählt, dass jede seiner Katzen über zwei Zentner schwer war. Und jedes Gramm dieser Körpermasse und Kraft zog nun direkt vor ihm seine Kreise.

Eine der Trapezartistinnen ließ ein bemaltes Banner herunter. In großen Buchstaben las man: *Regeln beim Bändigen von Löwen.* Es wurde still im Zelt. Ruth ließ ein zweites Banner herab: *Ausgeführt von einem sehr ungezogenen Dompteur.* Aus dem Schweigen wurde Gekicher. Ella lächelte. Charlie blieb ungerührt. Er setzte die Hand auf den Rand des Verschlags und sprang hinunter. Dann richtete er sich langsam aus der Hocke auf, mit der er den Sprung abgefangen hatte.

Irgendwo fragte eine Kinderstimme: „Papa, fressen die ihn auf?"

„Ich … glaube nicht", kam die besorgte Antwort des Vaters.

Die größte Katze hob den Kopf und starrte Charlie an. Wie hatte er das Tier genannt? Axel.

Wieder fiel ein Banner herab. *Regel Nr. 1: Dreh einem Löwen nie den Rücken zu.*

Unbekümmert pfeifend machte Charlie sich daran, die Seitenwände der Käfige wieder hochzuklappen. Er hängte die Schlösser ein – alles mit dem Rücken zu den drei Löwen, die ihn mit ihren Blicken verschlangen. Dann begannen sie ihn zu verfolgen. Die Muskeln spielten an den Hinterläufen, die riesigen Pranken hieben Muster in den sandigen Boden. Sie kamen näher heran, kreisten Charlie ein. Der Kräftigste leckte sich die Lefzen. Als hätte er die Tiere eben erst bemerkt, unterbrach Charlie sein Tun. Die Frau neben Ella hielt erschrocken eine Hand vor den Mund.

Ruth, die immer noch in ihren verschlungenen Bändern unter der Kuppel schwebte, ließ ein nächstes Banner herab. *Regel Nr. 2: Hab immer einen kräftigen Stock dabei.*

Charlie, den Rücken immer noch seinen Katzen zugekehrt, suchte in seinen Taschen und hob dann achselzuckend die leeren Hände …

Die Menge hielt den Atem an. Außen neben der Käfigtür grinste Charlies Partner. Die Löwen hatten Charlie jetzt eng umdrängt, und obwohl Ella ihn ja schon vorhin mit seinen Tieren gesehen hatte, steckte die Nervosität im Zelt sie an.

Charlie holte etwas aus einem der Käfige – ein übergroßes Buch, so wie es aussah. Er hielt es sich vors Gesicht und blätterte ein wenig darin, dann drehte er sich um, das Buch vor dem Kopf, sodass die großen Goldbuchstaben des Titels lesbar waren. *Löwen bändigen für Anfänger.*

Die Menge lachte.

Der größte Löwe legte sich nun zu Charlies Füßen, ein anderer wanderte weiter herum. Neben Charlie ließ sich das dritte Tier nieder. Die Nase noch immer im Buch trat Charlie zur Seite und setzte sich zwischen die beiden Katzen. Er lehnte sich gegen ein Tier und stellte die Stiefel lässig auf den Rücken des anderen. Charlie leckte sich die Fingerspitze und schlug eine Seite um. Vorsichtiges Gekicher in den Reihen. Der dritte Löwe kam zurück, aus seinem Maul baumelte eine Feldflasche an einem Band. Ohne auch nur einen Blick auf das Tier zu werfen, griff Charlie nach der Flasche, schraubte sie auf und nahm einen ordentlichen Schluck. Anscheinend immer noch in sein Buch vertieft, blätterte er noch einmal um und ließ dann seinen Blick langsam zum Publikum wandern. Als würde er sich erst jetzt bewusst, dass sich Hunderte Augenpaare auf ihn richteten, nahm er Haltung an und stand auf.

Das Kinn hochgereckt strich er sich das Jackett glatt und gab sich ein sehr gewichtiges Aussehen. Hastig blätterte er noch ein wenig in seinem Buch, bevor er es zur Seite warf. Er kratzte sich am Kopf, dann signalisierte ein erhobener Finger, dass ihm eine neue Idee gekommen war. Er gab ein paar Kommandos und winkte den Löwen, sich auf ihre Plätze zu begeben. Sie gehorchten und reihten sich auf, eine Schnur von Muskeln und Mähnen. Charlie verpasste allen einen sanften Nasenstüber und hob den inzwischen entdeckten Stock. Der mittlere Löwe ließ ein kehliges Knurren ertönen, die anderen folgten und einen Moment später brüllten sie alle. Ein Laut, der einem das Blut in den Adern gefrieren ließ. Mit angespannten Muskeln, die Leiber gekrümmt, präsentierten die Tiere mächtige Fangzähne. Das abschließende Grollen ging über in donnernden Applaus, während fiebriges Staunen das Zelt erfüllte.

Ella konnte nur ungläubig den Kopf schütteln.

Charlie ging um die Löwen herum, hob beruhigend die Hände und setzte sich dann langsam wieder. Dann hob er seinen Stock wie ein Dirigent den Taktstock und wollte gerade zu einer neuen Aktion ansetzen, als ein weiteres Banner von der Kuppel herabschwebte.

*Regel Nr. 3: Vorsicht vor Trapezkünstlern.*

Die Leute lachten.

Lächelnd lehnte Ella sich vor und stützte den Kopf in die Hände.

Eine der Frauen, die unter der Kuppel schwebten, warf etwas herunter, das mit einem dumpfen Aufschlag in der Manege landete. Ella erkannte einen Lederball, der durch die Arena rollte und sofort die Aufmerksamkeit der Löwen auf sich zog. Alle drei Katzen sprangen danach. Charlie, anscheinend aus der Fassung gebracht, drehte sich um und lief ihnen nach. Zu Ellas Überraschung und zum Entzücken der Menge balgte er sich mit den Tieren um den Ball und bekam ihn schließlich, nicht ohne zuvor vom angriffslustigsten seiner Löwen einen heftigen Schlag auf die Brust abbekommen zu haben, der ihn aber wenig zu beeindrucken schien. Während Charlie damit beschäftigt war, seine Tiere wieder in Reih und Glied zu dirigieren, glitt eine der Frauen an ihren Seidenbändern herab, und bevor sie wieder hinaufkletterte, warf sie etwas in die Manege, was wohl schmackhaft sein musste, denn eine der Katzen sprang heran und verschlang es.

Charlie ließ theatralisch die Schultern sinken und schlug die Hände vors Gesicht. Schließlich hatte er die Löwen zum dritten Mal in einer Reihe liegen und hob den Stock, um sie zu lenken, als wieder ein Leckerbissen von oben herunterfiel. Diesmal sprangen gleich zwei Katzen danach. Die schnellere schnappte ihn sich, während die andere mit Furcht einflößenden Pranken nach dem Rivalen schlug. Der bleckte die Zähne, wich aber zurück.

Mit gespielter Bestürzung trat Charlie an den Sieger heran, griff mit beiden Händen Ober- und Unterkiefer des Tieres und zog das Maul weit auf. Beim Anblick des riesigen offenen Rachens schnappte die Menge nach Luft und hielt den Atem an, als Charlie seinen Kopf zwischen die geöffneten Kiefer steckte und dem Löwen ins Maul schaute. Ihre Augen mussten groß sein wie Untertassen, dachte Ella, und presste die Hände vor den Mund. Charlie trat zurück, wandte sich zum Publikum um und hob fragend die Hände. Zahllose Finger wiesen hoch unter die Zirkuskuppel und nun sah er zum ersten Mal hinauf zu den Trapezkünstlerinnen. Die kicherten und schwangen sich auf ihren Bänderschaukeln durch die Luft. Charlie stemmte die Hände in die Taille und schüttelte missbilligend den Kopf.

Die ganze Szene wirkte wie ein Augenblickseinfall, aber Ella spürte, dass jede Bewegung einstudiert war. Die Artistinnen schwebten in ihren Seidenbändern umeinander, beobachteten Charlie aus luftiger Höhe und lachten laut, als er sie entdeckte. Die Arme über der Brust verschränkt, starrte Charlie zu ihnen hoch. Die Löwen mit erhobenen Köpfen ebenfalls. Axel ließ eine riesige Zunge über seine Lefzen gleiten.

Aus einer der hinteren Reihen rief eine Männerstimme: „Da fragt man sich, wer wohl eher scharf ist auf die jungen Damen – die Löwen oder ihr Dompteur."

Schallendes Gelächter ertönte und Charlie wies auf den Mann und warf ihm einen ernsten und zugleich komischen Blick zu. Die Menge lachte noch lauter.

Charlie ging zu einem der großen Käfige, beugte sich herab, packte die Unterseite und kippte den Käfig mit einem kräftigen Griff auf die Schmalseite, sodass er nun höher war. Beeindruckt von seiner Kraft saß Ella reglos da, während Charlie versuchte, den nächsten Käfig neben den ersten zu schieben. Das schien ihm zu schwer zu sein, denn er pfiff und seine Löwen kamen heran, legten die Stirnen an das Holz und taten, als würden sie ihm helfen. Bravorufe ertönten und Charlie lächelte. Er hatte die Käfige jetzt treppenförmig arrangiert, lächelte verschwörerisch und dirigierte Axel, der der kräftigste der Tiere war, die Holzkistentreppe hinauf.

Die Trapezartistinnen hörten auf zu schaukeln und falteten flehend die Hände unter dem Kinn, eine so engelgleich wie die andere.

Kopfschüttelnd dirigierte Charlie Axel mit Handbewegungen weiter auf den nächsten Käfig. Das gewaltige Tier brüllte zu den Frauen hinauf, sein Schwanz schlug heftig. Mit raschen Bewegungen kletterten die Artistinnen höher und außer Reichweite. Spürbarer Nervenkitzel hielt die Menge in Bann. Einen Metallständer auf der Schulter stieg Charlie nun selbst die Käfigtreppe hinauf, um den Ständer aufzustellen, damit der Löwe noch höher steigen konnte. Axel sprang auf das glänzende Podest und schlug mit der Pranke in die Luft. Die drei Artistinnen, die nicht weiter nach oben ausweichen konnten, kreischten; in den Reihen hörte man erschrockene Seufzer. Ella warf einen Blick auf Charlies Partner, der noch immer außerhalb des Gitters stand. Obwohl er sich lässig gab, verfolgte er den Auftritt mit Adleraugen. Er hatte eine Holzkeule in der Hand. Ella musste ihren Blick gewaltsam von etwas an seinem Gürtel losreißen, das wie eine Pistole aussah.

Sie presste die Finger an die Lippen und bekam fast nicht mit, wie Charlie den Löwen sanft zwischen die Schulterblätter stubste. Das Tier schaute ins Publikum und brüllte. Einmal … und noch einmal erschütterte sein Gebrüll die Luft. Die grell geschminkten Lippen von Ruth öffneten sich.

Charlie winkte nun einem der Löwen, die noch unten in der Manege lagen. Das Tier wandte sich um, ging zu seinem Käfig, und als es wieder herauskam, hielt es ein Holzstück im Maul mit der Aufschrift: *Sagt bitte!*

Das Publikum lachte und die drei Frauen hauchten einstimmig: *Bitte!* Die Menge war begeistert. Ella klatschte wie alle anderen, als Charlie in gespielter Enttäuschung Axel von seinem Podest herabwinkte. Er kippte die Käfige wieder um und die Tiere trotteten hinein. Charlie klickte die Schlösser zu und die Trapezkünstlerinnen glitten an ihren Seidenbändern herab und landeten punktgenau auf den Käfigen. Die Menge tobte und Charlie wies auf die drei Frauen, die sich verbeugten. Unter dem donnernden Applaus der stehenden Menge verneigte sich auch Charlie. Auch Ella erhob sich. Charlie zwinkerte ihr zu und sie winkte ihm verstohlen.

Mit einer Handbewegung bedeutete Charlies Partner den Zirkusgehilfen, die Käfige mit den Tieren aus der Manege zu holen. Während die drei Artistinnen noch ins Publikum winkten, verschwand Charlie durch den offenen Vorhang. Die Ladys folgten ihm rasch und die nächste Nummer betrat die Manege.

„Na, war das ein Spaß“, fauchte Ruth. „Ich bin fast in Elefantenkot getreten …“ Sie pflanzte sich vor einem Clown auf, der im Gang herumlungerte, und schoss ihm einen zornigen Blick zu. „He, Jungchen, such dir nächstes Mal woanders einen Sitzplatz.“ Ihre Stimme verklang in Gemurmel. „Idiot.“

Da hatte jemand offensichtlich richtig gute Laune. Charlie, seinen Hut in der Hand, folgte ihr durch die Menge von Clowns und Akrobaten.

Während aus der Manege das Klappern vom Abbau der Gitter erklang, überwachte Charlie die Zirkusgehilfen, die die Käfige mit den Löwen transportierten.

Jemand rief ihm einen Gruß zu. „Feine Arbeit, Pastor.“

Charlie sah nicht, von wem der Gruß kam, und winkte nur in Richtung des Sprechers, während er hinter seinen Tieren herging. Er kam an der Trapeztruppe vorbei, die sich gerade die Hände kalkte, und schlug einer der jungen Frauen freundschaftlich auf die Schulter. Ihr sonniges Lächeln erinnerte ihn immer an Jessamine – Mimi. Er blieb kurz stehen, um ihr zu gratulieren, etwas, das er sich seit Mimis Tod zur Gewohnheit gemacht hatte. In dem Moment wandte Ruth sich um und setzte ihm den Zeigefinger auf die Brust. „Es ist nicht vorgesehen, dass *du* improvisierst."

Die beiden anderen Artistinnen verdrehten die Augen und flohen vor dem drohenden Gewitter.

„Wer hat improvisiert?", entgegnete Charlie.

„Oh, sehen wir doch mal …" Die Hand in die Rundung ihrer korsettbekleideten Hüfte gestemmt, funkelte Ruth ihn an. „Der kleine Trick mit dem Schlüssel?"

Charlie grinste, als er daran dachte, wie Ella ihn angestarrt hatte. Er trat zur Seite, um eine Akrobatin mit einem Dutzend Metallringe in der Hand vorbeizulassen.

Ruth sah ihn mit gerunzelter Stirn an. „Das war doch dieses Mädchen, die neulich schon mal hier war."

Charlie ignorierte sie. Aber in ihrer Miene las er jetzt Besorgnis, und die war nicht unberechtigt. Es gab eine feine Linie im Sand und die hatte er gerade überschritten.

„Was soll das werden?", zischte Ruth.

Er wusste es wirklich nicht. „Pass auf, dass du deine Bänder nicht durcheinanderbringst. Wenn ich mich recht erinnere, hast du letztes Jahr in Detroit ein wichtiges Stichwort verpasst, weil du Küsschen in eine Ecke voller Soldaten pusten musstest."

„Hab ich nicht", antwortete sie harsch, aber das Feuer in ihren Augen sprach eine andere Sprache.

Er hatte keine Zeit für so was.

Charlie steckte die weißen Handschuhe in die Jacketttasche, steuerte auf das Menageriezelt zu und half, die Löwen in ihren Käfigwagen zu verladen. Ausgewachsene Löwen sind nur etwa fünf Stunden am Tag wach. So war es kein Wunder, dass sie nur noch kurz umeinander herumstrichen, ein paar Kreise drehten und sich dann schläfrig niederließen. Irgendwo nebenan wieherten Zebras – ein Iah-Laut, der Charlie so vertraut war, dass er ihn kaum noch wahrnahm. Eine Giraffe senkte den langen Hals und schnupperte an Charlies Tasche. Da er ihr nichts geben konnte, strich er mit der Hand über den Hals des Tiers.

Han hob den Kopf. Charlie dachte daran, wie das Tier gegen Ende der Vorstellung seine linke Vorderpfote nachgezogen hatte. Rasch untersuchte er den ledernen Fußballen und fand eine Klette, die er entfernte. Han leckte ihm die Finger und anschließend die eigene Tatze.

Nun schleckte der Löwe ihm wieder die Hand ab und Charlie ließ es geschehen, obwohl die riesige Zunge rau war wie Schleifpapier und schmerzte. Die Katze hatte die Augen geschlossen und Charlie beobachtete das Tier wortlos. Han war ein Abkömmling des Lieblingstiers seines Vaters und in der Gefangenschaft geboren. Die Tiere lebten länger als ihre Artgenossen in der Wildnis Afrikas oder Asiens, aber Charlie stellte sich oft vor, wie es wäre, seine Löwen einmal in freier Wildbahn zu erleben. Obwohl es nicht dasselbe war wie in der Manege, zahlte er ein paar Zirkusgehilfen einen Extralohn, damit sie das Löwengitter so oft wie möglich im Freien aufbauten. Das gab seinen Katzen ein paar Stunden in der Sonne. Die Zirkusbesucher sahen die Tiere auch gern im Freien und die Löwen liebten diese Stunden.

Charlie trat zu Axel. In dem Jahr, als sein Vater gestorben war, hatte er das Tier als Löwenjunges bekommen und noch immer erinnerte er sich, wie er im Viehwagen des Zuges nach Süden gerattert war, das kleine Fellbündel im Arm, das sein Leben am Laufen halten sollte, als alles um ihn dunkel wurde. Und dafür wollte Charlie Axel etwas zurückgeben. Hoffnung. Freiheit.

Und nicht nur Axel. Allen seinen Tieren.

„Ich arbeite daran, versprochen“, sagte Charlie leise und kraulte Axel mit dem Daumen am Unterkiefer.

Er sah nach den Wasserbehältern, dann lauschte er auf das Lachen des Publikums in Erwartung der vertrauten Klänge, die das Ende der Vorstellung ankündigten. Der Zirkusdirektor, Mr Graven, erwartete, dass er zur Abschlussparade wieder in der Manege war, und zwar direkt neben ihm. Charlie hatte so eine Ahnung, was der Grund dafür war: Der Direktor war mehr als erfreut, dass er ihn für weitere vier Jahre hatte verpflichten können. Und es war tatsächlich Charlies Entscheidung gewesen – auch von den Zirkussen Ringling und Barnum & Bailey hatte er anständige Angebote bekommen.

Kanonendonner erschütterte die Luft und Charlie rückte den Hut zurecht und zog die Handschuhe an, die das Tattoo auf seiner Hand verbargen.

Er ging zurück zum Hauptzelt, wo Mr Graven schon in der Kulisse stand. Der Zirkusdirektor schlug Charlie freundschaftlich auf den Rücken und erklärte, sie seien zwar in diesem sumpfigen Roanoke gewissermaßen gestrandet, aber die Besucherzahlen seien sehr erfreulich gewesen und Charlies Nummer ein echter Publikumsliebling.

Charlie nickte dankend. Er wusste es zu schätzen, dass der Direktor ohne Stirnrunzeln akzeptierte, dass Charlie auf seine eigene Weise mit seinen Tieren arbeitete – und das bedeutete auch, dass er nicht zuließ, dass sie zwischen den Vorstellungen in der Tierschau gezeigt wurden. Es war Charlie egal, ob das ein Problem darstellte; seine Fürsorge für die Löwen tat der Zirkusatmosphäre keinen Abbruch. Im Gegenteil – die Leute kamen in Scharen, um eine Eintrittskarte zu holen, und Mr Graven bezahlte ihn anständig.

„Wenn man sich vorstellt, dass wir vor dreißig Jahren kaum mehr waren als eine Hunde- und Pony-Show“, sagte Mr Graven und zog seinen roten, messingknopfbesetzten Frack zurecht. Offensichtlich genoss er die Tatsache, dass das Wachstum und künstlerische Profil der Truppe den Zirkus der Graven Brothers blitzartig landesweit berühmt gemacht hatte.

Und die Konkurrenz damit ganz schön in Atem hielt.

Charlie passte sich dem Schritt des Direktors an, während sie vor den Vorhang traten. Der Mann mit dem Silberhaar zwirbelte seine Schnurrbartenden und sprach davon, dass die Show einfach weitergehen müsse. „Machen wir doch wieder mal die ‚Tiere aus aller Welt‘-Nummer. Die Leute müssen immer wieder was Neues zu sehen kriegen.“

Nichts leichter als das. In der Nummer musste Charlie seine Löwen nur davon abhalten, zwei ausgewachsene Elefantenbullen zu verschlingen statt dreier Trapezkünstlerinnen. Und angesichts von Ruths Stimmung vorhin würde er auf Dauer die 50-Zentner-Kolosse vorziehen.

Charlie ging durch den Garderobenkorridor und sah eben diese Ruth vor ihm an einem Pfosten lehnen. Sie wartete immer auf ihn, manchmal unauffälliger als andere. Charlie blieb stehen. Ein Zirkusgehilfe bemühte sich, Ruth ein paar Spitzentaschentücher und anderes zu überreichen. Aber sie ignorierte ihn und Charlie ließ den armen Kerl vom Haken, indem er die Zeichen seiner Zuneigung entgegennahm.

Der Arbeiter grummelte vor sich hin, während er sich ein Longierseil um die schwächliche Brust schlang. „Wir müss'n wirklich weiter. Die Zeisel sind schon viel zu freundlich." Der hoffnungslos vernarrte Kerl schielte zu Ruth hinüber und Charlie grinste und flüsterte dem Burschen ins Ohr: „Ich würde meine Zeit nicht mit ihr verschwenden; sie bellt nicht nur, sie beißt auch."

Ruth streckte ihm die Zunge heraus.

Oben auf dem Stapel lag ein verknitterter Zettel. Charlie drehte ihn um und las: *„Für die schöne Lady mit dem roten Haar."* Er beäugte Ruth.

Ruth zog sich den Seidenkimono enger um die Schultern, entwand ihm den Zettel, las ihn und warf das Papier dann in einen Mülleimer. „Irgendein widerlicher Typ aus dem Ort."

Der Schlussapplaus brandete auf. Charlie legte die Sachen aus der Hand und trat an den Spalt im gestreiften Zelt. Er zog sein grünes Samtjackett zurecht und strich über die Krempe seines glänzenden Zylinders. „Erinnere mich daran, dass ich dir nie eine Nachricht schreibe."

Ruth glitt aus dem Kimono und offenbarte cremefarbene Schultern über dem elfenbeinfarbenen Korsett. „Wenn sie von dir gewesen wäre, hätte ich sie nicht weggeworfen."

Sie warf ihm einen kurzen Blick zu, während Charlie in die von Applaus umtoste Arena trat, ihr gezischtes „Und viel Spaß in diesem Hinterwäldlerkaff" noch im Ohr.

# 11

Die Begeisterungsrufe hingen noch in der Luft, als Ella sich durch die Menschenmenge einen Weg zu Charlies Zelt bahnte. Die Vorstellung tanzte in ihrer Erinnerung, die aufgeregte Stimmung war noch überall spürbar.

Nachdem das Publikum sich verlaufen hatte, war Charlie zu ihrem Platz gekommen, aber sofort von einer Gruppe Jungen beschlagnahmt worden, die ihn mit Fragen bombardierten. Charlie hatte dem kleinsten Steppke das Haar gezaust, sich vor den Kindern auf der Tribüne in den Sand gekniet und mit ihnen geplaudert, während er Ella mit einem gewinnenden Lächeln ansah, in dem auch eine Entschuldigung lag. Mit einem erwiderten Lächeln hatte sie sich leise davongemacht, damit er das Gespräch zu Ende führen konnte.

Dunkle Wolken trübten das Licht und ein aufkommender Wind rüttelte an den Planen von Charlies Zelt, als Ella dort ankam. Sie trat ein. Regina war gerade dabei, einen Teig zu rühren, und Holland wachte soeben von einem Schläfchen auf.

Ella setzte sich neben das Bett des Babys. „Wie war Ihr Nachmittag?", wandte sie sich an Regina.

„Sehr gut, *mia cara.*"

Regina widmete sich der Vorbereitung des Abendessens und plauderte dabei auf ihre mütterliche Art weiter. Holland zappelte und schien sich nicht wohlzufühlen. Ella nahm ein Bilderbuch aus ihrer Tasche und hielt es dem Baby, das auf der Seite lag, vor die Augen. Holland streckte die Finger nach einem Bild mit einem Tiger aus und krauste das Näschen, während die Finger das gestreifte Fell streichelten. Ella küsste die winzigen Finger, die heute so viel kühler waren als am Tag zuvor.

Das Kind hatte zwar offenbar noch Beschwerden im Hals, aber die Infektion ging zurück. Ella bot ihr einen Schluck Wasser an und Regina erklärte, dass die Kleine am Nachmittag eine gute Portion Haferbrei gegessen hatte.

Plötzlich wurde die Zeltplane zurückgeschlagen und Charlie trat ein. Er reichte Regina eine weiße Rose. „Meine Liebe." Dann griff seine Hand hinter den Rücken und kam mit einer roten Rose wieder hervor, die er Ella reichte. „Für die Lady."

Ella war einmal mehr überwältigt von seiner Maske. Das weiße Gesicht mit den gemalten schwarzen Tränen verlieh ihm einen besonderen, fesselnden Charme.

„Oh." Ella dachte an die Rosen, die beim Ende der Vorstellung in die Manege geworfen wurden. „Könnte es sein, dass Sie hier eine geheime Verehrerin haben?", spottete sie gutmütig.

Mit einem Grinsen zog Charlie die andere Hand hinter dem Rücken hervor und präsentierte einen ganzen Strauß. Dann nestelte er einen kleinen Stapel parfümierter Visitenkarten aus seiner Brusttasche.

„Mir ist so, als ob da jemand unter seiner Schminke gerade heftig errötet", bemerkte Regina.

Charlie wies mit dem Finger auf sie. „Du benimmst dich", sagte er.

„Oh, da fällt mir was ein", sagte Ella. „Ich kann nicht glauben, dass Sie das tatsächlich getan haben."

Charlie erstarrte in gespieltem Entsetzen.

„Mir unauffällig einen Schlüssel unterzujubeln ..." Sie kniff die Augen zusammen. Er zog sein Jackett aus und legte es beiseite.

„Ganz so unauffällig war's nicht", lachte er. „Mir fiel alles aus der Hand *und* ich musste Sie noch anrempeln. Normalerweise gelingt mir so etwas eleganter. Ich glaube, Sie machen mich nervös ..." Seine Augen blitzten.

Funkelten geradezu, als sie errötete. Um die Röte zu überspielen, redete sie über die Vorstellung und wie gut sie ihr gefallen hatte.

Grinsend zog Charlie seine Weste aus. Er ging zum Waschtisch, räumte sein Rasierzeug weg und füllte die Schüssel. Er tupfte sich Öl auf die Fingerspitzen und säuberte damit die Haut. Seifenwasserspritzer nässten sein Gesicht und Haar. Wasser tropfte auf die Schultern seines Hemds, als er nach dem Handtuch griff.

Mit nun ungeschminktem Gesicht beugte er sich über das

Baby und drückte ihm einen Kuss auf den Kopf. „Und hallo, meine Kleine." Neben dem Bett kniend, küsste er sie auf die Wange. „Für dich habe ich auch eine Blume, aber die muss ich noch aufheben." Er stand auf. „Ich muss mich umziehen. Machen Sie es sich hier bequem, Ella." Er stieg die drei Kisten hinauf in seinen Wagen und schloss den Vorhang hinter sich.

Auf dem Herd kochte Wasser in einem Topf und Regina trug den Teig, den sie gemacht hatte, hinüber. Auf der niedrigen Arbeitsfläche, die nicht mehr war als ein weißes Brett, das auf zwei Fässern lag, machte sie sich daran, den Teig zu schlagen und dann auszurollen. Das Licht im Zelt wurde trüber und Ella spähte durch den offenen Zelteingang nach draußen, wo der Wind durch das Lager pfiff. Wolken trieben über den Himmel.

Ella rieb sich die Hände und stand auf. „Kann ich Ihnen vielleicht helfen? Ich könnte den Tisch decken."

Charlie erschien in einem frischen, trockenen Hemd. Er und Regina sahen sie an.

Oh, es gab ja gar keinen Tisch.

„Warum setzen Sie sich nicht einfach und lassen uns zur Abwechslung mal etwas für Sie tun. Nicht vergessen", er wies mit dem Finger auf sie, „dies ist unsere Einladung."

Er und Regina machten sich ans Werk und Ella setzte sich auf die Kisten vor dem Wagen und sah ihnen zu. Regina stach runde Teigplätzchen aus und Charlie half ihr, sie mit einem Gemisch zu füllen, das Regina vorbereitet hatte, wobei Regina seine Ungeschicklichkeit lautstark und mit vielen italienischen Wörtern garniert kritisierte. Die Leidenschaft in ihrer Stimme verband sich mit seinem leisen Lachen. Auf Geheiß der kleinen Frau tat er Salz ins Wasser. Zu viel, wie es schien, als das Wasser aufschäumte und Regina ihm mit ihrem Holzlöffel einen Klaps auf den Arm versetzte.

Charlie lächelte Ella zu, während Regina kleine Klöße ins Wasser gleiten ließ. Sie waren schon ein besonderes Paar – er groß und kräftig in blütenweißem Hemd, Kostümhosen und Stiefeln, sie auf einer Holzkiste stehend.

„Reginas Küche wird Ihnen schmecken", sagte Charlie über die

Schulter. „Sie verwendet gern Knoblauch und Zwiebeln und ihre eigenen Paprikaschoten."

Regina deutete mit dem Löffel auf ihn. „Lass meine Paprikas aus dem Spiel."

Charlies tiefes Lachen erwärmte den Raum. Ein paar Regentropfen klatschten aufs Zeltdach. Er wusch sich die Hände und machte sich daran, die Laterne anzuzünden, da es schon dämmerig war.

„Er hat was gegen meine Paprikas, weil er die Pflanzen immer in den Wagen laden muss, wenn wir den Standort wechseln." Regina wies auf den grünen verzierten Wagen.

„Das ist auch keine Kleinigkeit." Charlie ging zu einer Kiste, die im Gras stand, und nahm einen Krug mit Besteck und ein paar Zinnteller heraus.

„Es hält dich davon ab, alt und fett und träge zu werden, mein Junge." Reginas dunkle Augenbrauen tanzten.

„Regina hat einen eigenen kleinen Garten. Jede Menge Töpfe, jede Menge Pflanzen." Charlie stand auf. „Sie ist nun mal Italienerin und die können anscheinend nicht ohne leben. Ein weiser alter Mann hat mir mal gesagt: ‚Lass dich nie mit einer italienischen Zigeunerin ein, sonst musst du dich mit einer Menge Dinge abschleppen.'" Er duckte sich weg, als ein Stück Paprika auf seinen Kopf zuflog. „Und nimm dich in Acht vor ihren Launen."

„Sind Sie in Italien geboren?", fragte Ella Regina.

Sie nickte. „Ich kam als junge Frau hierher. Meine Füße hatten kaum amerikanischen Boden betreten, da war ich schon verheiratet mit einem *carradore*. Einem Stellmacher, der mit dieser Truppe hier herumzog. Ich selbst war bis dahin wenig gereist, aber ich habe mich im Zirkus gleich zu Hause gefühlt. Und da bin ich nun immer noch, dreißig Jahre später." Sie reckte die Hand hoch und tätschelte Charlie am Oberarm. „Mit ihm hier und seiner süßen *bambina.*"

Die Freudenfäden in Ellas Brust verwoben sich ineinander.

„Und haben Sie beide Zigeunerblut in den Adern?" Sie blickte von Regina zu Charlie.

„Ich nicht von Bluts wegen", sagte Regina. „Aber Charlie ist Roma und die Roma sind ..."

„... nicht nur clever, sondern auch attraktiv", unterbrach Charlie sie.

„Eingebildet wollte ich sagen", erwiderte Regina. „Aber das hat sich ja jetzt erübrigt."

Ella kicherte.

Regina warf Charlie einen scherzhaften Blick zu, bevor sie die Augen auf Ella richtete. „In dieser Truppe hier gibt es viele Roma. Deswegen sind unsere Schilder so groß. Und deshalb bleiben wir überall, wo wir hinkommen, drei Tage. Die Roma haben es nie eilig."

„Eingebildet akzeptiere ich ja noch, aber willst du etwa behaupten, ich sei langsam?", sagte Charlie zu Regina, zwinkerte aber Ella kurz zu. „Du verstehst überhaupt nichts davon, was wir glauben. Es geht immer um *l'amore.* Ein weiser alter Mann hat auch gesagt: ‚Wenn du etwas leidenschaftlich gern tust, warum dann hetzen?'"

Die kleine Frau stemmte einen Arm in die Hüfte. „Ach, hör auf, uns etwas vorzuschwindeln. Oder erzähl das lieber Mr Graven, wenn die Ringling Brothers das nächste Mal am Trapez vorbeifliegen."

Er grinste und Ella sah es – dieses Romablut in ihm mit dem dunklen braunen Haar und der sonnenverwöhnten Haut. Die lebhaften grünen Augen, die nichts glichen, was sie schon je gesehen hatte. Und die sie fragen ließen, ob seine Abstammung nicht doch weniger einlinig war, als er sie glauben machen wollte.

Stille breitete sich im Zelt aus und Ella betrachtete diesen hochgewachsenen, attraktiven Mann und seine untersetzte Gefährtin.

„Was Sie da machen, riecht köstlich."

Charlie trat zu Regina und hielt ihr einen Teller hin. Mit einem geschlitzten Schöpflöffel holte sie die Klöße heraus, ließ sie abtropfen und gab sie auf den Teller. Aus einem kleineren Topf weiter hinten auf dem gusseisernen Ofen träufelte sie eine Art cremige Soße auf die glänzenden Teigbällchen.

Charlie trug den Teller samt Gabel und Serviette zu Ella. Ihre

Finger berührten sich und Hitze schoss ihr in den Arm. „Danke", sagte sie.

Mit gerührtem Gesichtsausdruck ging Charlie zurück zum Ofen.

„Wie, sagten Sie, heißen diese Klößchen?"

„Ravioli." Regina sprach das Wort fast zärtlich aus, während sie den nächsten Teller füllte.

Ella stellte den dampfenden, himmlisch duftenden Teller auf ihren Schoß und wartete, bis die anderen sich aufgetan und sich gesetzt hatten – Charlie auf das kleine hölzerne Bett neben der schlafenden Holland, Regina auf einen Stuhl neben dem Ofen. Auf ihrer Holzkiste sitzend, stellte Ella die Füße aneinander. Sie nahm die Gabel und spießte einen Raviolo auf, bemerkte dann aber, dass Regina den Kopf senkte. Charlie tat dasselbe.

„Unser Vater im Himmel", begann Charlie.

So lautlos wie möglich ließ Ella die Gabel sinken.

„Wir danken dir für dieses Essen. Und für die Hände, die es zubereitet haben."

Ella blickte zu Regina hinüber. Sie hatte die Augen geschlossen und ein leichtes Lächeln lag auf ihren Lippen.

„Und wir danken dir für Ella, unseren Gast. Und dass sie geholfen hat, dass es Holland wieder besser geht."

Ella schluckte heftig.

„Und dass du für Holland sorgst und sie in deiner allmächtigen Hand hältst." Charlie beendete das Gebet mit einem „Amen" und hob den Kopf.

Ella nickte stumm, ihr Appetit war plötzlich verflogen. Als er zu essen begann, nahm sie einen kleinen Happen. Der Kloß war cremig und herzhaft, und obwohl ihr plötzlich ein Stein im Magen lag, musste sie zugeben: „Es schmeckt fantastisch, Regina."

Die Frau sah von ihrem Teller auf. „Danke, meine Liebe."

Ella nahm langsam einen zweiten Bissen und dachte, sie würde gern lernen, wie man diese Ravioli zubereitete. Als ihr bewusst wurde, dass sie aß, ohne zu reden – und dass Charlie sie mit diesem amüsierten Blick ansah –, tupfte sie sich den Mund mit der Serviette ab.

„Meine Freundin hat mir ein paar Fragen für Sie mitgegeben“, sagte sie.

„Margaret, die Geisel in ihrer eigenen Wohnung? Für mich?“

„Sie möchte wissen, ob Ihr Nachname wirklich Löwenherz ist.“

Charlie grinste schief und spießte einen Raviolo auf die Gabel. „Wenn ich sie das nächste Mal sehe, werde ich ihr die Frage beantworten.“

„Charlie!“, lachte Ella.

„O …“ Er sah wieder auf. „Dann war die Frage vielleicht auch in *Ihrem* Interesse gestellt?“

Ella spürte, wie ihre Wangen heiß wurden, hielt aber seinem Blick stand. „Wer weiß?“

Er lehnte sich gegen einen Zeltpfosten, und da er viel zu groß war für Hollands niedriges Bett, legte er die Stiefel auf eine Holzkiste. „Ja. Mein Name ist wirklich Löwenherz.“

Ella schüttelte nachdenklich den Kopf. „Und sie sind Löwenbändiger. Was für ein Zufall.“

„Es ist kein Zufall.“ Charlie starrte auf seinen Teller und stocherte mit der Gabel in seinem Essen. Dann sah er Holland an und schließlich Ella. „Mein Vater ist zum Zirkus gegangen, als er sechzehn war.“

Ella versuchte sich das vorzustellen.

„Nach allem, was ich weiß, ist er von zu Hause abgehauen. Warum …“ – er spießte einen Raviolo auf – „weiß ich nicht. Er hat nie etwas darüber erzählt, wie sein Leben davor aussah. Ich glaube, er kam nicht mit seinem Vater aus. Deswegen ging er zum Zirkus. Und hat seinen Namen geändert.“

*Löwenherz.* Fast hätte sie es laut ausgesprochen.

„Hier kann man alles sein, was man sein will. Falls ich jemals einen anderen Namen gehabt habe als Löwenherz, dann kenne ich ihn nicht. Meine Eltern haben es mir nicht gesagt. Deshalb ist er das Einzige, was ich Holland weitergeben kann.“ Sein leises Lächeln war wehmütig. „Und wer weiß, wem noch – der diesen Namen gebrauchen kann.“

Die Schlichtheit dieser Bemerkung – und die Tiefe – gaben Ella einen Stich ins Herz.

„Er war nicht der Erste hier, der seinen Namen geändert hat. Nicht alle, die zum Zirkus gehen, tun das freiwillig. Manche leben hier, weil sie keinen anderen Platz gefunden haben."

Ella sah ihn einen langen Moment lang an. Dann fiel ihr ihr Essen wieder ein und sie zwang sich, einen weiteren Happen zu nehmen. Sie überlegte noch immer, wie sie seine Antwort auffassen sollte – wohl schon zu lange, denn er sprach weiter.

„Hat Ihre Freundin sonst noch Fragen? Krankenschwestern scheinen recht neugierige Wesen zu sein."

Hätte Ella eine Paprika in der Hand gehabt, sie hätte sie nach ihm geworfen. Aber so versuchte sie einfach, sich an Margarets Fragen zu erinnern. Sie zögerte, nach Hollands Namen zu fragen – das hätte sie ja auch selbst interessiert, aber nach der Geschichte, die er ihr gerade erzählt hatte, schien es ihr nicht recht, da weiterzubohren. Margarets Frage danach, wie lange er schon beim Zirkus war, war auch beantwortet. Ella zerbrach sich den Kopf, ob es noch weitere Fragen gegeben hatte.

Aber sie war nicht bei der Sache. Nicht mehr, seit er gebetet hatte. „Sie sind ein religiöser Mensch?"

Ihre Frage schien ihn zu überraschen. „Hätten Sie mich gern anders?" Als er Ella ansah, lag in dem Blick, den er ihr zuwarf, ein tiefer Ernst. „Ich rede eben einfach mit Gott."

Ella sog schaudernd den Atem ein.

„Weil ich nicht von Natur aus ein guter Mensch bin. Und ich hoffe, dass die Jahre hier einmal etwas zählen werden." Er sah Ella derartig eindringlich an, dass sie nicht wegschauen konnte. „Es ist etwas, das ich versuchen möchte, weil es richtig ist. Und weil es Holland ein besseres Leben ermöglicht – und allen anderen auch, die mit mir auskommen müssen."

Ella sah Regina an. Die kleine Frau betrachtete Charlie aus blanken Augen.

„Ohne Gott bin ich nichts", sagte er. „Und ich will nie wieder versuchen, etwas ohne ihn zu sein."

„Sehen Sie, was Sie angerichtet haben?", sagte Regina freundschaftlich zu Ella. „Jetzt verstehen Sie auch, warum sie ihn hier *Pastor* nennen. Genauso wie seinen Vater."

*Pastor.*

Und sein Sohn.

Ella stellte geräuschvoll ihren Teller ab. Nein, nein, nein …

Sie musste nach Hause. Auf wackeligen Beinen stand sie auf, umklammerte die Kante von Charlies Wagen, um Halt zu finden, und stieg dann hinunter auf den Grasboden. Im Augenwinkel sah sie, dass Charlie aufstand.

„Ella?“

Nach Hause. Sofort.

Allein.

Hinter dem Zelt zogen in einiger Entfernung Laternen vorbei. Der eigentümliche Klang eines langsamen Akkordeons ging unter im Knallen von Kugeln und Holzstäben. Eine Gruppe Männer lachte gröhlend und eine Glocke ertönte und zeigte an, dass jemand etwas gewonnen hatte.

Schwankte sie etwa? Der Raum schien sich um sie zu drehen und sie griff haltsuchend um sich, bekam aber nur Charlies Arm zu fassen, der auf sie zukam. Er legte den anderen Arm um sie, um sie zu stützen, aber Ella zuckte zurück angesichts der Kraft, die sie darin spürte.

„Ich muss gehen“, flüsterte sie.

„Wenn Sie wünschen …“ Die Verwirrung in seiner Stimme entsprach der in seinem Gesichtsausdruck. „Ich begleite Sie.“

„Nein!“ Sie wich vor ihm zurück. Alte Erinnerungen durchzogen sie und krampften ihr den Magen zusammen. „Ich komme sehr gut allein zurecht.“ Der Raum drehte sich noch immer, aber Ella flüsterte Regina abwesend ein Dankeschön zu. Sie warf keinen Blick auf Holland. Wollte das schlafende Gesichtchen nicht mehr sehen. Es würde ihr das Herz zerreißen. Der einzige Gedanke, den sie hatte, ließ sie aus der Zeltöffnung in die Abenddämmerung hinaustreten. Wind spielte mit ihrem Haar. Sie war erst wenige Schritte gegangen, als Charlie hinter ihr herrief. Noch einige Schritte und er war bei ihr und packte sie am Handgelenk.

So wie jener andere Mann damals.

Wie ein elektrischer Funke durchzuckte sie die Angst, heiß und urplötzlich. Ella wand sich, nahm kaum wahr, wie sanft sein Griff war, bis er fester zupackte. Sie hätte fast aufgeschrien.

„Lassen Sie mich los!“ Sie zerrte und trommelte so fest sie konnte auf seine Brust.

„Ella, Sie werden fallen.“ Seine Stimme war flehend, aber er tat, worum sie ihn gebeten hatte.

Und sie sank zu Boden. Rappelte sich hoch. Und rannte.

Sie rannte und rannte. Ihr Haar schlug ihr ins Gesicht und im Dämmerlicht stolperte sie immer wieder fast über Stangen und Seile, während sie durch den Zirkus lief. Sie hörte Charlie hinter sich, die schweren, raschen Schritte seiner Stiefel.

Und plötzlich war sie wieder fünfzehn und die Nacht war entsetzlich und schwarz.

Ein Schrei stieg in ihrer Kehle auf, sie wusste, er würde sie einholen. Sie wirbelte herum und stand gebeugt da. „Rühren Sie mich nicht an.“ Ihre Brust hob und senkte sich heftig.

Charlie wurde langsamer und hob friedfertig die Hand. Aus großen Augen sah er sie an. Schockiert.

Als er einen Schritt auf sie zukam, wich sie zurück und stieß an die Seitenwand eines Wagens.

Der Kloß in der Kehle nahm ihr die Luft, sie kauerte sich gegen das Rad, die Stimme versagte ihr fast. „Bitte, tun Sie mir nichts.“

Tränen brannten in ihren Augen.

Der Schmerz stand Charlie ins Gesicht geschrieben, als er sich herunterbeugte, bis er kaum größer war als sie. „Ella, ich würde Ihnen nie wehtun.“ Noch zwei langsame Schritte und er kniete eine Armlänge entfernt von ihr. Er sah aus, als wollte er noch näher kommen. Ängstlich umschlang Ella ihre Knie mit den Armen in dem Versuch, sich vor dem Speichenrad so klein wie möglich zu machen.

Sie senkte den Kopf und presste die Hände an die Augen, um die Tränen zurückzuhalten. Was geschah gerade mit ihr?

„Ella, was ist denn?“ Charlies Stimme war so besorgt. Jetzt flossen die Tränen.

Sie schüttelte den Kopf und wischte sich die feuchten Hände

an ihrem Rock ab. Sie fuhr sich mit dem Ärmel über die Wange und keuchte nach Atem. Wo war sie? Sie wollte nach Hause. Aber dieser seltsame Ort hielt sie fest, schloss sie ein in eine wachsende Dunkelheit und einen anschwellenden Sturm.

„Kann ich etwas für Sie tun?", flüsterte er und kam näher. Seine Finger berührten ihren Schuh. Ella wich zurück, zwang sich aber, tief zu atmen. Sie versuchte, die Erinnerung an Charlies Gebet wegzuschieben – an das, was er über Gott gesagt hatte –, aber es gelang ihr nicht.

Kalte Angst schnitt ihr ins Herz. Charlie war fast doppelt so groß wie sie. So wie dieser andere Mann damals. Der ihr angeboten hatte, ihr das Gesangbuch zu tragen, als sie am Abend von der Kirche nach Hause ging. Der versucht hatte, ihre Hand zu halten. Der Beginn einer Lawine. Eine erdrückende Kraft, die ihr bei aller Gegenwehr keine Wahl gelassen hatte, als einfach ihren Verstand abzuschalten. Und ihr Herz. Und zu versuchen, nichts zu fühlen oder zu denken oder … oder … sie keuchte, bekam aber keine Luft. Furcht lähmte sie.

*O Gott. Das tust du mir also an.*

Schließlich drang eine flüsternde Stimme zu ihr durch. „Ella, fürchten Sie sich vor mir?" Leise. Erschüttert. Charlie nahm seine Hand weg und ging in die Hocke, wich einen kleinen Schritt zurück … dann noch einen.

Ella sah ihn an. Das war Charlie. Sie holte Luft, sie zitterte am ganzen Körper, als der Anfall so plötzlich nachließ, wie er gekommen war. Das war Hollands Vormund. Noch ein Atemzug. Sie versuchte sich in Erinnerung zu rufen, wie behutsam er mit dem Baby umgegangen war, versuchte sich klarzumachen, dass er vor ihr kniete – nicht größer als sie selbst.

Er sah ihr forschend ins Gesicht – bemühte sich zweifellos zu verstehen, was in ihr vorging. „Sie wollen jetzt nach Hause." Es war eine Feststellung und sie nickte. „Okay. Wir bringen Sie nach Hause." Er sah sich um und fuhr sich mit der Hand durchs Haar.

Etwas wie Bedauern durchzuckte sie.

„Bleiben Sie ganz ruhig und warten Sie einfach hier. Geben Sie mir eine Minute. Wir bringen Sie nach Hause." Er stand auf und ging ein paar Schritte zurück. Beim nächsten Wagen rief er jemandem etwas zu. Licht fiel in die Dämmerung, als eine Tür sich öffnete und eine junge Frau erschien.

Und plötzlich war Ella nicht mehr fünfzehn. Weil das Gebet, das sie in jener Nacht gebetet hatte – dass sie nicht allein wäre –, erhört worden war. Sie schaute Charlie an und eine Mischung aus Dankbarkeit und Schuldgefühlen überfiel sie.

Die Fremde stieg die Stufen herunter. Ihr Haar lockte sich den Rücken hinunter … bis zum Boden. Das weibliche Profil sah vertrauensvoll zu Charlie auf. Er sprach mit dem Mädchen, das sich das dunkle Haar hochband und unter einem Schal feststeckte. Die junge Frau hörte ihm zu, nickte und ging dann zu Ella.

Ein freundliches Gesicht, das im ersten Mondlicht kühl wirkte, kam auf sie zu. „Hallo, Ella. Ich bin Angelina und ich begleite Sie nach Hause."

# 12

Charlie beobachtete, wie Ella sich immer wieder eine Haarsträhne aus dem Gesicht strich, die aber sofort zurückfiel, wenn sie ihn über die Schulter ansah … etwas, das sie nun schon öfter getan hatte, als er zählen konnte.

Angelina erklärte Ella, warum Charlie ihnen folgte: um dafür zu sorgen, dass sie beide sicher nach Hause kamen. Ella nickte. Sah wieder über die Schulter zu ihm zurück, etwas wie Schuldbewusstsein im Blick.

Charlie folgte den beiden in gebührendem Abstand, die Hände in den Taschen und das Herz in den Stiefeln. Er versuchte sich zu erinnern, was er gesagt oder getan haben könnte, dass Ella so verschreckt war, aber es fiel ihm beim besten Willen nichts ein.

Angelina redete mit ihrem russischen Akzent leise weiter. Charlie schnappte nur ab und zu ein Wort auf. Sie liefen, bis die matten Lichter von Ellas Wohnhaus durch das neblige Dunkel schimmerten und ihre Schritte langsamer werden ließen. Charlie blieb neben dem dreistöckigen Ziegelbau stehen, die Hand in den Nacken gelegt, und sah Angelina und Ella nach, die die Treppe hinaufstiegen.

Er lehnte sich an die Mauer und bemühte sich, den Gedanken beiseitezuschieben, dass er zu spät zur Abendvorstellung kommen würde, wenn er sich nicht beeilte. Ein Blick auf seine Taschenuhr sagte ihm, dass die Show in weniger als zehn Minuten begann. Er verschränkte die Arme vor der Brust. Löste sie wieder. Ging hin und her.

Er zählte die Sekunden, bis Angelina zurückkam, wünschte sich jedoch insgeheim, sie würde nicht auftauchen. Alles, was er wirklich wollte, war, mit Ella zu sprechen. Er ging die Stufen hinauf und betrat das Haus. Weil er wusste, dass er drei Stockwerke vor sich hatte, nahm er die Treppe immer zwei Stufen auf einmal und machte dabei einen Lärm wie eine Elefantenherde. Als er den Korridor vor Ellas Wohnung erreichte, bremste er sein Tempo, um sie nicht zu erschrecken.

„Ella", rief er atemlos.

Sie blinzelte zu ihm hoch. Ihr Blick war nun klarer als zuvor. Die Tränen waren versiegt. Nein, jetzt stiegen sie ihr wieder in die Augen, aber diesmal spürte er darin keine Furcht, sondern Schmerz.

„So kann ich einfach nicht gehen", sagte er.

Angelina entfernte sich diskret zum dunklen Fenster am Ende des kurzen Flurs und spähte hinaus.

Charlie hatte keine Ahnung, was er zu Ella sagen sollte. Er schluckte. „Ich weiß, Sie schulden mir gar nichts. Überhaupt nichts. Sie haben so viel für Holland getan und für mich. Und Sie haben alles Recht der Welt, einfach zu gehen und mich nie wiederzusehen oder nie wieder mit mir zu sprechen."

Sie wischte sich eine Träne von der Wange.

„Aber wenn Sie ... vielleicht doch ..." Er war zu nervös, um weiterzusprechen, und schluckte schwer. In diesem Augenblick war ihm klar geworden: Sein Leben würde nie mehr sein wie zuvor. Nicht, seit er diese Frau getroffen hatte. Er ballte die Hände zur Faust, sein Herz pochte wild. „Wenn Sie mir ... erlauben würden, alles wiedergutzumachen, dann wäre ich ... Ihnen sehr dankbar."

Noch eine Träne, die sie wegwischte. Ihr Kinn zitterte. „Charlie ... ich ..." Sie sah blinzelnd zur Decke und stieß langsam den Atem aus. „Ich weiß nicht, was ich sagen soll."

Er öffnete die Fäuste. Schloss sie wieder. Zum Kuckuck, er wollte sie in den Arm nehmen. Aber er beherrschte sich und zwang seine Füße, auch nicht einen Zentimeter auf sie zuzugehen.

Ella drückte ihren Daumen auf ihren Mund. Auf diesen Mund, der so klein war, aber voll wie der einer Puppe. Fast unwirklich. Aber er war sehr wirklich. Alles an ihr war real und er wünschte, es gäbe einen Weg ...

„Es tut mir leid wegen heute Abend", flüsterte sie. „Ich muss mich entschuldigen. Ich weiß nur einfach nicht, was ich sagen soll."

„Bitte, Sie müssen sich nicht entschuldigen. Wenn ich irgendetwas getan habe, das Sie erschreckt hat ... ich würde es gern wiedergutmachen."

Rasch schüttelte Ella den Kopf, während ihr die Tränen über

die Wangen liefen. „Nein." Ihre Stimme zitterte. „Sie haben nichts falsch gemacht. Es ist nur … ich …" Sie strich mit der Hand über den Ärmel und er konnte in ihrem Gesicht – in der Weise, wie sie irgendwie kleiner aussah – lesen, dass sie am Ende ihrer Kräfte war. „Ich schulde Ihnen eine Erklärung."

Noch immer hatte Charlie die Zeit im Nacken. „Darf ich morgen bei Ihnen vorbeikommen?"

Am Ende des Flurs wartete Angelina weiterhin taktvoll und überließ sie ihrem Gespräch.

Charlie wagte nicht, auf die Uhr zu sehen. „Wenn Margaret nicht da ist, könnte ich Angelina mitbringen."

Das Schweigen dehnte sich, bis er nur noch den Puls in seinen Ohren hörte. Schließlich nickte Ella kaum merklich. „Gut." Sie befeuchtete ihre Lippen und sah ihn an. „Margaret wird da sein, aber …"

Er wartete, spürte, dass sie noch etwas sagen wollte. Irgendein Wort, das besagte, dass sie ihm vertraute. Aber nein. Eigentlich wollte er sie nicht allein antreffen.

Er wollte nur, dass sie sich nicht vor ihm ängstigte.

„Dann komme ich?"

Sie nickte noch einmal. „Ja, bitte."

„Wäre es Ihnen am Nachmittag recht? So gegen vier?"

„Um vier."

Seine nächsten Worte waren ein Seufzer der Erleichterung. „Vielen Dank, Ella."

Charlie stand gebückt in seinem Wagen und kramte in seinen Sachen nach seiner Brieftasche. Der Wagen knarrte, als er auf die andere Seite trat, noch immer auf der Suche. Er benutzte seine Brieftasche selten und fand sie schließlich in einem Karton mit sauberen Socken und Unterhemden. Er hatte am Vormittag seinen vollen

Lohn erhalten. Jetzt steckte er die glatten Scheine in die Lederbörse und ließ diese in die Tasche gleiten. Wenn er Ella heute zum letzten Mal sah – woran er am liebsten nicht denken wollte –, dann wollte er sie auf jeden Fall für ihre Mühe entlohnen, wie er es versprochen hatte. Sie hatte so viel für ihn getan. Und für Holland. So viel.

Der Wagen knarrte erneut, als er hinauskletterte.

Charlie lief über das Zirkusgelände bis zur Straße in die Stadt, den Blick auf die Häuserreihen gerichtet, die ihn die paar Straßen bis zu Ellas Wohnung führen würden. Er passierte Geschäfte, dann eine Bank. Lärm drang herüber, vermutlich vom Eisenhüttenwerk. Noch weiter entfernt ertönte das einsame Pfeifen eines Zuges. Auf der schlammigen Straße hatte sich ein Kohlenwagen festgefahren und einige Männer bemühten sich, ihn wieder freizukriegen, so wie er es in den letzten Tagen auf dem Zirkusgelände auch immer wieder getan hatte.

Von der anderen Straßenseite sahen ein paar Passanten zu ihm herüber, ihre Blicke blieben an ihm hängen. Charlie sah an sich herab, ob er vielleicht noch etwas von seinem Zirkuskostüm trug. Er hatte das Samtjackett und die smaragdgrüne Weste ausgezogen, aber das weiße Hemd angelassen. Es war sein bestes. Und er war sich sicher, dass er die Schminke sorgfältig aus seinem Gesicht entfernt hatte. Er fuhr sich rasch mit den Daumen um die Taille, um sich zu vergewissern, dass das Hemd nach seinem Herumkramen ordentlich in der Hose steckte.

Nach ein paar Schritten prüfte er der Vollständigkeit halber auch noch seinen Kragen.

Er war in Gedanken gewesen und wusste, dass er sich gerade nicht sehr gut auf sich selbst verlassen konnte.

Schon in der Vorstellung war das ein Problem gewesen. Bei der Schlussparade hatte er vergessen, das Signal zu geben, und der gute La'Rue war eingesprungen und hatte die Situation gerettet. Ein solcher Fehler war Charlie noch nie passiert und er hatte ihm einige besorgte Blicke nicht nur von Ruth eingebracht.

Niemand in der Truppe konnte es sich leisten auszufallen, wenn der Zirkus sein Auskommen haben wollte. Er musste sich zusammenreißen, wie auch immer. Dank Mr Gravens Einfall, mit der Eisenbahngesellschaft verbilligte Fahrpreise für einen Umkreis von vierzig Meilen zum Standort des Zirkusses zu vereinbaren, waren die Reihen besser besetzt gewesen als je zuvor und sie hatten immer wieder andere Menschen angezogen, die bereit waren, fünfundzwanzig Cent und mehr für einen Platz in der Vorstellung auszugeben.

Wegen des offensichtlichen Erfolgs beim Publikum hatte La'Rue vorgeschlagen, eine neue Nummer ins Programm zu nehmen, an der sie noch arbeiteten. Charlie hatte befürchtet, Axel sei dafür noch nicht bereit, aber der Löwe hatte ihn eines Besseren belehrt: Mühelos hatte er von einem Podest aufs andere einen Sprung bewältigt, der knapp einen Meter länger war als das, was Han und Kristov leisten konnten. Charlie schuldete dem Tier ein saftiges Steak. Die Elefanten hatten ihre Fanfare dazu geblasen und die Nummer hatte das Publikum von den Sitzen gerissen.

Ein Erfolg, ja. Aber jede Blume, jeder Strauß, den die Zirkusgehilfen aus der Manege aufsammelten, jedes Spitzentaschentuch, auch die Bravorufe und der Applaus sagten Charlie nur eines, als er in die Reihen blickte: dass all das nicht wirklich war. Es hatte keinen Bestand. Die Bewunderung nicht, die Blumen nicht und schon gar nicht das Lächeln der Frauen, die sich gern auf ein kleines Intermezzo mit ihm eingelassen hätten.

Ein einziges Mal hatte er sich gestattet, darauf einzugehen, in jenem Sommer vor ein paar Jahren. Hatte die ein oder andere junge Dame im Schatten des Zeltes geküsst, weil die Sommerhitze das klare Denken so sehr getrübt hatte, dass er glaubte, es könne etwas Dauerhaftes daraus werden. Die Mädchen waren gegangen und hatten wenigstens eine gute Geschichte zu erzählen, während ihm nichts blieb außer der Frage, ob die nächste Eroberung endlich die Leere in ihm ausfüllen würde. Charlie erinnerte sich nicht an einen einzigen Namen der Mädchen, die er geküsst, deren pochende Herzen er an seinem gespürt hatte. Aber dann hatte er Axel als Löwenjunges bekommen und mit Angelinas Hilfe hatte Charlie geschworen, nie mehr um eine Frau zu werben, es sei denn, er wolle sie auch heiraten. Seither hatte er ein paar einsame Jahre verbracht, aber das war es ihm wert. Und nun dachte er an Ella.

Sie brachte etwas in sein Leben, das er noch nie zuvor erlebt hatte. Und er konnte den Gedanken nicht ertragen, er könnte sie verlieren.

Aber wem versuchte er etwas vorzumachen? Wer war er denn schon für Ella? Ein Zigeuner in einer billigen Show.

Und das war noch nicht einmal das Schlimmste.

Als Charlie Ellas Wohnhaus erreichte, atmete er zum ersten Mal an diesem Tag tief durch. Regina hatte sich bereit erklärt, über Hollands Mittagsschlaf zu wachen, und er konnte ihr nicht genug dafür danken. Charlie räusperte sich, konnte seiner Nervosität aber nicht Herr werden. Schließlich klopfte er an Ellas Wohnungstür.

Leise Stimmen drangen heraus, dann öffnete sich die Tür.

Margaret empfing ihn in der Tür. „Hallo." Ein ganz alltägliches Wort, aber ihr Blick maß ihn, als sei er Goliat.

„Ist Ella zu Hause?"

„O ja, kommen Sie doch rein."

Margaret führte ihn zum Sofa und er setzte sich. Auf dem zierlichen Möbelstück kam er sich vor wie ein Elefant im Porzellanladen. Ella war nirgends zu sehen. Charlie warf einen Blick auf die geschlossene Schlafzimmertür.

Margaret stand da, sah ihn an und rang ihre Hände. Schließlich wies sie auf die Tür. „Ich werde sie holen."

Charlie nickte. Er spürte, wie seine Hände feucht wurden, und wischte sie an seinen Hosen ab. Als Margaret verschwunden war, bemühte er sich, nicht die Minuten zu zählen, war sich aber ziemlich sicher, dass eine, dann zwei und schließlich drei Minuten vergangen waren, bis die Tür wieder aufging.

Charlie sah auf, überzeugt davon, dass ihm die Verzweiflung, die er empfand, ins Gesicht geschrieben stand.

Ella trat ins Zimmer. Das Licht, das durchs Fenster fiel, lag auf dem weißen Band, mit dem sie ihren Zopf gebunden hatte. Sie schenkte ihm ein Lächeln, das so schwach war, dass er glaubte, ihm würde übel. Bei Gott, er brauchte die Worte.

Langsam ging Ella zu einem Sessel, setzte sich und zog den blassblauen Rock zurecht, den Blick zu Boden gerichtet. Ihre Augen schimmerten und wurden feuchter, je länger das Schweigen anhielt.

Endlich sah sie ihn an. „Hallo, Charlie."

Ihm fehlten die Worte und er senkte den Kopf. Dann dachte er an seine Brieftasche und überlegte, ob er sie hervorziehen sollte, aber es schien nicht der richtige Moment dafür zu sein.

„Ich bin froh, dass Sie gekommen sind."

Charlie starrte auf den Fußboden, beunruhigt, welche Gefühle wohl in seiner Miene zu lesen waren. Er musste etwas sagen. *Reiß dich zusammen, Mann.* „Wegen gestern Abend ..."

Doch Ella hob eine Hand und brachte ihn zum Schweigen. „Bitte. Lassen Sie mich erklären."

Die Schlafzimmertür schloss sich und Charlie nahm dankbar zur Kenntnis, dass Margaret sie allein ließ.

„Ich habe mir tausendmal überlegt, ob ich Ihnen das erzählen soll oder nicht, und als ich mich schließlich entschlossen hatte, es zu tun, habe ich nach einem Weg gesucht, wie ich es am besten tun könnte. Aber ich fürchte, ich habe keinen gefunden."

Charlie richtete sich langsam auf.

Ella hatte die Augen geschlossen und die Hände im Schoß so fest gefaltet, dass die Knöchel weiß wurden. „Also werde ich es einfach sagen."

Er starrte auf ihre Hände, während sie begann.

„Charlie ... ich hatte einen Sohn." Blaue Augen sahen ihn unter dichten, feuchten Wimpern an.

Er bemühte sich, keine Miene zu verziehen. O Gott, bitte, jetzt nur nichts Falsches tun! Sein Herz schlug unregelmäßig. Er nickte langsam. Ließ sich ihre Worte durch den Kopf gehen. Versuchte, einen Sinn darin zu finden.

„Es ist fünf Jahre her."

Charlie atmete langsam ein. Langsam wieder aus.

„Unter anderem deshalb lebe ich hier. Ich bin von zu Hause weggegangen, weil ich es nicht ertragen konnte, wie die Leute mich behandelt haben. Das Getuschel. Die Blicke. Alles sagte deutlich, was sie von mir hielten." Ihre Stimme wurde rau. „Und ich war so unendlich traurig."

Ihr Schmerz entzündete eine Flamme in seiner Brust. „Das tut mir leid", sagte er leise, weil ihm sonst nichts einfiel. Eine Hand ballte sich zur Faust und er strich mit dem anderen Daumen über die Fingerknöchel. Er wusste nicht, mit welchen Worten er sie erreichen konnte.

„Charlie?"

Zögerlich scharrte er mit den Stiefeln. Starrte darauf herab. Sie hatte gesagt, sie *hatte* einen Sohn. Er wünschte, er wüsste, wie er sie fragen konnte, ohne sie zu verletzen. „War ... ich meine ... ist er nicht am Leben geblieben?"

Ellas Mund zitterte, als sie nur mit einer Silbe antwortete. „Nein."

Ihm fehlten die Worte und er studierte ihr Gesicht. Seine Kehle war rau und er hustete hinter vorgehaltener Hand. „Wie ... wie hieß er? Ihr Sohn." Das war alles, was ihm einfiel. Sie hatte einem Kind das Leben geschenkt. Einem Menschen. Einer Seele ... und sie hatte es verloren.

Ella sah Charlie an, als hätte ihr noch nie jemand diese Frage gestellt. „Ich habe ihm keinen Namen gegeben."

Ihre Trauer schien den ganzen Raum auszufüllen. Charlie blinzelte die Fragen fort, die in ihm aufstiegen.

„Charlie." Ella befeuchtete sich wieder die Lippen und atmete tief durch. „Ich weiß nicht, wie ich Ihnen das sagen soll."

Er beugte sich vor, stützte die Unterarme auf die Knie und faltete die Hände. Dann senkte er den Kopf.

Ihre Stimme zitterte, als sie weitersprach. „Es war ... nicht so, dass ich es gewollt hätte."

Er schluckte schwer, atmete tief und zwang sich, den Kopf zu heben.

„Mit einem Mann zusammen sein, meine ich." Sie sah ihn nicht an und die störrische Haarsträhne fiel ihr wieder ins Gesicht. Sie strich eine Falte ihres Rockes glatt. Immer wieder dieselbe Falte. „Ich ... wurde gezwungen."

Das Blut gefror ihm in den Adern. Er blinzelte. Versuchte zu atmen.

Vergeblich.

Tränen stiegen ihr in die Augen und liefen die Wangen hinunter.

Er zwang sich durchzuatmen. Geist und Herz in Aufruhr, stand er auf, ging ein paar Schritte auf sie zu und kniete sich hin. „Ella.“ Der Name tropfte wie Blut von seinen Lippen.

Sie wischte sich mit dem Ärmel über die Augen. „Ich habe mich so geschämt.“ Ihr Kinn zitterte stärker.

Er sagte noch einmal ihren Namen und spürte, wie unzureichend das war. Ein brennender, wogender Zorn stieg in ihm auf, Zorn auf einen Mann, den er in diesem Augenblick eigenhändig hätte erwürgen mögen – und den nur eines zurückhielt: ein Schmerz, von dem er nicht geahnt hatte, dass es ihn gab. Den er nicht gespürt hatte, als er ihr Gesicht betrachtet, ihr in die Augen gesehen hatte. Den er nicht in ihrer Stimme gehört hatte. Den er nicht bemerkt hatte, als sie sich an das Wagenrad geklammert und ihn angefleht hatte, ihr nicht wehzutun.

Der Magen drehte sich ihm um.

„Er war ein paar Jahre älter als ich und ich habe ihm erlaubt, mich nach einer Chorprobe nachts nach Hause zu bringen. Wir haben für Weihnachten geübt.“ Ihre Stimme klang hölzern, leise. „Ich dachte, er sei ein Freund und dass es seine Richtigkeit hätte.“

Da war er wieder, der Zorn, mächtig, tosend.

„Er ...“ Sie schluckte und blinzelte Tränen zurück. „Was Sie wissen müssen, Charlie, wegen gestern Abend ...“ Sie schüttelte den Kopf. „Es lag nicht an Ihnen. *Es waren nicht Sie.*“

Charlie ließ den Kopf hängen; seine Haut brannte, als sie ihm ihre warme Hand in den Nacken legte und ihn näher zu sich zog. Er legte eine Faust auf ihr Knie und stützte die Stirn darauf.

„Er war der Sohn des Predigers“, flüsterte Ella.

Charlie schloss die Augen. Ballte die Faust, bis seine Handfläche schmerzte. *O Gott.* Er fand keine Worte, die hätten ausdrücken können, was er empfand. Außer dem Wunsch, jenen Mann in Stücke zu reißen, beherrschte ihn das brennende Verlangen, sie zu trösten. Dann spürte er, dass ihr Körper zuckte, und sah auf. Sie hatte die andere Hand vors Gesicht geschlagen und schluchzte.

Charlie richtete sich auf den Knien auf, und als sie nicht zurückwich, legte er ihr sanft die Hand auf den Arm. Ella beugte sich vor und lehnte ihr Gesicht an seine Schulter. Seine Hand glitt über den goldenen Zopf, der ihr über die Schulter hing – und er schloss sie in die Arme. Das Weinen schüttelte Ellas zierliche Gestalt; sie presste den Mund gegen seine Brust und das dämpfte das Schluchzen. Er hielt sie fester und wünschte verzweifelt, es gäbe einen Weg, ihren Schmerz für sie zu tragen.

Lange saßen sie so da. Charlie wagte nicht zu fragen, was aus dem Mann geworden war. Ob man ihn dafür zur Rechenschaft gezogen hatte. Er wollte es nur um seiner selbst willen wissen – damit er den brennenden Wunsch in sich zum Schweigen bringen konnte, es selbst zu tun, der seine Hände zittern ließ.

„Sie müssen wissen" – sie hob den Kopf – „Sie sind einer der freundlichsten und rücksichtsvollsten Menschen, die mir je begegnet sind."

Etwas krampfte sich um sein Herz. Die Angst, er hätte sie verloren.

„Und ich weiß nicht, was da über mich gekommen ist. Seit damals habe ich um jede Kirche einen großen Bogen gemacht. Ich habe mich schuldig gefühlt, aber ich war wie gelähmt." Sie schniefte und suchte in den Falten ihres Rocks nach einem Taschentuch. Schließlich fand sie das kleine Tuch. „Allein wenn ich mir vorstellte, wieder in eine Kirche zu gehen. Oder auch nur Menschen zu begegnen, die ... vielleicht das sind, was Sie als fromm bezeichnen würden."

*Der Sohn des Predigers.* Er hätte am liebsten ihr Gesicht in beide Hände genommen und ihr gesagt, dass zwischen dem Dunkel, das sie erfahren hatte, und dem Licht, das von Christus ausging, Welten lagen. Aber das war nicht der richtige Moment dazu. Also biss er sich auf die Lippen. Er war eben durch und durch Seelsorger.

Reginas Worte schossen ihm durch den Kopf. *„Jetzt verstehen Sie auch, warum sie ihn Pastor nennen. Genauso wie seinen Vater."*

Dieser Titel – so wie sie ihn verstand – schmerzte auf einmal. „Deswegen sind Sie davongelaufen", flüsterte er.

„Es tut mir so leid." In ihrem Blick lag tiefes Bedauern.

„Bitte, haben Sie keine Angst. Bitte, verlassen Sie uns nicht …" Er versuchte, die letzten Worte zurückzuhalten, aber sie entschlüpften ihm. Er hoffte, sie würde denken, es sei eine Bitte, sich weiter um Holland zu kümmern.

Vermutlich dachte sie das nicht, denn sie starrte ihn an. „Sie verlassen? Charlie, *Sie sind es,* der weggeht. Es kann jeden Tag geschehen." Etwas überzog ihr Gesicht, das ihm fast das Herz stillstehen ließ.

„Es tut mir leid. Das hätte ich nicht sagen sollen. Es ist nicht fair Ihnen gegenüber …"

„Charlie, bleiben Sie eigentlich jemals länger an einem Ort? Oder sind Sie immer unterwegs?"

Dem jungen Mann schwirrte der Kopf, deshalb stand er langsam auf und trat einen Schritt zurück. Diese Frage hatten ihm auch schon andere Frauen gestellt. Aber noch nie waren sie aus dem Mund eines Menschen gekommen, mit dem er sich vorstellen konnte, das Leben zu teilen. Anfing, sich das vorzustellen.

Charlie suchte nach einer Begründung. Griff danach, bekam aber nur ein paar Brocken zu packen. Die setzte er zusammen und fasste sie in Worte. „Ich muss mit den anderen weiterziehen. Ich bin vertraglich gebunden."

Sie nickte, während sich ihre Wangen rosig färbten. Die Richtung, die das Gespräch nahm, verblüffte ihn. Warum redeten sie plötzlich davon? Ratlos, was er sagen sollte, wartete er, bis sie sich erhob.

„Es tut mir leid, ich …"

Die Schlafzimmertür öffnete sich und Margaret kam heraus. Sie trug ihre Schwesterntracht und lächelte entschuldigend. Sie ging zur Küchenecke, nahm ihren Mantel von einem Stuhl und legte ihn sich über den Arm, offensichtlich im Aufbruch.

Was bedeutete, dass er vor ihr gehen sollte. Charlie sah Ella an. „Ja, in ein paar Tagen ziehen wir weiter." Noch nie zuvor hatte es ihm solche Mühe gemacht, diese Worte auszusprechen. „Und ich … ich weiß, dass Holland Sie sehr gern noch einmal sehen würde. Und ich ebenfalls." Er spürte einen Stich in seiner linken Hand und rieb sich den Knöchel.

Ella sah zu ihm hoch.

„Sie sind herzlich willkommen, wenn Sie vorbeikommen mögen. Morgen im Lauf des Tages."

Ellas Mund überzog ein sanftes Lächeln und sie nickte. „Vielen Dank."

Charlie wusste, er sollte jetzt unbedingt gehen, denn plötzlich überkam ihn der Impuls, sie an sich zu ziehen. Jetzt auf der Stelle. Doch das konnte er nicht tun. Aus zahllosen Gründen. Und jeder dieser Gründe trieb ihn zur Tür und ließ ihn sagen: „Ich lasse Sie jetzt allein." Kurz darauf trat Charlie in den Korridor hinaus. Dort wandte er sich noch einmal um. Ella stand da, die Wange an den Türrahmen gelehnt. „Ach ja, und …" Nahm er sich zu viel heraus? „… an der Kasse ist alles geregelt, solange wir hier gastieren."

Ella runzelte die Stirn. Verstand sie, was er meinte? Dass er sie bei sich haben wollte? So lange wie nur irgend möglich?

„Wenden Sie sich einfach an Lorelai. Wir haben vereinbart, dass Sie so oft kommen können, wie Sie mögen."

Margaret warf einen Blick auf die Uhr und trat dann auch in die Tür.

„Danke", sagte Ella. „Ich komme. Versprochen."

Er prägte sich ihr Gesicht ins Gedächtnis ein. Ihre Worte.

Und später, als die Sterne funkelten und das abendliche Publikum den Nervenkitzel suchte, fühlte sich die Nacht nicht ganz so schwarz an. Das Licht der Fackeln nicht ganz so unheilvoll. Denn als er so dasaß, den Rücken gegen die Gitterstäbe gelehnt und außerstande, der gaffenden Menge irgendetwas von dem zu bieten, wofür sie bezahlt hatten, außer sich selbst, klammerte er sich in seiner Erinnerung einfach an das Bild von Ellas Gesicht. Und von Hollands und Mimis Gesicht. Und dachte an all das Gute, das Gott ihm geschenkt hatte.

Und er sprach ein Gebet für Ella. Nein, eher flehte er Gott für sie an. Dass sie den Trost finden würde, den sie brauchte.

Ganz tief unten spürte er den Kummer, dass es nur noch wenige Tage dauern würde, bis er sich von ihr trennen musste. Aber so war es das Beste. Denn bei dem Gedanken, sie könnte ihn so sehen, wie er hier saß, mit entblößtem Oberkörper und im Schein von Dutzenden Fackeln, schauderte ihn. Wenn sie wüsste …

Charlie starrte aus schwarz umrandeten Augen in die Menge, sodass ein paar Damen in entzücktem Schaudern aufschrien. Die Nachtluft kroch durch einen Schlitz in der Zeltwand und ein Schauer lief über seine Haut. Diese Haut, die mit Tätowierungen übersät war – mit unauslöschlichen, ungewöhnlichen und grauenvollen Tätowierungen. Sie waren es, die die Leute veranlassten, klingende Münze dafür zu zahlen, *die Bestie* begaffen zu können.

Jemand stieß Charlie einen knochigen Finger in die Taille. Jemand anders stierte unverschämt auf seinen Unterarm, wollte die Sensation seines Fleisches näher in Augenschein nehmen. Gewöhnlich tobte der Zorn in ihm, wenn er hier war. Der Impuls zurückzuschlagen. Aber heute senkte Charlie nur den Blick, wenn schweißfeuchte Hände seine Haut betasteten. Heute Abend fühlte er nicht den beißenden Schmerz, mit gefesselten Händen zum Schaustück sensationslüsterner Gaffer gemacht zu werden. Heute klang in ihm nur wieder und wieder der alte Choral.

*Fels des Heils, geöffnet mir …*

Diese Nächte, in denen er innerlich ruhig blieb – so selten sie waren –, diese Nächte bewahrten ihn davor, verrückt zu werden. Versicherten ihn, dass er es durchstehen würde, auch wenn er hier saß, das Gesicht bemalt, die Augen geschwärzt, um ihn möglichst unheimlich aussehen zu lassen. Nur noch vier Monate. Er würde es durchstehen.

Für Holland – damit sie frei war – würde er die Schulden bezahlen.

Sein Körper mochte befleckt und eingekerkert sein – aber nicht sein Herz. Und heute Abend verdankte er das Ella. Und Gott.

Charlie schloss die Augen und der Lärm der Menge verblasste. Zum ersten Mal seit vielen Tagen – und zweifellos sehr zum Ärger von Madame Broussard – saß er einfach nur da. Und spürte einen inneren Frieden.

# 13

Die frühe Abendsonne lag warm auf ihren Schultern, als Ella das Zelt erreichte. Die Eingangsplane war zurückgeschlagen und festgezurrt, ohne Zweifel eine Einladung. Ella atmete die frische Frühlingsluft ein.

„Hallo“, rief sie und trat ein, den frischen Brotlaib an die Brust gedrückt. Charlie saß auf dem Bett in seinem Wagen, in der erhobenen Hand eine Nadel, von der aus ein Faden ihn an seine Aufgabe band. Der Anblick ließ sie innehalten.

Sie lächelte, während Charlie verlegen den Mund verzog. Regina, die unweit vom Zelteingang stand, schnitt gerade ein Stück Zackenlitze ab. Ella wandte sich ihr zu und hielt ihr das Brot hin, während sie flüsternd eine Entschuldigung vorbrachte.

Regina legte ihre kleine, pummelige Hand um Ella und zog sie in eine kurze Umarmung. „Danke, *mia cara.* Und es gibt nichts, wofür Sie sich entschuldigen müssten.“

Charlie betrachtete Ella und sie musste daran denken, was gestern zwischen ihnen passiert war. Was sie ihm alles anvertraut hatte. Ellas Blick fiel auf Holland, die friedlich in ihrem Bettchen schlief. Sie verschränkte die Hände auf dem Rücken und machte einen Schritt auf Charlie zu. Er strich sich über den Hemdkragen und dann über die Manschettenknöpfe an seinen Ärmeln.

Selbst im Sitzen war er größer als sie, weil er oben im Wagen saß. Sie linste auf die Arbeit in seinen Händen und sah, dass er einen kleinen Pullover von Holland in der Hand hielt.

„Ein Knopf ist lose.“ Er machte einen Stich. „Irgend so eine Krankenschwester hat ihn neulich unsanft behandelt.“

Jetzt war es an Ella, verdattert dreinzusehen.

Charlie zog eine Taschenuhr aus der Westentasche und warf einen Blick darauf, bevor er Ella ansah.

„Ist dies nicht die richtige Zeit für einen Besuch?“, fragte sie.

„O doch, natürlich“, erwiderte Charlie so rasch, dass sie fürchtete, sie käme tatsächlich ungelegen. Er schien die Worte zu bedauern. „Holland wird gleich aufwachen und dann könnt ihr zwei euch begrüßen", schob er schnell hinterher.

„Wie war Ihre Vorstellung?"

Er zog einen Mundwinkel hoch. „Gut."

Sein Blick wanderte im Zelt umher. Erst jetzt bemerkte Ella die vielen Blumenvasen, die überall herumstanden. „O je."

Mit einer geübten Bewegung zog Charlie die Nadel heraus und steckte sie zurück in einen Nähkasten, auf dem Reginas Name eingraviert war. Das aufklappbare Kästchen stand neben einem Korb mit schweren Stoffen. Einer davon hatte die Form eines weiteren Fracks für die Manege. Der burgunderrote Stoff war edler als alles, was Ella je gesehen hatte.

Charlie biss den Faden mit den Zähnen ab und packte dann das Nähzeug zur Seite.

„Sie machen es wie meine Mutter." Ella hob eine Augenbraue.

Er grinste und legte den Pullover neben sich aufs Bett. „Erzählen Sie mir etwas über Ihre Familie. Woher stammen Sie?"

„Ähm ... Mein Heimatort ist ungefähr sechzig Meilen nördlich von hier. Kurz hinter Clifton Forge." Vermutlich wusste er nicht einmal, wo das lag.

„Und sind Sie ein Einzelkind?"

„Ich habe fünf Geschwister."

Seine Augen blitzten.

„Bei uns zu Hause ging es immer lebhaft zu und das habe ich geliebt. Sie fehlen mir alle sehr."

„Ich bin sicher, Sie fehlen ihnen auch. Sind Sie hergekommen, um Krankenschwester zu werden?"

Ella lehnte sich an die Seitenwand seines Wagens. „Irgendjemand ist immer hingefallen und hat sich irgendetwas aufgeschürft oder sich verletzt und dann kamen sie zu mir." Sie hatte ihre Geschwister in den Arm genommen, auf den Küchentisch ans sonnige Fenster gesetzt und sich um die Wunde gekümmert. Ein Kuss, ein paar tröstliche Worte und sie sprangen wieder auf – und waren schon wieder draußen in der kräftigen Bergluft. Charlie lauschte Ellas Erzählungen, während er einen weiteren Korb zu sich heranzog und begann, saubere Windeln und kleine Decken zusammenzulegen. Ella griff beherzt zu und half ihm dabei.

„Dann sind Sie hier also ganz allein?"

Sie nickte.

„Ella, es tut mir wirklich leid wegen Ihrer Stelle. Es geht mir gar nicht aus dem Kopf, dass Sie Ihren Job noch hätten, wenn wir nicht gewesen wären."

Als die Frühabendsonne langsam hinter den Gebäuden in der Ferne versank, wurde das Licht im Zelt schwächer. „Machen Sie sich deswegen keine Gedanken", zwinkerte Ella schelmisch, wie er es sonst tat. „Es war eine ziemliche Genugtuung zu kündigen. Ich habe noch nie im Leben etwas so Unvernünftiges getan."

„Ich habe einen schlechten Einfluss auf Sie", erwiderte Charlie zähneknirschend. Plötzlich riss er die Augen auf. „Oh!" Damit sprang er auf, verschwand im hinteren Teil seines Wagens und kam mit einer Brieftasche in der Hand zurück. Schnell sprang er die Stufen ins Zelt hinab, zog einige Scheine aus der Brieftasche und reichte sie Ella. „Das ist für Sie. *Vielen Dank.*"

„Das kann ich nicht annehmen."

Er hielt ihr die Scheine hin. „Bitte. Sie haben so viel für uns getan. Die Tees … das Eis …" Charlie sah sie mit einem nachdrücklichen Blick an. „Das war ja alles nicht umsonst."

Ella legte die Hände in den Schoß. „Bitte behalten Sie Ihr Geld."

Gerade schien Charlie etwas erwidern zu wollen, als ein leiser Juchzer erklang. Unwillkürlich sahen beide zu Hollands Bettchen. Die Kleine hatte sich aufgesetzt, die blauen Augen strahlten und auf ihrem rundlichen Gesicht lag ein Lächeln. Charlie ging hinüber und nahm sie auf den Arm. Er gab ihr einen Kuss in den Nacken, sodass Holland glücklich kicherte. Dann drückte er Ella das Baby in den Arm, die das weiche, warme Bündel gern in Empfang nahm.

Während Regina Tee kochte, krabbelte Holland im Zelt herum und erforschte jede Ecke. Immer wieder musste Charlie sie zurückholen. Es war eine Art Spiel. Außer, wenn sie zu nah an den Kanonenofen kam. Dann nahm Charlie sie hoch, schimpfte sanft und wenn der Kleinen das Kinn zitterte, küsste er sie auf die Stirn und fuhr ihr mit der Hand durch ihre blonden Locken. Bald war das Baby mit dem Brot beschäftigt, das Ella mitgebracht hatte. Das Abendessen verging wie im Flug; sie genossen die dicken, noch warmen Brotscheiben und das heiße Popcorn, das Charlie ihnen reichte.

Der Himmel war jetzt schwarz und die Zeltplanen flatterten. Draußen ging jemand mit einer Laterne vorbei und Charlies Blick wirkte, als wandere sein Geist hinaus ins Dunkel.

„Charlie." Regina stubste ihn in die Taille. „Es ist gleich Zeit, mein Lieber."

Es dauerte einen kurzen Moment, dann sprach er, als hätte er die Worte sorgsam abgewogen: „Ella, ich muss gleich gehen. Noch eine Vorstellung." Damit wandte Charlie sich um und trat in die Mitte des Zeltes. „Ich werde nicht lange fort sein und ich möchte nicht, dass Sie allein im Dunkeln nach Hause gehen." In seinen Augen stand Sorge. „Würden Sie hier warten, bis ich Sie sicher nach Hause bringen kann, wenn ich fertig bin? Wenn nicht, suche ich jemanden, der Sie begleiten kann. Es gibt hier ein paar sehr zuverlässige Leute."

In seiner Miene lag ein solcher Ernst, dass Ella die Antwort in der Kehle stecken blieb. „Na ...natürlich. Ich warte gern. Ich würde gern ... von Ihnen nach Hause gebracht werden. Ich habe auch gedacht, ich würde gern diese Abendshow sehen ..."

Mit einem lauten Klirren fiel das Glas, das Regina in den Händen gehalten hatte, zu Boden. Schnell bückte sich die untersetzte Frau, während ihr Blick forschend auf Charlie fiel.

Er griff sich in den Nacken. „Also ... diese Abendshow lohnt sich nicht wirklich. Ich ... ähm ...." Er ging auf die andere Seite des Zeltes und kniete sich vor eine kleine Kiste. Den Rücken Ella zugewandt, drehte er den Kopf zu ihr um. „Warum bleiben Sie nicht hier bei Holland und ich verspreche, dass ich nachher eine Überraschung für euch beide mitbringe?" Immer noch auf den Knien, wandte er sich um und sah sie an.

„Eine Überraschung." Ella sagte es betont interessiert in der Hoffnung, ihn zu beruhigen. Irgendetwas stimmte hier nicht und sie wusste nicht, was es war. „Ich werde warten. Aber … ist alles in Ordnung?“

Charlie nickte sacht. „Vielen Dank, Ella.“

Dann stand er auf, stieg in seinen Wagen und holte eine braune Hose, die Schminkdose und ein dünnes Hemd heraus. Ein Hemd, das sie noch nie an ihm gesehen hatte. Sie konnte ihn sich nicht anders vorstellen als in seinem üblichen Kostüm – hochgeschlossener Kragen, Manschettenknöpfe in den Ärmeln. Er legte den Kleiderstapel neben den Zeltausgang und schien beinahe schon fort zu sein. Dann kam er noch einmal zurück und setzte sich zu Ella und Holland ans Bett. Er beugte sich herunter, drückte dem Baby einen Kuss aufs Haar und verharrte einen Moment mit geschlossenen Augen.

Als er sich aufrichtete, verblüffte er Ella damit, dass er seine Hände über ihre Arme gleiten ließ und ihr zum Abschluss die Hand drückte. Bei seiner Berührung durchfuhr sie das Verlangen wie ein Blitz.

„Danke, dass Sie so gut zu Holland gewesen sind“, flüsterte er. „Und zu mir.“ Die letzten Worte klangen, als hätte er sie eigentlich nicht sagen wollen.

Als sei er sicher, dass er das nicht verdiente.

Das nächtliche Zirpen der Grillen klang Ella in den Ohren. Sie saß neben Holland und baute einen kleinen Turm aus Bauklötzen. Während Ella daran lag, dem Turm eine möglichst große Grundfläche zu geben, damit er stabiler wurde, schien es Hollands vordringlichstes Anliegen zu sein zu beweisen, dass es viel mehr Spaß machte, ihn zum Einstürzen zu bringen. Ein ums andere Mal.

Lachend stapelte Ella die Steine erneut aufeinander und Holland quietschte vor Vergnügen, als sie den Turm umstieß und die pummeligen Händchen ineinanderschlug. Sie nuckelte an einem

Stück Lakritze und ihren runden Wangen sah man diese Anstrengung an.

Regina hatte dem Spiel eine Weile zugesehen, aber jetzt nahm sie Holland auf den Arm und erklärte mit ernster Miene, es sei nun Schlafenszeit. Dann machte sie sich daran, die Kleine zu wickeln. Ella erhob sich. Der Wäschekorb stand noch immer neben Charlies Wagen und Ella, die gern etwas Nützliches tun wollte, zog die oberste Decke heraus. Sie betrachtete Charlies Schlafplatz. Seine Sachen lagen überall herum – irgendwie systematisch, aber doch auch auf eine Weise, in der etwas Unglückliches lag.

„Macht er eigentlich jemals sein Bett?“, fragte Ella amüsiert.

Reginas Miene war offen. „Er ist etwas nachlässig, er kann ja den Vorhang zuziehen. Und ich …“, sie hob ihre kleine Hand, „ich gehe da *nie* rauf. Denn wenn ich es täte, fürchte ich, ich würde nicht mehr lebendig herauskommen.“

Auf dem Grasboden hörte man nun gedämpfte Schritte. Ella wandte sich um. Die Zeltplane wurde zurückgeschlagen und Charlie trat ein. Sein nasses Haar legte nahe, dass er sich gerade erst gewaschen hatte, doch seine grünen Augen hatten einen Ausdruck, den sie noch nie darin gesehen hatte. Mit einem leeren, ausdruckslosen Blick sah er sich um.

Regina trat zu ihm, nahm ihm den dunklen Umhang ab und reichte ihm dafür einen Kaffee. Sie legte ihm die Hand auf den Arm und schenkte ihm ein zärtliches Lächeln. Dankend nahm er ihr Holland aus dem Arm. Das Baby eng an sich gedrückt, ließ er sich auf dem Teppich nieder und lehnte sich gegen das Kinderbett. Ella setzte sich leise neben ihn.

„Ich schulde euch beiden eine Überraschung.“ Er sah Ella mit einem entschuldigenden Blick an und sie schüttelte den Kopf.

Charlie ließ die Augen zufallen und atmete tief durch. Holland lag friedlich schlafend in seinen Armen. Ihre blonden Locken ringelten sich um sein Kinn.

„Haben Sie gewusst“, sagte er leise, als hätten sie schon den ganzen Abend miteinander geredet, „dass ich den Zirkus vor ein paar Jahren fast verlassen hätte?“ Er stellte den Kaffeebecher auf sein Knie.

„Und was wollten Sie stattdessen machen?"

Charlie starrte auf das schwarze Gebräu in seinen Händen. „Ich wollte Farmer werden."

„Farmer."

Er drehte den Becher so, dass er den Henkel zu fassen bekam, und nahm einen Schluck. „Landwirtschaft hat etwas sehr Bodenständiges, oder nicht?"

Ella dachte einen Moment darüber nach und fragte sich, ob noch mehr hinter dieser Bemerkung stand. „Es wäre ein vollkommen anderes Leben als das, das Sie bisher geführt haben."

„Ja." Draußen vor dem Zelt hörte man die gedämpften Huftritte eines Pferdes, die sich dann in der Ferne verloren. „Aber es gibt für mich keine Möglichkeit, Holland zu behalten, außer sie wird irgendwann Mitglied des Ensembles. Als Hilfskraft – vielleicht als Kostümbildnerin wie Regina – oder als Artistin, so wie meine ganze Familie. Sonst müsste ich einen anderen Ort finden, wo ich sie unterbringen kann, und ich glaube nicht, dass ich das übers Herz brächte."

„Ist das so?"

Er nickte. „Manche Artisten geben ihre Kinder in die Obhut von Verwandten, damit sie zur Schule gehen und irgendwann ein normales Leben führen können. Sie besuchen sie, so oft sie können. Unser starker August hat drei Söhne. Sie leben bei seiner Frau in Tennessee. Und er schickt ihnen jeden Dollar, den er verdient. Es ist traurig, aber so ist es nun mal. Das ist das Zirkusgesetz: Niemand kann bleiben, wenn er keine klare Aufgabe hat. Vielleicht wird Holland ja liebend gern einmal Artistin werden. Aber ist es das Beste für sie? Ist das das Leben, das sie sich wünschen wird? Ich weiß es einfach nicht."

Ella konnte fast spüren, wie schwer diese Frage auf ihm lastete.

„Und dann sind da ja auch noch die Löwen. Manche Zirkustiere haben das Glück, dass man ihnen einen langen, friedlichen Lebensabend gewährt. Andere dagegen nicht. Irgendwann wird es spürbar sein, dass Axel in die Jahre kommt, und dann wird man ihn nicht mehr in die Manege lassen. Man wird ihn durch ein jüngeres Tier ersetzen. So laufen die Dinge hier. Aber wenn es in meiner Macht steht, ihm und den anderen ein friedliches Lebensende zu bescheren, dann werde ich das tun." Er lächelte traurig. „Es gibt nicht viele Orte in dieser Welt, wo ein Löwe seinen Lebensabend verbringen kann. Vielleicht würde ein Zoo sie nehmen. Aber ich würde lieber einen Platz für sie finden, wo sie leben können und nicht begafft werden. Aber so, wie die Dinge stehen, finden manche Löwen ein sehr viel schnelleres und profitableres Ende."

„Das tut mir so leid."

„Nun, so ist es eben." Charlie rieb sich mit den Fingerspitzen die Schläfen, als wolle er bestimmte Erinnerungen vertreiben. „Mein Vater hatte keine Chance, über die Zukunft seiner Löwen mitzuentscheiden. Und nur weil es ein paar betuchte Jäger gab, die nur zu gern ein paar Tausend Dollar zahlten, wurden etliche von ihnen zu Jagdtrophäen."

Ella musste sich beherrschen, um sich ihre Erschütterung nicht anmerken zu lassen.

Charlies Hand glitt Hollands schmalen Rücken hinauf und hinab. „Mein Vater hat einen Weg gefunden, etwas dagegen zu tun, und ich versuche seinem Beispiel zu folgen. Ich möchte, dass meine Burschen das Leben in der Savanne kennenlernen. Das Sonnenlicht. Und deswegen habe ich sie alle gekauft, vor ungefähr einem Jahr. Und einen hohen Preis für sie bezahlt."

„Und das heißt?"

„Das heißt, dass sie mir gehören. Und dass sie nicht sterben werden, damit irgendein reicher Pinkel sich etwas auf seinen Jagderfolg einbilden kann." Er blickte zu Boden und seine Miene wurde nachdenklich. „Ich möchte, dass sie kräftig und glücklich und alt sind, wenn der Herr sie aus diesem Leben abruft. Deswegen habe ich die schlechte Angewohnheit, mein Konto zu überziehen. Und ich kann mir nicht allzu viele Besuche beim Herrenausstatter leisten." Er tat, als setze er sich einen unsichtbaren Zylinder auf, und lächelte. „Das hat mir allerdings auch schon Probleme gemacht."

Ella dachte an den Tag, als er mit nur wenigen Münzen in der Tasche bei Dr. Penske aufgetaucht war.

„Ich habe also nicht die Mittel, mir irgendwo Grundeigentum zu erwerben. Dafür habe ich ein paar Großkatzen." Sein Tonfall war zwar humorig, aber Ella konnte sehen – und spüren –, dass er diese Katzen für nichts auf der Welt eintauschen würde. Und genau deswegen war sie stolz auf ihn. Holland seufzte im Schlaf, die kleinen Schultern hoben und senkten sich und Charlie küsste die Kleine auf den Scheitel.

„Mein Vater ist Farmer", sagte Ella.

Jetzt sah Charlie sie auf eine Weise an, die Ella plötzlich das Gefühl gab, sie säße viel zu nah neben ihm. „Ach ja?

Sie nickte.

„Ich würde ihn gern irgendwann mal kennenlernen."

Irgendwann mal. Es würde kein irgendwann mal geben. Sie sah ihn an und musste sich diese Tatsache ins Gedächtnis rufen.

Etwas in seinem Gesichtsausdruck veränderte sich – er verheimlichte etwas. Schenkte ihr ein schelmisches Lächeln. „Ich würde gern mit ihm darüber reden, was für eine anstrengende kleine Person Sie sind."

Lächelnd stieß Ella ihm den Ellbogen in die Rippen. Aber die Vorstellung, dass er und ihr Vater zusammensitzen und miteinander reden könnten, faszinierte sie. Dass Charlie nicht aus ihrem Leben verschwinden würde. „Und wie ist es jetzt für Sie? Sind Sie noch gern im Zirkus?"

Charlie starrte wieder in seinen Kaffee. „Manchmal nicht. Und dann wieder kann ich mir nicht vorstellen, etwas anderes zu tun." Er zog die Knie hoch und schlang die Arme darum. Sein Blick lag einen Moment lang auf ihren Lippen, dann wanderte er weiter zu ihren Augen. „Aber wie auch immer … da sind die Löwen. Sie brauchen mich, verstehen Sie?"

Ja, das verstand sie.

Die Hände an dem kleinen Flickenteppich, beugte sie sich vor. Ihre Finger berührten die seinen und sie zog sie hastig zurück in der Hoffnung, er habe es nicht bemerkt.

Ein kurzer Blick zeigte ihr, dass er sie mit weit geöffneten Augen ansah. Fast, als suche er nach Worten, die er ihr sagen könnte.

„Wann werden Sie weiterziehen?", fragte Ella.

„Na ja, die Straßen müssen noch trocknen und die Wagen repariert werden. Vermutlich in drei Tagen."

Die Zahl schmerzte sie im Herzen.

„Die Quartiermacher sind schon unterwegs, um alles für den nächsten Standort zu arrangieren. Was machen Sie morgen?"

Manchmal sagte er Sachen, die ihren Kopf schwirren ließen. Und sie fragte sich, ob er das absichtlich tat. „Ich werde wohl nach einem neuen Job suchen. Bisher hatte ich kein Glück dabei und habe überlegt, in die Klinik zurückzugehen. Vielleicht nehmen sie mich in der Wäscherei." Wenn sie Glück hatte.

Charlie runzelte die Stirn.

Ihr Eingeständnis demütigte sie, aber so war nun einmal die Situation.

„Morgen ist Samstag, ich habe also einige Auftritte und dann kommt der Sonntag …" Charlie rieb sich die Schwielen an den Knöcheln. „Am Vormittag haben wir einen Gottesdienst. Möchten Sie …" Er rieb sich die andere Hand. „Möchten Sie vielleicht kommen?"

Sie schüttelte den Kopf. „Nein, vielen Dank."

Eine Weile saß er schweigend da. „Es werden ein paar Leute da sein, mit denen ich Sie gern bekannt machen würde. Ja, ich würde mich sehr freuen, wenn Sie einander kennenlernen würden. Falls Sie es sich anders überlegen, wir fangen um neun Uhr an. Sie könnten mit Holland auf dem Bett sitzen." Seine Hände formten sich zu Fäusten, die er auf seine Knie legte. „Aber ich habe volles Verständnis, wenn Sie nicht kommen möchten. Das ist in Ordnung." Er sah sie an. „Wirklich, ich verstehe das. Ich möchte nur, dass Sie wissen: Sie sind uns willkommen."

„Ich werde es mir überlegen", antwortete Ella. Ihm zuliebe.

Der Blick, den er ihr zuwarf, besagte, dass er das verstanden hatte. „Wenn Sie morgen irgendwann anders Zeit haben, vielleicht am Nachmittag, würde ich Sie gern den anderen vorstellen. Sie müssen natürlich nicht kommen. Nur, wenn Sie nichts anderes vorhaben und gern kommen würden."

Ella nickte nachdenklich und fragte sich, warum er sie mit Leuten bekannt machen wollte, die sie nie in ihrem Leben wiedersehen würde. Sie saß da – neben ihm – und der Gedanke ließ einen Kloß in ihrer Kehle aufsteigen.

„Ich hoffe, Sie haben Erfolg mit Ihrer Suche nach einem neuen Job."

„Danke", erwiderte sie leise. „Das hoffe ich auch." Sie strich sich den Rocksaum um die Knöchel glatt und sah sich dann um. Regina schickte sich an, sich zu Bett zu begeben. „Ich sollte jetzt gehen."

Schnell sprang Charlie auf und lief zum Eingang. „Ich hole Angelina."

„Das ist … nicht nötig. Wirklich nicht."

„Aber ich möchte es so", sagte er so entschieden, dass sie aufstand, Regina Gute Nacht sagte und Charlie hinaus in die Nacht folgte.

# 14

In ihrer weißen Chiffonbluse und einem schlichten grauen Rock stand Ella im Eingang zum Kellergeschoss. Feuchter Dunst hing in der Luft; unten gingen etliche Wäscherinnen mit flinken, geröteten Händen ihrer Arbeit nach. Ella hatte die Finger verschränkt und bemühte sich, Nerven zu bewahren, während die Leiterin der Waschküche mit Dr. Penske sprach. Erst wenige Augenblicke zuvor hatte Ella gefragt, ob eine Stelle zu vergeben wäre.

Aus dem Einweichzuber, in den eine der Frauen gerade Waschpulver schüttete, stieg Dampf auf. Aus einer anderen Wanne wehte der Geruch von Natronlauge herüber. Ella kannte Mischungsverhältnis und Anwendung aller Flaschen und Packungen auf dem Regal neben der großen Wäscheschleuder auswendig. Trotzdem fühlte sie sich, als stünden ihre Stiefel nicht auf dem soliden Fliesenfußboden, sondern auf dünnem Eis.

Dieses Gefühl verstärkte sich noch, als die Waschküchenleiterin zurückkam. „Es tut mir leid, Miss Beckley. Wir brauchen gerade niemanden in der Waschküche."

Ella ließ die Worte in sich einsickern. Sie wusste nur zu gut, dass die Antwort berechtigt war. Sie hatte den Doktor im Stich gelassen, obwohl er ihr gesagt hatte, was die Konsequenzen sein würden. Sie durchforschte ihr Herz nach einer Spur von Bedauern, fand aber keine. Also nickte sie einfach: „Ja, Ma'am. Vielen Dank."

Das Kellergeschoss war zwar weit entfernt vom Kinderkrankensaal im dritten Stock, aber alles, was sich dort abgespielt hatte, stand Ella plötzlich wieder ganz lebhaft vor Augen. Auf dem Weg nach draußen blickte sie das Treppenhaus hinauf und dachte daran, wie Charlie auf dem oberen Treppenabsatz fast in sie hineingerannt wäre.

Leise verließ Ella das Haus und schlug den Weg zu ihrer Wohnung ein. Aber ein Nachmittag zu Hause erschien ihr mehr als Last denn als Segen.

Es gab nichts mehr zu putzen und kein Buch konnte sie davon ablenken, dass es an der Zeit war, einen Brief nach Hause zu schreiben. Ihren Eltern mitzuteilen, dass sie ihren Job aufgegeben hatte, und sie um ein wenig Geld zu bitten, damit sie ihre Miete zahlen konnte. Oder, besser noch, einfach eine Zugfahrkarte nach Clifton Forge kaufen. Von dort waren es nur noch ein paar Meilen bis zur Farm ihrer Eltern. Hier in dieser Stadt fühlte sie sich immer weniger zu Hause. Im Gegenteil. Sie würde bald auch noch die Menschen verlieren, die sie so gern in ihrem Leben behalten würde.

Und sie war nun schon so viele Jahre allein. Ihr war nicht klar gewesen, wie sehr sie ihre Familie vermisste – bis sie erlebt hatte, was Charlie und Holland und Regina einander waren.

Ella ging die Straße entlang und überlegte, welche Möglichkeiten ihr blieben. Sie konnte die Sache einfach durchstehen und möglicherweise würde sich das auszahlen. Sie könnte Margaret bitten, ihr noch einen weiteren Monat lang auszuhelfen, und weiter nach einer neuen Stelle suchen. Am Vormittag hatte Ella sich in einer Zeitungsredaktion vorgestellt, aber da sie nicht Maschine schreiben konnte, hatte sie keine Chance gehabt. Jetzt beschloss sie, noch ein wenig durch die Straßen zu laufen und zu sehen, was sie finden konnte. Ein Fotograf suchte eine Hilfe im Laden. Ella betrat das Geschäft und sprach mit dem Inhaber, musste aber erfahren, dass er nach einem jungen Burschen suchte, der für wenig Geld Handlangerdienste erledigen würde.

Sie zwang sich zu einem Lächeln und verließ den Laden.

Eilig ging sie an einem Saloon vorüber. Die anderen Geschäfte in der Straße sahen kaum vielversprechender aus.

Als sie die Commerce Street erreichte, bemerkte Ella eine Gruppe von drei Frauen auf der anderen Seite. Sie sahen müde aus – vielleicht kamen sie gerade von einer Nachtschicht. Sie waren schlicht angezogen; die Kleidung war fleckig. Sie unterhielten sich eifrig, bevor eine aus der Gruppe sich verabschiedete und die Straße hinabging. Vielleicht in Richtung der Brick Row zwei Häuserblocks entfernt. Bisher war Ella noch nicht der Gedanke gekommen, dass ihr möglicherweise nichts anderes übrig bleiben würde, als in einer solchen Gegend zu landen. Sie konnte nicht erwarten, dass Margaret für sie aufkam. In der Brick Row gab es billige Unterkünfte, auch wenn der Gedanke, in eine so gefährliche Gegend zu ziehen, Ella erschreckte.

Lohnte es sich, sich die Gegend anzusehen?

Nein, beschloss sie. Nicht, solange sie noch eine Mutter und einen Vater hatte, die sie unendlich vermisste. Und Geschwister, die wiederzusehen sie sich sehnte. Ella schluckte. Ihr Bedauern schmeckte bitter. Nach Einsamkeit.

Sie schlug die Richtung nach Hause ein und überquerte eilig die Campbell Street. Sie verbot sich den Gedanken daran, wie es wäre, eine eigene kleine Familie zu haben. Ein malerisches kleines Häuschen irgendwo weit weg von der Geschäftigkeit der Stadt. In ihrer Vorstellung gehörte in das Bild auch ein Mann mit goldbrauner Haut und blassgrünen Augen. Und ein rosiges Baby, das einen Stofftiger in den Händchen hielt.

Ella blieb stehen, presste die Finger an die Schläfen und schloss die Augen.

„Ein wenig Salat für Sie, Miss?“

Ella schrak auf und bemerkte, dass sie vor dem Lebensmittelgeschäft stehen geblieben war.

„O danke, nein.“ Sie besaß noch gerade einmal dreizehn Dollar. Frischer Salat stand also ganz sicher nicht auf der Speisekarte. Zehn Dollar brauchte sie für die Monatsmiete, die restlichen drei würden noch ein paar Wochen für das Allernötigste reichen. Kohle, Milch, Lebensmittel. Und dann … Sie hatte keine Ahnung, was dann.

Sie hatte sich ein Zehncentstück für einen neuen Block Eis zurechtgelegt. Der Eismann würde bald kommen und so eilte sie zurück in ihre Wohnung und setzte sich auf die Stufen vor dem Haus, bis der Wagen auftauchen würde. Sie entlohnte den Mann für einen kleinen Block Eis und er war so freundlich, ihn ihr hoch in die Wohnung zu tragen. Als er fort war, holte sie Papier und Stift heraus und machte sich daran, ihren Brief zu schreiben. Aber worum sollte sie bitten?

Um Geld für die Miete oder für eine Fahrkarte. In jedem Fall würde sie ihre Eltern damit belasten.

Dann erinnerte sie sich daran, dass Charlie ihr Geld angeboten hatte. Viel mehr, als sie für ihn ausgegeben hatte. Sie konnte es unmöglich annehmen.

Oh, wie sie dieses Geld hasste! Ella stützte den Kopf in die Hand. Sie hatte den Brief halb fertig und hasste jedes Wort darin. Sie würde ihn am Abend fertig schreiben, beschloss sie, und tauschte den Stift in der Hand gegen die kühle Berührung des Treppengeländers, während sie auf das Dach hinaufstieg. Ein paar Minuten im Gewächshaus waren sicher drin. Sie pflückte die Erdbeeren, die endlich reif waren, und freute sich über die Handvoll roter Früchte, die sie in ihr Taschentuch sammelte.

Holland würde die Leckerei genießen. Und Charlie und Regina ebenfalls. Der Gedanke kreiste nur noch ein weiteres Mal in ihrem Kopf und schon war sie unten in ihrer Wohnung. Ella war es leid, gestärkt und gebügelt zu Bewerbungsgesprächen zu erscheinen. Sie öffnete Margarets Karton mit Bändern und Schleifen und grub ein fröhliches rotes Schärpenband aus, flauschig und weich wie ein Strauß Kirschlorbeerblüten. Sie legte sich das Band um die Taille und band im Rücken eine feierliche Schleife. Ihr Haar hatte sich gelöst und sie strich ein paar Strähnen zurück, flocht den Zopf neu und band ihr Lieblingshaarband hinein. Dann trugen sie ihre Füße die Straßen entlang, die zum Zirkusgelände führten. Die Erdbeeren waren in einem kleinen Korb sicher verstaut.

Sie suchte nach Lorelai, wie Charlie ihr geraten hatte, und die kräftige Dame winkte Ella durch die Kasse.

„Er hat schon für dich bezahlt, kleine Lady."

„Vielen Dank." Ein kleiner Schauder durchlief sie beim Gedanken daran, dass sie ihn gleich sehen würde. Dass er tatsächlich auf sie wartete.

Ella lief über das Gelände und nahm alles in sich auf: Anblicke, Geräusche und Gerüche, Butterduft um das große Zelt herum und darüber hinaus. Dann blieben Lärm und Getriebe ein wenig zurück, sie ging an dem roten Zirkuswagen vorbei und dachte an Angelina und wie freundlich sie zu ihr gewesen war. Einen Augenblick später wurde sie vor Charlies Zelt von einer fröhlichen Regina begrüßt. *„Ciao, cara mia."*

„Hallo."

Die kleine Frau hängte eine Schürze auf eine Wäscheleine, die zwischen zwei Wagen gespannt war. Die niedrig hängende Leine war bereits halb voll. Reginas Rocksaum war feucht und schlang sich ihr um die Füße, als hätte sie die Wäsche im Zuber mit den Füßen gestampft. Holland saß im Gras, steckte sich Grashalme in den Mund und beschäftigte Ella damit, sie ihr wegzunehmen. Das war kein Problem, sobald sie die Erdbeeren als Ersatz zutage förderte. Mit saftgeröteten Lippen krabbelte Holland Ella auf den Schoß und kuschelte sich an sie.

Ella küsste die warmen blonden Locken und wünschte, ihr Herz könnte diese Freude für immer genießen.

Regina kippte ihren Waschzuber um und lehnte ihn gegen eines der bunt bemalten Räder von Charlies Wagen. Die Hände in die stämmigen Hüften gestemmt, legte sie den Kopf in den Nacken, schloss die Augen und stand einige Augenblicke einfach so in der Sonne. Ella betrachtete die kleine Frau und das Herz floss ihr über. Vor Dank für alles, was sie für Charlie und Holland tat. Für die Güte, die sie reichlich auf zwei Menschen verschwendete, die sie so nötig brauchten.

Charlie kam um die Ecke, zog den Zylinder vom Kopf und verschwand im Zelt. Er klapperte drinnen herum, vermutlich auf der Suche nach den Utensilien, mit denen er sich die Schminke vom Gesicht waschen konnte. „Little Joe ist ein bisschen angeschlagen. Hat keine Stimme mehr", rief er heraus, wohl zu Regina. „Aber wir brauchen einen Ausrufer für die Sonderschau und unsere Attraktionen, bis Sam mit seiner Nummer fertig ist und übernehmen kann. Ich habe gesagt, ich springe für ein paar Stunden ein. Ich mach mich nur rasch fertig."

Wasser floss plätschernd in die Schüssel. Spritzte herum, während er sich wusch.

„Du wirst keine Sekunde Ruhe kriegen", rief Regina. „Und außerdem hast du Besuch."

Das Wasserplätschern verstummte. Charlie kam heraus, in den Händen ein Handtuch, mit dem er sich das Haar trocknete. Er sah sich um, bis sein Blick auf Ella fiel, die im Gras kniete. „Oh, hallo."

„Ich habe Erdbeeren mitgebracht“, platzte sie heraus.

Seine Mundwinkel verzogen sich nach oben. „Das ist nett.“

„Sie hat sie für uns alle mitgebracht, Charlie“, schalt Regina freundlich.

Wie er da in der Sonne stand, sah Ella ihn noch einmal so, wie sie ihn in ihrem Tagtraum gesehen hatte. Und ebenso rasch rief sie sich zurück auf den Boden der Tatsachen. *O Ella. Du kannst ihn nicht haben.*

Charlie sah Ella lächelnd an. „Sie mag es nicht, wenn ich Extrajobs für die Zirkusfamilie übernehme.“ Eilig verschwand er wieder im Zelt.

Ella nahm das Baby auf den Arm und folgte ihm.

„Weil ...“ Regina strich sich den Rock glatt und folgte ebenfalls. „Weil er dann keine Ruhe bekommt.“

Charlie gab Holland einen theatralischen Kuss auf die Wange und begann seine Weste aufzuknöpfen. „Ausruhen kann ich morgen.“ Er zog die Weste aus und warf sie neben seinen Mantel auf Reginas Bett. „Also ...“ Er sah Ella an und rieb sich die Hände. „Würden Sie gern die große Führung mitmachen? Ich weiß, Sie haben noch nicht viel von unserer Welt gesehen. Und wenn Sie mich begleiten wollen, zeige ich Ihnen ein paar besondere Attraktionen.“ Er löste eine Zeltplane, die am Wagenrad befestigt gewesen war, und zog eine ziemlich schwere Truhe aus dem dunklen Raum dahinter. Ächzend schob er sie in die Mitte des behelfsmäßigen Wohnraums. „Also, was meinen Sie?“

„Tja ...“

Er warf Regina einen verschmitzten Blick zu. „Vielleicht ist es ja doch keine so gute Idee.“ Er sah Ella aus zusammengekniffenen Augen an. „Ich weiß nicht einmal, ob Sie jonglieren können. Vermutlich können Sie nicht mal singen. Und wenn ich es mir recht überlege, bezweifle ich auch, dass Sie auf einem Fuß hüpfen können, ohne hinzufallen.“ Charlie zog sich einen schwarz-weiß gestreiften Ärmelhalter übers Handgelenk und schob den Hemdsärmel bis über den Ellenbogen hoch.

Ella schüttelte lachend den Kopf. „Wovon reden Sie da überhaupt?“

„Wenn der Ausrufer schon eine Assistentin hat, dann sollte sie besser etwas können. Aber vielleicht genießen Sie einfach, was ich Ihnen zeige."

Die Vorstellung, einfach Zeit mit ihm zu verbringen, gefiel Ella.

Jetzt wurde Charlies Gesicht wieder ernst. „Es sei denn, Sie sind aus einem anderen Grund gekommen."

Ella musste sich ein Lächeln verkneifen. Umso mehr, als wieder der schelmische Ausdruck in seine Augen trat. Er griff nach drei kleinen Bällen und ließ sie in einen Baumwollbeutel gleiten; ein Kartenspiel und ein paar andere Requisiten folgten.

„Wofür ist das?", fragte sie.

„Das", sagte er und schob den Beutel mit dem Fuß zur Seite, „ist mein Handwerkszeug."

Er griff nach einem grünen Seidenschal, tauschte ihn dann gegen einen leichteren roten und band ihn sich um den Hals, sodass der Knoten leicht versetzt auf einer Seite lag. Dann knöpfte er die glänzende schwarze Weste zu und steckte eine blitzende Taschenuhr daran.

Weiteres Herumkramen in seiner Truhe brachte einen dicken Federbusch zum Vorschein, eine Fliege und einen Spazierstock. Zu guter Letzt grub er noch einen kleinen ramponierten Zylinder aus. Er setzte ihn auf, schob ihn zur Seite, ein wenig herunter … und lächelte sie an, auf diese charmante Weise, die ihm eigen war.

Ella sah ihn an und wünschte, sie könnte die Zeit anhalten.

Er streifte sich schwarze, fingerfreie Handschuhe über, schob eine Münze in jeden Handschuh und zappelte theatralisch mit den Fingern, während er den restlichen Inhalt der Truhe begutachtete. „Oh!" Erneut griff er hinein und brachte ein kleines Holzkästchen zum Vorschein. Dem entnahm er eine Zigarre, steckte sie sich in den Mundwinkel und zwinkerte Ella verschwörerisch zu. Dann stand er auf und stopfte das entstandene Durcheinander zum großen Teil zurück in die Truhe. „Sind Sie so weit?"

Seite an Seite traten sie aus dem Zelt. Charlie zog sich die Weste zurecht, dann ließ er die Zigarre in eine versteckte Tasche gleiten. Sie schlenderten an den Wagen und Zelten vorbei und näherten sich dann dem Zentrum, in dem die Zuschauer herumspazierten. Kinder mit Süßigkeiten in den Händen zeigten auf die vielen wunderbaren Dinge, die es zu sehen gab, Männer mit Filzhüten folgten ihnen, ihre Dame am Arm. Ella fragte sich, wie es wohl wäre, wenn sie so mit Charlie in der Öffentlichkeit auftreten könnte. Sie konnte es sich nicht verkneifen, ihm einen verstohlenen Blick zuzuwerfen – nur um zu entdecken, dass er dasselbe tat.

Sein Blick traf sie wie ein Blitz mitten ins Herz, genau dorthin, wo etwas saß, dem sie sofort ein Ende machen sollte, das wusste sie – was immer es war, das sich zwischen ihnen abspielte. Aber sie wusste auch, dass sie genau das um nichts in der Welt tun wollte. Vielleicht war es leichtsinnig, diese Tage mit Charlie zu verbringen, aber wie konnte etwas Unbesonnenes ihr ein solches Gefühl von … Ganzsein schenken?

Plötzlich blieb Charlie stehen.

Ella sah auf. Sie standen vor einer Abtrennung aus Spruchbändern und breiten Zeltbahnen. Grellbunte Plakate verkündeten, was dahinter zu sehen war. Sie betrachtete die Ankündigungen. Aus dem Augenwinkel sah sie, wie Charlie eines der Plakate abriss, zusammenknüllte und in die Tasche steckte. Er warf ihr einen Blick zu, der sie wünschen ließ, er hätte länger gedauert, so viel lag darin.

Aber dann tippte er mit seinem Stock auf das auffälligste Plakat. Es war weniger ein Plakat, bemerkte sie, als ein breites Stoffband, das von weit über seinem Kopf bis zum Boden herabfiel. Sie trat näher, strich mit den Fingern über die kunstvoll gemalten Worte und das Herz wurde ihr schwer.

*Lebende Monstrositäten.*

Charlie trat neben sie. „Ich möchte Ihnen etwas erklären. Ich werde als Ausrufer gleich ein paar Dinge sagen, die sehr unfreundlich klingen. Vielleicht nicht in den Ohren der Leute, aber ich empfinde es immer so. Die Schausteller, die ich hier ankündige, sind meine Freunde. Genau die Leute, mit denen ich Sie gern bekannt machen würde."

„Ich verstehe."

„Verstehen Sie wirklich?"

Sie konnte sehen, wie wichtig ihm die Sache war.

„Ich tue das nur, damit meine Zirkusfamilie ein Publikum hat, das ihr Einkünfte einbringt. Es ist die einzige Möglichkeit, sich einen Lebensunterhalt zu verdienen. Und meine Aufgabe hier ist, so viele Leute in die Show zu kriegen wie nur möglich. Möglichst alle, die sich hier herumtreiben. Aber bitte … Sie müssen wissen, dass ich nicht so über die Schausteller denke, die ich ankündige, wie ich rede. Ich mache einfach einen Job, den jemand machen muss. Und ich tue es für sie."

Ella legte ihm die Hand auf den Arm, beeindruckt davon, wie feinfühlig er war. „Ich verstehe."

Es hatte den Anschein, als fiele ihm ein Stein vom Herzen.

Sie warf noch einen Blick auf das Banner. „Panoptikum der Kuriositäten. Spektakuläre Sonderausstellung." Schweigend las sie weiter. *Lebende Monstrositäten. Die spektakulärsten Missgestalten unter der Sonne.* Das also würde Charlie den Vorübergehenden anpreisen.

„Wenn Sie sich lieber hier draußen umsehen wollen", begann er, „in dem Zelt dort drüben gibt es eine Reihe exotischer Vögel. Die Elefanten sind gleich dahinter – falls es Ihnen nichts ausmacht, ein paar Sägespäne in die Schuhe zu bekommen." Er wies auf ein graues Zelt in der Nähe. „Und dort gibt es eine lustige kleine Komödie, die gleich beginnt. Da drüben …" – er zeigte auf ein größeres braunes Zelt, in dem sich, dem herausdringenden Lärm nach zu urteilen, bereits eine größere Menge versammelt hatte – „da sollten Sie nicht hingehen." Er sah sich einen Moment lang um und es schien, als wolle er noch etwas sagen. „Ich muss jetzt beginnen." Er schenkte ihr noch ein Lächeln und trat dann an den Eingang zur Sonderausstellung.

Ein groß gewachsener Mann ging auf ihn zu und wechselte ein paar Worte mit ihm. Aus der Art, wie er sich an den Hals griff, schloss Ella, dass es wohl der Ausrufer war, dem die Stimme versagt hatte. Charlie klopfte ihm freundschaftlich auf die Schulter und der Mann nickte dankbar und ging weiter. Charlie drehte sich um. „Ladys und Gentlemen!", brüllte er.

Ella fiel der Unterkiefer herunter, so anders klang seine Stimme.

„Treten Sie näher und sehen Sie die weltberühmte Monstrositätenschau. Eine der größten Attraktionen der Welt!" Charlie wies mit dem Arm auf den Eingang. „Ein Fest für Ihre Augen ist unser Mann ohne Arme und Beine ..."

Bald hatte sich eine kleine Menschenmenge um Charlie gesammelt. Jetzt zog er ein Kartenspiel aus der Tasche und Ella bemerkte, dass er die Stofftasche irgendwo abgelegt hatte. Charlie hielt die Karten fächerartig in der Hand und den Zuschauern vor die Augen. „Könnt ein bisschen Hilfe gebrauchen, Herrschaften. Ich hab meine Dame verloren und fühl mich ein bisschen einsam ohne sie."

Gelächter stieg aus der Menge auf. Etliche Leute zogen eine Karte. Schließlich schwenkte ein junger Bursche die Karte, die die Dame sein musste, über seinem Kopf. Charlie fuhr dem Jungen mit der Hand durchs Haar und ließ ihn mit großer Geste eintreten, ohne dass er zahlen musste. Der Junge konnte gar nicht schnell genug hineinkommen und seinen Eltern blieb nichts anderes übrig, als zu zahlen und ihm zu folgen.

Charlie wandte sich einer Gruppe von jungen Frauen zu, die tuschelnd zusammenstanden. Mit viel Tamtam und Getue förderte er schließlich ein Fünfcentstück aus dem Haar einer Rothaarigen zutage. „Für Sie, meine Liebe." Er zwinkerte ihr zu.

Das Mädchen wurde rot und Ella biss sich auf die Unterlippe. Sie wusste nur zu gut, wie charmant Charlie sein konnte.

Er schenkte dem Mädchen das Eintrittsgeld und strahlte ihre drei Freundinnen an, die sich anstellten und ihre Tickets bezahlten. Kichernd beeilten sie sich, ihrer Freundin zu folgen, die bereits in die Ausstellung gegangen war. Charlie warf Ella einen verschwörerischen Blick zu, als wolle er sagen: *Genauso macht man das.*

Ella genoss die warme Sonne auf ihren Schultern. Langsam schlenderte sie hinüber zu dem Mann, von dem sie annahm, dass er der eigentliche Ausrufer war. Er stand im Schatten und grinste über irgendetwas, das Charlie gerade in die Menge gerufen hatte. Ella stellte sich als die Krankenschwester vor, die sich um Holland gekümmert hatte, und fragte ihn, wie er sich fühlte. Heiser beschrieb er ihr seine Symptome. Sie fürchtete, er habe sich dieselbe Infektion zugezogen wie Holland, und nannte ihm die Heilmittel, die am besten wirken würden. Dann versprach sie, ihm die Kräuter zu schicken, die sie noch übrig hatte.

Sein Dank war leise, aber so bewegt, dass sie sich wünschte, sie könnte mehr für ihn tun. Dann ließ Ella ihn stehen, damit er seine Stimme schonen konnte. Sie schlenderte eine Weile herum, bewunderte die farbenprächtigen Vögel in ihren vergoldeten Bauern und sah sich schließlich die Elefanten an. Die Komödie reizte sie nicht und sie ging zurück zu der Sonderausstellung, wo Charlie einer faszinierten Menge die wundersamen Verirrungen des menschlichen Körpers anpries, die drinnen zu bestaunen waren.

Ella stellte sich in die Schlange und folgte den Leuten zum Eingang. Als sie Charlie erreichte, der ein wenig außer Atem schien, drückte sie ihm eine Münze in die Hand und sah ihm in das attraktive Gesicht.

Er betrachtete sie mit offensichtlichem Vergnügen. „Und dass Sie sich ja gut benehmen, meine Werteste", sagte er vernehmlich. Ella errötete und deutete ein Salutieren an. „Jawohl, Sir."

In der Ausstellung betrat sie die einzelnen Zelte und betrachtete die Menschen, die hier „ausgestellt" waren, aber mit jedem Gesicht und jeder *Monstrosität,* mit jedem Namen wurde ihr Herz schwerer. Sie versuchte, die „Attraktionen" so zu sehen, wie andere Besucher es vielleicht taten – eben als Fremde, die man sich zur Unterhaltung anschaute. Sie fragte sich, ob sie das wohl auch getan hätte, bevor sie Charlie getroffen hatte. Sie hoffte nicht. Aber jetzt, wo sie wusste, dass diese „Ausstellungsstücke" hier Charlies Freunde waren, betrachtete sie die Ausstellung schweren Herzens.

Aus einem weißen Zelt erklangen melodische Stimmen. Ella wandte sich in die Richtung und ging an einem Plakat vorbei, das neben elegant geschwungenen Buchstaben Bilder von Angelina und ihren Schwestern zeigte. Die drei jungen Damen standen auf einer geschmückten Bühne und verzauberten ihr Publikum mit beeindruckenden Stimmen und Harmonien. Ella kannte die Melodien nicht. Als Angelina Ella entdeckte, schenkte sie ihr ein kurzes Lächeln. Ihr langes Haar fiel in glänzenden Wellen über die rechte Schulter bis zum Boden. Und so war es auch bei ihren Schwestern. Die Zuschauer saßen in stummer Verzückung da und Ella genoss zwei weitere Lieder, bevor sie wieder aus dem Zelt schlüpfte.

Ein Feuerschlucker nahm einen Schluck aus einer Glasflasche und Ella wich erschrocken zurück, als er eine Fackel zum Mund führte und vor den Augen der gebannten Zuschauer eine Flamme ausspuckte. Donnernder Applaus ertönte, während Ella weitereilte, bis ihre Füße sie zu einem Zelt führten, das sie bisher nicht bemerkt hatte. Vielleicht, weil hier niemand hineinging oder herauskam. Ella trat näher. Abdrücke auf dem Sandboden verrieten, dass hier bis vor Kurzem anscheinend noch ein Hinweisschild gestanden hatte. Sie sah hoch auf ein Schild, das an einer Kette über dem Zelteingang baumelte. Es verkündete, dass die Vorstellung um sechs begann und dafür ein Extraeintrittsgeld zu entrichten war. War das ein besonderer Höhepunkt der Show?

Wie Fledermäuse aus einer Höhle tauchten plötzlich zwei Kinder aus dem Zeltinneren auf, duckten sich aber nicht tief genug und rissen ein paar Zeltschnüre aus dem Boden. Kichernd rannten sie fort. Ella sah sich um, dann griff sie nach den Schnüren. Sie machte sich daran, sie festzuziehen, als ihr auffiel, wie regungslos und still es in diesem Zelt war. Der Innenraum war leer.

Sie legte den Kopf zur Seite und spähte in die dämmerige Stille. Nein, nicht ganz leer.

In der Zeltmitte stand ein Wagen wie der von Charlie oder Angelina, nur dass er keine Seitenwände hatte, sondern Gitterstäbe. Um den Wagen herum ragten Fackeln aus großen Haltern schwarz in die Düsternis. Ella schloss sorgfältig die Eingangsplane und ging ein paar Schritte weiter ins Zelt hinein. Auf dem Bretterboden des Wagens lag eine Eisenkette. Sie trat näher, wagte es aber nicht, die Gitterstäbe zu berühren. Dann sah sie, dass an der Kette Handschellen befestigt waren.

Handschellen. Es gab ihr einen Stich ins Herz. Sie würden doch sicher nicht … Sie würden doch sicher nicht einen Menschen hier zur Schau stellen?

Direkt hinter dem Zelt sangen die drei Schwestern schmeichelnd und sanft. Ella wollte dieses Zelt hinter sich lassen und schlüpfte heraus. Die warme Sonne begrüßte sie und mit ihr der Klang von Vogelgezwitscher.

„Miss Ella?"

Sie wirbelte herum und sah sich einem Stelzenläufer gegenüber, der eine Tüte Popcorn in der Hand hielt. Er reichte sie ihr herunter. „Von Charlie."

„Oh, vielen Dank."

Der Mann tippte sich an den gestreiften Hut und stakste weiter. Ella griff in die Tüte. Die Leckerei zerging ihr auf der Zunge. Der leichte Wind zauste ihr Haar, während sie zum Eingang zurückschlenderte, wo Charlie seiner Aufgabe nachkam. Sie lächelte über den komischen Akzent, mit dem er sprach, und die Tricks, mit denen er die Kinder begeisterte. Darüber, wie er die Damen mit seinem Charme bezauberte und die Herren mit seiner Waghalsigkeit. Hatte dieser Mann eigentlich ein unbegrenztes Durchhaltevermögen?

Ella ließ sich mit ihrer Leckerei auf einer Bank nieder. Charlie blieb noch ein paar Minuten auf seinem Posten, dann tauchte ein anderer Mann auf, ganz ähnlich gekleidet, und bahnte sich einen Weg durch die Menge. Vielleicht die Ablösung. Die beiden tauschten einen Handschlag und dann kam Charlie zu ihr herüber. Die Sonne glitzerte auf seiner Haut, während er den Ärmelhalter abstreifte. Er beugte sich zu ihr hinab und flüsterte: „Ich habe Ihnen damit hoffentlich nicht das Abendessen verdorben." Dann bediente er sich aus der Popcorntüte.

Sie blinzelte zu ihm hoch. „Was mich daran erinnert – Sie haben noch nichts gegessen. Was würden Sie sagen, wenn ich ein frühes Abendessen für Sie mache? Und für Holland und Regina ebenfalls, wenn die gern mitkommen."

Er grinste. Dann trat dieses Funkeln in seine Augen. Er zog den Zylinder vom Kopf und presste ihn an sein Herz.

# 15

Als die beiden zu Charlies Zelt zurückkamen, fanden sie nur eine Nachricht von Regina vor, sie sei mit dem Baby zum Markt gegangen. Zu Charlies Erleichterung setzte Ella sich vor dem Zelt ins Gras, während er sich in seinem Wagen umzog. Es würde noch ein paar Stunden hell sein. Kurz darauf strebten sie dem Eingang zu und verließen das Zirkusgelände.

„Ich habe noch nie andere Schausteller gesehen, die das Gelände verlassen", sagte Ella.

„Vielleicht tun sie das auch nicht." Charlie wies zurück in die Richtung, aus der sie gekommen waren. „Wir haben andere Wege, um raus- und reinzukommen."

„Und *Sie* nutzen die nicht?"

„Mir gefällt der Gedanke, dass ich auf demselben Weg kommen und gehen kann wie jeder andere auch. Lorelai ärgert das maßlos. Und außerdem …" Sie überquerten die Straße und er sah Ella an. „Es wäre unklug, wenn ich Sie auf irgendeinem anderen Weg nach Hause brächte oder hereinholte."

Sie wäre nicht die erste Frau von draußen, die auf inoffiziellen Wegen kam und ging. Er konnte nicht riskieren, dass die anderen dachten, sein Vergnügen an ihrer Gesellschaft sei anderer Natur. Charlie war entschlossen, sie zu beschützen, koste es, was es wolle. Ella ging schweigend neben ihm, die Hände gefaltet. In ihrer Bluse und dem Rock sah sie wirklich reizend aus. Und mit der Schleife um die Taille wie ein hübsches Geschenk.

Ihr Anblick faszinierte ihn viel zu sehr. Charlie zwang sich, im Weitergehen auf seine Stiefel zu starren.

Seine graue Tweedweste beengte ihn plötzlich. Er zog sie zurecht und schickte einen stummen Dank an Regina, dass sie gestern sein bestes Hemd gebügelt hatte. Er hatte sich hastig umgezogen und prüfte rasch mit dem Daumen am Bund, ob das Hemd ordentlich in der Hose steckte. In dem Moment sah Ella zu ihm hinüber und stolperte über ein Loch im Gehsteig. Als er die Haustür für sie offen hielt, musste Charlie sich ein Lächeln verkneifen. Auf der Treppe überlegte sie laut, ob Margaret wohl zu Hause war.

Das hoffte er allerdings. Es würde die Dinge weniger kompliziert machen.

Doch es kam keine Antwort, als Ella nach ihrer Freundin rief. „Sie kommt sicher bald."

„Soll ich warten?", fragte er und blieb vor der Wohnungstür stehen.

„Nein. Kommen Sie herein."

Er trat ein, ließ aber die Wohnungstür offen. Die Arme verschränkt, trat er ans Fenster und sah hinunter auf die Straße. Fuhrwerke fuhren vor den Geschäften in der Nähe vor; im Garten hinter dem Haus holten Kinder einen Drachen aus einem verkümmerten Baum. Charlie war eine solche Höhe nicht gewöhnt. Auch nicht daran, durch Glasscheiben zu blicken. Er klopfte mit dem Finger an die Scheibe. „Sie haben eine schöne Aussicht von hier oben."

„Vielen Dank. Ja, die liebe ich auch."

Ein Klappern aus Richtung des Ofens ließ ihn herumfahren. Ella nahm den Deckel vom Ascheneimer.

Charlie trat zu ihr. „Darf ich?"

„Vielen Dank."

Flink kniete Charlie sich hin und fegte die Asche aus dem Ofen. Dann legte er Zündholz nach, zündete es an und ließ es kurz brennen, bevor er Kohle nachfüllte. Als die Flammen hochschlugen, öffnete Ella die Klappe zur Backröhre und hielt die Hand hinein.

„Es braucht noch ein bisschen, bis der Ofen heiß genug ist. Dann kann ich das hier hineinstellen." Sie wies auf eine Art Auflauf, den sie zubereitet hatte.

„Kann ich sonst noch etwas tun?"

„Nein. Machen Sie es sich einfach bequem."

Wieder trat Charlie ans Fenster und sah hinaus. Klopfte noch einmal an die Scheibe und genoss den Klang und wie es sich anfühlte. Sacht rieb er sich die schmerzenden Handgelenke, sorgsam darauf bedacht, dass die Manschetten an ihrem Platz blieben.

An der Wand hingen Fotos, die er neugierig betrachtete. Ein Mann und eine Frau auf einer Bank vor einem zweistöckigen Farmhaus, beide mit Gesichtszügen, die Ella ähnelten. Ihre Eltern?

Je länger Charlie das Bild betrachtete, umso mehr fiel ihm die Ähnlichkeit auf. Ella war dem Ehepaar wie aus dem Gesicht geschnitten. „Sie sehen Ihren Eltern sehr ähnlich."

Ella lächelte. Dann fragte sie nach seinen Eltern und Charlie erzählte kurz von seinem Vater, einem Holländer, und seiner Mutter, einer Roma, die Trapezkünstlerin gewesen war. Er hatte ihren dunklen Teint geerbt und auch ihr feuriges Temperament. Sie war wie der Wind gewesen und hatte ihm dieses Naturell weitergegeben. Die Bodenhaftung dagegen verdankte er seinem Vater. Er hatte ihn gelehrt, keinen Schritt zu tun, der nicht sorgfältig bedacht war. Und jede lebende Seele – Wildkatzen ebenso wie Menschen – mit höchstem Respekt zu behandeln. Die Erinnerungen berührten ihn schmerzlich.

Wie er seinen Vater vermisste. Worte, die sie oft gewechselt hatten – noch am Morgen, bevor sein Vater starb –, schossen ihm durch den Kopf.

*„Wie begegnest du einem Löwen?"*, hatte sein Vater gefragt und ein Husten heruntergeschluckt. Nebeneinander hatten sie in einem Käfig im Freien gestanden; es sollte das letzte Mal sein. *„Egal wie groß, egal wie klein er ist."*

*„Mit Ehrerbietung"*, hatte Charlie geantwortet. Axel, damals noch ein Baby, döste außerhalb der Gitter in den Falten von Mimis Rock. Und Charlie hatte dem neunjährigen Braam, von dem alle anderen Tiere abstammten, über die warme Flanke gestrichen.

Sein Vater hatte den abgeschabten Zylinder zurechtgerückt. *„Und mit Stärke."*

*„Mit Stärke."* Ja, auch das lernte er allmählich, auch wenn ihm der Schweiß auf der Stirn stand und den Rücken hinablief.

*„Und du gehst dann zu ihnen, wenn du keine Furcht spürst."*

*Keine Furcht.* Das war das Schwerste, vor allem, wenn er die gesammelte Muskelkraft unter seinen Händen spürte. Wenn er dem König der Tiere in die gelben Augen sah. Einer wilden Kreatur mit unergründlicher Seelentiefe, die nie etwas anderes sein würde – nie etwas anderes sein sollte.

Die Stimme seines Vaters verklang, aber der Wind auf jener Wiese – auf der offenen Prärie, die sein Leben war – blieb ihm gegenwärtig. All das war ihm ganz nah, während er die restlichen Fotos in Ellas Wohnzimmer betrachtete. Sich die Gesichter ihrer Familie einprägte. Das Farmhaus – ruhig, verlässlich. Ortsfest. Seine Augen wanderten von dem Bild weiter auf die Tapete. Vorsichtig strich er über die solide Fläche. Lauschte, hörte aber keinen Hauch. Drückte sacht dagegen, aber sie wich keinen Millimeter. Er lauschte noch einmal. Schweigen.

Ella sah ihm zu. Aus ihrer Miene sprach Verwunderung.

In diesem Moment tauchte Margaret auf. Als Charlie sich umwandte, sah er, dass sie einen Korb mit Lebensmitteln hereintrug. So wie sie sich anstrengte, musste er schwer sein und Charlie beeilte sich, ihn ihr abzunehmen.

„Vielen Dank“, sagte sie keuchend und starrte ihn unverwandt an. Dann wies sie ihm einen Platz für den Korb an und Charlie stellte ihn dort ab. Während Margaret die Lebensmittel auspackte, plauderte sie munter drauflos. Charlie überließ Ella und ihre Freundin ihrem Gespräch und wanderte weiter in der kleinen Wohnung herum. Ein Wandleuchter war lose, was gefährlich war. Er fragte Ella, ob sie einen Schraubenzieher hätte.

Ella deckte gerade den Tisch, also bot Margaret an, das Gewünschte zu holen. Nach einer kurzen Suche in einem niedrigen Schränkchen hielt sie das Werkzeug hoch.

Charlie trat zu ihr. „Gibt es auch einen kleineren?“

Noch ein wenig Suchen und sie fand auch den.

„Danke.“ Charlie löste die Schrauben des Leuchters und schraubte sie dann fester wieder ein. Margaret trat neben ihn.

„Tauchen Sie immer irgendwo auf, um Sachen zu reparieren?“, fragte sie.

Er lächelte sie an. „Nur manchmal.“

Als er fertig war, rüttelte Margaret am Leuchter. „Oh, das ist viel besser."

Sie zeigte auf einen zweiten Leuchter auf der anderen Seite des Spiegels, der ebenfalls locker war. Charlie reichte ihr den Schraubenzieher. „Versuchen Sie es selbst." Die Zunge im Mundwinkel zog Margaret die Schrauben fest.

„Sehen Sie?", sagte er. „Jetzt können Sie fast alles allein hinkriegen. Und Sie werden die Wohnung nicht mehr in Brand setzen."

Sie lachte. „Was hätten wir nur ohne Sie gemacht?"

„Nu schmeicheln Se mia aba, Miss."

Margaret kicherte und räumte das Werkzeug weg. „Er ist ein Spaßvogel", sagte sie zu Ella.

„Sein Vorrat an Dialekten ist unerschöpflich." Bei Ellas Lächeln wurde ihm warm ums Herz.

Margaret runzelte die Stirn und sah Charlie an. „Woher kommt das? Ich könnte nicht sagen, wo Sie herkommen."

Charlie setzte sich auf einen Hocker neben Ella. „Ich komme von nirgendwo." Er sah Ella an, ließ seinen Blick über ihr blondes Haar wandern, das ihr in den Nacken fiel, dann zu ihren Lippen, die sie plötzlich vorschob. „Komisch, dass sie es nicht weiß, Ella. Ich war mir ziemlich sicher, ich hätte ein paar neugierige Fragen für jemanden beantwortet …"

„Was für neugierige Fragen?", wollte Margaret wissen und brach damit den Bann seines Blicks.

„Nun, sie müssen unterwegs irgendwo verloren gegangen sein."

„Na schön", flüsterte Ella. „Vielleicht war ich ja auch selbst ein wenig neugierig."

Charlie wurde sich bewusst, dass er Margarets Frage noch nicht beantwortet hatte. Er drehte sich ein wenig auf seinem Hocker um. „Ich bin von überallher. Die meisten Städte, die Sie sich vorstellen können, habe ich schon gesehen. Unzählige Male."

Aber Margaret schien ihm gar nicht zuzuhören. Mit einem dümmlichen Lächeln sah sie Ella an. „Hmm. Wir brauchen einen dritten Stuhl. Ich werde einen von Mrs Brewer holen." Sie ging zur Tür, aber Charlie hatte den vielsagenden Blick, den sie Ella zuwarf, schon bemerkt.

Schließlich kamen Ellas geschäftige Hände zur Ruhe. Sie saß reglos da und Charlie brach seinen eigenen Eid und sah ihr in die Augen.

„Alles in Ordnung?", fragte er leise.

Ihre Augen tanzten in den seinen. „Sie ziehen weiter."

Sie sagte diesen schlichten Satz so sanft und mit einem so schmerzerfüllten Gesicht, dass Charlie sich plötzlich anstrengen musste, sich an seinen eigenen Namen zu erinnern. Er brachte die einzige Antwort heraus, die ihm zur Verfügung stand. „Ja, das stimmt. Morgen Abend bauen wir ab."

Ella war zwar noch nicht fertig, klopfte sich aber das Mehl von den Fingern. „Ich wünschte, es wäre nicht so", flüsterte sie.

Charlie musste schwer schlucken, bevor er die Sprache wiederfand. Ella umklammerte die Kante ihrer Arbeitsplatte und er schickte sich an aufzustehen. „Ella …"

„Ich hab den Stuhl!", trällerte Margaret aus dem Korridor. Charlie kippte fast von seinem Hocker. „Und ich bring ihn jetzt rein."

Charlie rückte sich auf seinem Sitz zurecht und fuhr sich mit der Hand durch die Haare. Ella teilte ein wenig Teig ab und formte ein Hörnchen daraus. Charlie spürte Margarets forschenden Blick, während sie den Raum durchquerte und den Stuhl am Tisch abstellte.

Er blieb noch einen Augenblick sitzen, dann stand er auf und wanderte wieder durch die Wohnung. Margaret begann eine Unterhaltung – sie wollte alles Mögliche über die Löwen wissen und er antwortete auf jede Frage, die sie ihm hinwarf, von „Was fressen sie?" bis, ob er die Tiere auch badete. Und das war gut so, denn er hatte eine Ablenkung gerade bitter nötig.

Margaret wollte wissen, wo er im Winter wohnte, also beschrieb Charlie ihr das Winterquartier der Truppe in Louisiana, wohl wissend, dass Ella zuhörte. Dann stellte er seinerseits ein paar Fragen und erfuhr, dass Ella und Margaret sich seit gut zwei Jahren kannten und dass Ella Klavier spielen konnte, während Margaret in etwa so viel musikalisches Talent besaß wie er selbst.

Schließlich bat Ella sie zu Tisch. Charlie setzte sich auf den Stuhl, den sie ihm anwies, und sie senkte den Kopf, als überlege sie, ob sie beten sollten. Charlie schwieg. Es gab keinen Grund, warum sie etwas tun sollte, was sie nicht wollte, nur weil er hier war.

Aber dann fragte sie: „Würden Sie ein Tischgebet sprechen, Charlie?“

Er sah sie einen Moment lang forschend an. Ihre Worte machten ihn seinerseits um Worte verlegen. Er senkte den Kopf und sprach ein kurzes Gebet, dann dankte er Gott im Stillen dafür, dass sie ihn darum gebeten hatte. Und bat ihn, sie zu beschützen. Und zu segnen. Laut sagte er das Amen.

Margaret reichte ihm den Korb mit den Hörnchen. „Also Charlie, wie lange sind Sie denn eigentlich schon auf dieser guten alten Welt?“

Er sah sie schmunzelnd an. „Fragen Sie, wie alt ich bin?“

Margaret warf ihrer Freundin einen Blick zu. „Weißt du es?“

Charlie fuhr dazwischen. „Wieso nur komme ich nicht dazu, ebenso viele Fragen zu stellen wie Sie?“

„Oh, fragen Sie ruhig“, sagte Margaret und hob die Augenbrauen.

„Wie alt sind *Sie?*“

„Neunzehn“, antwortete Margaret.

Charlie nickte, dann sah er Ella an. Er hatte sich das wirklich schon gefragt.

„Sie wissen nicht, wie alt ich bin?“, fragte Ella.

„Sollte ich?“

Sie verzog den Mund und er war froh, dass es noch hell war, denn sonst hätte er die feine Röte nicht gesehen, die ihr in die Wangen stieg. Er würde ihr nicht sagen, dass er ihr Alter leicht feststellen könnte, wenn er ihr Gebiss in Augenschein nahm. Eine ziemlich eindrucksvolle Fähigkeit, wenn man noch ein kleiner Junge war. Aber er hatte so eine Ahnung, dass dies hier nicht gut ankommen würde.

„Ich bin zwanzig“, anwortete Ella.

Zwanzig. Sein Blick ruhte auf ihr, was ihre Röte noch vertiefte. Dann stellte er sich vor, wie sie wohl vor fünf Jahren ausgesehen hatte, und diese Mathematik machte ihn sehr traurig.

„Wie alt sind Sie?“, fragte sie.

Margaret stützte theatralisch das Kinn in die Hand.

Unwillkürlich musste Charlie lachen. „Ich habe Ihnen sechs Jahre voraus“, sagte er und zeigte auf Margaret. Und zu Ella: „Und Ihnen fünf.“

Ella bediente sie mit dem Auflauf und schien über diese Antwort erfreut.

„Und Charlie, wohin geht es als Nächstes?“, wollte Margaret wissen.

„Nach Charlottesville. Dann wohl weiter nach Baltimore. Und dann den Sommer über die Küste entlang nach Norden.“ Er spürte, dass Ellas Blick auf ihm ruhte.

Margaret legte die Arme auf den Tisch und lehnte sich vor. „Bis wohin werden Sie kommen?“

„Kann ich nicht sagen. Auf jeden Fall beenden wir die Sommerreise immer auf Coney Island in New York. Und dann ziehen wir wieder nach Süden, bevor der Winter kommt.“

Margarets Miene hellte sich auf. „Coney Island … Sie sind wirklich dort gewesen?“

Er holte tief Atem, hielt ihn einen Moment an, bevor er ihn mit einem „Dutzende Male“ wieder ausstieß.

„*Wirklich?* Wie ist es?“

Charlie stocherte in seinem Essen herum. „Voll. Tausende kommen und gehen da jeden Tag. Man kann Heißluftballon fahren und es gibt Karussells und eine Rennbahn. Und jede Menge andere Dinge.“ Der Ort hieß nicht umsonst Sodom an der See. Die meisten Sünden, die die Menschheit kannte, waren dort nur ein paar Cent weit weg. „Es ist wild und laut. Die Leute wollen ihr Vergnügen … und ein wenig Nervenkitzel und Achterbahnfahren. Ich hab letztes Jahr ein bisschen Geld verloren. Hab Karten gespielt mit einem Knaben namens Houdini. Das kann ich nicht empfehlen.“

Margaret grinste und Ella sah amüsiert aus.

„Normalerweise sind wir für zwei oder drei Wochen dort. Es kommt immer drauf an, was vereinbart ist.“ Vielleicht war es der Zigeuner in ihm, aber er fühlte sich da oben immer gefangen. Er zog lieber übers Land, von einer Stadt zur anderen. Er mochte Coney nicht, fühlte sich aber jetzt als Spielverderber und suchte nach etwas Positivem. „Das Meer ist schön. Das genieße ich. Und das Feuerwerk auch."

Ella strahlte ihn an.

Er nahm noch einen Bissen vom Kartoffelauflauf. „Das schmeckt wirklich gut, Ella. Vielen Dank."

„War mir ein Vergnügen. Ich freue mich, wenn ich sehe, dass Sie auch mal etwas essen."

„Bist du nicht hungrig, Ella?", fragte Margaret.

Charlie sah zu ihr hin. Sie stocherte nur auf ihrem Teller herum. „Sie hat sich den Appetit mit Popcorn verdorben", sagte er. „Ich habe sie gewarnt, aber sie hört ja nicht …"

Ella zog die Nase kraus und schob den nächsten Bissen über den Teller und er fragte sich, ob es noch einen anderen Grund für ihre Appetitlosigkeit gab. Er wollte mit ihr reden … und *wie* er mit ihr reden wollte. Und sei es nur, um ihr zu sagen …

Sie hob den Kopf. „Wann müssen Sie gehen, damit Sie rechtzeitig zur Abendvorstellung zurück sind?"

Seine Antwort kam zu schnell. „Die fällt heute aus."

„Fällt aus?"

Er zuckte lässig die Schultern. „Ab und zu kommt das vor." Mehr sagte er nicht und war froh, als Margaret das Wort ergriff.

„Dann müssen Sie bleiben", sagte sie und drückte ihm freundschaftlich den Arm. „Ich möchte unbedingt noch mehr über diesen Houdini erfahren."

Das feuchte Geschirrtuch über der Schulter stellte Charlie den letzten Teller auf den Stapel. Sie hatten den Abwasch aufgeschoben, einfach zusammengesessen, Limonade getrunken und geredet. Ella hatte ein bisschen von zu Hause erzählt. Dann, vor ein paar Minuten, hatte Margaret sich entschuldigt. Recht früh, fand Charlie, aber er würde sich nicht beklagen. Und er wusste, dass er ihr dafür ein Dankeschön schuldete. Ella für sich allein zu haben, und sei es auch nur für ein paar Minuten, war das, wonach er sich den ganzen Tag gesehnt hatte. Aber er wollte ihre Gastfreundschaft nicht überstrapazieren. Er legte das Geschirrtuch weg und suchte nach den richtigen Worten.

Dann fiel ihm ein, dass sie ein paar Gläser mit Kräutern bereitgestellt hatte, die er Little Joe mitnehmen sollte. Er warf einen Blick darauf. „Ich werde Sie nicht mehr lange aufhalten. Ich möchte Ihnen einfach danken, für das Essen und für alles, was Sie für Holland getan haben. Es bedeutet uns allen sehr viel. Ich weiß nicht, was wir ohne Sie getan hätten."

„Es war mir eine Freude."

Er konnte sehen, dass sie das ernst meinte.

„Sie dürfen gern noch ein wenig bleiben, falls Sie nicht unbedingt sofort nach Hause müssen", fügte sie hinzu.

Am besten sollte er ihr jetzt für einen schönen Abend danken und die Haustür hinter sich schließen, bevor die Situation verfänglich wurde. Aber er war nun mal ein Idiot. Er vergrub die Hände in den Taschen und schüttelte den Kopf.

Ella schien einen Moment zu überlegen, warf einen Blick auf die Schlafzimmertür, hinter der Margaret verschwunden war, und sah sich dann in der kleinen Wohnung um. „Kommen Sie. Ich möchte Ihnen etwas zeigen." Sie nahm den Mantel von der Sofalehne und schaute sich um, ob er ihr folgte.

# 16

Ella ging Charlie voran durch den Korridor und dann ein schmales Treppenhaus hinauf, das immer enger wurde, je höher sie kamen. Schließlich drückte Ella eine Tür auf und ein Schwall kalter Nachtluft überfiel sie.

„Das ist einer meiner Lieblingsplätze", sagte sie.

Charlie folgte ihr hinaus in die kalte Brise, die über das flache Dach des Hauses strich.

„Manchmal komme ich nachts hier hoch. In letzter Zeit öfter, wie ich zugeben muss." Etwas wie Verlegenheit lag in ihrer Stimme.

Verwundert ließ er sich von ihr bis zum Rand des Daches führen. Sie lehnte sich auf die Mauer, die ihm bis zur Taille reichte. Dann erst bemerkte er, worauf er hier aus der Vogelperspektive herabsah. Etwas saß ihm in der Kehle.

Sie sah ihn an. „Haben Sie das schon mal gesehen?"

Charlie schluckte. Er starrte durch die Dunkelheit, wo in einiger Entfernung die Lichter des Zirkus aufstrahlten. Zahllose Laternen und Fackeln erleuchteten den Ort, den er sein Zuhause nannte, seit er auf der Welt war. Langsam sog er die Luft ein. „Nein. Nicht so."

„Wunderschön, nicht?"

Er nickte und lehnte sich langsam an die Mauer …

Und vermisste seine Eltern.

Vermisste Mimi.

Sehnte sich nach Holland, obwohl er wusste, dass sie sicher in Reginas Obhut war. Und wünschte aus allen Kräften, dass er Ella nicht verlassen müsste.

Von Gefühlen überwältigt befeuchtete er seine Lippen und suchte verzweifelt nach den richtigen Worten. Dann fiel ihm wieder ein, was er herausgefunden hatte. Er wandte sich zu Ella um und sah sie an. „Ich hab in den letzten Tagen die Landkarten studiert. Ich dachte, wenn wir im Herbst wieder im Süden gastieren, kommen wir vielleicht nicht allzu weit von hier vorbei."

Das Mondlicht lag kühl auf ihrem Gesicht. Ihre Augen weiteten sich ein wenig.

„Aber diese Straße werden wir nicht noch einmal riskieren. Jedenfalls nicht in absehbarer Zeit." Er befeuchtete seine Lippen noch einmal. „Und noch etwas habe ich festgestellt." Seine Nerven lagen jetzt blank; ein Schauer lief ihm über die Schultern. „Unser nächstes Ziel ist Charlottesville, wie ich Ihnen ja schon sagte. Und das bedeutet, dass wir ziemlich dicht an Clifton Forge vorbeikommen. Etwa fünfzehn Meilen von da."

„Was wollen Sie damit sagen?"

„Ich will sagen, dass ich Sie mitnehmen könnte nach Hause. Falls Sie das möchten."

Ella starrte ein paar Sekunden ins Leere.

Schimmerten ihre Augen feucht?

„Sie können es sich überlegen", fügte er sanft hinzu. „Sie müssen jetzt noch gar nichts sagen. Ich wollte Sie nur wissen lassen, dass die Möglichkeit besteht, wenn Sie wollen. Es wäre ein Leichtes, mit den Herrschaften zu sprechen. Andeuten, dass Sie Krankenschwester sind und sich um Little Joes Hals kümmern, damit er kein Fieber bekommt wie Holland. Es gibt da nämlich eine gewisse Dame in der Truppe, der sehr daran gelegen wäre, dass ihr Ausrufer seine Stimme nicht verliert. Oder gar stirbt. Und dieser Dame käme eine Krankenschwester in der Nähe sicher sehr gelegen."

Die Augen noch immer geweitet, nickte sie einfach, als müsse sie seine Worte erst noch in sich aufnehmen.

„Und wenn es das ist, was Sie wünschen, würde ich es gern für Sie tun."

Sie legte die Hände an die Wangen und atmete tief durch.

„Werden Sie es sich überlegen?"

Ella nickte. Und Charlie betete um die Kraft, ihre Antwort zu akzeptieren, wie immer sie lauten würde.

Sie standen noch ein paar Augenblicke schweigend da, dann winkte Ella ihn zurück in die Mitte des Daches zu einer niedrigen gemauerten Bank. Sie setzten sich eng nebeneinander und Ella legte ihren Mantel zur Seite.

Lange schwieg die junge Frau. Schließlich sagte sie: „Ich bin seit fast vier Jahren nicht zu Hause gewesen." In ihrer Stimme schwang deutlich Wehmut.

Charlie beschloss zu sagen, was er sagen musste, bevor er es sich anders überlegte. „Zuhause, das war für mich immer meine Familie", sagte er leise. „Vermutlich, weil ich kein anderes Zuhause je gekannt habe. Meine Eltern sind gestorben, letztes Jahr habe ich Mimi verloren und nun ist Holland mein Zuhause. Und Regina. Ich habe nie etwas anderes gesucht oder mir etwas anderes gewünscht." Er sah sie an. „Aber nun, wenn ich mit Ihnen zusammen bin ... habe ich dasselbe Gefühl. Dieses Gefühl, zu Hause zu sein." Sie sah zu ihm auf, sanftes Mondlicht lag auf ihrem Gesicht. „Und ich weiß nicht, was ich damit anfangen soll."

Ella sagte nichts. Saß nur einfach reglos da.

Charlies Herz schlug ihm nun bis zum Hals.

Er fuhr sich mit dem Handrücken über die Stirn. Es gab noch so viel mehr zu sagen. *So viel mehr.* Aber jetzt kniete Ella sich neben ihn und lehnte sich ein wenig zurück, um ihn anzusehen. Ihre Hand berührte die seine. Nahm sie. Hob sie von seinem Schenkel und zog sie an sich. Sein Herz hämmerte in der Brust. Ellas Hände schlossen sich um seine Hand und liebkosten sie. Sie neigte den Kopf und küsste seine Fingerknöchel.

Charlie schloss die Augen.

„Ich weiß nicht, wie ich Ihnen sagen soll, wie dankbar ich bin, dass es Sie gibt." Ein weiterer Kuss auf seiner Hand.

Charlie entzog sie ihr sachte und fuhr langsam mit dem Daumen über ihre Lippen. Er wollte sie küssen. Wollte es mit jeder Faser seines Seins. Aber noch mächtiger als dieser Wunsch war das Wissen, dass er sich diesen Kuss nicht einfach nehmen durfte. Nicht, wenn sie nicht bereit war, ihn zu geben. Er senkte den Arm und sah sie an. Ihr Blick aus weit geöffneten Augen lag forschend auf ihm, während sie sich wieder neben ihn setzte.

*Gott, lass mich stark sein.* Er fühlte sich auf einmal sehr schwach.

Charlie umklammerte nun die Ziegelkante der Bank und räusperte sich. Er blickte über die Dächer der Häuser im Dunkeln und wünschte, er wäre sich nicht so sehr bewusst, dass sie hier neben ihm saß. Er umklammerte die Kante noch fester und zwang seine Hände, nicht in die Versuchung zu kommen, sie zu berühren, sie an sich zu ziehen. Selbst ihr das Haar aus dem Gesicht zu streichen, fühlte sich verkehrt an.

„Charlie?", flüsterte sie.

„Ja?"

„Alles in Ordnung?"

Er nickte, aber es kam ihm vor wie eine Lüge.

So zart, wie sie ihm über den Hals strich, hätte es nicht jede Faser seiner Haut elektrisieren dürfen. Aber genau das geschah. Und dann drängte sie sich ein wenig enger an ihn; eine schmale Hand legte sich an seine Wange, an sein Ohr. Er musste sich daran erinnern, das Atmen nicht zu vergessen.

Langsam drückte sie ihm einen Kuss auf die Stirn.

*Nicht bewegen. Nicht bewegen. Nicht bewegen.* Er schrie es innerlich. Immer wieder. Denn er wollte sich bewegen, wollte sie an sich ziehen, sich an sie schmiegen. Aber weil er sie nicht beunruhigen wollte, saß er da, starr wie Stein. Nur sein Herz schlug so laut, dass sie es ganz gewiss hören musste.

Er schloss wieder die Augen und spürte Ellas Knie an seinem Oberschenkel. Sie kam ihm so nah, wie es nur möglich war, ihre Hand lag immer noch auf seiner Wange. Sie schien etwas vorzuhaben.

*Nicht bewegen.*

Er atmete schwer.

„Ich möchte Sie küssen, Charlie", flüsterte Ella. „Aber ich habe noch nie … ich weiß nicht, wie."

Ihre Stimme war leise, verletzlich. Aber auch auf eine Weise fraulich, dass sie ihn veranlasste, die Ziegelkante noch fester zu umklammern.

Er musste sich schon wieder räuspern. „Okay." Mann, was für eine schwachsinnige Antwort. Aber sein Kopf war auf einmal wie leer gefegt. Und dann erfasste ihn eine Welle der Trauer, als ihm bewusst wurde, was sie gesagt hatte. Sie hatte noch nie jemanden geküsst. War noch nie geküsst worden. Und das, obwohl sie doch so viel durchgemacht hatte.

Sie war benutzt worden. Aber nicht geliebt.

Etwas gab ihm einen Stich ins Herz und er musste sich zwingen, andere Emotionen beiseitezuschieben. Emotionen, die ihn die Fäuste ballen ließen und die er zum Schweigen bringen musste, damit ihre Worte in ihm nachklingen konnten. Endlich sah er sie an. Wie nah sie war.

„Darf ich?“, fragte er.

Sie nickte.

Er atmete tief ein, hob die Hand an ihre Wange, spielte mit den Fingern in ihrem Haar. Sie war so klein, so zerbrechlich. In vieler Hinsicht war sie das. Und doch besaß sie eine eigene Stärke.

Eine Stärke, die sich zeigte, als sie den Blick senkte und sich noch enger an ihn schmiegte. Wartete.

Er fuhr sich mit der Zunge über die Lippen und drückte seine Hand an ihre Wange, mit jeder Faser bemüht, langsam und sanft zu sein. Er beugte sich über sie.

Und dann bemerkte er, dass sie zitterte.

Seine andere Hand lag auf dem seidigen Band um ihre Taille. Aber das Beben, das er dort spürte, sagte ihm, dass dies für sie sehr viel schwerer war als für ihn.

„Soll ich aufhören?“, flüsterte er.

Ein kleines Zögern, dann schüttelte sie den Kopf. „Nein.“

Wieder glitt sein Daumen an ihre Lippen und er wartete, bis sie sich etwas zu beruhigen schien. Zu seiner Überraschung schloss sie die Augen.

Beinahe hätte er sie in diesem Moment geküsst, rasch und heftig und schmerzhaft ungeduldig. Es kostete ihn jedes Fünkchen Selbstbeherrschung, das in ihm steckte, damit seine Berührung federleicht war. Das Einzige, was ihm half, nicht den Verstand zu verlieren, war die Weisheit seines Vaters.

*Du begegnest ihnen mit Ehrerbietung.* Achtungsvoll.

*Und mit Stärke.* Stärke.

*Und ohne Furcht.* Keine Furcht.

Und dann trafen seine Lippen auf die ihren. Sie waren geschmeidig, seidenweich. Sein Herz und Verstand gingen unter im Wirbel all dessen, was sie ihm war. Wie Siegelwachs, das auf einen Umschlag tropft, spürte er den Druck und den Schmerz und die Freiheit, mit der etwas in ihm gerade besiegelt worden war. Er hielt sie nur einen Herzschlag lang so in den Armen, dann ließ er sie los. Aber sie legte ihm die Hand in den Nacken und zog ihn wieder an sich. Küsste ihn. Die Welt um ihn herum versank. Es gab nichts anderes mehr … nur noch sie.

Sie war vollkommen, vom Scheitel bis zur Sohle; es gab nicht das kleinste Detail an ihr, das nicht vollkommen war. Der Wunsch, ihr das zu sagen, erstickte ihn fast. Sie war ein kostbares Geschenk, das freiwillig gegeben werden musste. So, wie sie war. So wie dieser Kuss. Er wusste, wie kostbar der für sie war. Und *ihm* schenkte sie ihn, ausgerechnet ihm.

Er befahl sich, sich nicht zu rühren. Saß vollkommen reglos – bis auf seinen Mund auf ihren Lippen. Er wollte nicht aufhören, aber er tat es. Sie hatte die Augen noch immer geschlossen und atmete schwer. War es Verlangen? Oder Angst? Er wusste es nicht.

Schließlich sah sie ihn an. Sie war so schön, so unberührt, dass er plötzlich froh war, dass er den Kuss beendet hatte. Ein wenig mehr Abstand wäre gut. Er rutschte ein wenig weiter fort und hoffte, sie würde es nicht merken oder nicht gekränkt sein. Wenn sie nur wüsste …

„Ella“, hauchte er. Er wollte ihr so vieles sagen, alles, was sie wissen sollte, aber jetzt war nicht der richtige Moment dafür. Das wurde ihm noch klarer, als er spürte, welchen Kummer sie in sich trug; er lag geradezu in der Luft. Bittersüß. Und er hatte noch nicht einmal begonnen zu verstehen.

Er war froh, dass er ruhig geblieben war. Denn jetzt griff ihre Hand nach seinem Hemdkragen und ihre Miene veränderte sich. Die Lippen zitterten. Sie schluchzte leise. Mit der ganzen Zärtlichkeit, die er für sie empfand, drückte er ihren Kopf an seine Schulter und hielt sie so im Arm. Er war sich ziemlich sicher, dass ein paar Tränen flossen.

Weil er nicht wusste, was er sonst tun sollte, schloss Charlie die Augen. Dankte Gott für sie. Hielt sie im Arm und betete. Flehte stumm, dass sie beschützt und geheilt und unversehrt sein würde.

# 17

Als Ella aufwachte, war es noch dunkel. Ruhelos ging sie in die Küche und holte sich ein Glas Wasser. Besorgt, dass ihre Unruhe Margaret aufwecken würde, setzte sie sich ans Fenster und sah hinaus. Zu dieser Stunde lag das Zirkusgelände im Dunkeln. Fackeln, Laternen und Feuer waren längst gelöscht. Sie dachte an Charlie, der jetzt schlief, und an Holland in ihrem kleinen Holzbettchen mit den Verzierungen und Figuren, die denen an Charlies Wagen glichen, und fragte sich, ob sie von derselben Hand geschnitzt worden waren. Und ob diese Hand Charlie gehörte.

Gedankenverloren kaute sie an ihrem Fingernagel. Die Erinnerung an ihn nahm ihr fast den Atem. Es war sicher albern, in einem menschenleeren Raum rot zu werden. Aber da saß sie nun und tat genau das.

In ein paar Stunden würde sein Gottesdienst beginnen und sie war immer noch unschlüssig, ob sie hingehen sollte oder nicht. Eigentlich wollte sie nicht gehen. Nicht in einen Gottesdienst. Sie wollte damit nichts mehr zu tun haben, nicht mehr damit in Berührung kommen. Aber die Art, wie er gefragt hatte, beschäftigte sie. Dass er immer so rücksichtsvoll war. So sanft. So umsichtig. Etwas an ihm war anders. Etwas, das sie fragen ließ, wie … und warum.

Eine kräftige Windbö ließ die Wimpel flattern, als Ella sich Charlies Zelt näherte. An diesem Tag und zu dieser Stunde war es ungewöhnlich still auf dem Zirkusgelände. Am Kassenwagen war es ruhig. Die Stände entlang der Zirkusstraße waren noch geschlossen. Wenn Lorelai nicht da gewesen wäre, wäre Ella nicht einmal hineingekommen. Auch in den Straßen von Roanoke ging es anders zu als sonst. Die Leute strömten in den Sonntagsgottesdienst. So wie sie.

Ella presste die Hand auf das Mieder ihrer besten Bluse. Sie hatte ihr Haar im Nacken zu einem Knoten gebunden – das konnte man ihr nicht als Eitelkeit auslegen – und ihre Schuhe blank poliert. Das machte man schließlich am Sonntag so. Und sie bemühte sich, besonders freundliche Gedanken zu hegen, denn auch das tat man, bevor man zur Kirche ging, nicht wahr?

Als Ella das Zelt erreichte, war sie froh, dass der Eingang offen stand. Jemand sang – ziemlich falsch. Sie spähte hinein und sah, dass Regina Holland das kurze, feuchte Haar kämmte. Der Gesang kam jedoch von einer Männerstimme.

Es konnte doch nicht … nein. Es konnte nicht Charlie sein.

Wo war er überhaupt? Ella sah sich um. Das Singen kam von der Wiese hinter dem Zelt. „Guten Morgen", begrüßte sie Regina und trat ein.

In Reginas Gesicht spiegelte sich Überraschung. „Guten Morgen, *mia cara.* Wie schön, Sie zu sehen."

„Vielen Dank." Ella spielte mit ihren Fingern. „Charlie hat mich eingeladen."

„Das freut mich."

Der Wind rüttelte am Zelt und trug Charlies Stimme zu ihnen herüber. *„Mein Name ist in seine Hand gegraben. Mein Name ist ihm in sein Herz geschrieben."*

„Ist das … Charlie da draußen?", fragte Ella.

„Er macht ziemlich viel Lärm, nicht?"

„Was macht er da?"

„Er bereitet sich vor."

Charlie sang weiter vor sich hin. Ella spitzte die Lippen und lauschte. „Was singt er denn?"

Regina lauschte ebenfalls einen Moment. „Im Moment gerade ‚Vor Gottes Thron'."

„Er scheint ja richtig begeistert."

Regina lachte und zog Holland ein letztes Mal den Kamm durchs Haar. „Warten Sie nur, bis er zu ‚Jesus hat alles bezahlt' kommt. Das ist die nächste Zeile."

„Macht er das immer?“

„Ja. Wie sein Vater. Allerdings …“ Reginas Augen funkelten. „Allerdings konnte sein Vater den Ton halten.“

Ella musste unwillkürlich lachen. Sein Gesang war wirklich besonders. Aber dann wurde sie wieder ernst und versuchte auf den Text zu achten. Charlie sang jedes Wort mit Leidenschaft. Sie hatte nicht gewusst, dass man eine solche Leidenschaft für Gott haben konnte – oder auch nur für ein Lied über ihn.

Vielleicht bildete sie sich das ja nur ein, aber jetzt kam es ihr so vor, als ob er richtiger sang.

*„Mit ihm vereinigt sterb ich nie! Sein Blut erkaufte mich vom Tod. Ich leb mit Christus in der Höh. Er ist mein Heiland und … mein … Gott!“*

Nein, sie musste es sich eingebildet haben, denn jetzt heulte irgendwo in der Ferne ein Hund und aus einer anderen Richtung polterte jemand: „Ruhe da!“

Reginas Schultern zuckten, als sie stumm in sich hineinlachte. „Ziemlich überzeugend, der Mann, nicht?“

Ella nickte. Sie hatte noch nie jemanden so singen hören – oder versuchen zu singen.

Als der Gesang verstummte, setzte sich Ella neben Hollands Bett auf die Erde. Sie zog den Korb mit Spielzeug hervor und brachte einen kleinen Metallkreisel zum Drehen. Der bunte Kreisel tanzte und schwirrte und Holland rollte sich auf den Bauch, dann vom Bett und hockte sich neben Ella. Die kleine Pumphose bauschte sich über ihrem gepolsterten Hinterteil. Die pummeligen Beinchen, die unter dem Kleidchen hervorlugten, waren zu verlockend und Ella musste sie einfach kitzeln. Holland kicherte und zappelte, dann griff sie nach dem Kreisel und versuchte ihn zum Tanzen zu bringen.

Jetzt hörte Ella Charlie wieder singen, diesmal allerdings leiser. *„Der Heiland sagt zu mir: ‚Du hast nur wenig Kraft. Kind der Schwachheit, wach und bet, ich bin's, der alles schafft.‘“*

Der Kreisel kam zum Stehen und Ella setzte ihn noch einmal in Schwung, während sie lauschte.

Holland strampelte vergnügt mit den Beinen.

„Gefällt dir das?“, flüsterte Ella. „Dein Papa singt.“

Holland klatschte mit den Händen auf ihre strammen Beinchen. Plötzlich verstummte Charlie. Einen Moment später erschien er im Zelteingang, das braune Haar vom Wind zerzaust. Als er Ella sah, spiegelte sich Erstaunen in seiner Miene. Sie strich ihren Rock glatt und wollte aufstehen, aber Holland kuschelte sich an sie und so blieb sie, wo sie war.

„Sie sind gekommen.“ Er hockte sich neben die beiden auf den Boden, sodass sie ein unregelmäßiges Dreieck bildeten. „Das freut mich.“

Ella senkte verlegen den Kopf.

Dann fiel ihm etwas ein. „Ähm … wie lange sind Sie schon da?“

„Ein Weilchen.“ Ella biss sich auf die Unterlippe, damit sie sich nicht verriet.

„Sie haben mich nicht zufällig gehört, oder?“

Sie lachte leise. „Sie verstehen wirklich, mit … Worten umzugehen.“

Charlie ließ den Kopf sinken und raufte sich das Haar. Dann stand er auf und ging zu seinem Wagen. Er warf einen Blick über die Schulter und zeigte mit dem Finger auf sie. „Das war unfair.“

Zur Beteuerung ihrer Unschuld hob Ella die Hände.

„Du hättest es mir sagen können“, murmelte er in Reginas Richtung, aber die schaukelte nur weiter in ihrem Schaukelstuhl und grinste.

Charlie schickte sich an, sein Bett zu machen. Er stellte die schwarzen Stiefel zur Seite, räumte dies hierhin und jenes dorthin und zog dann schließlich einfach den Vorhang zu, der das Chaos dahinter verbarg.

Er war nervös. Lag ihm der Gottesdienst im Magen? Oder lag es an ihr? Vielleicht eine Mischung aus beidem.

Holland brabbelte und Ella kraulte ihr den Rücken. „Was ist denn, mein Schatz?“

Das Baby brabbelte weiter und klatschte wieder auf die Beine.

„Singst du? So wie dein Papa?“, fragte Ella.

Charlie drehte sich um und sah die beiden an.

Ella senkte den Blick auf den Teppich, auf dem Holland saß, und ließ ihre Worte Revue passieren. Dann sah sie Charlie an. „Tut mir leid. Ich meinte Onkel."

Er schüttelte langsam den Kopf und sie konnte sehen, dass Charlie über *dein Papa* erfreut war.

Ella hielt seinem Blick ein paar Augenblicke stand. „Und ein guter noch dazu."

Ein Mundwinkel zog sich zu einem Lächeln.

„Die Bänke, Charlie", sagte Regina.

Sofort nahm Charlie Haltung an. Er verließ das Zelt und kam mit zwei niedrigen Holzklötzen zurück, ging noch einmal hinaus und brachte ein dickes Brett mit. Das wiederholte er, bis er zwei Holzbänke aufgebaut hatte. Dann verschwand er wieder, diesmal länger, und kam schließlich mit Angelina, ihren beiden Schwestern und ein paar Klappstühlen unter dem Arm zurück.

Angelina schenkte Ella ein strahlendes Lächeln. „Guten Morgen!" Die junge Frau kniete sich hin und begrüßte Holland ebenfalls, dann stellte sie ihre Schwestern vor, Danielle und Evangeline. Sie schienen ein paar Jahre älter als Angelina. Alle hatten das gleiche lange, kräftige braune Haar, nur dass sie es heute in Zöpfen und ordentlich gescheitelt trugen und dicke Bänder hineingeflochten hatten. Aber selbst so noch fiel es ihnen bis weit über die Hüften hinunter. Charlie stellte die Stühle auf und die drei setzten sich.

Jetzt fiel Ella wieder ein, dass Charlie gesagt hatte, sie könne sich auf Hollands Bett setzen, und so tat sie es und zog das Baby samt Spielzeugkorb neben sich. Am liebsten hätte sie die Beine hochgezogen und unter den Rock gesteckt und sich so klein gemacht wie nur möglich, aber sie presste nur die Hände auf die Matratze und zwang sich, ruhig zu bleiben. Charlie lief hin und her, rückte Stühle zurecht, und als er zu ihr hinsah, lag in seinem Blick sichtliches Wohlgefallen.

Unversehens wanderten Ellas Gedanken zurück zum vergangenen Abend. Was ihr die Röte in die Wangen trieb.

Also wirklich, so würde das nichts werden. *Fromme Gedanken, bitte, Ella.*

Der Nächste, der erschien, war der kräftig gebaute Mann vom Vortag. Er war so groß, dass er kaum durch den Eingang kam.

„Hallo, Little Joe!", rief Charlie, der gerade die Bibel auf die Kistenstufen vor seinem Wagen legte.

Ein paar andere folgten Little Joe ins Zelt, aber Ella konnte nicht jeden Einzelnen sehen. Joes freundliches Gesicht weckte auch in ihr die Freude. Sie hatte noch nie einen so großen Menschen gesehen – und von ihrer kurzen Begegnung gestern her konnte sie bereits sagen, dass Little Joes Herz ebenso weit war wie sein Körper lang. Er grüßte heiser. Heute hatte er ein Tuch um Brust und Schultern geschlungen, und als er sich umdrehte, sah Ella, dass er in der Schlinge auf dem Rücken einen weiteren Mann trug. Der war kahlköpfig und hatte keine Arme, und so, wie er in der Schlinge hing, offensichtlich auch keine Beine. Plötzlich erinnerte Ella sich, dass sie ihn am Tag zuvor in einem Zelt in der Sonderschau gesehen hatte.

Nur dass er ihr jetzt viel fröhlicher vorkam.

Die Kleiderärmel waren zusammengelegt und an die Seitennähte geheftet. Ein breites Lächeln stand ihm im Gesicht. Ella erinnerte sich daran, was Charlie ihr gesagt hatte, als sie Regina zum ersten Mal gesehen hatte. *Nicht anstarren.* Ella sah auf das Gras im Zelteingang und hob den Blick dann unauffällig wieder, als Little Joe seinen Begleiter aus der Schlinge hob und in einen Stuhl setzte. Charlie setzte sich neben ihn, begrüßte die beiden und lachte gleich darauf über irgendetwas, das der Mann ohne Gliedmaßen erzählte. Charlie gab ihm einen freundschaftlichen Klaps auf den Rücken und sprang dann von der Bank auf.

„Oh, wo hab ich nur meine Manieren! Also, hört zu" – Charlie wies mit der Hand auf Ella – „das ist Ella. Sie ist Krankenschwester und sie hat sich um Holland gekümmert."

Die drei Schwestern winkten ihr zu und Angelinas Mund überzog ein Lächeln.

„Freut mich, Sie kennenzulernen", sagte der Mann ohne Arme.

Ella lächelte verlegen. „Vielen Dank. Ganz meinerseits."

Charlie stand hinter den beiden Männern. „Ella, Little Joe kennen Sie ja schon von gestern." Er klopfte ihm auf den Rücken. „Und das ist Arnold. Einer der feinsten Menschen, die ich kenne."

Arnold strahlte und Charlie drückte ihm kurz die Schulter.

Auch die letzten drei Besucher, die inzwischen eingetroffen waren, hatten ein paar Besonderheiten in Gestalt und Größe. Ella erkannte sie wieder; auch sie hatte sie gestern in der Stunde gesehen, die sie in der Ausstellung verbracht hatte. Charlie stellte sie vor und Ella begrüßte jeden mit Handschlag, der ihr das anbot. Der Letzte, dem sie vorgestellt wurde, war ein Hüne von einem Mann; er war so groß, dass er sich fast bis zur Hüfte herabbeugen musste, um ihr mit seiner riesigen Pranke die Hand zu schütteln.

Ella konnte sich nicht an seinen Namen erinnern, aber er hatte freundliche Augen. Er setzte sich auf eine der Bänke – die hintere, was ein bekannter Witz zu sein schien, da es etliche humorvolle Bemerkungen in seine Richtung gab. Weitere Besucher erschienen; einen erkannte sie – es war der Jongleur aus der Vorstellung; die beiden anderen hatte sie noch nie gesehen. Sie begrüßten die Anwesenden wie gute Freunde und suchten sich einen Platz.

Ella ließ ihren Blick durch das Zelt schweifen. Charlie stand vorn; er starrte irgendwie wehmütig auf seine Stiefel und hatte die Hände in den Taschen vergraben. Auf seiner gefurchten Stirn las sie tausend ungesagte Worte – noch nie hatte sie ihn so in Gedanken gesehen. Dann sah er sie an, lächelte kurz und griff nach seiner Bibel, bevor er sich auf die Stufen vor seinem Wagen setzte.

„Letzte Woche haben wir in Matthäus 11 aufgehört." Er leckte sich den Daumen und blätterte die dünnen Seiten um. Dann schien er die richtige Stelle gefunden zu haben, denn er legte das Buch auf seinen Oberschenkel und fragte, ob jemand ein Gebet sprechen wollte. Arnold bejahte.

Ella schloss die Augen wie alle anderen. Das Gebet, das Arnold sprach, war schön. Er hatte keine Hände, die er falten konnte, aber seine Worte wirkten auf sie ehrlicher und beredter als viele der Gebete, die sie in ihrem Leben gehört hatte.

Als Arnold geendet hatte, griff Charlie zur Bibel. „Wir lesen: ‚Kommt alle zu mir, die ihr mühselig und beladen seid, ich will euch erquicken.'"

Aufmerksam hörte Ella zu.

„‚Nehmt auf euch mein Joch und lernt von mir, denn ich bin sanftmütig und von Herzen demütig.'" Charlie legte den Kopf zur Seite, als wollte er sich konzentrieren. Mit der freien Hand zupfte er an seinem Hemdkragen, dann an seinen Manschetten. Sein Blick glitt über die versammelte Menge und fiel schließlich auf Ella. „‚So werdet ihr Ruhe finden für eure Seelen.'"

Er sah wieder in die Bibel. Seine Augen waren weit geöffnet und hatten einen forschenden Ausdruck und Ella spürte, dass er nicht auf den Text sah. Sondern in sein Herz. Ein Herz, das verwundet war, das konnte sie spüren, als seine Stimme ein wenig zitterte. „‚Denn mein Joch ist sanft … und meine Last ist leicht.'"

# 18

Ella stand mit Angelina und ihren Schwestern zusammen und lachte über eine Geschichte aus Charlies Leben, die sie zum Besten gaben. Irgendetwas mit einer Kuh und einem Schlammloch. Die Mädchen wollten gerade die Pointe erzählen, die Stimmen steigerten sich zum Höhepunkt, als Charlie zu der Gruppe trat und die Hand hob.

„Genug davon, meine Damen, wenn ich bitten darf."

„Oh, das Beste kommt doch erst noch", sagte Danielle. Ihr Gesicht war jugendlich, aber in ihrer Stimme lag eine Tiefe, die Ella vermuten ließ, dass sie die älteste der drei Schwestern war.

„Das Beste an dieser Geschichte ist, wenn sie nicht weitererzählt wird", protestierte Charlie.

Sie lachten. Ella sah lächelnd zu ihm auf.

„Ihr drei habt einen schlechten Einfluss auf sie." Er tat so, als flüstere er Ella etwas zu. „Glauben Sie ihnen kein Wort, das sie über mich sagen."

„Oh, ich hoffe doch, dass ich noch mehr von Ihren Geschichten zu hören kriege", neckte Ella.

Angelinas feine Augenbrauen tanzten. „Wir haben eine ganz beachtliche Sammlung."

„Was ihr nicht sagt." Mit ausgebreiteten Armen scheuchte Charlie die drei aus dem Zelt, was sie mit Gekicher quittierten. „Das war's für heute. Bye-bye!"

Die drei Schwestern winkten Ella zu und bedankten sich bei Regina für den Kuchen, den sie nach dem Gottesdienst serviert hatte. Sie hatten das Zitronengebäck draußen vor dem Zelt genossen, während Ella sich bei Little Joe erkundigt hatte, wie es ihm ging, und ihm die Hand auf die Stirn gelegt hatte, um zu prüfen, ob er etwa Fieber hatte. Sie wünschte, sie hätte daran gedacht, ein bisschen Eis mitzubringen; Holland hatte das so gutgetan.

Charlie schulterte eines der Holzbretter, das als Sitzgelegenheit gedient hatte, und trug es aus dem Zelt. Er kam zurück und trug auch die Holzklötze hinaus. Als er wiederkam, waren seine Schritte ein wenig langsamer und sein Gesichtsausdruck ernst. „Bevor Sie gehen, Ella, möchte ich gern noch mit Ihnen sprechen. Es ist etwas Wichtiges, deshalb möchte ich es nicht jetzt gleich ansprechen. Aber hätten Sie noch ein wenig Zeit, wenn wir die Kleine zu Bett gebracht haben?"

Ella nickte. Sein Lächeln war traurig und ließ sie bis in die Zehenspitzen frösteln. Charlie wuchtete den anderen Holzklotz auf die Schulter und trug ihn hinaus in die Sonne.

Einen Moment später war er zurück. „Sie ist hier."

„Wer?"

„Madame."

Mit einer schwungvollen Bewegung, die Ella den Atem raubte, nahm er sie auf den Arm und trug sie zu seinem Wagen. Dort setzte er sie auf der Matratze ab. „Seien Sie ganz still. Keinen Mucks. Keinen." Damit zog er die Vorhänge zu.

Ella erhob sich auf die Knie und strich sich das Haar aus dem Gesicht. Durch einen winzigen Spalt im Vorhang sah sie, wie Charlie hastig ihren Schal unter Hollands Matratze versteckte. Regina und er wechselten alarmierte Blicke.

Ella war verunsichert. Sie zog sich auf Charlies Bett zurück, bis sie die Wand des Wagens im Rücken spürte. In dem dämmrigen Raum sah sie sich um und versuchte, die Situation zu verstehen. Überall um sie herum lagen Kleidungsstücke von Charlie und seine diversen Zylinder verstreut; alles um sie her war durchtränkt von seiner Person. Sie wollte noch einmal durch den Spalt hinausschauen, aber dann fesselte etwas anderes ihre Aufmerksamkeit und lenkte ihren Blick auf die Seitenwand des grünen Wagens. Kerben. Sie blinzelte. Eine Art Strichliste. Dutzende … nein …

Vorsichtig fuhr sie mit dem Finger über die Einschnitte im Holz.

… an die zweihundert Kerben.

Als eine Frau das Zelt betrat, wich Ella noch weiter ins Wageninnere zurück.

Charlie stand mitten im Raum, die Arme vor der Brust verschränkt. Die Frau sah sich um und heftete schließlich ihren durchdringenden Blick auf Charlie. Ella lehnte sich noch weiter zurück, bis sie die zierliche, blasse Besucherin durch die winzige Öffnung sehen konnte. Die Frau trug das schwarze Haar in einem modischen Knoten. Ella erkannte sie wieder, sie hatte sie neulich auf dem Zirkusgelände gesehen. Betont langsam ließ die schlanke Frau ihren Blick durch Charlies Zelt wandern.

„Allein unterwegs, wie ich sehe", sagte Charlie.

„Das hättest du wohl gern."

Mit einem Akzent, den Ella nicht recht zuordnen konnte, rief sie jemandem draußen vor dem Zelt etwas zu. Ein kräftiger Mann zog einen Stuhl in den Zelteingang. Als wolle er dort Wache halten. Er hatte Arme wie Baumstämme, und als er sich setzte, ächzte das Holz, als würde der Stuhl gleich zusammenbrechen.

Charlie stand noch immer mitten im Zelt und bedachte seine weibliche Besucherin mit einem kleinen, dunklen Lächeln.

Die Frau ignorierte ihn und ging auf eine Seite des Zeltes. Sie hob eine Zeltbahn und warf einen Blick darunter. Langsam drehte sie eine Vase mit Blumen um …

„Ich wäre dir dankbar, wenn du meine Sachen nicht anrührst", sagte Charlie. „Das mag ja alles sehr spaßig sein, aber sag mir doch …"

„Ich will nur eine Erklärung. Ich habe gestern Abend eine Nummer vermisst. Jemand …" – eine knochige Hand wedelte vor seinem Gesicht herum – „… ist einfach nicht aufgetaucht."

Ella legte ihre Hand auf den Mund und schloss die Augen. *O Charlie.* Er war bei ihr geblieben.

„Würde es dir etwas ausmachen, mir zu sagen, warum?"

„Ich wurde aufgehalten." Charlie schnippte mit den Fingern. „Kommt nicht wieder vor. Versprochen."

„Wer ist sie?"

„Ich weiß nicht, wovon du sprichst." Charlie war jetzt nicht mehr zu sehen und Ella dachte nicht einmal daran, sich zu rühren. „Kaffee?", fragte er. „Ist noch fast frisch."

„Ach, halt den Mund." Die dunklen Augen der Fremden verweilten einen Moment auf dem Wagen, dann wanderte ihr Blick weiter durch das Zelt. „Ich habe dich schon mit ihr gesehen, spar dir also deine Spielchen.“ Sie trat näher an den Wagen und Ella schlug das Herz bis zum Hals. „Es sieht ganz so aus, als hätten wir da ein kleines Problem. Wenn ich mich nicht irre, hatten wir eine unbedeutende Abmachung.“

„Ich bin mir durchaus im Klaren über unsere Abmachung. Und wenn es dir hilft, nachts besser zu schlafen: Die Dame ist schlicht und einfach eine Krankenschwester. Für Holland. Holland war sehr krank, aber jetzt geht es ihr besser, danke der Nachfrage.“

Die Frau warf einen verächtlichen Blick auf das Baby, das in seinem Bett spielte. „Hmm.“ Sie schien die Kleine auf den Arm nehmen zu wollen, aber da war Charlie schon bei ihr und funkelte sie so wild an, dass Ella eine Gänsehaut überlief. Seine kräftige Hand presste sich gegen die knochigen Finger der Frau und so starrten sie einander an.

„Keine Sorge, ich nehm sie dir nicht weg“, sagte sie herablassend. „Ich könnte das fette kleine Ding vermutlich gar nicht satt kriegen.“

Charlie rührte sich nicht von der Stelle.

Die Frau verdrehte die Augen. „Du bist so theatralisch.“

„Du darfst mein Zelt jetzt verlassen.“

„Und du darfst dich daran erinnern, unsere Abmachung einzuhalten.“ Ihr Gesichtsausdruck verhärtete sich. „Sonst könnte ich ebenfalls vergessen, mich daran zu halten.“ Sie kam auf den Spalt im Vorhang zu und warf noch einen abschätzigen Blick auf Holland. „Und wo würde das hinführen?“ Dann verließ sie mit lautlosen Schritten das Zelt.

Der Riese erhob sich langsam und folgte ihr.

Charlie stand lange im Zelteingang. Ella schlug das Herz bis zum Hals, aber ihre Beine schmerzten, und sie erlaubte sich, ihre Position ein wenig zu verändern. Charlie kam herüber zum Wagen und öffnete den Vorhang an einer Seite. Die plötzliche Helligkeit schmerzte in den Augen und sie blinzelte ins Licht.

Charlie stand direkt vor ihr und sah sie forschend an.

„Was war das denn?“, fragte Ella atemlos.

Er reichte ihr den Arm, um ihr herunterzuhelfen, aber sie lehnte ab. Sie wollte jetzt keine Hilfe. Sie wollte Antworten.

„Sie arbeitet hier und ihr Name ist Madame Broussard." Wieder streckte Charlie den Arm nach ihr aus. „Bitte." Ella schüttelte den Kopf.

Charlie stützte den Ellbogen auf die Wagenkante und beugte sich zu ihr hin. Seine Finger fuhren durch sein Haar. „Ella."

Nur mit Herzklopfen brachte sie die Worte heraus. „Sie haben gesagt, Sie arbeiten *für* sie."

Charlie nickte.

Sie erinnerte sich daran, wie sehr er sich gestern angestrengt hatte, um die Leute in die Sonderschau zu lotsen. „Das also hat sie Ihnen neulich gegeben. Ihr Honorar."

Mit gesenktem Kopf lehnte er sich noch weiter vor und schloss die Augen. „Geben Sie mir einen Augenblick Zeit." Er atmete langsam und tief und sie sah, dass er nach Worten suchte. „Bitte."

Immer noch auf seinem Bett kniend, rückte Ella näher an ihn heran.

„Sie hat mich nicht bezahlt", sagte er schließlich. „Das war kein Geld. Es war eine Liste mit neuen Anweisungen."

„Ich verstehe nicht."

„Ich will es Ihnen ja gerade erklären", flüsterte er. Er warf Regina über die Schulter einen Blick zu, dann wandte er sich wieder an Ella. „Erinnern Sie sich … erinnern Sie sich, dass ich Ihnen gesagt habe, dass Mimi gestorben ist? Und dass Holland deshalb jetzt bei mir ist?"

Ella nickte rasch. Charlies Blick war so distanziert, dass ein Anflug von Furcht in ihr aufstieg.

„Sie – Mimi – starb, als das Baby fünf Wochen alt war."

„Ja."

Sein Blick war jetzt flehend. „Aber nicht meine Schwester hat mir das Mädchen übergeben. Ich habe es von der Frau weggeholt, die gerade hier war. Sie hatte das Baby von Mimis Mann sozusagen gekauft, es war eine Art Geschäft. Es gibt einen Vertrag, der besagt, dass Holland ihr gehört."

*„Was?"*

Er hob das Kinn und sah Ella an und der grenzenlose Kummer, der ihm ins Gesicht geschrieben stand, ließ Ella das Blut in den Adern gefrieren. „Ich kann Ihnen die ganze Geschichte erzählen. Aber sie ist kompliziert. Im Moment müssen Sie nur eines wissen."

Aber Ella konnte keinen klaren Gedanken fassen. Ihr Herz fröstelte. „Holland … gehört ihr?"

Charlie schüttelte den Kopf. „Jetzt nicht mehr." Gequält sah er zu ihr hoch. So gequält, dass sich ihr fast der Magen umdrehte. „Jetzt gehöre ich ihr."

# 19

Ellas Gesicht erstarrte zu Eis. „Wie bitte?"
Charlie schluckte. Als könne er nicht ertragen, wie fassungslos sie war, stützte er den Kopf in die Hände und starrte zu Boden.

Regina schaukelte in ihrem Stuhl, bis Holland zu ihr hinkrabbelte und auf den Arm genommen werden wollte. Mit der Kleinen auf dem Arm stand sie auf und sagte Charlie, sie würde sie für ein paar Minuten allein lassen. Dann verließ sie das Zelt.

Ella kletterte aus dem Wagen, ging zu Charlie und sah ihm ins Gesicht.

In dem Schweigen im Zelt war sein Kummer mit Händen zu greifen. Eine kühle Brise, die hereindrang, war die einzige Bewegung im Raum, bis Ella Charlie die Hand auf den Arm legte. „Charlie?"

Als er sie schließlich ansah, waren seine Wimpern feucht. Ihr wich das Blut aus den Wangen. Mit einem Klumpen im Magen suchte sie nach Worten.

Charlie schluckte, als müsse er allen Mut zusammennehmen. „Es gibt etwas, das ich Ihnen sagen muss. Bisher gab es keinen Grund dazu, deshalb habe ich es noch nicht getan. Aber nun gibt es Grund genug."

Er reckte das Kinn und löste den Manschettenknopf an einem Arm. Das hatte er noch nie getan. Nicht einmal, wenn er sich wusch. Seine Lippen bewegten sich, aber es kam kein Laut heraus … Ella konnte die Worte nicht verstehen. Wieder eines dieser Lieder? Oder betete er?

Was spielte sich hier ab?

Charlie schien einen Moment lang mit seinen Fingern zu kämpfen, dann krempelte er den Hemdsärmel um. Einmal … und noch einmal. Der goldene Teint seines Handgelenks war dunkel gefärbt. Zeichnungen, Linien – überall. Von derselben Art wie die Schrift auf seiner Hand. Schwarze Farbspritzer, die jeden Zentimeter seiner Haut bedeckten.

Ella wurden beinahe die Knie weich.

Charlie rollte den Ärmel bis zum Ellbogen hoch und entblößte einen Unterarm, der über und über mit grausigen Zeichnungen bedeckt war. Tätowierungen hatte er sie genannt. Bis wohin reichten sie? Sie öffnete den Mund, brachte aber keinen Laut heraus. Er sah sie nicht an, als er den Knopf des anderen Ärmels löste. Den Stoff hochrollte. Ebenso schauerliche Bilder enthüllte.

Ellas Blick glitt über die verschlungenen, gewundenen Formen, die in seine Haut gebrannt waren. Ihr Magen rebellierte, die Worte lagen ihr schwer auf der Zunge. „Geht … das noch weiter?“

Charlie nickte. Eine Hand griff an den obersten Kragenknopf, dann ließ er sie sinken. Hob sie wieder, ließ sie wieder sinken und stieß schwer die Luft aus. Auf seiner Stirn glitzerten Schweißperlen.

Mit wild pochendem Herzen trat Ella einen Schritt näher, dann noch einen. Sie betrachtete den Rand seines weißen Kragens, der immer hochgeschlossen war. Warum war ihr das nicht früher aufgefallen? Sie hatte einfach angenommen, es sei eben ein Ausdruck seiner bescheidenen Art. Dann glitten ihre Hände dorthin. Zitternde Hände. Er umfasste sie sanft, hielt sie auf. Sein Blick war gebrochen; er schob wieder das Kinn vor und öffnete den obersten Knopf. Dann tastete er sich weiter zum nächsten Knopf, knöpfte ihn auf.

Schließlich ließ er die Arme sinken. Bevor sie es sich anders überlegen konnte, zog sie sein Hemd von der Schulter. Noch mehr Zeichnungen. Tränen verschleierten ihr den Blick. Und er öffnete einen Knopf nach dem anderen. Ella legte ihre zitternden Finger auf den Stoff auf seiner Brust und öffnete dann vorsichtig das Hemd. *O Gott.* Ihre Augen wanderten über die Bilder, die den Oberkörper bedeckten, kräftig und dunkel, bis zum Bund seiner Hose. Sie stolperte beinahe, als sie zurückwich.

„Ella.“ Seine Stimme war tonlos.

Der Raum drehte sich um sie.

Sie musste sich setzen. Musste aus diesem Traum aufwachen.

Das alles konnte ja nicht wahr sein. Das war nicht Charlie. Das hatte er nicht selbst getan. „Sie haben sich an diese Frau verkauft?", hauchte sie.

„Ja."

„Dafür?"

„Es war das geringere Übel." Seine Stimme war entsetzlich düster.

Sie bewegte die Lippen, aber kein Wort kam heraus. Tränen brannten ihr in den Augen. „Und Holland?", flüsterte sie.

„Sie gehört jetzt mir."

Sie nickte grimmig. „Das … das ist gut. Das ist sehr gut." Ihre Brust rang nach Luft. Ihr schwirrte der Kopf. Holland war in Sicherheit … aber welche Finsternis enthüllte er ihr hier.

„Ich habe Sie erschreckt." Die Worte kamen abgehackt.

„Nein. Nein." Sie zwang sich, ihn zu beruhigen. Aber sie bekam keine Luft. Oder vielleicht bekam sie zu viel. Die ganze Welt verschwamm vor ihren Augen.

„Ella, tief atmen." Charlies Stimme kam wie aus weiter Ferne.

Seine Hand ergriff sie am Arm. Hatte sie das Gleichgewicht verloren?

Sie war Krankenschwester; sie war unappetitliche Anblicke gewöhnt. Sollte es zumindest sein. Voller Verzweiflung, was er sich angetan hatte, und über das Elend, dem Holland ausgesetzt gewesen war, richtete sie ihre Gedanken auf technische Fragen. „Das ist dauerhaft, oder? Für immer?"

„Es ist unauslöschlich."

„Und wurde mit einer Nadel gestochen."

„Einer elektrischen."

„Haben Sie Schmerzen?"

„Jetzt nicht mehr …"

Das erleichterte sie ein wenig. Aber jetzt trat er näher, schloss den Abstand zwischen ihnen. Seine Hand legte sich in ihren Nacken und seine Finger fuhren durch ihr Haar. „Ella, Sie sind nicht meine Krankenschwester."

„Nein." Jetzt flossen die Tränen. Wegen seiner Berührung, wegen der Nähe seines Körpers, weil er so real war – sie wusste es nicht. Sicher war es alles zusammen. Aber *eines* wusste sie: Er hatte sie getäuscht.

*Ich würde gern … Ich könnte Sie begleiten. Ich habe diese Nummer auch noch nicht gesehen und wollte es immer schon mal.*

*Das Zelt da drüben lohnt sich nicht …*

Sie sah zu ihm hoch und fühlte sich wie unter Wasser. Sie sah die Oberfläche – die Sonne –, aber sie konnte nicht hingelangen. Ihre Lungen brannten. Sie straffte sich, drehte sich um und begann rasch ihre Sachen zusammenzusuchen. Charlies Augen verfolgten ihre Handgriffe. Ella hastete aus dem Zelt, nicht sicher, wovor sie eigentlich davonlief. Sie hörte seine Schritte, die ihr folgten, und fürchtete, sie würde es nur zu bald herausfinden.

Charlie packte sie am Arm, sodass sie langsamer gehen musste. Er wollte ihr nicht wehtun, aber er würde sie auf keinen Fall einfach gehen lassen. Nicht in diesem Moment. Stolpernd blieb sie stehen, drehte sich um und sah ihn an, aber er hielt ihren Arm umklammert und führte sie weg von Zelten und Wagen zum Rand des Zirkusgeländes. Er sagte nichts und war froh, dass sie ebenfalls schwieg, während er sie von der Menge der Artisten und Zuschauer weglotste. Die hügelige Wiese verschluckte sie, aber er führte sie immer weiter, bis es niemand mehr hören würde, selbst wenn sie schrie.

„Was soll das?“ Sie sprach die Worte keuchend, aber ihre Augen waren so weit geöffnet wie die eines Rehs.

„Wenn Sie mir einfach zuhören, erzähle ich es Ihnen. Und hören Sie auf wegzurennen.“ Er entfernte sich ein paar Schritte, knöpfte sich rasch das Hemd zu, dann drehte er sich so abrupt zu ihr um, dass sie stolpernd zurückwich. „Das ist es, was ich niemandem erzähle. Das ist der Grund, warum ich mit Leuten wie Ihnen keine Freundschaft schließe.“

„Leuten wie mir?“

„Genau. Leuten wie *Ihnen,* die meinen, dass dies …“ Er wies auf seinen Oberkörper. „Die …“ Er konnte es nicht sagen. Konnte nicht in Worte fassen, wie sie ihn ganz sicher jetzt sah, denn ihre Miene verriet, dass er sich nicht täuschte.

Charlies Herz durchfuhr ein stechender Schmerz. Er wusste, dass er abstoßend war. Herren mit feinen Hüten bestätigten ihm das jeden Abend lautstark; Damen in hochgeschlossenen Kleidern schauderte es in seiner Gegenwart. Es war nicht nötig, dass jetzt auch noch Ella vor ihm zurückschreckte.

Er ballte die Hand zur Faust und hämmerte damit gegen seine Stirn, einmal zu oft, wie es schien, denn Ella sah aus, als wollte sie wieder fortlaufen. Am besten, er sagte es geradeheraus. „Als Madame Broussard die Vormundschaft für Holland bekam, musste ich etwas dagegen tun.“ Er ließ die Worte ein wenig nachwirken in der Hoffnung, dass sie ausreichten, damit Ella ihn nicht mehr so ansah.

„Was hatte diese Frau denn mit Holland vor?“

Charlie kniff die Augen zusammen. Ausgerechnet Ella musste doch wissen, dass diese Welt kein Hort des Edlen und Guten war. „Für jemanden wie Madame Broussard ist ein kleines Mädchen sehr wertvoll. Sie hätte sie verkaufen können … oder eine Artistin aus ihr machen. Oder ein Ausstellungsstück.“ Oder noch eine Million anderer Dinge, die ihn immer noch in seinen schlimmsten Träumen verfolgten. „Madame verdient ihr Geld auf recht unkonventionelle Weise.“ Er konnte sehen, wie es hinter Ellas Stirn arbeitete. Wie sie versuchte, sich einen Reim auf alles zu machen. „Und als sie ihren Preis genannt hat, konnte ich nichts dagegensetzen.“

Der Wind wehte Ella eine Haarsträhne ins Gesicht und sie strich sie zurück. „Das verstehe ich nicht.“

Charlie schloss die Augen und zwang sich, ruhig zu sprechen. „Ich bin zu Madame Broussard gegangen und habe ihr gesagt, ich würde alles tun, um Holland zu bekommen. Sie hat sich das Angebot überlegt und dann ihren Preis genannt.“ Eine schwindelerregende Summe, die er nie hätte aufbringen können. Nicht, nachdem er gerade erst die Löwen für sich gekauft hatte. Und Madame hatte das sehr wohl gewusst.

Das sagte er Ella. Nur die schmutzigen Details ließ er weg – wozu etwa Olaf mit seinen Fäusten fähig war. Charlie hatte versucht, diese Fäuste zu bezwingen, hatte sie grün und blau geprügelt – und Madame dadurch dazu inspiriert, Holland irgendwo in der Stadt, in der sie damals gastierten, in die Obhut ihrer Helfershelfer zu geben und vor ihm zu verstecken. „Ich habe sie gefragt, was es kosten würde, sie zu finden. Und dies …" – er legte die Hand auf das Hemd über seiner Brust – „dies ist der Preis."

„Für immer? Ihre Abmachung …"

„Nein, nicht für immer. Bis Holland ein Jahr alt ist." Lange genug, um Madame die Genugtuung zu verschaffen, ihn gebrochen zu haben.

Weniger als fünf Monate trennten ihn noch von seiner Freiheit. Die Frau war so heimtückisch, dass sie ihn überreden wollte weiterzumachen. Sie versprach ihm sogar den Großteil der Einnahmen. Aber er wollte, dass dieser Albtraum ein Ende hatte.

„Aber damit wird es nicht vorbei sein", flüsterte sie.

Stimmt. Denn er würde sich davon nie reinwaschen können. Er sah sie an. „Ella, bitte." Die Worte klangen flehend, und als sie ihn einfach nur anstarrte … und sich abwandte … zerbrach etwas in ihm. „Möchten Sie, dass ich Ihnen noch mehr erkläre, oder wollen Sie lieber nach Hause?" Er wollte nicht barsch sein, aber Gott war sein Zeuge, wenn sie ihn noch länger so ansah, würde er den Verstand verlieren.

Er hatte gewusst, dass dieser Tag kommen würde.

Er hatte es gewusst.

Und er hatte alles darangesetzt, niemanden näher an sich heranzulassen. Er hatte gelernt, mit sich selbst auszukommen. Hatte es bis zur Perfektion gelernt. Hatte gelernt, ein Schattendasein zu führen. Selbst dann noch, als er Holland in dieses Krankenhausbett gelegt hatte und diese Schwester ihnen ihre Hilfe anbot. Ihnen freundlich begegnet war – mehr, als er es jemals von einem Menschen außerhalb der Zirkusfamilie erlebt hatte. Er hatte versucht, Abstand zu wahren.

Er stand einfach da und ließ seine Augen über ihr Gesicht wandern, zum letzten Mal, wie er fürchtete. Denn Ella sah ihn an, als hätte sein Bemühen Erfolg gehabt – als sei er tatsächlich der Schatten, der zu sein er sich bemüht hatte. Als sei er nicht wirklich. Kein Mensch.

Schließlich sagte sie etwas. „Ich gehe allein zurück. Sie müssen mich nicht begleiten."

Natürlich nicht. Aber das hieß, er musste fragen … „Und wenn wir weiterreisen? Kommen Sie dann mit?"

Der Doktor hatte ihn aus seiner Klinik geworfen.

Ella konnte ihn ebenso rasch aus ihrem Leben hinauswerfen.

Es wäre nur allzu verständlich. Er war eine Abnormalität.

Sie betrachtete ihn aus tränenerfüllten Augen. Ihr Blick verweilte auf seiner Brust, dann auf seinen Schultern. Charlie legte die Hände an den Kragen, um sicherzustellen, dass er geschlossen war. Was für eine Ironie.

„Ich *werde* mitkommen." Ihre Stimme war kaum hörbar.

Fast wäre er auf sie zugestürmt. Es kostete ihn einen Kampf, an Ort und Stelle zu bleiben. „Wirklich?" Er sehnte sich danach, sie zu berühren, aber er presste die Arme an seinen Körper. Warum sollte er Hoffnung in ihre Worte hineinlesen? Was bedeutete er ihr denn schon? Was war er denn anderes als der leere, glasige Blick in ihren Augen, als der Schmerz in ihrem Gesicht, als das Zittern ihrer Lippen?

Er war nichts Reales. Und all diese Plakate bewiesen es.

Sie nickte, während ihr eine Träne über die Wange lief. Ella wischte sie fort und wandte sich um, als wollte sie gehen. „Wir sehen uns später." Aber sie sah ihn nicht an, als sie das sagte, und er wusste, dass er sie verloren hatte.

Welches Band auch immer in den letzten Tagen zwischen ihnen gewachsen war – es war zerrissen.

Charlie las tausend Fragen in Ellas Gesicht, bevor sie sich abwandte. Jede einzelne davon würde er beantworten, wenn sie ihm nur die Zeit dazu ließe. Er wollte sie nicht gehen lassen, aber er wusste, dass es das Beste war. Sie hatte ja nicht ahnen können, was er ihr aufbürden würde. Wie er sich an ihrer Stelle wohl fühlen würde, daran mochte er gar nicht denken. Er sah ihr nach, wie sie über die Wiese davonging, und wagte sich nicht im Mindesten vorzustellen, was sie jetzt wohl in ihm sah.

Allein der Gedanke daran ließ ihn sich umdrehen und zurückgehen, den Blick starr auf den roten Wagen gerichtet.

Die drei Schwestern saßen vor ihrem Heim und hatten für den Abend ein Feuer angezündet. Wortlos ging er an ihnen vorbei auf die andere Seite des Wagens. Spiegel waren etwas, das er hasste. Er besaß nur ein winziges Exemplar. Jedenfalls seit dieser Abmachung mit Madame. In den seltenen Fällen, in denen er einmal seine Erscheinung begutachten musste, kam er hierher und die Schwestern hießen ihn immer willkommen. Der Spiegel hing an der Außenwand des Wagens. Charlie öffnete die Holzflügel, die ihn schützten. Mit einem tiefen Atemzug zog er die roten Läden auf und starrte auf sein Spiegelbild.

Angelina kam zu ihm. Er warf ihr einen Blick zu, dann begann er, sein Hemd aufzuknöpfen, vom obersten Knopf bis zum untersten. Er schlüpfte aus dem weißen Baumwollstoff und zerknüllte das Hemd in den Händen. Er konnte nicht in den Spiegel sehen. Angelina sagte kein Wort. Es war nicht das erste Mal, dass sie ihn so sah. Schon oft war sie Zeuge dieser Szene gewesen. Ebenso wie Evangeline und Danielle, die jetzt herübersahen. Ihre Mienen waren gesammelt, die Augen traurig.

Charlie zwang sich, sein Spiegelbild anzusehen. Er betrachtete die dunklen Konturen, die er sich nur selten genau angeschaut hatte. Von der Taille aufwärts bedeckten sie ihn, liefen über Brust und Schultern und schlossen sich auf seinem Rücken. Kunstvoll schlangen sie sich ineinander, jede einzelne sorgfältig bedacht. Der einzige Fleck Haut, der nicht bemalt war, waren Gesicht und Nacken und seine Hände. Nein, eine Hand. Diese Hand hob er jetzt und legte sie auf die holländische Windmühle über seinem Herzen. Und dachte an sein kleines Mädchen.

„Würdest du es wieder tun, Charlie?“ Angelina setzte sich auf die Stufen des Wagens.

Charlie blickte wieder in den Spiegel. Was er sah, war ihm zutiefst zuwider. Aber – ja. Für Holland. Für Mimi. „Ja, ich würde es wieder tun.“

Angelina wurden die Augen feucht und in dem Lächeln, das sie ihm schenkte, lag eine Spur Hoffnung. „Gott wird dir bestimmt zeigen, wo es einen Weg für dich gibt."

# 20

Ella wusste nicht, wann sie angefangen hatte zu rennen, aber als sie schließlich vor ihrer Wohnung ankam, war sie völlig außer Atem. Ohne Pause hastete sie die Treppen hinauf bis zum Dach und trat hinaus in die späte Nachmittagssonne.

Sie beugte sich vor und atmete tief durch. Richtete sich auf. Hielt die Luft an.

Charlie Löwenherz. Sie kniff die Augen fest zusammen und presste noch ihre Hände darauf. Stieß die Luft aus. Und sah sein Gesicht. Eine Windbö spielte mit ihrem Haar.

Was war ihr Leben gewesen, bevor sie Charlie getroffen hatte?

Es war ruhig. Einfach. So sicher, dass es leer gewesen war. Sie hatte ja alles darangesetzt, dass es so geworden war. Es gab das tägliche Einerlei und einen Plan. Ihre Tage verliefen in vorhersehbarem Gleichmaß. Sie hatte einen Job. Ein Gehalt. Aber ihr Herz …

Langsam sank Ella auf die niedrige Ziegelbank. Wie lange sie dort saß, wusste sie nicht. Als sie gerade mit ihren Gedanken an Charlies Geschichte zu Ende gekommen war, knarrte die Tür.

„Was machst du hier?"

Ella drehte sich um.

Margaret kam auf sie zu, noch im Morgenmantel. Sie hatte sich noch nicht für ihre Nachtschicht umgezogen. „Ich hab gesehen, wie du zurückgekommen bist, aber dann kamst du nicht in die Wohnung. Stimmt was nicht? Ist gerade das Ende der Welt und ich hab es nicht mitgekriegt?" Margaret fingerte an einem Stoffröllchen herum, um das sie ihr Haar gelegt hatte, zog es heraus und eine Locke fiel ihr in die Stirn. Sie befreite eine weitere Strähne von einem Stoffwickel. „Unten wartet jemand auf dich. Ein Mädchen." Margaret senkte die Stimme zu einem kaum hörbaren Flüstern. „Mit *sehr* langem Haar."

Ella drehte sich zur Dachterrassentür um, in der jetzt Angelina auftauchte. Die junge Frau hatte die Hände vor der Brust gefaltet.

In sicherer Ahnung, dass irgendetwas nicht stimmte, räumte Margaret das Feld, warf Ella aber vorher noch einen besorgten Blick zu. Ella versuchte zu lächeln, aber sie wusste, dass es genauso gezwungen aussah, wie es sich anfühlte.

Angelina kam zu ihr herüber, setzte sich auf das Bänkchen und zog ihren modischen, blumenbedruckten Rock zurecht. Ein paar Augenblicke saß sie schweigend da. Schließlich sagte sie: „Seit Sie zu uns gekommen sind, habe ich versucht, mich in Ihre Lage zu versetzen. Habe mich gefragt, was Sie wohl denken und empfinden würden, wenn Sie es wüssten." Angelina strich eine widerspenstige Falte in ihrem Rock glatt. „Ich habe nichts gesagt. Ich wusste, das wollte Charlie selbst tun." Sie legte den Kopf schief. „Ich glaube, wir beide verstehen ihn ausreichend gut, um zu wissen, dass er wollte, dass Sie es von ihm hören."

Ella nickte.

In Angelinas Gesicht lag Mitgefühl. „Er ist schon überall im Land herumgekommen. Aber es gab noch nie jemanden, dem er es hätte sagen müssen."

*Es gab noch nie jemanden.*

„Ich muss gestehen …" Angelina verzog den Mund ein wenig. „Ich muss gestehen, ich war überrascht, als er Sie mitbrachte, damit Sie sich um Holland kümmern. Er hat noch keiner Frau einen Platz in seinem Leben eingeräumt. Nicht mal einen Platz in seinem Zelt, wie Sie vielleicht schon gemerkt haben. Er ist sehr zurückhaltend, unser Charlie. Denn – so energiegeladen wie er ist – er hat ein *stilles* Leben geführt." Angelinas dunkle braune Augen blinzelten einen feuchten Schimmer fort. „Aber Sie liegen ihm am Herzen, so wie noch nie jemand zuvor. Sie sind die Einzige, die …"

Angelinas Worte brachen Ella das Herz und zugleich stieg eine Freude in ihr auf, die sich anschickte, die Bruchstücke wieder zusammenzufügen. Sie legte die Hand auf die Stirn. Sie war erschöpft und verwundet. Der Wind streichelte sie. Angelina sah in die Ferne. Da sie sonst nichts zu sagen wusste, erlaubte Ella sich eine Frage. „Haben Sie in Charlie nie mehr gesehen als einen Freund?"

Angelinas Wangen röteten sich. „Er ist wirklich attraktiv, das muss ich zugeben." In ihre Miene trat etwas Verschmitztes. „Und ziemlich charmant, finde ich, sogar dann, wenn er es gar nicht darauf anlegt. Um ehrlich zu sein, er ist mir lieber, als gut für mich ist." Sie ließ die Worte nachklingen und hob ihr Kinn zum Himmel. „Aber ich habe schon einen Mann."

„Sie sind verheiratet?"

Ein sehnsuchtsvoller Ausdruck trat in das Gesicht des Mädchens, in dem Ella ein neues Leuchten entdeckte. „Wir sind es alle. Meine Schwestern und ich haben Russland ein paar Wochen nach meiner Hochzeit verlassen. Bei uns ist es üblich zu heiraten, sobald ein Ehemann gefunden wird. Ich war noch ein Kind, wir hatten uns noch nicht einmal geküsst."

Ella war sich ziemlich sicher, dass sie Angelina anstarrte. Sie schluckte.

Angelina tätschelte ihr mit einem verstehenden Lächeln die Hand. „Er und seine Brüder mussten eines Tages feststellen, dass wir verschwunden waren. Aber sie haben uns seither viele Briefe geschrieben. Und wir schreiben zurück. Mit den Jahren sind es unzählige Briefe geworden." Jetzt sah sie verschmitzt aus. „Man könnte sagen, dass wir drei Schwestern alle … einen Liebsten haben."

Konnte das Liebe sein? „Werden Sie denn irgendwann einmal zusammenleben?"

„Schon bald sogar. Sie kommen nach Amerika." Angelinas Wangen waren nun so rosig wie die einer jungen Braut.

Ella lächelte.

„Meine Schwestern und ich haben gute Ehemänner. Wir beten immer darum, dass ihnen nichts zustößt, dass es ihnen gut geht. Allerdings … wenn wir nicht schon vergeben gewesen wären, hätte Charlie ganz sicher mit uns dreien alle Hände voll zu tun bekommen." In Angelinas schelmische Miene trat etwas wie Wehmut. „Aber wir haben alle gelernt, ihn zu lieben wie einen Bruder. Und wir haben alle gebetet, dass Gott ihm eine gute Frau schenkt." Aus ihren Augen strahlte aufrichtige Freude. „Wirklich, wir sind sehr froh, dass Er Sie in Charlies Leben gebracht hat."

Ella senkte den Kopf. Allein der Gedanke weckte erneut eine unbändige Sehnsucht nach ihm. Aber sie konnte sich nicht von dem schmerzlichen Anblick seiner Haut lösen und auch nicht von dem Wissen, was er ihr alles verschwiegen hatte.

„Charlie hat mir gestern gesagt, Sie überlegen, mit uns zu reisen. Dass wir Sie vielleicht mitnehmen zu Ihrem Zuhause." Angelina zog aufmunternd die Brauen hoch. „Haben Sie das immer noch vor?"

„Ich … ich glaube schon." Ella verschlang die Finger ineinander. „Aber im Moment ist alles etwas viel."

„Wir brechen schon morgen früh auf." Angelina drückte ihr die Hand. „Vergessen Sie nicht: Das ist kein Heiratsantrag von Charlie. Es ist nur das Angebot, Sie nach Hause zu bringen."

Angelina stand auf und ging an die Brüstung des Daches und sah hinunter auf das Zirkusgelände. „Interessante Vorstellung, dass morgen, wenn ich an derselben Stelle hier stünde, das alles verschwunden sein wird." Der Wind frischte auf, aber ihr fest geflochtenes Haar bewegte sich kaum. „Ich denke immer nur daran, wo wir als Nächstes hinziehen, und nicht an das, was wir zurücklassen." Sie lächelte traurig. „Denn für uns gibt es nur selten etwas, das wir zurücklassen."

Von ihrem Platz aus starrte Ella hinüber auf die Dächer der Zirkuszelte, die in der Spätnachmittagssonne leuchteten, auf die im Frühlingswind flatternden Fahnen. Und dachte an Charlie. Erinnerungen überfielen sie schmerzlich. An den Moment, in dem er sozusagen in ihr Leben gestürmt war – Holland sicher in seinen Armen. An all die Tage, die sie mit ihm verbracht hatte. Aber … „Diese Entstellung. Dass er das getan hat …"

Angelina nickte leise. „Ja, das ist eine schlimme Sache. Sein Leben wird nie wieder so sein wie vorher."

Wie wahr das war, hatte Ella in Charlies gebrochenem Blick gelesen. Und das alles für die Menschen, die er liebte.

Angelina kam zurück und setzte sich wieder. Mit beiden Händen ergriff sie Ellas Hand und drückte sie zärtlich. „Es ist schwer, ich weiß. Wenn etwas an einem Menschen zerstört ist. Und besonders, wenn der Schaden nicht mehr zu beheben ist." Trauer lag in Angelinas funkelnden Augen. Sanft strich sie Ella eine lose Haarsträhne hinters Ohr. „Und vielleicht ist es wirklich das Beste, einen solchen Menschen ganz aufzugeben. Denn was ist schon noch Wertvolles an ihm?“ Sie sprach jedes Wort sehr bewusst und in ihrer Miene lagen sowohl Ehrfurcht als auch Schmerz.

Die Worte brachten Ellas Kinn zum Beben. Sie versuchte dagegen anzukämpfen, aber der Schmerz traf sie doch. „Woher wissen Sie etwas davon?“

„Ich weiß nichts von Ihnen“ – Angelina drückte Ella noch einmal die Hand und sah sie direkt an – „außer dem, was ich neulich Abend in Ihren Augen gelesen habe, als Sie am Wagenrad kauerten.“

Ella blinzelte heftig.

Eine heiße Woge von Bedauern und Schmerz überrollte sie. Sie neigte den Kopf und saß minutenlang nur stumm da. Angelina neben ihr schwieg auch. Ihre Gegenwart war tröstlich. Ihr Ärmel war durchnässt, bis sie schließlich wusste, was sie tun musste. Sie musste ihre Sachen packen und allem Neuen, was das Morgen bringen würde, entschlossen ins Auge sehen.

Endlich schickte Angelina sich an aufzustehen. „Ich sollte gehen, bevor es dunkel wird. Charlie würde es gar nicht gefallen, wenn er wüsste, dass ich mich so kurz vor der Dunkelheit noch draußen herumtreibe.“

Ella hob langsam den Kopf.

„Sie wissen sicher, dass die Straße wieder befahrbar ist. Morgen ist unser letzter Tag hier. Wir waren länger hier als üblich, haben uns ein wenig mehr eingerichtet und deshalb gibt es beim Abbau mehr zu tun. Morgen bauen wir alles ab und dann hat diese Stadt wieder ihre Ruhe und ihren Frieden. Und übermorgen brechen wir auf, sobald es hell wird. Meine Schwestern und ich freuen uns sehr, dass Sie mit uns kommen.“

Ella schluckte einen Kloß im Hals hinunter. Sie stand auf, schloss die junge Frau in die Arme und drückte sie an sich. Sie wünschte sich, dass ihre Wege sich noch nicht trennten. Und das sprach sie auch aus. Als Ella das Mädchen aus ihrer Umarmung entließ, waren Angelinas Augen traurig. Die Zuversicht, das wissende Leuchten waren verschwunden. Sie schien den Tränen nah zu sein. Und wie jung sie jetzt aussah.

„Denken Sie noch manchmal an diesen Abend? Als Sie vor ihm geflohen sind? Und als er unbedingt mitkommen wollte, um sicher zu sein, dass es Ihnen gut geht?"

Wie könnte sie das vergessen? Ella fröstelte und schlang die Arme um ihren Oberkörper.

„Charlies Vertrag bindet ihn. Wenn Sie sich jetzt von ihm abwenden ..." – Angelina legte die Fingerspitzen an ihr Herz –, „dann schlagen Sie einen Weg ein, auf dem er Ihnen nicht folgen kann."

# 21

Margarets Umarmung war so heftig, dass Ella aufheulte. „Du musst unbedingt schreiben und mir *alles* erzählen!“, quietschte Margaret.

„Und du bist sicher, dass Abigail hier bei dir einzieht?“

„Hörst du endlich auf, dir um mich Gedanken zu machen?“

Ella stopfte zwei Röcke in ihre Reisetasche. „Ich muss verrückt sein. Margaret, bitte, red mir das Ganze aus.“

„Spinnst du? Du musst fahren. Denn wenn du es nicht tust …“ Margaret band sich die Schürze der Schwesterntracht um. „Dann tu ich’s.“ Fertig angezogen strich sie über die Falten der grauen Tracht. Der Anblick erinnerte Ella daran, wie viel sich verändert hatte. „Und das meine ich ernst. Wenn mich dieser Mann so ansehen würde, wie er dich ansieht, dann wären meine Taschen längst gepackt, das kannst du mir glauben. Ich bin jetzt schon furchtbar eifersüchtig. Bring mich nicht dazu, dich zu hassen, indem du ihn dir durch die Lappen gehen lässt.“

Lächelnd half Ella Margaret, die Knöpfe auf dem Rücken zu schließen. „Ich werde mein Bestes tun.“

Über die Schulter sagte ihre Freundin: „Ich fasse es nicht. Ich muss jetzt gehen, und wenn ich wiederkomme, bist du fort.“

Ella knöpfte den letzten Knopf zu und Margaret drehte sich um und nahm sie in den Arm.

„Danke für alles“, flüsterte Ella.

Margaret gab Ella drei Küsschen auf jede Wange und verließ dann winkend und sich die Augen wischend die Wohnung.

Wieder allein widmete Ella sich erneut ihrer Reisetasche. Der Zirkus würde im ersten Morgengrauen aufbrechen und Angelina hatte sie eingeladen, schon am Abend zu kommen, um sich einzurichten. Ella war dankbar für diese Möglichkeit. Ein zweites Paar Schuhe, Strümpfe und Unterwäsche wanderten in die Tasche. Dann folgten ihr Kräuterkästchen und ihre Medikamente, die zwischen der Kleidung sicher und geschützt verstaut sein würden. Sie rollte zwei weitere Röcke zusammen und zwängte sie in die Tasche, ließ ein Trio von Blusen folgen und schloss die Tasche.

Ella hiefte die Tasche die Stufen vor dem Haus hinab, den Blick auf das Zirkusgelände geheftet. Etwas wie Abenteuerlust flackerte in ihr auf, als sie näher kam und sah, wie die Flaggen eingezogen wurden. Allerdings versetzte ihre Nervosität der freudigen Erwartung einen kräftigen Dämpfer. Aber sie schleppte die Tasche durch die Campbell Street und durch das Ausstellungsgelände bis in den Bereich, wo Zelte abgebaut und Wagen bereitgestellt wurden.

Überall lagen aufgewickelte Seile, das Klirren von Zeltpfosten, die aufgeladen wurden, klang aus allen Ecken. Mitten in dem Durcheinander entdeckte sie Angelina, die auf sie zukam.

Weiter hinten sah sie noch jemanden. Charlie.

Er trug gerade einen Waschzuber aus dem Zelt und sein weißes Hemd leuchtete in der Nachmittagssonne. Er stellte den Waschzuber ab, kniete sich vor den Zelteingang und rollte den schmalen Läufer auf, der dort lag. Holland trug er in einem Tragetuch auf dem Rücken.

Ellas Blick wanderte zurück zu Angelina, die sie zu dem roten Wagen herüberwinkte. „Ist das alles, was Sie haben?“, fragte die junge Frau, als Ella sie erreicht hatte.

Ella blickte auf die Tasche in ihrer Hand. „Ich muss noch einmal zurück und noch ein paar Sachen holen.“ Hinter Angelina stieg sie die vier Stufen zum Wagen hinauf und sah sich plötzlich in eine Welt aus Schränkchen, Fransen und Licht versetzt.

„Ooohhh!“ Die gerundete Decke war mit einem dezenten Blumenmuster bemalt und die Wände aus schmalen Brettern waren cremefarben gestrichen. Am hinteren Ende des Wagens auf einem Podest war ein Bett, die luftigen Vorhänge waren zurückgezogen und gaben den Blick frei auf etliche Bettdecken und Wolldecken in leuchtenden Farben.

Unter dem Bett drückten sich vier Schränkchen an die Wand, aus denen blitzende Töpfe und Pfannen blinkten.

Der Wagen knarrte leise, als Danielle eintrat.

Ella lief über den schmalen Läufer auf dem Fußboden.

„Nun, sicher ist es nicht *ganz* so geräumig wie Ihre Wohnung“, scherzte Angelina.

„Oh, es ist wunderbar.“ Ellas Hand glitt über die Holztheke an einer Seitenwand und über den weißen eisernen Waschtisch. Gegenüber gab es ein schmales Bett, einen winzigen Tisch und zwei zierliche Stühle. Hutschachteln in allen Größen und Formen füllten jede freie Nische und kleine Vorhänge verbargen weitere Besitztümer. Geöffnete Fenster ließen Licht und Frühlingsluft herein.

„Ich habe nicht geahnt, wie gemütlich es sein kann.“ Ella sah zur Decke, in die ebenfalls ein Glasfenster eingelassen war, durch das mehr Licht fiel.

Hinter ihr ergriff Danielle das Wort. „Dann haben Sie also bisher nur Charlies Wagen gesehen?“ Ihr russischer Akzent war ausgeprägter als der von Angelina.

Ella nickte und dachte an die breite Matratze auf dem Boden und das Durcheinander von Kissen und Decken. An die Kerben in der Wand.

Danielle verzog ihren hübschen Mund, die dunklen Augen funkelten. „Charlies Wagen ist eigentlich ein Lastkarren.“ Sie deutete mit einer Handbewegung an, wie sich die breite Seitenwand zurückklappen ließ. „Und er sammelt viel zu viel Zeug darin.“

Die drei Schwestern schienen ihn gut zu kennen.

„Er sagt, er habe ihn nur, weil er in kein normales Bett passt.“ Angelina verdrehte vielsagend die Augen. „Aber ich bezweifle, dass das der wirkliche Grund ist.“

Ella vermutete, dass der Anstand Charlie verbot, einen Wagen wie diesen hier zu haben. Dies hier war wirklich ein sehr persönlicher Raum. Der Respekt gegenüber Regina gebot ihm, das Zelt aufzubauen und sich selbst in den Wagen zurückzuziehen. Ein Arrangement, das für ihn bei jedem Ortswechsel viel zusätzliche Arbeit bedeutete.

Sie folgte den Schwestern hinaus in die Sonne, blieb aber mitten auf den Stufen stehen, als sie Charlie vor dem Wagen erblickte.

Der Wind bauschte sein Hemd. Ella stieg die letzten Stufen hinunter und spürte seinen Blick auf sich ruhen. Dann sah er Angelina an. „Evangeline hat gesagt, ihr braucht mich."

Angelina sagte irgendetwas von dem Glasfenster im Dach.

„Ist es undicht?", fragte er.

„Es sieht so aus."

Den Blick auf das Gras vor Ellas Füßen gerichtet, lockerte er das Tragetuch und verlagerte die friedlich schlafende Holland von seinem Rücken in seine Arme. Dann reichte er Angelina das Kind. Nun befreit von dem störenden Tuch packte er eine Holzverzierung und schwang sich auf einen kleinen Vorsprung hinauf. Ella konnte nicht sehen, wo er Halt fand, aber auf einmal war er auf dem Dach und sie hörte seine Schritte auf dem hölzernen Mittelbalken bis zu der Erhöhung, in der die Glasscheiben saßen.

Charlie kauerte sich hin und tastete den Rand der Erhöhung ab. „Ja", sagte er schließlich. „Hier ist das Leck." Angelina öffnete eine kleine Luke in der Seitenwand.

Auf dem Bauch liegend angelte Charlie nach den Werkzeugen, die sie ihm anreichte. Dann trat Angelina von der Luke zurück und beschattete ihre Augen gegen die schon tief stehende Sonne. Das Baby hatte sie noch immer auf der Hüfte. Ella streichelte Hollands nackte stämmige Beine.

Die Kleine quietschte vergnügt und zeigte die beiden winzigen Zähnchen, die aus dem Unterkiefer lugten. Charlie arbeitete wortlos noch ein paar Minuten weiter.

Als er fertig war, warf er die Werkzeuge ins Gras hinunter und stieg vom Dach. „Jetzt nehme ich sie", sagte er und sammelte seine Gerätschaften ein. „Ich muss ein wenig Teer besorgen, dann können wir es abdichten, bevor wir unseren neuen Standort erreichen. Eine Dachrinne ist auch locker, die kann ich dann auch befestigen."

Angelina dankte ihm und er nahm ihr das Baby ab. Als er sich umdrehte und ging, hatte er Ella nicht einmal angesehen. Ella seufzte tief. Sie reiste nach Hause. Und sie brauchte sich nicht mehr zu fragen, was vielleicht hätte sein können.

Wenn sie zu Charlies Zelt hinüberschaute, wo er ein Seil aufwickelte – und düster zu ihr hinübersah –, ahnte sie, dass sie die Antwort bereits kannte.

Ella legte Kamm und Bürste in die leere Kiste, die vor ihr stand. Es folgten Bücher, ihr Handbuch der Krankenpflege und Bettzeug, das allerdings über den Rand quoll. Sie nahm die Bücher wieder heraus und nutzte sie, um Laken und Bettzeug zu beschweren.

Das war dann wohl alles. Ihre ganze Welt verstaut in einer Kiste und einer Reisetasche. Sie fühlte sich bereits fast wie ein Zigeuner. Beinahe musste sie lachen, so unsinnig war das alles. Zumindest würde es eine gute Geschichte ergeben, die sie noch ihren Enkeln erzählen konnte.

Mit der Kiste machte sie sich zum letzten Mal auf den Weg zum Zirkus. Unterwegs führte sie sich selbst die Gründe vor Augen, die sie zu diesem Unternehmen bewogen.

Grund Nummer eins: Sie hatte kein Geld für eine Fahrt nach Hause. Es gab in der ganzen Welt kein Zugticket, das sie hätte kaufen können, ohne nach Hause zu schreiben und ihre Familie zu belasten.

Grund Nummer zwei: Auf diese Weise war Margaret frei, eine Mitbewohnerin zu suchen, die ihre Miete tatsächlich zahlen konnte. Dieser Grund war wirklich nicht selbstsüchtig.

Grund Nummer drei …

Nun, er war stattlich und charmant und er hatte es verdient, dass sie in Ordnung brachte, was sie zerbrochen hatte. Aber bevor sie sich Gedanken darüber machen konnte, wie dieses In-Ordnung-Bringen aussehen könnte, wurde ihre Aufmerksamkeit von Grund Nummer vier in Anspruch genommen. Und Grund Nummer vier war tollpatschig und süß und krabbelte in eben diesem Moment von Charlies Zelt fort. Ella stellte ihre Kiste ab und eilte zu dem Kind.

# 22

Und wo soll die Reise hingehen, junge Dame?“ Ella nahm das goldgelockte Bündel auf den Arm. „Willst du etwa ohne deinen Papa losziehen?“

Holland zappelte und wand sich und wollte offensichtlich herumkrabbeln, also setzte Ella sie wieder auf den Boden und kniete sich neben das Baby. Sie hatte dem Kind ein paar Minuten lang zugeschaut, als Charlie aus dem Zelt gestürmt kam. Er sah sich suchend um und erblickte sie schließlich.

Er stieß einen Seufzer der Erleichterung aus; sein Brustkorb hob und senkte sich heftig. Rasch ging er neben Holland auf die Knie und fuhr sich mit der Hand über die Wange. „Ich konnte dich nicht finden“, flüsterte er dem Baby immer noch atemlos zu.

Holland patschte mit ihren Fäusten auf ihre Knie und strahlte unbekümmert und vergnügt.

Charlie seufzte noch einmal tief, dann sah er Ella an. „Ich hab nur Gepäck in den Wagen geladen, und als ich mich umdrehte, war sie verschwunden.“ Sein Schreck war ihm anzumerken.

In der Absicht ihn zu trösten, sagte Ella: „Krabbelkinder haben das nun mal so an sich.“

„Ich bin wohl noch nicht daran gewöhnt, dass sie jetzt herumkrabbelt.“ Er küsste Holland zärtlich aufs Ohr und für einen winzigen Moment, den Ella beinahe gar nicht wahrgenommen hätte, berührte seine Hand die ihre. „Danke, dass Sie auf sie achtgegeben haben.“

„Das war doch selbstverständlich.“

Charlie hob Holland auf seinen Schoß.

„Wo ist Regina?“, fragte Ella.

„Wasser holen.“

„Ich kann eine Weile auf Holland aufpassen. Ich glaube, für Angelina bin ich sowieso gerade keine große Hilfe. Es sei denn, einen Stapel mit Kartons umzuschmeißen zählt als solche.“ Das war ein Anblick gewesen – all die Bänder und Schleifen und Petticoats überall verstreut! „Und ein Fenster hätte ich auch fast eingeschlagen, als ich über den Läufer gestolpert bin."

Ein Lächeln zog sich über seine Lippen, gegen das er allerdings anzukämpfen schien. Blassgrüne Augen sahen sie nachdenklich an. „Ich mache mir ein wenig mehr Sorgen um Sie als um das Fenster."

Ella sah zu Boden. Verworrene Empfindungen überfielen sie. Die Erinnerung an seinen verunstalteten Körper ... an seinen Kuss, seine Freundlichkeit. Erinnerungen, die einfach nicht zusammenpassen wollten. Schließlich sagte sie nur: „Bitte. Ich würde gern helfen."

Charlie pflückte einen Grashalm ab. Riss ihn in zwei Teile. Die Mauer zwischen ihnen wuchs wieder. „Danke." Er stand auf und klopfte seine Hose ab. „Ich sollte hier nicht länger herumsitzen. Ich muss mich bald fertig machen."

Sein letzter Auftritt in dieser Stadt. Weniger ein Auftritt, dachte sie, als ein Zur-Schau-gestellt-Werden.

Sie nahm Holland auf den Arm und stand ebenfalls auf. Charlie strich dem Baby über die federleichten Locken, bevor er ging. Etwas entfernt lockte eine Wiese und Ella wanderte ein wenig herum und wiegte das Baby, dem langsam die Augen zufielen.

Mit einem Wassereimer und einem fröhlichen Gruß kam Regina zurück und machte sich im Zelt und davor zu schaffen, faltete dies, schüttelte das aus und fragte Ella schließlich, ob sie zum Abendessen kommen wollte. Ella lehnte höflich ab – was ihr leichter gefallen wäre, wenn Charlie nicht ausgerechnet in diesem Moment vorbeigekommen wäre und ihr Gespräch mitgehört hätte.

Langsam wurde es Abend und kühl. Zwei erste Sterne glitzerten am dunkler werdenden Himmel. Ella nahm ihren Gang in Richtung Wiese wieder auf, wo andere Wagen standen und beladen wurden. Sie setzte sich ins Gras, wiegte Holland sanft in den Armen und sang leise alle Wiegenlieder, die ihr einfielen.

Als der Himmel mit dem Horizont verschmolzen war und der Duft von Abendessen in der Luft lag, trieb ein eisiger Wind sie zurück zu Charlies Zelt. Charlie lud gerade eine schwere Seilrolle in den Wagen, was Ella veranlasste, Holland ihr Nachthemd anzuziehen. Sie küsste das Baby auf die samtweiche Schulter, legte die Kleine in ihr Bettchen und zog die Decken um sie fest. Holland griff nach dem abgeschabten Stofftiger und rollte sich zur Seite. Mit einem kleinen Seufzer sah sie hoch zu Ella.

„Ich gehe nicht fort, meine Kleine. Schlaf jetzt."

In diesem Moment wurde die Eingangsplane zurückgeschlagen und Charlie erschien im letzten roten Licht des Sonnenuntergangs. Er kam ihr müde vor, als er zum Waschtisch ging und sein Haar befeuchtete. Einige Tropfen fielen auf sein Hemd. Er nahm die Schminkutensilien vom niedrigen Regal und trug eine Kiste zu Reginas Stuhl. Jetzt kam auch die kleine Frau ins Zelt und die beiden setzten sich an ihren gewohnten Platz. Charlie saß rittlings auf der Kiste und Regina stellte die Schminkdose auf ihren Schoß.

Es wurde still im Zelt. Regina reichte Charlie eine Tube mit Pomade. Er verteilte etwas davon in seinem Haar, aber statt es zurückzustreichen, wie er es für die Vorstellung tat, zauste er es wild auf und wischte sich dann die Hände an einem Handtuch ab.

„Mehr", murmelte Regina. „Madame Broussard wird das so nicht gefallen."

„Es ist mir egal, was ihr gefällt und was nicht."

„Es wird dir *gefälligst nicht* egal sein." Regina pochte mit dem Finger auf die Tube. *„Mehr."*

Charlie warf Ella einen Blick zu und ihr wurde bewusst, dass sie schon längst nicht mehr hier sein sollte. Sie machte Anstalten, aufzustehen, aber da gab Holland ein Wimmern von sich. Auf ein zögerliches Nicken von Charlie hin setzte Ella sich wieder an das Bett des Babys.

Er griff wieder zur Pomade und verstrubbelte sein Haar stärker. Regina nahm einen Stift, Kohle und ein paar kleine Pinsel aus der größeren Dose. Ella wagte keinen Laut von sich zu geben, während sie dasaß und zusah, wie die beiden schweigend zusammenarbeiteten. Es war ein vertrauter Rhythmus zwischen zwei Menschen, die einander seit dem Tag von Charlies Geburt verbunden waren. Und sie hockte hier und sah zu – ein Eindringling.

Charlie schloss die Augen. Regina rutschte vor auf die Stuhlkante und arbeitete mit dem Stift auf Augenlidern und unter seinen Augen, dann nahm sie den Finger und verrieb die Farbe zu Schatten. Kohlestriche folgten, die die Haut bis zu den Wangenknochen schwarz färbten und ihn düster und unheimlich wirken ließen.

Schließlich öffnete Charlie die Augen. Sein Blick traf den ihren.

Ella atmete bewusst langsam. Und kontrollierte ihre Miene, damit sie nicht verriet, was in ihr vorging. Sie spürte Trauer … und – sehr zu ihrem Kummer – auch Furcht. Ihre Brust hob und senkte sich rasch.

Im Flackern der Kerzen stand er auf und Ella musste sich in Erinnerung rufen, dass es immer noch Charlie war, der vor ihr stand. Der Charlie, mit dem sie gelacht hatte, der Charlie, dessen Gesang die Sonntagmorgenluft erfüllt hatte.

Er schlüpfte in den dunklen Mantel, den Blick immer noch auf sie geheftet. Das Blassgrün seiner Augen war das einzig noch Vertraute an ihm und auch das lag im Schatten, als er sich die Kapuze überzog. Er flüsterte Regina etwas zu. Ella konnte nicht hören, was er sagte, so heftig pochte ihr das Blut in den Ohren. Dann fiel die Zeltplane zu und er war fort.

Holland wälzte sich im Schlaf hin und her und Ella strich ihr eine blonde Haarlocke hinters Ohr. Regina wischte sich mit Charlies Handtuch die Finger ab.

„Ich verstehe das nicht“, flüsterte Ella.

Sie erhob sich auf die Knie und stand dann auf. Regina ließ ihre Hände in den Schoß sinken.

Die Frau sah mit Trauer im Blick zu ihr auf. „Er würde Sie dort nicht haben wollen.“

Ella sann über Reginas Worte nach, als sie nickte, sich verabschiedete und zu dem Wagen ging, in dem die drei Schwestern beim Abendessen saßen. Noch beim Essen beschäftigte Ella das Gesagte und auch, als sie später half, das Geschirr ins Kochzelt zurückzubringen. Und immer noch, als die Schwestern sich daranmachten, sich das Haar zu bürsten und für die Nacht zu flechten, wobei Angelina lachend bemerkte, dass das immer fast eine Stunde dauerte. Ella wechselte leise ein paar Worte mit Angelina, die ihr die Hand drückte und sagte, gegen einen kleinen Spaziergang sei nichts einzuwenden und sie solle ein paar Centstücke dabeihaben.

Ella dankte ihr.

Aus der Erinnerung suchte sie den Weg zur Sonderschau. Jetzt, bei Nacht und wo der Zirkus im Aufbruch begriffen war, sah es auf dem Gelände ganz anders aus. Überall gab es zwielichtige Gestalten und diesmal war Charlie nicht an ihrer Seite. Ein Gefühl von Einsamkeit überfiel sie. Umso mehr, als sie nun wusste, wo er war.

Mit gesenktem Kopf lief Ella weiter und blieb schließlich unter einer der Fackeln stehen, die den Eingang zur Sonderschau beleuchteten.

„Sie seh'n aus wie 'ne Lady, die auf'n bisschen Nervenkitzel aus is'."

Beim Klang der fremden Stimme warf Ella einen Blick auf den Mann, der den Eingang kontrollierte. Er saß lässig auf einem Schemel, den Rücken an die Absperrwand gelehnt, die schäbigen Stiefel lagen auf dem Tresen seiner Bude. Der Hut war tief in die Stirn gezogen, die Wangen glänzten unheimlich von Rouge. Der geölte Schnurrbart war sorgfältig gezwirbelt. „Die Sensationsnummer läuft schon, aber Sie könn'n immer noch rein." Er schraubte einen Flachmann zu.

„Was für eine Nummer?"

Der Mann schob mit dem Zeigefinger den Hut hoch und betrachtete sie von Kopf bis Fuß. „Uns're Sensationsnummer. Der Höhepunkt. Kinder sind da nich' zugelassen." Mit einem Stock wies er auf ein Plakat, das alle Attraktionen der Sonderschau aufführte. Ella ging näher heran und überflog die Zeilen, die Arnold und Angelina ankündigten, las weiter von siamesischen Zwillingen und einem Riesen. Die letzte Nummer war mit einem Mond und Sternen illustriert, was wohl den Zeitpunkt andeuten sollte. Die Stockspitze des Mannes wies auf Worte in fetten Großbuchstaben: *Die Bestie.* Charlie.

Ella überflog den kurzen Text. Sie erfasste die Worte kaum, die ihn als einen Wilden darstellten und den Leuten einerseits versicherten, es könne ihnen nichts geschehen, und sie gleichzeitig in diese Sondernummer lockten, die noch einmal fünf Cent extra kostete. Ella musste schlucken. Ihr Herz blutete für Charlie.

Der Mann deutete ihr Schweigen als Unentschlossenheit und redete weiter. „Ach, Sie müss'n keine Angst haben, Miss Unschuld. Morgen zieh'n wir weiter und komm'n nich' wieder. Und keine Sorge. Ladys wie Sie regen sich immer furchtbar darüber auf, wie ungerecht das alles ist." Er senkte die Stimme und zog die Augenbrauen zusammen. „Hinterher lassen sie ihn aus dem Käfig." Er zwinkerte ihr anzüglich zu. „Passen Sie also auf sich auf."

Ella zahlte und lief über einen kleinen Platz zu dem etwas entfernten Zelt. Von irgendwoher erklang eine Mundharmonika. Etwas in ihr hoffte, dass Charlies Nummer schon zu Ende war. Es war schließlich schon ziemlich spät. Aber als sie sah, wie viele Leute sich noch vor dem Zelt drängten, erstarb diese Hoffnung. Die Mundharmonika wurde jetzt vom Stimmengewirr aus dem Zelt übertönt. Ella trat ein. Einige breite Männerrücken versperrten ihr die Sicht. Sie wollte sie umgehen, reckte sich auf die Zehenspitzen, um Charlie zu finden. Ihre Hände griffen auf Tweed und Wolle, während sie sich einen Weg durch die Menge freischob.

„Entschuldigung." Sie drängte sich weiter vor und spürte die Blicke der Männer wie Öl auf ihrer Haut.

Jemand machte eine Bemerkung, die sie veranlasste, ihre Schritte zu beschleunigen. Sie hörte Ketten klirren. Roch Zigarrenrauch. Neben ihr klammerten sich zwei junge Frauen kichernd aneinander.

Ein Mann hob eine Flasche. „Zeig uns dein Gesicht, Bestie! Oder hast du keins?"

„Reizen Sie ihn doch nicht!", rief jemand.

„Wieso nicht? Dafür hab ich doch bezahlt", kam die Antwort.

Die Menge lachte.

Ella spürte einen bitteren Geschmack im Mund. Sie hätte am liebsten geschrien. Geschrien, man solle ihr aus dem Weg gehen.

Sie wollte zu Charlie. Wollte ihn verzweifelt gern sehen. Wollte wissen, dass ihm nichts geschehen war. Dass er nicht verletzt war.

Sie war schon einmal in diesem Zelt gewesen und wusste, was sich hier verbarg.

Sie drängte sich weiter nach vorn und sah auf. Abrupt blieb sie stehen. Direkt vor ihr stand der Käfig. Und mitten darin saß der Mann, nach dem alles in ihr sich sehnte. Angekettet. Hinter Gittern.

Ella rang nach Luft und trat noch einen Schritt vor. Er hatte den Kopf gesenkt – wie ein Besiegter. Vom Gürtel seiner braunen Hose aufwärts war er nackt. Der Anblick war ein Schock. Sein muskulöser Körper – kraftvoll, sehnig, imposant – ein Schaustück. Es zerriss sie fast, zog sie zu ihm. Sie wollte seinen Namen rufen. Die Leute aus dem Zelt scheuchen. Wussten sie denn nicht? Hatten sie denn kein Herz?

Dies war Charlie. Hollands Papa. Ihr *Papa.*

Jetzt ließ die Menge sich über die Tätowierung aus. Gelächter, Spott. Sogar Fragen. Charlie saß schweigend da. Er zeigte keine Reaktion und sie war sicher, er hatte inzwischen gelernt, die Menge zu ignorieren. Oder vielleicht auch nur so zu tun. Jetzt bewegte er sich und die Kette glitt rasselnd über die Planken.

Dann sah sie seine gefesselten Hände. Und dachte daran, wie er sich immer die Handgelenke gerieben hatte.

Ellas Hände umschlossen die Gitterstäbe, das Herz war ihr bleischwer.

Charlie hob den Kopf. Die Augenhöhlen in den schwarzen Schatten wirkten fast leer. Er sah auf, schien über die Menge hinauszublicken und etwas zu sehen, das seinen Blick anzog. Das Licht der Fackeln flackerte über sein bemaltes Gesicht. Er bewegte die Lippen. Vielleicht im Gebet. Vielleicht sang er.

„Er ist wahnsinnig", murmelte jemand.

Charlie kniete sich jetzt auf den Boden, die Ketten klirrten auf dem Holz, als er die Hände faltete. In Ellas Augen brannten Tränen.

Sie dachte an sein Lächeln. Sein Lachen. Seine Stimme, die ein Lied in einen klaren Frühlingsmorgen schmetterte. An Holland in seinen Armen – das kleine Gesicht an seine starke Brust gepresst. Dort war für die Kleine der Ort von Sicherheit und Ruhe und der Vergewisserung, dass es in dieser Welt einen Menschen gab, der für sie aufstehen und kämpfen würde. Ein Gefühl, das Ella selbst auch verspürt hatte, wenn sie mit ihm zusammen war.

Ella ertrug es nicht mehr, dass er so unerreichbar war. Sie streckte die Hand durch die Gitterstäbe. Da lag sein Arm, bemalt, verbrannt. Sie berührte ihn sacht und bedachte zu spät, dass es ihn erschrecken könnte. Charlie riss den Arm fort, stand auf und zog sich mit klirrenden Ketten an die Rückwand des Käfigs zurück.

„Sie haben ihn verscheucht", sagte der Mann hinter ihr mit enttäuschter Miene. „Hey, Bestie. Komm schön her." Er steckte die Hand in den Käfig und schnalzte mit den Fingern. Als das nichts bewirkte, nahm der den glimmenden Zigarrenstummel aus dem Mund und warf ihn auf Charlie. Er traf und fiel dann auf die Planken und blieb rauchend liegen. „Hol ihn dir, Bestie. Oder macht das deine Bestienbrut für dich?"

Fauchend fuhr Charlie herum und trat so kräftig gegen den Käfig, dass der ganze Wagen erzitterte. Ella hielt die Hand vor den Mund. Der Mann konnte gerade noch seine Hand zurückziehen, bevor Charlie noch einmal zutrat. Das Metall ächzte und die Leute weideten sich am Schauder. Im nächsten Moment war Charlie auf den Knien am Gitter, packte den Mann beim Kragen und presste sein Gesicht gegen die Gitterstäbe.

Dicht vor der Nase des anderen sagte Charlie mit eisiger, leiser Stimme: „Was wissen *Sie* denn schon."

Er lockerte seinen Griff und der Mann taumelte rückwärts. Charlie ließ den Kopf sinken. Seine Wimpern glitzerten und er sprach leise vor sich hin. Dann warf er einen Blick zur Seite, genau dorthin, wo Ella stand. In den dunkel umrandeten Augen flackerte Erkennen. Seine Schultern hoben und senkten sich und er sank auf die Knie. Ella hätte fast die Arme nach ihm ausgestreckt. Die Schwärze seiner Haut war so unheimlich, das Gesicht, das sie kannte und liebte, so unkenntlich, dass ihr der Mund trocken wurde. In einer Geste, die mehr sagte als zahllose Worte, wandte er langsam den Kopf zur Seite. Sie klammerte sich an das Gitter und wagte nicht, seinen Namen zu flüstern. Auch Charlie schwieg.

Er starrte sie an und seine Augen wurden feucht. Die Menge hielt den Atem an.

Dann wies er mit dem Kinn auf den Ausgang. Er wollte, dass sie ging. Sie spürte es. Sah es in der Art, wie er die Stirn runzelte. Bittend. Die Menge tuschelte wieder, etliche Hände reckten sich, um ihn zu berühren. Aber er kämpfte nicht mehr, sah sie einfach nur an. Stieß die Hände nicht länger zurück. Er saß da wie erstarrt.

Mit einem Knoten im Magen ging sie rückwärts – aus dem einzigen Grund, ihn zu erlösen. Ein Mann mit einem Schlüsselbund am Gürtel löschte die erste Fackel, als wolle er auf die späte Stunde hinweisen. Ella spürte das Gedränge um sich, während sie rückwärts zum Ausgang ging. Charlies Blick folgte ihr.

Sie drehte sich um, verschwand im Dunkel und verließ hastig das Gelände der Sonderschau.

War schon jemals eine Nacht so dunkel gewesen wie diese? Sie sank auf eine Bank, betrachtete das jämmerliche Publikum, das sich langsam verlief, und dachte an zu Hause. An Wiesen, Bäche, kühle, feuchte Wälder. Sie sehnte sich dorthin, verabscheute den gegenwärtigen Moment. Das also war jeden Abend Charlies Wirklichkeit.

Die ganze Szene zog noch einmal an ihr vorüber. Die dunklen Gestalten und Schatten der Leute kamen und gingen; die Leute verließen allmählich die Sonderschau. Sie wusste nicht, wie lange sie dort gesessen hatte. Als sie völlig durchgefroren aufstand, war das Gelände fast menschenleer und die meisten Zelte abgebaut.

Die Arme eng um sich geschlungen, lief sie zu Charlies Zelt, in Richtung der Lagerfeuer. Eine Schattengestalt holte sie ein und eine Hand packte sie am Ellbogen. Ella schrie auf.

„Sie hatten kein Recht dazu.“ Groß und bedrohlich zog Charlie sie mit sich.

Ella wurden die Knie weich, aber sie bemühte sich, mit ihm Schritt zu halten. „Was *war* das?“

„Das geht Sie nichts an."

Er zog sie mit sich bis zu dem roten Wagen. Bis direkt vor die Stufen. Dann ließ er sie los, drehte sich um und ging weiter in Richtung seines Zeltes.

Sie lief ihm nach und ging rückwärts, um ihn ansehen zu können, doch Charlie ging wortlos an ihr vorbei.

Sie folgte ihm. „Sie hatten Sie angekettet."

„Die Leute brauchen eben ihren Nervenkitzel."

„Gibt es denn keine Gesetze gegen so etwas?"

Er lachte bitter auf. „Willkommen in der Zirkuswelt! Glauben Sie wirklich, es gibt ein Gesetz dagegen, dass Leute Eintritt zahlen, um jemanden zu begaffen, der keine Arme und keine Beine hat? Um sich damit zu belustigen?"

Ihr fehlten die Worte.

„Ich bin erwachsen, Ella. Ich treffe meine eigenen Entscheidungen." Er blieb so plötzlich stehen, dass sie über eine Zeltstange stolperte und sich an der Zeltschnur festhalten musste.

„Das kleinere Übel." Sie widerstand dem Drang, sich den Knöchel zu reiben.

Er sah sie an. Eindringlich.

Hatte er geglaubt, sie hätte das vergessen?

„Was wollen Sie von mir?", fragte er.

„Ich möchte verstehen."

„Wozu? Was nützt es Ihnen? Oder gibt es irgendeinen Grund, warum es Sie etwas angehen sollte, was ich tue oder nicht? Denn so wie ich es verstanden habe …" Er dämpfte die Stimme, um niemanden zu wecken. „Warum sind Sie dort hingekommen?"

„Ich musste es wissen."

„Was wissen?"

„Wer Sie sind."

„Sie wissen, wer ich bin." Er trat in den erleuchteten Zelteingang, duckte sich und ließ die Plane hinter sich zufallen.

Ella zögerte nur einen winzigen Moment, dann folgte sie ihm.

# 23

Ella blinzelte in das gedämpfte Licht einer Laterne, die schwach brannte, als wartete sie auf ihn.

Das Zelt lag im Schweigen. Regina schlief in ihrer Nische. Holland lag in ihrem Bett. Charlie zog sich die Kapuze vom gesenkten Kopf.

Ella blickte ihn forschend an. „Vor ein paar Tagen habe ich das geglaubt", flüsterte sie.

Charlie zuckte zusammen und drehte sich zu ihr um. Das Kerzenlicht beleuchtete Reginas Malkünste in seinem kohlegeschwärzten Gesicht. Ella musste ihre Furcht bezwingen. Es war nur Charlie. Sie bemühte sich, nicht daran zu denken, wie er die Menge in Schaudern versetzt hatte. Und sie auch. Wie furchterregend er ausgesehen hatte. *Es war nur gestellt,* machte sie sich klar und schob jeden Gedanken daran beiseite, wie straff seine Muskeln auf Brust und Armen angespannt gewesen waren, als er durch die Gitterstäbe gelangt hatte. Oder um wie viel er sie jetzt hier überragte.

Ella schluckte. Er war kein Mann, den der Hass regierte, sagte sie sich selbst. Er war ein gebrochener Mensch.

Von Gefühlen überwältigt senkte sie den Blick und sah auf seine Hände, seine Handgelenke. „Sie sind verletzt."

„Mir fehlt nichts." Er warf den Mantel achtlos zur Seite und setzte sich auf eine Kiste.

„Darf ich mir Ihre Hände ansehen?"

„Ich versichere Ihnen, *mir fehlt nichts ...* "

Seine Stimme brach ab, als sie sich hinkniete und mit den Fingerspitzen über die Haut fuhr, die die eiserne Fessel wundgescheuert hatte. „Da sollte Salbe drauf. Ich habe welche. Bitte, lassen Sie es mich einsalben." Als er nicht widersprach, schlüpfte sie aus dem Zelt, lief zum roten Wagen und klopfte leise.

Angelina öffnete die Tür. „Sie müssen doch nicht anklopfen,

Sie Gänschen", sagte sie und winkte Ella in den Wagen, wo Danielle die Spitzen von Evangelines Haar bürstete.

„Um Himmels willen", entfuhr es Ella.

„Ja, ganz schön lang, nicht?"

Evangelines Haar floss bis auf den Fußboden und über den Mittelgang im Wagen.

„Und hier drin ist es ein bisschen eng, tut mir leid. Warum setzen wir uns nicht raus ans Feuer?"

Ella trat den Rückweg an. „Ich muss nur rasch etwas für Charlie holen. Ich bin gleich zurück." Sie wies auf das Kästchen hinter Angelina.

„Oh, natürlich." Angelina reichte ihr den Karton. „Diese Prozedur machen wir jeden Morgen und jeden Abend. Es muss sein. Ich fürchte, Sie werden es bald bereuen, dass Sie mit uns kommen." Mit einem Lächeln hielt Angelina die Tür für Ella auf, die versicherte, sie werde nicht lange bleiben.

Mit dem Kästchen in den Händen lief Ella zurück. Charlie saß noch immer auf der Kiste. Er sah aus, als sei er zu erschöpft, um sich zu rühren. Um die anderen nicht zu wecken, ging sie um ihn herum und sank vor ihm auf die Knie. Das Kästchen stellte sie in ihren Schoß, öffnete es und suchte nach der Zinksalbe.

„Wie lange dauert das noch?", fragte sie. „Diese Sonderschau?"

„Ungefähr vier Monate."

„Hätten sie …" Sie griff nach seiner Hand und er ließ es geschehen. „Hätten sie so etwas auch mit Holland gemacht?"

„Verdammt, Ella", murmelte er.

Also schwieg sie.

Charlie seufzte und rieb sich eine Wange an der Schulter, bevor er leise weitersprach. Er sei sich nicht sicher, was Holland geschehen wäre. Nur, dass es ganz sicher schlimmer gewesen wäre. „Madame macht ihr Geld damit, dass sie überall in diesem Land Leute für sich arbeiten lässt."

Ella sah ihn an, unsicher, was er damit sagen wollte.

„Ob es die Possenreißer sind oder unser Riese – die sind freiwillig hier und sie bekommen einen Großteil der Einnahmen. Aber für Holland wäre es anders gewesen."

Ella schloss die Augen, was sie die Verzweiflung in seiner Stimme umso deutlicher wahrnehmen ließ. Sie warf einen Blick auf das Baby, das friedlich in seinem Bett schlief.

„Sobald Madame auch nur einen Cent mit der Kleinen hätte verdienen können, hätte sie es getan." Als wolle er das nicht weiter ausführen, ging er zum Waschtisch, befeuchtete ein Tuch und kam zurück. Sanft nahm Ella es ihm ab. Er ließ die Schultern sinken.

„Bitte, setzen Sie sich." Sie zog sich Reginas niedrigen Stuhl heran. Als er sich nicht rührte, zupfte sie ihn am Ärmel. „Darf ich mir Ihre Gelenke ansehen?"

Er schlug die Manschetten zurück. Dann öffnete er den Kragenknopf und sprach weiter, als rede er mit dem Gras, auf dem sie saßen. „Haben Sie etwas dagegen?"

„Nein." Die falsche Antwort, denn jetzt öffnete er weitere Knöpfe, zog sich das Hemd über den Kopf und legte es zur Seite.

Was auch immer er beweisen wollte, es war ihm gelungen. Plötzlich schlug ihr das Herz bis zum Hals. Er beobachtete sie ein paar Herzschläge lang. War das irgendein Test? Sie hatte ihn wohl nicht bestanden, denn er wandte den Blick von ihr ab und machte eine vage Handbewegung. „Ich habe Sie als Krankenschwester für Holland geholt. Und ich danke Ihnen für das, was Sie getan haben. Aber wir wissen beide, dass es um nichts anderes ging."

Die Lüge kam ihm leicht über die Lippen, aber sie wusste, dass er etwas sagte, das für ihn nicht galt.

Und für sie?

Sie forschte in seinem Gesicht und hinter den schwarz beschatteten Augen sah sie den Mann, der ihr Herz gewonnen hatte durch etwas, das sie nur Liebe nennen konnte.

Sie ließ ihren Blick über seinen Oberkörper wandern. Wieder empfand sie Trauer – über alles, was er aufgegeben hatte. Dass er durch Nadel und Tinte entstellt war. Aber die Trauer betraf mehr, schmerzte heftiger. Brannte sich einen Weg durch die Mauern, die sie so sorgsam um ihr Herz errichtet hatte.

Denn sie wusste ja, was es hieß, beschädigt zu sein. Nicht nur für einen widerlichen Augenblick, der so voller Schrecken und

Schmerz war, dass sich ihr heute noch der Magen umdrehte, sondern Tag für Tag, Jahr für Jahr. Sie wusste, wie es war, jeden Tag ein Stück mehr zu sterben, statt heil zu werden. Und nun auch er. Grausam entstellt. Und kein noch so großer Glaube würde daran jemals etwas ändern können.

Er war gezeichnet. Genau wie sie. Sie wünschte, er würde das Hemd wieder anziehen. Wünschte es so sehr, dass sie ihn schließlich darum bat. Er stand langsam auf, griff nach dem Hemd und knöpfte die restlichen Knöpfe auf. Dann schlüpfte er hinein, schloss die Knöpfe und schlug die Manschetten hoch.

Als er sich setzte, zog sie seine Hand in ihren Schoß und betupfte das Handgelenk mit dem Tuch. Dann trug sie Salbe auf die Haut auf. Sie war noch nicht fertig, als er ihr die Hand entzog, die ihre ergriff und sie drückte. Und in seinem Griff behielt.

„Es tut mir leid wegen gestern Abend", flüsterte er. „Ich hätte Sie nicht küssen dürfen. Nicht, ohne Ihnen vorher die Wahrheit zu sagen."

Was es wirklich erst gestern gewesen, dass sie zusammen auf dem Dach gesessen hatten? Und dass sie ihm das einzige Geschenk gemacht hatte, das sie einem Mann noch machen konnte? Tränen brannten Ella in den Augen und sie musste schlucken, überwältigt von ihrer Liebe zu ihm, die es so unerträglich schwer machte, ihn zu verlieren. Überwältigt von dem Schock ihrer Entdeckung und vom Zerbrechen ihrer Hoffnung. Davon, dass er seinen Körper so grausam entstellt hatte. Von der erstickenden Hitze im Zelt und dem Hohngelächter des Publikums. Und alles für ein kleines Mädchen, für das er, das wusste sie, sogar sein Leben geben würde.

Als das Schweigen andauerte, lehnte er sich vor. „Ich bin immer noch ich", flüsterte er.

Sie sah ihn an. Seine geschwärzten Augen flehten um Worte, die sie nicht herausbrachte.

Er neigte sich zu ihr herab. „Bitte sehen Sie mich an."

Sie streckte die Hand aus, fuhr ihm durchs Haar. Suchte nach etwas an ihm, das sie noch verstand. Sie spürte Pomade und Sägemehlstaub zwischen den Fingern.

Als wäre ihm das bewusst, sagte er: „Ich sollte gehen. Ich brauche ein Bad. Ich begleite Sie ein Stück, wenn ich zum Bach gehe."

„Dann waschen Sie sich im Bach? Das ist sehr kalt …"

„Ich wasche mich dort, weil ich nie weiß, wann *Sie* hier auftauchen." Er wies mit dem Finger auf Ella. „Und außerdem hilft es mir, zur Ruhe zu kommen."

Sein Blick wanderte zu Holland und Ella ließ den ihren folgen.

„Es tut mir leid, dass ich Sie fast getreten hätte. Ich wusste nicht …"

Sie schüttelte den Kopf.

„Es tut mir wirklich leid. Und was die anderen angeht … Ella, ich bin auf niemanden zornig." Er legte den Kopf zur Seite, das Licht tanzte auf seinem Unterkiefer. „Jedenfalls nur selten. Es ist nur … manchmal gerate ich in Panik, weil ich weiß, dass ich nicht entkommen kann. Oder wenn sie mit irgendwas nach mir werfen. Ich wünschte, ich könnte behaupten, dass ich mich immer unter Kontrolle habe, aber …" Er schüttelte den gesenkten Kopf.

Ihr Herz war bereits in tausend Stücke zerborsten. „Und das müssen Sie jeden Abend ertragen?"

„Nur, wenn die Sonderschau geöffnet ist."

„Und warum die Ketten?"

Charlie stieß einen leisen Seufzer aus. „Sparen wir uns diese Frage für ein andermal, Ella." Er schüttelte langsam den Kopf und sie konnte sehen, dass er am Rande seiner Kräfte war.

Langsam hob Ella die Hand mit dem Tuch zu seinem Gesicht. Fragend.

Wie zur Antwort schloss er die Augen.

Sie wagte kaum zu atmen, als sie ihm behutsam die Schwärze abrieb, die das linke Auge umgab. Sie faltete das Tuch noch einmal, wischte die Haut nahezu sauber und widmete sich dann dem anderen Auge. Die Kohle war verschmiert, vermutlich vom Schweiß, dachte sie, denn der war ihm regelrecht von den Schläfen getropft. Sie glitt mit dem Tuch darüber und wischte so viel von der Kohlefarbe fort wie möglich.

Aus einem Grund, den sie selbst nicht kannte, strich sie ihm mit den Fingern über die Stirn, über die Wange, über den Hals. Er schluckte und befeuchtete die Lippen.

„Jetzt sind Sie es wieder", flüsterte sie und ließ ihre Hand auf den schwarzen Linien auf seinem Rücken ruhen. Dort, wo seine Wirklichkeit begann, die noch so viel Wischen nicht beseitigen würde.

Er schien das auch zu empfinden und öffnete die Augen. „Ich möchte, dass Sie wissen: Sie müssen nicht mit uns reisen. Sie sind zu nichts verpflichtet. Ich würde es Ihnen nicht übel nehmen."

„Hier will ich nicht bleiben." Nicht, wenn das ein Leben bedeutete, in dem er nicht vorkam. Ella wusste nicht, wie sie ein solches Leben ertragen sollte.

Sie saßen ein paar Augenblicke schweigend da. Der Wind rüttelte am Zelt und von draußen klang das Flattern einer Flagge herüber.

Er legte eine Hand auf sein Knie. Das Licht der Laterne fiel auf die Worte *Carpe Diem,* als er ihr eine Haarsträhne aus dem Gesicht strich. „Sie sind *so* schön." In seiner Stimme lag so viel Wehmut und Verlangen, dass sie aufstand, bevor ihre Selbstbeherrschung dahinschmolz, die sie nur noch mühsam bewahren konnte.

Ella ging zum Waschtisch und wusch den Lappen aus, wobei sie sich Zeit ließ. Dann kam sie zurück, setzte sich wieder auf Reginas Stuhl und zog seine andere Hand in ihren Schoß. Sie betupfte die wunde Haut und stellte fest, dass sie nicht aufgeplatzt war. Jedenfalls jetzt gerade nicht, denn Narben *waren* sichtbar. Mit behutsamen Bewegungen massierte sie die Salbe ein. Sie warf ihm einen prüfenden Blick zu. „Tut das weh?"

Er schüttelte den Kopf. In seinem Blick lag Unsicherheit.

Dieser Mann hatte es verdient, dass man ihm dankte. Und sicher tat Regina das auch und Hollands strahlendes Lächeln war auch ein Dank. Vielleicht gab es noch andere. Aber Ella wünschte sich von Herzen, es gebe einen Weg anzuerkennen, was er getan hatte. Er hatte so ehrenhaft gehandelt, so viel Stärke bewiesen, dass man es förmlich in der Atmosphäre spürte. Und noch etwas lag hier in der Luft – Verletzlichkeit.

Die Geste war so unbedeutend, so gering im Verhältnis zu dem, was er verdiente, aber Ella presste seine Hand an ihre Wange. Die aufsteigenden Tränen schnürten ihr die Kehle zu. Seine Haut an ihrer Wange war warm, fühlte sich so richtig an.

Ihm schien der Atem zu stocken, dann wich er langsam zurück. „Sie sollten jetzt gehen." Er wirkte fassungslos, suchte nach Worten.

Sie nickte und erhob sich. Er tat es ebenfalls.

Ohne ein weiteres Wort begleitete er sie den kurzen Weg von seinem Zelt zu Angelinas Wagen. Die Nachtluft ließ sie frösteln, sie sehnte sich nach einem Bett. Er kam ein wenig näher und die Kälte ließ nach.

„Schlafen Sie gut, Ella." Charlie blieb stehen und ließ sie die letzten Schritte bis zum Wagen allein gehen. Sie spürte, dass er bereits fort war, als sie in den Wagen schlüpfte, aber sie musste sich zwingen, keinen Blick zurückzuwerfen.

# 24

Ella erwachte, als sie Danielle und Evangeline leise im Wagen rumoren hörte. Die beiden bürsteten bereits wieder ihr bodenlanges Haar. Evangeline sprach leise. Selbst wenn sie mit ihren Schwestern redete, lag immer etwas Schüchternes in ihrer Stimme. Sie war vielleicht nur wenige Jahre älter als Angelina.

Ella betrachtete die Schwestern, wie sie da vor ihr saßen. Sie beschloss, dass sie Angelina am liebsten mochte, sie hatte das sonnigste Gemüt. Evangeline war sanft und anmutig wie ein Reh und Danielle mit ihrem dunklen Haar und den exotischen Augen ausgesprochen elegant. Charlie hatte das alles sicher auch schon bemerkt. Sie fragte sich, ob die Tatsache, dass die Schwestern verheiratet waren, ihm je das Herz schwer gemacht hatte.

Angelina saß in Nachthemd und Korsett am Tisch und nippte an einer zierlichen Teetasse. Sie hatte den Zopf, den sie zur Nacht geflochten hatte, gelöst und ihr Haar fiel nun in schimmernden Wellen zu Boden.

Danielle packte einzelne ihrer Haarsträhnen und bürstete die Spitzen. Sie sah Ella vergnügt an. „Haben Sie gut geschlafen?"

„Sehr gut, vielen Dank."

„Sie müssen noch nicht aufstehen." Danielle war zwar die Älteste, kam Ella aber jetzt kaum älter vor als zwanzig. Aus ihrer kraus gezogenen Nase sprach der Schalk. „Sie sehen ja, hier ist sowieso noch kein Durchkommen." Ihr Haar umfloss ihre Füße wie ein kleiner Teich, als sie die Spitzen losließ und sich mit der Bürste höher liegenden Partien widmete.

Ella setzte sich zum Schneidersitz auf und zog die Decke um die Taille fest. Sie war dankbar für das schmale Bett und die Großzügigkeit ihrer Gastgeberinnen. Danielle hatte ihr ihr Bett abgetreten und mit den beiden anderen im breiten Bett hinten geschlafen, das aber für drei doch recht beengt gewesen sein musste. Doch das Lächeln in den Gesichtern schien ihr zu versichern, dass es keiner der drei etwas ausgemacht hatte.

Ellas Blick folgte der Bewegung von Danielles kräftigen Bürstenstrichen. Sie selbst fühlte sich völlig zerzaust. „Machen Sie das jeden Morgen?“, fragte Ella.

Evangeline nickte. „Das müssen wir tun. Warten Sie nur, bis Sie erleben, wie unleidlich Angelina wird, wenn ihr Haar sich verfilzt. An so einem Morgen reißt sich niemand darum, ihr zu helfen.“ Evangeline zwinkerte und Angelina kicherte.

„Aber ich beneide Sie“, sagte Evangeline zu Ella.

*„Sie* beneiden *mich?“*

„Um Ihr kurzes Haar. Das ist so leicht zu pflegen.“

Ella spielte mit ihrem Zopf, der ihr bis zur Taille fiel. Sie hatte ihr Haar nie als kurz betrachtet, aber jetzt, wo sie miterlebte, was die Schwestern alles für ihr bodenlanges Haar taten, verstand sie, dass ihres im Vergleich dazu Pillepalle war. Die Schwestern flochten sich Bänder ins Haar und banden es damit hoch – ein Kunststück eigener Art. Ella schlüpfte aus dem Nachthemd und war dankbar für die flinken Finger, die ihr mit den Knöpfen an ihrem Kleid halfen. Sie tat dasselbe für Danielle.

Ella musste daran denken, was Angelina am Abend gesagt hatte. Dass diese jungen Frauen mit den dunklen, Funken sprühenden Augen und dem mandelfarbenen Teint alle etwas für Charlie empfanden, aber an Eheversprechen gebunden waren, die sie als Kinder abgelegt hatten. Danielle ließ ihren Blick auf Ella ruhen. Ein freundlicher, anteilnehmender Blick. Diese junge Frau, die gelernt hatte, dem Mann, der ihr Herz berührt hatte, eine Schwester zu sein, hatte ein reines Herz. Ella war beschämt, wie hochherzig diese Frauen ihr begegneten, die schon so viele Jahre Charlies Leben teilten.

Draußen vor dem Wagen nahmen sie ein bescheidenes Frühstück aus Brot und Käse ein. Das Kochzelt war bereits abgebaut.

Mit ihrem Brot in der Hand wanderte Evangeline über die Wiese davon. Wenige Minuten später kam sie zurück und führte ein kräftiges schwarz-weiß geschecktes Pferd am Halfter. Fellbüschel fielen ihm wie kleine, weiße Glocken über die Hufe. Das Tier war so groß, kräftig und kontrastreich gescheckt, wie Ella noch keines gesehen hatte.

„Ein schönes Tier", sagte sie, als Evangeline fast bei ihnen war.

Evangeline strich dem Pferd durch die weiße Mähne. „Danke. Er steht mit den Zugtieren und den Dressurpferden im Stall." Sie legte ihren Kopf liebevoll an den Hals des Pferdes und führte es nach ein paar weiteren Streicheleinheiten vor den Wagen, wo sie es an einer langen Leine anpflockte, die ihm viel Spielraum zum Grasen ließ.

Danielle bückte sich und zog einen Keil unter einem Wagenrad heraus. „Evangeline hat ein Herz für Pferde, wie man sehen kann. Ich kümmere mich eher ums Geschäftliche. Finanzen." Sie ging zum nächsten Rad. „Und Angelina hält alles sauber und in Schuss. Sie ist nämlich nicht sehr bewandert mit Zahlen. Und auch nicht mit Pferden."

Durch das offene Wagenfenster hörte man Angelina lachen.

Mit einem Lächeln sah Ella sich um, ob es noch etwas für sie zu tun gab. Ein grüner Wagen rollte vorbei.

Charlie kam mit großen Schritten über die Wiese. Er hatte Holland im Tragetuch auf dem Rücken und führte ein Pferd am Halfter, das dem der Schwestern glich. Hinter ihm schaukelte der Wagen langsam und knarrend wie ein großes Schiff über das Grämeer.

Ella musste wohl zu lange hingestarrt haben, denn nun trat Danielle neben sie. „Er fährt noch nicht los." Die junge Frau lächelte.

Ella spürte, wie ihre Wangen erröteten, denn genau das hatte sie sich gerade gefragt.

„Er ist mit seinen Löwen bei den ersten Wagen im Zug. Deshalb muss er sich möglichst früh einreihen. Wir fahren eher am Ende der Kolonne, also bleiben uns noch ein paar Minuten." Danielle zwinkerte ihr verschwörerisch zu. „Tja, Ella. Sieht ganz so aus, als wollten Sie durchbrennen und zum Zirkus gehen."

Ella schaute zurück auf den Weg, den sie gekommen war, über die Häuserzeilen, die sich bis zu ihrer Wohnung erstreckten, und beim Gedanken an Margaret und alles, was ihr hier ein Zuhause gegeben hatte, kamen ihr die Tränen. Aber dann richtete sie ihren Blick auf Charlie und seinen Wagen, mehr als dankbar dafür, dass sie nicht auf dem Dach ihres Hauses stand und zusehen musste, wie eben dieser Wagen aus ihrem Blickfeld verschwand.

Die Frühlingssonne war ihm noch nie so warm vorgekommen, der Weg unter seinen Füßen nie so richtig. Charlie umfasste Siebels Halfter fester und wusste, dass dies beides etwas mit einer gewissen Frau zu tun hatte. Das schwarz-weiße Zigeunerpferd im Schlepptau und die schlafende Holland auf dem Rücken, hielt er Ausschau nach seinem Platz in der Kolonne direkt hinter dem Wagen mit den Löwen.

Jetzt näherte er sich dem Wagen, den Ruth mit den beiden anderen Trapezkünstlerinnen bewohnte. Sie verstaute etwas in einer Reisetasche; ihr weißer zerknitterter Rock stand in scharfem Kontrast zu den zierlichen schwarzen Mokassins, die sie trug. Als sie ihn kommen sah, richtete sie sich auf und stemmte eine Hand in die Hüfte. „Meine Stute ist heute ein bisschen schwerfällig. So wie schon den ganzen letzten Monat. Es wird immer schlimmer mit ihr."

„Kauf halt nächstes Mal kein so arbeitsscheues Tier." Im Weitergehen spürte Charlie Ruths empörten Blick auf sich.

„Immer müssen sie diese lausige Schindmähre" – sie schwenkte die Hand in Richtung von Siebel – „mit meiner Stute zusammenpferchen."

„Na und?" Nach dem Blick, den sie ihm zuwarf, wusste Charlie schon, was jetzt kam. Er ging langsamer und verkniff sich ein Lächeln.

Ihre Hand kehrte zurück zu ihrer Hüfte. „Wenn sie fohlt, dann ist es die Schuld von diesem Klepper. *Wie schon einmal!*"

Charlie hob beide Hände. „Ich kann dir versichern, er ist nicht schuld. Beim ersten Mal vielleicht. Aber …" Er schüttelte nachdrücklich den Kopf und empfand eine Spur Mitleid mit dem armen Siebel.

„Dieser Hallodri", murmelte Ruth und schob einen Riegel an ihrem Wagen zu. „Wenn sie fohlt, verkauf ich das Fohlen und du kriegst keinen Cent von mir zu seh'n."

Charlie grinste und wies auf Siebel. „Du siehst hier die Unschuldsmiene eines Heiligen vor dir." Eines ziemlich kastrierten Heiligen.

Noch immer funkelte Ruth ihn aus zusammengekniffenen Augen an.

Charlie setzte seinen Weg fort und klopfte Siebel die Kruppe. „Keine Angst, mein Guter. Ich sorg dafür, dass dein Name sauber bleibt." Das Pferd schnaubte und wedelte mit dem Schweif.

Schließlich entdeckte Charlie den Käfigwagen mit seinen Löwen. La'Rue hatte zum Glück einen Platz für ihn freigehalten, sodass es eine Lücke in der Wagenkolonne gab. Die war nur ein wenig zu kurz, sodass Charlie Siebel etwas schräg in den Zug einreihen musste. „Brrr!" Er stemmte sich gegen den Hals des Pferdes, das daraufhin stehen blieb. Die Hände in den Hosentaschen lief Charlie an der Wagenreihe entlang, um nach seinen Löwen zu sehen.

Kristov hatte schlafend den Rücken ans Gitter gepresst, die goldene Mähne quoll zwischen den Stäben heraus. Han döste ebenfalls, nur Axel hob den Kopf. Der Löwe stand behäbig auf, kam zu Charlie ans Gitter und lehnte sich dagegen. Charlie streichelte ihm das dicke Fell.

„Hey, mein Junge. Bald kommt ihr hier raus, hörst du?" Die Löwen im Käfig zu sehen, war ihm verhasst. Das war das, was ihm an seinem Job am wenigsten gefiel. Wie sehr er sich wünschte, er könnte einfach im Freien mit ihnen herumtollen. „Bald", sagte er und kraulte Axel die Flanke, dann zog er seine Hände zurück, stecke sie ein paar Stäbe weiter wieder durch das Gitter und gab dem Tier einen kräftigen Klaps aufs Hinterteil. Nachdem er im Materialwagen herumgestöbert hatte, schob er Axel ein Stück Fleisch zu.

Charlie wusste nicht, wie viele Löwenbändiger es in diesem

Land gab, er wusste nur eins: Jeder Einzelne von ihnen würde ihn davor warnen, einem erwachsenen Löwen Futter mit den bloßen Händen zu reichen. Sich zu einem Tier zu setzen oder mit ihm zu balgen würde ihm ebenfalls niemand raten. Nicht, dass Charlie diese Regeln ignorierte – er verließ sich nur einfach lieber auf seinen Instinkt, wenn er mit den Löwen arbeitete. Das war eine der wertvollsten Lektionen, die ihm sein Vater beigebracht hatte. Die Tiere waren seine Freunde und so behandelte er sie auch.

Wenn einer seiner Jungs Appetit auf ihn hätte, hätte er schon längst zubeißen können.

Axel rieb den Kopf am Gitter und Charlie seine Stirn an die des Tieres, wie immer gerührt, dass die zwei Zentner schwere Katze ihn so zutraulich begrüßte. Er hatte immer gewusst, dass Axel das Alphatier unter seinen drei Jungs war. Aber er spürte auch, dass für den Löwen *er* das Alphatier war – eine Ehrenposition, die er sich alle Mühe gab, nicht zu gefährden.

Er richtete sich auf. Axel riss den Rachen auf und fuhr Charlie mit der Zunge über die Wange. Kinder fragten oft, wie sich eine Löwenzunge anfühlte. Dann erklärte Charlie, dass die Zunge rau ist wie bei einer Hauskatze, nur zehnmal schlimmer. Denn die Zunge eines erwachsenen Löwen ist dazu da, der erjagten Beute das Fleisch von den Knochen zu reißen. Mit dem Gefühl, soeben mit Sandpapier liebkost worden zu sein, stöhnte Charlie gutmütig und duckte sich weg.

Nach ein paar weiteren Klapsen und „Ja, wir mögen uns, was?"-Beteuerungen trat er vom Gitter zurück. Unter den interessierten Blicken von Axel verlagerte er Holland, die jetzt aufgewacht war, vom Rücken nach vorn vor seine Brust. Als sie den großen Löwen erblickte, streckte sie die Hand aus und Axel schnupperte daran. Charlie ließ Holland brabbeln und Axel antwortete ihr – mit einem leisen Grollen, das Holland zum Strahlen brachte.

Für die Löwen war die Kleine Charlies Junges. Und der legte es darauf an, dass sie sie immer nah bei ihm zu sehen bekamen. Und darauf, dass sie auf ungefährliche Weise Kontakt zu den Tieren aufnahm. Wenn er selbst zum Rudel gehörte, dann musste das für Holland ebenfalls gelten. So nah wie jetzt ließ er sie allerdings nur an Axel heran. Denn im Vergleich zum fünfjährigen Han war Axel eine alte Seele.

Jeder von seinen Jungs hatte eine eigene Persönlichkeit und Charlie kannte sie so genau wie seine eigene Familie. Axel besaß Sensibilität und Beschützerinstinkt und deshalb ließ Charlie Holland auch in seine Nähe. Das Tier war geduldig, nicht unberechenbar wie Kristov oder rauflustig wie Han. Mit diesen beiden balgte und spielte Charlie am meisten und dafür liebten sie ihn. Aber Axel war der andere Teil seiner selbst; wäre Axel ein Mensch, dann wäre er fraglos Charlies Bruder.

Und Han und Kristov? Die beiden standen sich in Mutwillen nichts nach, aber er kannte ihre Schwachstellen – die bei Han ganz wörtlich direkt unter der Schulter lag. Und Kristov war Wachs in seinen Händen, wenn Charlie ihm den Bauch kraulte oder neben ihm in der Sonne ein Schläfchen hielt. Mit Kristov balgte Charlie am liebsten und Han hatte so lebendige Augen, dass Charlie sie stundenlang betrachten konnte.

Er gab Axel einen letzten kräftigen Klaps und die große Katze legte sich wieder hin. Seit Mimis Tod war das ältere Tier daran gewöhnt, Holland auf Charlies Rücken zu sehen. Charlie bezweifelte zwar, dass die mütterlichen Instinkte seiner Schwester dies sehr gern gesehen hätten. Aber Mimi selbst hatte als Knirps mit ihrem Vater neben eben dem Löwen gespielt, von dem Charlies Jungs abstammten. Vielleicht war das für ihn und seine Schwester nicht die beste Weise gewesen aufzuwachsen und vielleicht war es nicht die beste Weise, Holland ein Vater zu sein - aber es war die einzige, die er kannte.

Charlie genoss die Bewegung, als er weiterging, vorbei an dem Wagen mit dem großen Hauptzelt, das dort in Leinwand eingeschlagen sicher vertäut war. Davor füllte der Hauptmast des Zeltes die ganze Länge des massiven Transportwagens aus – es brauchte ein Achtergespann, um den zwanzig Meter langen Mast zu ziehen. Charlie begrüßte den Zeltmeister und ging dann zurück zu seinem Wagen, da er sah, dass die ersten Wagen sich in Bewegung setzten.

Irgendwo hinter ihm sang eine Frau einen Psalm. Ein paar

andere stimmten ein. Charlie packte das Seil, mit dem er das Pferd führte, und sobald Regina sicher hinten im Wagen saß, schnalzte er mit der Zunge und das Pferd zuckelte los. Charlie hörte dem Gesang zu und verschonte die anderen mit seiner eigenen Stimme. Holland lag sicher und weich im Tragetuch auf seinem Rücken. Ein kleines Bündel Wärme, die ihm direkt ins Herz drang. Er griff nach hinten und tätschelte das Bündel auf seinem Rücken sacht, während sein Kopf zu verstehen suchte, wie ein Mensch einen anderen mit jedem neuen Tag so viel tiefer lieben konnte. Denn genau das passierte ihm gerade. Er wünschte zutiefst, Mimi wäre hier und könnte Holland im Arm halten. Und dieses Gefühl erleben.

Der Tag verging gemächlich, und als der Gesang nur mehr Erinnerung war, die Kinder, die zuvor voller Tatendrang steckten, müde und verausgabt hinten auf den Wagen saßen und zurückschauten, woher sie gekommen waren, statt voraus auf den Weg, stand die Sonne bereits tief. Die Wagen vor Charlies Gespann begannen, einen Kreis zu bilden. Um sie her erstreckte sich ein grasbewachsener Hügel und ein glitzerndes, gewundenes Silberband verhieß, dass der Fluss nicht weit entfernt war.

Charlie wartete, bis der Wagen sicher an seinem Platz stand, dann gab er einem gelangweilt wirkenden Zirkusarbeiter eine Münze, damit er sich um Siebel kümmerte. Holland und Regina saßen genüsslich im hohen Gras und aßen eingelegtes Gemüse. Charlie hätte nichts lieber getan, als jetzt nach Ella zu sehen, aber zuerst musste seine volle Aufmerksamkeit den Löwen gelten, besser gesagt ihrem Käfigwagen, den es sauber zu machen galt. Es war ein Job, den er gern jemand anderem überlassen hätte, aber es war eben schwer, jemanden zu finden, der freiwillig in einen Löwenkäfig mit sechs Zentnern Lebendgewicht stieg. Und das hieß, dass er das Vorrecht hatte, jeden Tag den Mist selbst herauszuschaufeln.

Charlie griff sich, was er brauchte, und einen der Zirkusarbeiter und nahm dann das Schloss von dem schweren Gitterwagen. Seine Katzen schliefen. Charlie löste den Metallriegel und zog die Tür gerade weit genug auf, um hineinzuschlüpfen. Sorgfältig verschloss er die Tür hinter sich und streckte dann die Hände durchs Gitter nach seiner Schaufel.

Drei mähnenbewährte Köpfe hoben sich und blinzelten schläfrig, während Charlie das alte Stroh hinausschaufelte. Seine Anwesenheit brachte Axel in Bewegung; er erhob sich und kam näher, während Kristov – der Plagegeist – sich einen Spaß daraus machte, Charlie die Vorderpfoten auf die Schultern zu legen. Der schob ihn immer wieder weg, nur damit das Tier den nächsten Versuch machte. Charlie stieß Kristov so heftig fort, wie er vermochte. So heftig, dass es einem Außenstehenden vielleicht grob vorgekommen wäre, aber für einen Riesen wie Kristov war es kaum mehr als ein Stups. Und wenn Charlie seine Tiere nicht hin und wieder auch seine Kraft spüren ließ, würden sie ihn bald nicht mehr als einen von ihnen betrachten. Kristov, der Raufbold, stupste Charlie den breiten Kopf in die Rippen und Charlie tat ihm den Gefallen, ein paar spielerische Knüffe auszuteilen.

Der schlaksige Zirkusarbeiter hatte inzwischen frisches Stroh geholt und schaufelte es in den Käfig. Bis Charlie es verteilt hatte, lagen die Löwen schon wieder. Han kaute auf einem Seil herum, Kristov auf einem Knochen.

Charlie kauerte sich hin und zog spielerisch am Seil. Sofort griffen Tatzen danach, Han schmetterte das zerfaserte Ende auf den Boden und schlug mit dem langen Schwanz. Ein leises Grollen erklang. Grinsend duckte Charlie sich noch tiefer und zog ein paarmal kurz am Seil. Han schnaubte und Charlie entriss ihm das Seil mit einem kräftigen Ruck. „Ha!"

Aber sein Sieg dauerte keine Sekunde. Der ganze Wagen erzitterte, als Han sich auf das Seilende stürzte. Charlie verlor das Gleichgewicht und Han schnappte das Seil mit seinen mächtigen Zähnen und riss es los. Dann legte er sich gemächlich wieder hin und benagte es. Nur dass er jetzt auf Charlies Bein lag. Charlie grinste und setzte sich auf. Mit beiden Händen rubbelte er Han kräftig die Mähne durch. Nach nur wenigen Sekunden schloss die Katze die goldenen Augen, gähnte träge und das Seil war vergessen.

Charlie küsste sein Tier aufs Maul und stand dann schwerfällig auf.

„Ist es nicht zu eng für drei Tiere in einem Käfig?"

Überrascht blickte Charlie aus dem Käfig. Ella stand davor – allerdings in so großem Abstand, dass er lächeln musste.

„Na ja … manchmal reisen sie auch getrennt. Aber Löwen leben im Rudel und werden launisch, wenn ich sie nicht beisammen lasse."

Der Seidenschal, mit dem sie ihr Haar zurückgebunden hatte, wehte im leichten Frühlingswind, der über die Wiese zog. Sie sah schweigend zu, wie er das Wasserbassin auffüllte.

„Möchten Sie nicht näher kommen?", fragte er.

Sie schüttelte rasch den Kopf. „Werden sie … jetzt gefüttert?"

„Nein. Erst morgen wieder."

„Und was geben Sie ihnen?"

„Nun, wir beginnen mit einem leckeren Salat, dann einer kalten Suppe …"

Ella lächelte.

Charlie zwinkerte ihr zu. Er hatte es sich zur Gewohnheit gemacht, derartige Fragen nach dem Speiseplan seiner Tiere humorvoll abzubiegen. So wie mit dem Hinweis auf das Zebrafleisch, als die Kinder gefragt hatten. Die Tiere im Zirkus wurden gut versorgt. Und nur falls mal ein gesundes Tier verendete, würden es die Löwen vielleicht zum Abendessen serviert bekommen. Bevorzugt erhielten sie Wild- oder Ziegenfleisch, fraßen aber auch anderes, was eben in der jeweiligen Stadt zu haben war. Der Zirkus hielt außerdem ein paar eigene Rinder. Das alles erklärte er ihr so taktvoll wie möglich.

„In Louisiana bringen mir die Farmer das Vieh, das eines natürlichen Todes gestorben ist. Wir bemühen uns, nur zu nehmen, was ohnehin schon verloren ist – aber ich muss trotzdem wählerisch sein. Und wenn wir ein Tier töten müssen, um die Löwen satt zu kriegen, dann bin ich derjenige, der es schlachtet." Als sie schwieg, legte er eine Hand ans Gitter. „Bringt mich das jetzt bei Ihnen in ein schlechtes Licht?"

„Nein. Ich nehme an … ich nehme doch an, in der Wildnis müssen sie auch fressen."

„So ist es." Und was sich die meisten Menschen nicht klarmachten: Seine krallenbewehrten Brüder verfuhren weitaus weniger rasch mit ihrer Beute als er.

„Haben Sie je daran gedacht, ihnen die Freiheit zu schenken?"

„Schreiben Sie jetzt für eine Zeitung oder so?"

Sie grinste. „Ich möchte es einfach gern verstehen."

Er sah sie an – und fand keine Worte, um auszudrücken, wie dankbar er ihr für diese Worte war. So dankbar, dass er aus dem Wagen stieg, die Tür verriegelte und zu ihr hinüberging. „Es gibt keinen Tag in meinem Leben, an dem ich nicht daran denke."

Ella sah zu ihm auf.

„Aber sie sind in Gefangenschaft geboren, sie wurden nicht in freier Wildbahn gefangen. Ich träume davon, dass sie wild leben, aber selbst wenn ich sie irgendwo hinbringen könnte, wo ich sie freilassen könnte, hätten sie keine große Überlebenschance. Sie müssten mit anderen Männchen um die Löwinnen kämpfen – vielleicht sogar gegeneinander."

Ellas Blick wanderte zu den Katzen, dann wieder zu seinem Gesicht.

„Und sie wüssten nicht, dass sie Menschen meiden müssen. Das könnte böse für sie enden."

In Ellas Augen stand Kummer.

Er wollte sie nicht belasten, aber er hatte nur selten Gelegenheit, offen zu sprechen. Ein wenig Wahrheit in ein Thema zu bringen, von dem die Menschen so wenig verstanden. „Also tue ich mein Bestes für sie, sehe zu, dass sie genug Sonne und Luft und Platz zum Herumtollen haben. *Und* dass sie ein paarmal im Jahr auch mit Löwinnen zusammenkommen." Ella sah ein wenig entgeistert aus, sodass er rasch hinzufügte: „Löwen sind sehr zärtliche Tiere."

„Sind sie das?"

„Ja." Er hatte nicht vor, ins Detail zu gehen, aber er erzählte ihr, wie die Brautwerbung vor sich ging: Der Anführer des Rudels legt die Stirn gegen die Stirn einer Löwin, um ihr zu signalisieren, dass er nur sie gesehen hat. Charlie stand jetzt nah bei Ella und senkte den Kopf, sodass seine Stirn sich der ihren näherte. Sie lächelte zu ihm auf. Und das war großherzig, denn vermutlich roch er nach Löwenmist. Er wich einen Schritt zurück. „Sind Sie gekommen, um mit mir über meine Burschen zu reden, oder wollten Sie mir eigentlich erzählen, wie sehr Ihre Füße schmerzen?"

Ella ging um ihn herum, hielt sich dabei aber noch immer vom Käfig fern. „Ich werde alle Schmerzen und Zipperlein für mich behalten. Versprochen."

„Dann sind Sie ja bereits ein halber Zigeuner." Er zog ein Messer aus der Scheide und prüfte die Klinge mit dem Daumen. Aus einer Materialkiste hinten im Vorratswagen zog er ein Seil und schnitt ein Stück ab, das er Han in den Käfig warf. „Keine Angst. Man gewöhnt sich an wunde Füße."

Ella spielte mit ihren Fingern und nickte langsam.

Charlie bemerkte seinen Patzer. Nein, sie würde sich nicht an diese Art zu reisen gewöhnen. Warum hatte er das gesagt? Morgen war ja schon ihr letzter Tag hier beim Zug. Er räusperte sich, aber Ella kam ihm zuvor.

„Danielle hat erwähnt, dass es heute Abend einen Tanzabend gibt. Ich kann kaum begreifen, wie Sie alle nach einem solchen Tag noch an Tanzen denken können."

Charlie schloss die Materialkiste. „Ist Ihnen nicht nach Tanzen zumute?" Er streckte den Arm aus und zog leicht an dem Schal, der ihr Haar festhielt. „Dann sind Sie vielleicht doch erst zu einem Viertel Zigeuner."

Ella lachte und wich einen Schritt zurück. Als fiele ihr gerade ein, dass sie einen Schal trug, griff sie hin. „Ich hab zwei linke Füße. Ich werde nur dabeisitzen und zuschauen."

„Zwei linke Füße? Dann haben Sie aber noch ein paar Dinge zu lernen."

Lächelnd zog sie an dem Seidenband und das blonde Haar fiel ihr über die Schultern herab. „Soll das heißen, Sie tanzen besser, als Sie singen?"

Er sah sie nur an – ganz sicher, dass er sein Lächeln nicht verbergen konnte, viel weniger sein Herz. „Nun, Sie müssen sich einfach gedulden und es herausfinden."

# 25

Mit zwei Decken in der Hand lief Ella neben Evangeline, die noch damit beschäftigt war, den Schal glatt zu streichen, mit dem sie ihr Haar gebunden hatte.

Alle drei Schwestern hatten ihre Lockenpracht in Zöpfe geflochten und im Nacken zu dicken Knoten gebunden; die bunten Seidenschals, die die Knoten hielten, fielen ihnen über den Rücken. Noch vor einer Stunde waren sie mit Kämmen und Bürsten beschäftigt gewesen, dann wurde die Haarlänge gemessen – eine wirkliche Leistung, bei der Ella assistiert hatte. Kurz danach war sie zu Little Joe gegangen in der Hoffnung, dass er ein paar Minuten für eine rasche Untersuchung erübrigen konnte. Er hatte zufrieden auf der Deichsel seines Wagens gesessen, während sie seinen Hals begutachtet und ihm empfohlen hatte, Tees und Tinkturen weiter zu nehmen. Und sich vor allem viel Ruhe zu gönnen. Madame Broussard, die gerade vorbeikam, hatte sie skeptisch betrachtet.

Jetzt war es fast Abend. Ein paar Schritte vor ihr stand Charlie mit Holland auf den Schultern. Er trug ein sauberes Hemd und dunkle Hosenträger. Sein abgeschabter Zylinder, ein beliebtes Spielzeug für die Hände des Babys, saß ihm schräg auf dem feuchten Haar. Er ging schaukelnd, was die Kleine zum Lachen brachte.

Regina, einen Korb auf der Hüfte, trottete heran. Dutzende Decken waren in einem weiten Kreis auf den Boden gebreitet, an dessen Rand zwei Klaviere standen.

„Oh … wirklich!“ Ella blieb stehen.

Charlie drehte sich zu ihr um.

„Klaviere … mitten auf der Wiese.“

Er kam zu ihr herüber. „Beim Zirkus verstehen wir eben, Dinge zu transportieren.“

Irgendwo im Hintergrund wurden Instrumente gestimmt – Fiedeln, Banjos und dem Klang nach zu urteilen ein Akkordeon.

Zwei junge Frauen mit klirrenden Kettchen um die Knöchel liefen an ihnen vorbei und auf dem leicht abschüssigen Gras schlugen drei Kinder Purzelbäume.

„Findet so etwas oft statt?“, fragte Ella.

„Das Leben ist kurz, oder nicht?“ Ihr Erstaunen schien ihn zu amüsieren. „Und wir reservieren unser bestes Benehmen für die Zeiten, in denen wir irgendwo gastieren. Wenn wir unterwegs sind, nutzen wir daher gern mal einen Vollmondabend aus.“

Charlie nahm Holland von seinen Schultern und reichte Ella das zappelnde Bündel, das sie nur zu gern in Empfang nahm. Der Duft von Charlies Seife stieg ihr in die Nase, bevor er zur Seite trat. Ella drückte Holland einen Kuss auf den samtweichen Nacken und Charlie lächelte sie an.

Essensduft lockte sie weiter. Ella war zwar hungrig, aber beim Gedanken an ein Abendessen plagten sie Gewissensbisse. Man aß gemeinsam und sie nahm an, dass die Verpflegung von der Zirkusdirektion bereitgestellt wurde. Und sie war ja keine Artistin oder tat sonst etwas für den Zirkus. Sich auch einen Teller zu nehmen, erschien ihr falsch und so breitete sie die Decke auf den Boden, setzte sich hin und beobachtete, wie Holland sich alle Mühe gab, sich die Zehen in den Mund zu stecken.

Charlie stand hinter den beiden. „Ich kann sie zurückbringen, wenn Sie wollen.“

„O nein, ich lasse sie gar nicht gern fort.“

Er zwinkerte ihr zu und ging davon.

Die letzten Spuren von Tageslicht verflogen. Angelina und Danielle setzten sich, mit Tellern und Gabeln bewaffnet, zu ihr. Danielle reichte Ella einen Teller und versicherte ihr, dass reichlich Essen da sei. Dann gesellten sich auch Regina und Evangeline zu ihnen. Ella verzehrte ihr Abendessen, und als sie fast fertig war, sah sie sich um und begann sich zu fragen, wo Charlie wohl hingegangen war.

Kleine Grüppchen lagerten überall auf den ausgelegten Decken und Ella entdeckte ihn schließlich neben dem Mann, in dem sie seinen Partner erkannte, der mit ihm mit den Löwen arbeitete. Charlie saß mit angezogenen Beinen auf dem Boden, speiste und lachte mit den anderen. Offensichtlich blieb er auf Abstand. Aus Rücksicht auf sie oder auf sich selbst?

Holland zog an dem Brotstück, das Ella in der Hand hielt, und Ella brach einen Bissen für sie ab.

Wenig später, als Angelina und das Baby in ein Kuckuckspiel vertieft waren, stand Ella auf, um sich die Beine zu vertreten und sich die Klaviere genauer anzusehen. Sie strich über das polierte Holz eines Instruments und beim Anblick der Tastatur zuckte es ihr in den Fingern. Kurzerhand strich sie sich den Rock glatt und setzte sich auf den hölzernen Klavierschemel.

Ihr Herz machte einen kleinen Sprung, als sie die Finger über das kühle Elfenbein gleiten ließ, ohne die Tasten zu drücken. Dann setzte sie die Hände auf und schlug sanft die Tasten an. Der Ton war sauber und klang himmlisch. Sie spielte nur ein C. Einen einfachen Akkord, dann eine Modulation zu a-Moll. Ihre Mundwinkel hoben sich lächelnd, als die Harmonie erklang und ihr Fuß das Pedal fand. Sie wagte nicht mehr als ein paar Takte, das Klavier gehörte ihr ja nicht. Die Melodie hing noch in der Luft, als sie die Hände in den Schoß legte.

„Das war sehr schön."

Ella sah auf und sah Charlie auf sich zukommen.

„Vielen Dank." Sie drehte sich zu ihm um. „Es ist Jahre her, dass ich ein Klavier hatte. Allein schon diese Tasten zu berühren, gibt mir das Gefühl, zu Hause zu sein."

Charlie setzte sich neben sie und klimperte ein wenig auf den Tasten herum, eine komische Melodie. „Und dort werden Sie ja auch bald sein."

Sie faltete die Hände um die Knie. „Sehr bald."

„Und ich habe dafür gesorgt, dass Sie noch am Leben sind. Ich muss sagen, ich bin stolz auf mich." Sie spürte, dass hinter den launigen Worten etwas Tieferes lag, aber bevor sie den Blick deuten konnte, den er ihr zuwarf, stand Charlie auf und winkte einen anderen Mann herbei, dem er seinen Platz überließ. Der trug Ärmelhalter und einen Zylinder auf dem roten Haarschopf – sicher einer der Klavierspieler.

„Tanzen Sie mit mir?", fragte Charlie.

Es klang so selbstverständlich, dass ihr Lächeln sich vertiefte. „Ich habe Ihnen ja schon gesagt, dass ich zwei linke Füße habe." Sie wandte sich ganz ihm zu. Charlie trat einen Schritt zurück und sah Ella schelmisch und ungläubig an. „Was Sie nicht sagen. Tun Sie mir dann einen Gefallen?" Etwas entfernt klang eine Harmonika herüber und Charlie rückte seinen Zylinder zurecht. „Haben Sie mal einen Moment für mich ein Auge hierdrauf. Damit ihn niemand stiehlt." Seine Augen funkelten spitzbübisch.

Verblüfft sah Ella ihm nach. Worauf sollte sie ein Auge haben?

Um für den Klavierspieler Platz zu machen, stand sie auf, aber der Mann klopfte auf den Schemel neben sich.

„Bitte", sagte er. „Ich habe Sie spielen gehört. Und es würde mich schwer kränken, wenn Sie mir nicht aushelfen." Er schenkte ihr ein freundliches Augenzwinkern.

Ella setzte sich wieder und beobachtete, wie mehr und mehr Zirkusvolk auf die Wiese strömte. Gelächter und Beifallsrufe klangen herüber. Einige Ladys, die mitten im Kreis beisammenstanden, lockten etliche Pfiffe hervor. Sie riefen kokett nach jemandem, eine winkte heftig, um den Gesuchten herbeizubeordern.

„Fang schon an!", rief sie laut. „Wir freuen uns auf 'nen Tanz!"

Ein Fiedler tauchte aus dem Dunkel auf und spielte eine fröhliche Melodie. Die Leute tauschten ihre Plätze auf den Decken gegen die Wiese ein. Laternen schaukelten im Dunkel und erhellten den Platz, wie um dem Mond zu Hilfe zu kommen.

Und dann wurde es ganz still. Nur eine Mundharmonika spielte leise. Ella reckte den Kopf und erblickte einen Mann mit grauem Zylinder, der mit beiden Händen das kleine Instrument an den Mund hielt. Im Hutband steckte ihm eine Adlerfeder und seine rote Weste schimmerte.

Mit schwingenden Röcken traten einige Frauen in den Kreis. Manche waren barfuß. Die Melodie wurde lebhafter; es war eine kraftvolle Variante von *Nehmt Abschied, Brüder*. Eine Gitarre fiel ein und die Frauen wiegten und drehten sich zu den eingängigen gezupften Klängen.

Jetzt kam ein Banjo hinzu und das Tempo zog an, bis schrille

Pfiffe ertönten. Ellas Blick fiel auf Charlie. Mit verschränkten Armen stand er lachend mit ein paar Männern am Rand der Tanzfläche. Eine Frau tänzelte an der Gruppe vorbei, ihr Fransenrock schwang um ihre bloßen Füße. Mit einer raschen Handbewegung stieß sie Charlie den Zylinder vom Kopf, fing ihn und setzte ihn sich selbst auf.

Charlie polterte hinter ihr her, dann verklang das Schimpfen und er grinste nur noch. Die flinken Füße der Frau wirbelten im schnellen Rhythmus des Banjos. Anscheinend recht zufrieden mit ihrer Eroberung, raffte sie die Röcke und suchte das Weite.

Über die Menge hinweg fand Charlies Blick Ellas und sie lachte.

Als sei das sein Stichwort gewesen, begab sich Charlie zu den Tänzern. Die Tanzfläche war mittlerweile ein farbenfroher Wirbel von Füßen und schwingenden Röcken, die der Schein der Laternen golden beleuchtete. Viele Stimmen, auch der Mann neben Ella, sangen aus voller Kehle und sie verstand, warum das Zirkusvolk mit einem solchen Fest wartete, bis es irgendwo mitten in der Wildnis war.

*Nehmt Abschied, Brüder, schließt den Kreis,*
*das Leben ist ein Spiel,*
*und wer es recht zu leben weiß,*
*gelangt ans große Ziel.*

Alle Hände klatschten jetzt den Rhythmus mit, dann sangen alle gemeinsam: „Den Freundschaftsbecher leeren wir heut wie in alter Zeit."

Das Banjo setzte wieder ein und der Tanz ging weiter, noch lebhafter als zuvor. Charlie bahnte sich langsam einen Weg durch die Menge, als suche er nach der richtigen Partnerin.

Die Frau mit seinem Zylinder tänzelte vorbei, aber da kam schon eine andere, schnappte den Hut und setzte ihn sich auf den eigenen Kopf. Sie schlug ein Tamburin gegen die Hüfte und stolzierte direkt in die Mitte der Tanzfläche. Aber der Zylinder blieb nicht lange an seinem Platz, schon hatte ihn eine andere weibliche Hand gestohlen. Doch die Siegerin hatte es auf einen noch attraktiveren Preis abgesehen und tanzte sich an Charlie heran. Er nahm ihren ausgestreckten Arm und wirbelte sie herum. Die bunten Röcke schwangen, bis die Instrumente leiser spielten und er sie losließ.

Die Menge verlief sich von der Tanzfläche. Ein Mann trat in den Kreis und hob die Hände, um um Ruhe zu bitten. Die Musik verklang, wechselte die Tonart, wurde wieder schneller.

Das nächste Lied war kaum mehr als ein Flüstern.

Der Mann zupfte eine Seite seiner Mandoline an. Irgendwo in der Ferne läutete eine Kuhglocke. Der Musiker duckte sich und stampfte mit dem Fuß auf. Er spielte schneller und schneller, die Melodie überschlug sich fast – dann setzten zahllose Instrumente mit einem Forte ein, das Ella durch und durch ging. Die Musik überflutete den Hügel.

Wenn Freude eine Sprache hatte, dachte sie, dann war es diese.

Ein Tamburin rasselte irgendwo hoch oben über den Köpfen, dann ein zweites und neben Ella hämmerte der Pianist so laut und schnell auf die Tasten, dass es Ella fast den Atem raubte.

Auf einmal sangen alle wie aus einem Mund – Worte, die sie nicht verstand. Ella wippte im Takt der Musik mit dem Fuß. Alle, auch Charlie, stimmten lauthals ein und Ella lauschte angestrengt. Es waren Worte in einer fremden Sprache. Aber es klang, als hätten sie dieses Lied schon in der Wiege gelernt.

„Was singen sie?“, rief sie dem Klavierspieler zu.

„Es ist Französisch! Cajun.“ Seine Finger flogen über die Tasten. „War’n Sie schon mal in New Orleans?“

Ella schüttelte lachend den Kopf. „Nein.“

Der Mann grinste. „Bleiben Sie bei uns und wir werden das ändern.“

Ruth stolzierte an Charlie vorbei. Zu Ellas Überraschung trug sie seinen Hut. Augenzwinkernd und mit einem anzüglichen Schulterzucken stieg sie so leichtfüßig auf das andere Klavier, wie sie die Seidenbänder in der Manege erklomm. Zwei Männer, die so gedrungen waren wie Regina, folgten ihr, als ob sie den ganzen Tag nichts anderes täten. Sie bewegten die Füße in einem komischen Tanz. Den Zeigefinger hoch erhoben, raffte Ruth mit der anderen Hand ihr Kleid ein wenig hoch und drehte und wand sich kokett, bis jemand ihr etwas zurief, worauf Ruth den Zylinder abnahm und ihn in Richtung der Rufer schleuderte.

Charlie versuchte ihn zu fangen, verfehlte ihn aber.

Ella klatschte im Rhythmus der Musik, während alle anderen ein weiteres französisches Lied sangen. Zwei Männer mit dunkler Haut setzten ihre Trompeten an und schmetterten mit ganzer Kraft. Und irgendwo unter dem weiten Nachthimmel schepperte noch immer eine Kuhglocke und die Mandoline spielte in wildem, herausforderndem Wirbel.

Lauthals singend schwebte Angelina vorbei. Sie zwinkerte Ella zu, bevor sie der letzten Zylinderträgerin Charlies Hut abnahm und ihn mit übertriebener Geste andeutungsweise selbst aufsetzte. Evangeline nahm ihr den Zylinder ab, schwenkte ihn, bis Danielle ihn sich schnappte. Charlie legte theatralisch die Hand aufs Herz und tat, als sei er einer Ohnmacht nahe.

Ella warf einen Blick auf Holland, die auf Reginas Schoß schlief. Einige tanzende Paare versperrten ihr die Sicht. Fransenröcke, staubige Hosen. Welche Unbekümmertheit – es zuckte Ella in den Füßen. Da tauchte plötzlich Lorelai auf und schon hatte Danielle der kräftigen Frau den Zylinder auf den Kopf gedrückt. Die Umstehenden klatschten und johlten. Lorelai grinste von einem Ohr zum anderen und schlurfte zu Charlie hinüber, der ganz vertieft war in einen Tanz mit drei kleinen Mädchen, die ihn an den Händen gefasst und auf die Tanzfläche gezogen hatten. Als er Lorelai erblickte, lachte er schallend und grinste so kleinlaut, dass Ella der Verdacht kam, dass er rot wurde.

Zu Ellas Überraschung kam er jetzt zu ihr zurück, legte den Mund an ihr Ohr und keuchte gegen das Gehämmer des Klaviers an: „Das war das letzte Mal, dass Sie von mir eine Aufgabe bekommen haben.“ Er grinste und lief zurück in den Kreis, legte Lorelai die Hand in den fülligen Rücken und schwenkte sie in einem ausgelassenen Tanz.

Neben Ella sang der Klavierspieler aus voller Kehle. Seine Finger droschen auf die Tasten, dass die Klavierbank unter ihr von der Lautstärke vibrierte.

„Ich dachte, wir spielen ein Duett!", rief er und sah sie auffordernd an.

Ella spürte den Ragtime bis in die Zehenspitzen. Sie wandte sich der Tastatur zu und ließ ihre Finger darübertanzen, nahm Melodie und Tempo auf. Dann schlug sie die Tasten an, brauchte einen Moment, um hineinzukommen – und rang fast nach Luft, so rasch musste sie die Finger bewegen. Ihr Mitspieler stürmte nur so über die Tasten, aber das mit so viel Fingerspitzengefühl, dass ihr bald der Mund offen stand.

Sein Arm presste sich im Spiel an ihren und er grinste und nickte zum Rhythmus der Musik mit dem Kopf, als müsse er sich nun anstrengen, *ihr* Tempo mitzuhalten. Ein glückliches Lächeln glitt ihr übers Gesicht. Aber dann stand ihr Begleiter plötzlich auf, stieg auf den Klavierschemel und kauerte sich hin, während er weiterspielte. Ella musste so lachen, dass sie Mühe hatte, die richtigen Tasten zu schlagen.

Plötzlich legte sich eine Hand auf die ihre. Charlie zog sie in seine Arme und in den Tanz. Wie nah er ihr war. Wie schnell und wie kraftvoll. Der Zylinder saß wieder auf seinem Kopf und über den Lautstärkepegel der Musik rief er ihr zu: „Sie sollten doch auf ihn aufpassen!" Er war außer Atem und sein Hemd klebte auf der Haut.

„Ich … ich hab's versucht!", rief sie zurück.

Die milde Nachtluft umwehte Charlie und seine Augen funkelten. Er hatte eine Hand fest in ihren Rücken gelegt; mit der anderen griff er nun hoch, nahm den Zylinder ab und setzte ihn ihr auf.

Von überall klangen Pfiffe und Bravorufe, gefolgt von theatralischem Gejammer einiger Frauen. Ella sah sich um und ihre Wangen glühten. Charlie blickte sie an, als hätte sie ihm gerade das Blaue vom Himmel geholt. Die Musik verklang, Charlie drehte sie langsamer und überraschte sie damit, dass er ihr einen Kuss auf die Wange drückte, bei dem ihr die Knie weich wurden. Noch mehr Bravorufe erschallten und Ella, die befürchtete, sie würde sich nie wieder erholen, platzierte den Hut wieder auf Charlies Kopf.

„Hat dieses gute Stück vielleicht ein Geheimnis, das ich kennen sollte?"

„Vielleicht."

„Aber von Ihnen werde ich es nicht erfahren, stimmt's?"

„Genau." Die Musik wurde sanfter, einschmeichelnd. Der Tanz wurde langsamer. Charlie neigte den Kopf auf die Höhe von ihrem.

Ella sah von ihm nur ein schmales Stück seines Halses, um den der Hemdkragen nicht ganz so hoch und fest geschlossen war wie sonst immer. Und ihr wurde klar, warum das so war. Weil sie hier unter sich waren. Keine Zeisel in der Nähe. Abgesehen von ihr.

Charlie sah sie unverwandt an. Sein Gesicht war so nah an ihrem, dass der Schatten, den sein Hut im Mondlicht warf, sie beide traf. Er schenkte ihr ein kleines Lächeln. Es war, als hätte jemand die Musik zum Schweigen gebracht. Oder vielleicht war es auch nur in ihrem Kopf. Vielleicht bildete sie es sich nur ein, dass sie nichts anderes hörte als das Pochen ihres Herzens … nichts anderes fühlte als die Sehnsucht darin, die nur einem galt.

# 26

Der Tag verging wie in einem Nebel. Am Vormittag befasste Charlie sich mit den Löwen, und während Axel an seinem Ärmel kaute, sorgte Charlie dafür, dass der neue Zirkusgehilfe verstand, wie er sich in der Nähe der Großkatzen verhalten musste. Der Bursche sah bleich aus und Charlie nahm sich vor, am Nachmittag noch einmal vorbeizukommen, um nachzusehen, ob er noch am Leben war.

Holland war wach, als er zurück zu seinem Wagen kam. Regina fühlte sich nicht wohl. Daher zog Charlie die Kleine an und band sie sich auf den Rücken, was ihm nicht nur die Hände freihielt, sondern auch verbarg, dass er ihr nicht das Haar gekämmt hatte. Aber Danielles Blick entging es trotzdem nicht. Und sie brachte die Sache in Ordnung.

Er war dankbar, als die junge Frau anbot, am Vormittag auf Holland aufzupassen. So war er frei und konnte nach Siebel sehen. Der Wallach hatte gestern den Wagen leicht hinkend gezogen. Charlie untersuchte die Hufe und stellte fest, dass das Tier ein Eisen verloren hatte. In der Mittagspause brachte er das Pferd zum Hufschmied und ließ es neu beschlagen. Bis sie wieder unterwegs waren, fühlte sich auch Regina besser – zu Charlies Erleichterung, denn er wusste, was ihm bevorstand, sobald sie ihren Lagerplatz erreicht hatten: Wäsche waschen, Windeln einweichen und dann später kaum wieder auf die Beine kommen, wenn er sich ein wenig hingelegt hatte.

Als die ersten Sterne zu sehen waren, zerrte Charlie sein Bettzeug aus dem Wagen. Matratze und ein halbes Dutzend Decken, flüchtig mit einem Seil zusammengeschnürt. Er zog das dicke Bündel unter eine knorrige alte Eiche, nah genug am Löwenkäfig, dass er ein Auge auf die Tiere haben konnte. Sie dösten jetzt, aber später am Abend, wenn es ruhig wurde, würden sie anfangen zu brüllen. Meist war es nur ein sanftes Grollen und er selbst und die anderen waren daran gewöhnt. Aber hier in der Nähe würden sie doch vernehmbar genug sein, dass er beschloss, heute Nacht mit ein paar Kissen über dem Kopf zu schlafen.

Er legte die Matratze ab, zog die Decken notdürftig glatt und lief zurück, um noch eine Kiste aus dem Wagen zu holen. Mit der Laterne, die an einem niedrigen Ast hing, und der gewaschenen Bettwäsche, die an der Leine im Abendwind trocknete, fühlte das Fleckchen Erde sich fast privat an, abgeschirmt.

Irgendwo erklang eine Glocke und Charlie griff zu Seife und Handtuch, begierig, den Staub der Straße loszuwerden. Sie schlugen ihr Lager immer möglichst in der Nähe eines Gewässers auf, an einem Bach oder einer Quelle, wo es sich angenehmer lagerte. Üblicherweise badeten die Frauen zuerst, sobald die Dämmerung kam. Und erst, wenn die Kuhglocke signalisierte, dass die Ladys fertig waren, waren die Männer an der Reihe.

Ihre Schritte in schweren Stiefeln klangen wie ein Ochsentrupp, als sie den sanften Hügel hinabstampften, während die Frauen, meist barfuß, ihnen geschmeidig und leichtfüßig entgegenkamen. Charlie, den es drängte, einen Blick auf Ella zu erhaschen, zwang sich, seine Augen auf das Gras vor seinen Füßen zu richten. Ihr Anblick im Mondlicht würde ihm ganz sicher nicht gut bekommen. Er überhörte das anzügliche Geplänkel, das besonders die Paare austauschten, als die beiden Gruppen einander begegneten.

Müde entkleidete er sich im Dunkeln und watete ins kühle Wasser. Er wollte am liebsten prusten, beherrschte sich aber. Wenn so viele Frauen dieser Kälte trotzten, dann er ja wohl auch. Deshalb verscheuchte er den Gedanken – und auch den an Ella. Schnell tauchte er unter, sodass das Wasser über seinem Kopf zusammenschlug. Fröstelnd kam er hoch und fuhr sich mit den Händen durchs Haar. Dann seifte er sich rasch ein, spülte sich ab und stieg aus dem Wasser, um sich die derben Witze zu ersparen, die am Fluss immer wie Unkraut aus dem Boden schossen. Schnell trocknete er sich ab und zog sich an, dann ging er zurück. Die Schuhe in der einen Hand, rubbelte er sich mit der anderen im Gehen das Haar mit dem Handtuch trocken.

Das Hemd hatte er nicht zugeknöpft. Vielleicht war das nachlässig, aber er steckte so viele seiner Tage in dem eng geschlossenen Kragen, dass er sich wenigstens hin und wieder einmal nicht eingezwängt fühlen wollte.

Es war jetzt fast dunkel. Charlie legte Schuhe und Handtuch aus der Hand, kniete sich dann auf sein Lager und suchte in der Kiste nach Streichhölzern, um die Laterne anzuzünden. Er fand seine Landkarte, betrachtete sie kurz, dann griff er nach seiner Bibel in der Kiste. Er lehnte das Kissen gegen den Baum und seinen Rücken gegen den Stamm und zog die Knie heran, um noch ein bisschen zu lesen. Der Wagen und die Wäsche auf der Leine schützten ihn vor dem Wind. Er rutschte tiefer, legte einen Arm hinter den Kopf und las ein paar Minuten, bevor er sich wieder aufsetzte. Vielleicht würde er wach bleiben, wenn er die Position änderte.

„Charlie?“

Ella stand nur ein paar Meter entfernt. Ihr Zopf fiel ihr über die Schulter und hinterließ einen feuchten Fleck auf der leichten Bluse. Sie hatte einen Pullover in der Hand, den sie jetzt überzog. Charlie fehlten plötzlich die Worte, er betrachtete sie einfach, während sie näher kam.

„Alles in Ordnung?“, fragte sie.

Er brauchte einen Moment und fuhr sich mit den Händen über die Augen. „Hmm, ja. Was machen Sie hier?“

„Ich würde gern mit Ihnen reden.“

„Ähm …“ Er wandte den Blick ab. Dachte nach. Schlug Zeit heraus. Traf eine Entscheidung. Dann nahm er die verbleibenden Dinge aus der Kiste, drehte sie um und stellte sie als Sitzplatz vor die Wäscheleine. Mit einer Handbewegung lud er Ella ein, Platz zu nehmen. Absurd. Denn eigentlich sollte er sie bitten zu gehen. Zumindest jetzt. Sie konnten auch morgen früh noch reden. Beim Frühstück.

Charlie fühlte sich erschöpft. Er hatte heute nicht gut auf sein Herz achtgegeben; jetzt war es zu empfindsam.

Und sie war so schön.

Das Laternenlicht brachte das besonders zur Geltung. Und

brachte ihm umso schmerzhafter zu Bewusstsein, dass sie ihn morgen verlassen würde. Um Worte verlegen, fuhr er sich mit den Fingern durchs Haar. In ihm brannte die Versuchung, auf die Knie zu sinken und ihr zu sagen, dass er sie liebte, sie zu bitten, bei ihm zu bleiben. Brannte zu stark. Zu heiß.

Er ballte die Hand zur Faust und schlug sich gegen die Stirn.

„Oh, ich gehe wohl besser“, sagte Ella schnell, raffte ihren Rock und wandte sich zum Gehen.

„Geben Sie einem Mann nur eine Minute Zeit zum Nachdenken, Ella.“

Sie blieb stehen. Charlie holte tief Luft, dann wies er wieder auf die Kiste. Sie setzte sich, faltete die Hände und ließ ihren Blick über seinen Lagerplatz schweifen. Dann sah sie wieder ihn an. Sie schien nach den richtigen Worten zu suchen. „Was lesen Sie?“, fragte sie leise.

„Die Psalmen.“

„Oh.“

„Es ist ein Buch der Bibel.“

Sie hakte die Daumen in die Pulloverärmel, verschränkte die Arme und lehnte sich zu ihm vor. „Das weiß ich, Charlie.“

Natürlich. Klar. Er legte das Buch fort und schickte ein Sturmgebet zum Himmel, dass er das hier hinter sich bringen konnte, ohne den Verstand zu verlieren. „Ich hab mir heute noch mal die Landkarte angesehen.“ Er richtete sich auf die Knie auf, schob die Karte über die Decken zu ihr und setzte sich dann mit verschränkten Beinen. „Und wie es aussieht …“ – er zeichnete mit dem kleinen Finger ihre Route nach –, „wie es aussieht, werde ich Sie morgen am späten Vormittag auf dem letzten Wegstück begleiten.“ Sein Finger wanderte weiter in die Berge. „Nach Hause.“

Ella nickte stumm, aber er spürte, dass ihr tausend unausgesprochene Worte durch den Kopf gingen.

„Wir brauchen wahrscheinlich den ganzen Rest des Tages, aber vor Einbruch der Dunkelheit sollten wir da sein. Hoffe ich jedenfalls.“

„Vielen Dank, Charlie.“

Irgendwo lachten Kinder. Eine Mutter mahnte sie, leise zu sein.

„Ist mir ein Vergnügen“, sagte er tonlos, obwohl er es todernst meinte, aber die Trauer, dass er sie bald verlieren würde, überwältigte ihn.

Plötzlich legte Ella den Kopf schräg und betrachtete ihn aufmerksam. Jetzt fiel Charlie ein, dass sein Hemd offen war, und er griff an den Kragen, um es zuzuknöpfen, aber Ella winkte ab. Sie stand von ihrem Sitzplatz auf und kniete sich vor ihm neben die Matratze. Charlies Herz raste. Sie saß einfach da und betrachtete seine Haut so intensiv, dass er am liebsten ihre Gedanken gelesen hätte. Wenn sie doch etwas sagen würde. Wenn sie doch sagen würde, was sie dachte.

Langsam hob Ella die Hand und legte ihre Fingerspitzen sacht auf sein Herz. Charlie starrte zu Boden, schluckte schwer.

Sie flüsterte seinen Namen, und als er sie ansah, las er Verwunderung in ihrem Blick. Ihr Finger glitt über seine Haut und ließ sie erbeben. Sie fuhr über die Umrisse der Windmühle mit ihren breiten Flügeln und dem stämmigen Bau.

„Holland“, flüsterte sie.

Charlie rang nach Worten. „Wenn schon etwas dort verewigt werden musste, dann wollte ich, dass es etwas ist, das mir etwas bedeutet.“

Ihre Hand wanderte weiter zu seiner Schulter, schob das Hemd weiter nach hinten. Er konnte sich genau vorstellen, was sie jetzt betastete. Da war der Wal … die drei Könige – weise Männer – und der Stern von Bethlehem. Und anderes …

„Geschichten?“, fragte sie.

„Manches. Manches habe ich selbst ausgesucht, anderes nicht.“

Sie ließ ihre Hand sanft über seinen Arm gleiten, schob den Ärmel herunter. Die Geste brachte ihn fast um den Verstand. Er schlüpfte aus dem Hemd und legte es beiseite. Sie kam näher, erforschte ihn.

Ihre blauen Augen nahmen alles in sich auf: die schwarzen Raben auf Schlüsselbein und Brust über Schiffen auf sturmgepeitschter See. Eine Seeschlange, die mit ihrem Schuppenschwanz ein Schiff umschlungen hielt und in den Abgrund zog. Er hielt den Atem an, als sie über den Leuchtturm auf der anderen Schulter strich, ihre Fingerspitzen einer gewundenen Kette folgten bis dorthin, wo Meerjungfrauen sich um einen Anker im Wasser tummelten … über seinen Bizeps bis in die Beuge des Ellenbogens. Langsam stieß er den Atem aus.

Ella legte die Hände wieder in den Schoß, ließ jetzt nur ihren Blick über die Bilder auf seinem Unterbauch wandern. Charlie hatte die Lippen geschürzt und versuchte in ihrer Miene zu lesen.

Er wies auf den Bund seiner Hose, auf seine Oberschenkel. „Mehr ist da nicht." Sie fragte ja nicht, aber er wollte einfach, dass sie es wusste.

Ella nickte nachdenklich.

Mit einem sanften Druck auf seine Schulter brachte sie ihn dazu, sich umzudrehen. Er tat es und das Laternenlicht fiel auf seinen Rücken. Sie betastete seine Schultern und er wusste, was sie da berührte. Ägyptische Sanddünen, Fischernetze, Davids Schleuder samt Steinen. Noch mehr Geschichten. Ihre Finger fuhren sein Rückgrat entlang. Die kahlen Bäume mit ihren verschlungenen Zweigen entlang, um die sich die Schlange ringelte und deren Wurzeln nach seiner Taille griffen. Weiter bis zu dem Löwenkopf über dem Kreuzbein, wo sie einen winzigen Moment verharrten. Ein Frösteln überlief ihn, und als ob sie es spürte, wich sie zurück. Er griff nach seinem Hemd.

„Mit der Zeit verblassen sie ein bisschen", sagte er, um das Schweigen zu brechen. „Aber es ist kaum ein Jahr her, sie sind noch recht frisch." Er hoffte, das würde sie trösten.

Aber eigentlich wusste er nicht, warum das noch wichtig war.

Ellas Blick lag noch immer auf seiner Brust, auf der Windmühle über seinem Herzen. Es war eine exakte Kopie von einer Postkarte, die Mimi immer in ihrer Tasche gehabt hatte. Eines der wenigen Andenken an das Leben seines Vaters vor dem Zirkus. Der Ort, den seine Schwester so gern einmal gesehen hätte.

„Ist Holland ihr Taufname?", fragte Ella.

Charlie wollte immer ehrlich zu ihr sein, deshalb legte er den Kopf schräg. „Nicht eigentlich. Es kommt drauf an, wen Sie fragen."

Ellas Augen umwanderten die Windmühle noch einmal.

„Und um ehrlich zu sein: Niemand hier würde einem Zeisel seinen wahren Namen verraten. Die meisten haben noch ein paar in Reserve."

Wie sie ihn ansah, meinte er, mit Händen greifen zu können, was sie dachte. Sie hatte gehört, was er gesagt hatte. Sie dachte an den Tag, an dem sie sich begegnet waren. Sie mit dem Klinikregister in der Hand.

*„Ihr Name, Sir?"*

*„Charlie. ... Löwenherz."*

Er sprach leise weiter. „Wollen Sie gar nicht wissen, warum?"

Sie schüttelte den Kopf und für das Lächeln, das sie ihm jetzt schenkte, liebte er sie umso mehr.

Langsam beugte er sich zu ihr hin, bis sein Kopf nah an ihrem lag. „Mein Name ist wirklich Charlie", flüsterte er. „Ich weiß nicht, warum ich ihn damals genannt habe. Vielleicht lag es daran, wie Sie Holland behandelt haben. Und mich ebenfalls."

Es klang, als öffneten ihre Lippen sich zu einem Lächeln. Er riskierte einen Blick. Er hatte sich nicht getäuscht.

„Also ..." Seine Stimme war immer noch kaum mehr als ein Flüstern. „Eigentlich heiße ich Richard. Aber bleiben wir doch bei Charlie, ja?"

Sie machte einen bezaubernden Schmollmund, so verführerisch, dass er zurückfuhr. Dann hörte er, wie Axel sich mit einem kehligen Grollen herumwälzte ... und weiterschnarchte.

Ella sah hoch und riss die Augen auf. „Um Himmels willen. Der Löwe." Schon war sie auf den Beinen und wollte die Flucht ergreifen, stolperte aber.

Der Schreck in ihrer Miene brachte Charlie zum Lachen, woraufhin ein weiteres schläfriges Schnarchen hinter ihm ertönte.

„Warum haben Sie nicht gesagt, dass hier ein Löwe ist?", rief sie.

„Um genau zu sein, es sind sogar drei Löwen in Reichweite. Haben Sie sie nicht gesehen?" Er winkte sie heran, aber sie schüttelte den Kopf und er warf einen Blick über die Schulter. Axel lag am nächsten, die Mähne quoll durch die Gitterstäbe und quer übers Gesicht zog sich das friedliche Lächeln einer etwas überdimensionierten schlafenden Hauskatze. „Er kann Ihnen nicht gefährlich werden. Völlig ausgeschlossen."

Aber der Blick, den sie ihm zuwarf, brachte ihn ebenfalls auf die Beine. Immer noch grinsend schloss er die letzten Knöpfe, stieg in die Stiefel, ignorierte Schnürsenkel und Schnallen und griff nach der Laterne.

„Kommen Sie. Gehen wir irgendwohin, wo Sie nicht verspeist werden." Denn es gab etwas, das er ihr sagen musste. Und dieser Fleck hier kam ihm dafür zu vertraulich vor. Denn die Worte, die er ihr sagen musste, waren es noch weit mehr.

# 27

Die Nacht kam ihr gar nicht dunkel vor. Das Mondlicht fiel hell vom Himmel und über den hohen Gräsern tanzten zahllose Glühwürmchen in der tintenschwarzen Nachtluft auf und ab. Ella ging schweigend neben Charlie her, schien vertieft in den Anblick der funkengleichen Käfer über dem hohen Gras der Wiese. Charlie strich mit der Hand über seinen Ärmel; ihre Berührung war ihm noch ganz gegenwärtig. Ebenso wie die Tätowierungen. Jedes einzelne Bild mit Nadeln in seine Haut gestochen.

Seine Gedanken wanderten ein Jahr zurück. Nach New York.

Mimi hatte diese Erde verlassen. Holland war erst wenige Wochen alt. Sein Kampf mit Olaf steckte ihm noch in Knochen und Gemüt. Damals hatte er eingewilligt, Hollands Stelle einzunehmen, und Madame hatte ihn nach New York geschickt, um ihre Abmachung zu besiegeln.

In einer noblen Karosse hatte sie ihn zu einem Gebäude gebracht, das dem ersten Eindruck nach ein renommiertes Hotel hätte sein können, wären da nicht die Ladys gewesen, die ihn empfangen hatten. In grellfarbiger Seide oder Satin, die Wangen unnatürlich rot gefärbt, die Augen müde … und dann auf einmal neugierig. Ein Etablissement, das vielfältige Dienste bot. Zu dieser mittäglichen Stunde ging es ruhig zu.

Im Eingangsflur blieb Charlie stehen. *„Ich weiß nicht, was Sie hier genau vorhaben …“*

Madame Broussard hob die Hand. Aus ihrer Ledertasche nahm sie ein kaum berührtes Blatt Papier und reichte es ihm. Er las den Vertrag und sein Magen rebellierte, als ihm schwarz auf weiß vor Augen stand, was er da unterschreiben sollte. Der Abschnitt, der ihn zum Schauobjekt in ihrer Kuriositätenschau machen würde. Aber warum hatte sie ihn hierher gebracht?

*„Es wäre wohl tatsächlich hartherzig von mir, wenn ich dir nicht auch dies anböte …“* Sie hielt einen zweiten Vertrag hoch. *„Eine Alternative und ich wage zu sagen, eine recht attraktive.“* Sie tippte

mit ihrem geschlossenen Fächer auf das Hemd über seiner Brust. *„Aber das wirst du schon ablegen müssen. Stell dich also nicht an oder ich verliere die Geduld. Und die ist bereits überstrapaziert."*

Das jämmerliche Gefühl, mit dem er in dem großen Salon gestanden hatte, würde er nie vergessen. Schweres Parfüm hing in der Luft. Das überladene Mobiliar voller Deckchen, Kissen und Spitzen. Selbst die Frauen, die sich über die Brüstung von der Galerie herabbeugten, hatten sich mit Perlen und Rüschen herausgeputzt. Aber Puder und Spitze bedeckten dennoch nicht genug. Das erbärmliche Gefühl wich auch nicht, als er sein Hemd auszog und vor den beiden Madames stand, die ihn begutachteten und hinter vorgehaltenen Fächern tuschelten. Ihn taxierten.

Er hatte Madame Broussard noch nie so selbstzufrieden gesehen.

Sie hatten Summen genannt. Zahlen. Dann Namen – mögliche Kundinnen. Frauen aus allen Städten, in denen sie in der nächsten Saison gastieren würden.

Während die Kupplerinnen noch beratschlagten, quollen aus allen Nischen und Winkeln der oberen Galerie mehr und mehr Frauen hervor. Räkelten sich in verzücktem Schweigen. Tuschelten auf den Stufen. Er hatte sich bemüht, den Blick abzuwenden. Aber wohin er auch sah, überall beleuchtete das grellweiße Licht, das durch die Glaskuppel in der Decke fiel, glitzernde Korsetts … Rüschen … Spitze. Frauen lehnten sich über Brüstung und Geländer, andere kamen ihm so nah, dass er meinte, ihren Herzschlag zu spüren. Er konzentrierte sich auf den Marmorboden unter seinen Stiefeln.

*Fels des Heils, geöffnet mir,*
*birg mich, ew'ger Hort, in dir.*

Immer wieder hatte er diese Worte innerlich wiederholt – ein Gebet, ein Schrei.

*„Allerdings ist der junge Mann … tugendhaft"*, sagte Madame Broussard leise.

Und die andere antwortete mit starkem Akzent: *„Und du bringst ihn zu mir, um zu sehen, welche von meinen Schönheiten ihn eines Besseren belehrt."*

Er starrte auf den Fußboden. Zur Tür. Dann in Augenpaare jeder Couleur, die ihn umstanden. Von allen Momenten seines Lebens, abgesehen von dem, in dem er Mimi und Holland verloren hatte, war dies der schwärzeste.

*„Hat er eine Vergangenheit?"*

*„Der Sohn eines Habenichts"*, sagte Madame Broussard. Und dann, ein wenig leiser: *„Und er hat ein kleines Mädchen."*

Es war nicht leise genug, denn etliche Köpfe wandten sich um.

*„Du hast gesagt, er ist tug…"*

*„Es ist das Kind seiner Schwester. Er ist … wie nennt man das? Ihr Vormund."*

Nie hatte er so viele Blicke auf sich ruhen gespürt. Die Kupplerinnen standen immer noch da und beäugten ihn. Im ganzen Raum wedelnde Fächer, Geflüster. Manches davon hätte er am liebsten nicht gehört.

*„Kein Problem, ihn mal hier und mal da einzusetzen – er ist beim Zirkus"*, sagte Madame. *„Er ist der Bursche, der die Löwen zähmt."*

Das Gemurmel im Raum verklang und alle Augen starrten ihn an.

Alles, was er hörte, war das wilde Pochen seines zentnerschweren Herzens.

*„Sein Name?"*, fragte jemand und eine junge Frau in einem cremefarbenen Morgenmantel kam näher.

Charlie hatte die Hände zu Fäusten geballt und betete innerlich, dass Madame doch wohl nicht …

*„Ein Mister …"* Madame streifte ihre Zigarette an einem Glasaschenbecher ab. *„Löwenherz."*

Flüsternd machte das Wort die Runde im Raum. Wie ein Echo. Seine Seele ging in die Knie. Die junge Frau sank auf ein Sofa und sah zu ihm auf. Auf den gebeugten Arm gestützt, strich sie sich mit behandschuhten Fingern übers Kinn; der Blick fixierte ihn … das hübsche Gesicht so blass, dass es ihm einen Stich ins Herz gab. Für einen langen Augenblick sah sie ihn forschend an. Im Raum war es mucksmäuschenstill.

Was war es, das sie sah?

Stand ihm die Geschichte, die ihm gerade ins Herz tropfte, schon auf der Stirn geschrieben? Die, die sein Vater ihm erzählt hatte, als er noch ein Kind war. Von der Versuchung Jesu in der Wüste.

War dies seine Wüste? Verkaufte er gerade seine Seele für ein Stück Brot?

Als wehe der Wind sie durch die offenen Fenster herein, schwebten die Worte auf einem Hauch von Parfüm auf ihn herab.

*Wiederum führte ihn der Teufel mit sich auf einen sehr hohen Berg und zeigte ihm alle Reiche der Welt und ihre Herrlichkeit und sprach zu ihm: Das alles will ich dir geben, so du niederfällst und mich anbetest.*

Er starrte Madame an – die beiden Verträge, die sie ihm hinhielt. Würde sie fortfahren, bis er auf den Knien am Boden lag?

Er kannte die Antwort. Deshalb erwiderte er jetzt den Blick der Kurtisane. Die junge Frau betrachtete ihn noch immer eingehend. Forschend. Abschätzend. In dem Blick, der über seine Haut glitt, lag Trauer, als wüsste sie, was Madame im Schilde führte.

Langsam wandte sie sich ihm zu, als wolle sie ihm ein Rettungsseil zuwerfen. Ihr trauriger Blick war fast ein Flehen, er möge sie wählen. Es war Freundlichkeit. Mitleid. Seine Augen wanderten langsam von den Falten ihres Seidenumhangs hinauf zu dem üppigen roten Haar, das sich in ihrem Nacken kringelte. Das Getuschel der beiden Madames klang erfreut, je länger er hinsah. Sie hatten die dunklen Köpfe zusammengesteckt und standen wie ein verschworenes Paar unter einem Wandteppich mit der Aufschrift *Carpe Noctem.*

Nutze die Nacht.

Und er hatte noch nicht geahnt, dass es eben diese verschlungenen, gewundenen Buchstaben sein würden, die als erste in seine Haut gestochen werden würden. Für seinen Widerstand.

Alles, woran er in diesem Moment denken konnte, war das kleine Mädchen – erst wenige Wochen alt –, das keine Mutter hatte, die es in den Arm nehmen würde. Keinen Vater, der es schützen würde. Alles, was die Kleine in dieser Welt hatte, war er, ein Mann, der nicht wusste, wie man für ein Kind sorgte. Der sich aber sicher war: Von dem Moment an, in dem er dieses Haus verließ, würde er genau das tun.

*„Er …"* Der Blick der jungen Frau flackerte über ihn hinweg. *„Er möchte jetzt gehen."* Neben der Trauer in ihrer Stimme war da noch etwas anderes. Staunen.

Charlie sah sie an. Die abgründige Geschichte, die er in den Augen des Mädchens las, sagte ihm alles. Sie war einmal ein Kind wie Holland gewesen.

Charlie griff nach seinem Hemd und zog es an. Madame hielt ihm einen Federhalter hin und er tauchte ihn in die Tinte und unterschrieb den ersten Vertrag. Dann ging er zur Tür, an der Olaf noch immer Wache stand, aber der Hüne hielt ihn nicht auf. Madame musste ihm ein Zeichen gegeben haben.

Auf dem Weg zurück in sein Hotel kämpfte Charlie mit der Übelkeit, die ihn befiel, wenn er daran dachte, was er getan hatte und was nun auf ihn zukam: eine Bürde, die er und nur er allein tragen würde. Am nächsten Tag hatte Madame Broussard ihn zu einem Tattookünstler gebracht. Einem, der im Ruf stand, nicht nur sein Handwerk zu verstehen, sondern auch innovativ zu sein – er hatte die elektrische Tätowiernadel erfunden.

Charlie war nie im Leben so allein gewesen. Die Nächte in dem winzigen Hotelzimmer. Madame und ihr Bulle von einem Aufpasser direkt gegenüber. Sie konnte sich sicher sein, er würde ihr nicht entwischen. Denn das, was er am meisten nötig hatte, war ein kleines Mädchen, das man irgendwo versteckt hatte, das sehnsüchtig auf ihn wartete.

Stundenlang, tagelang die Nadel auf seiner Haut. Der Schmerz war so heftig, dass er nicht mehr liegen konnte. Nicht mehr schlafen. Stunden saß er mitten im Zimmer auf dem Fußboden, schweißnass vom Fieber, mit dem sein Körper die Tinte abzuwehren versuchte. Es hatte mehr als zwei Wochen gedauert. Am letzten Abend lag er wach und starrte an die Wand. Starrte in eine Leere, von der er nicht geahnt hatte, dass es sie gab. Und spürte Hass, einen so unbändigen Hass auf Lucca, Mimis Mann, dass er danach fieberte, ihn zu befriedigen.

Starrte auf die schwarzen Buchstaben *Carpe Noctem* auf seinem Unterarm.

Und dann auf das Gelübde, das er dem von Madame entgegengesetzt hatte.

Jetzt sah er Ella an. Las in ihrer Miene, betete um die richtigen Worte. Niemals hatte er irgendjemandem von diesen Tagen erzählen wollen – und er wusste, dass dafür auch jetzt nicht der richtige Moment war. Aber er fragte sich, ob es nicht einen Weg gab, wie er sie wissen lassen konnte, dass es keinen Ort in dieser Welt gab, den Gott nicht erreichen konnte. Keinen Abgrund, der so tief wäre, dass sein Arm nicht bis dorthin reichte.

Charlie hätte so verzweifelt gern ihre Hand gehalten, dass er die seinen in den Taschen vergraben musste. Schließlich wurde ihm bewusst, wenn er jetzt nicht seine Gedanken zusammennahm und einfach weiter draufloslief, würden sie irgendwann im nächsten Bundesstaat landen. Abrupt blieb er stehen und versuchte herauszufinden, wo sie waren.

„Warum setzen Sie sich nicht?", schlug er vor.

Ella sank ins Gras und strich das Kleid über den Knien glatt.

Charlie ging ihr gegenüber auf die Knie und hockte sich dann auf seine Fersen. „Jetzt weiß ich also, warum die Leute mich unbedingt immer berühren wollen."

Sie sah ihn bestürzt an. „O Charlie. Das tut mir leid. Daran habe ich mit keinem Gedanken gedacht."

Mit einem Kopfschütteln wies er ihre Entschuldigung zurück. Ihm fehlten die Worte, um zu beschreiben, wie anders ihre Berührung gewesen war. Und das war wohl auch gut, denn gerade daran sollte er jetzt wirklich *nicht* denken. Er hüstelte hinter vorgehaltener Hand, um nicht nur seine Stimme, sondern auch seinen Kopf klar zu kriegen. Als das nicht half, grinste er und sah sie direkt an. „Sie sind eine Frau, die einen wirklich aus dem Konzept bringen kann."

*„Ich* bringe *Sie* aus dem Konzept?" In ihrer erstaunten Stimme lag ein Lächeln. „Und was tun Sie? Einen Meter hinter Ihnen lauert ein Löwe und ich merke es nicht einmal."

Er grinste. „Schließlich haben Sie's ja doch gemerkt."

„Schließlich ja."

Charlie spielte mit einer Haarsträhne und versuchte, sich darauf zu konzentrieren, was er ihr sagen wollte. „Ella. Es ringen gerade zwei Seelen in meiner Brust. Wenn ich ehrlich bin, dann möchte ich nichts lieber, als die wenige Zeit, die wir noch haben, damit zu verbringen, Ihnen zu sagen, wie gern ich mit Ihnen zusammen bin. Und Sie zu überzeugen, ernsthaft darüber nachzudenken, bei mir zu bleiben." Trotz allem.

Mann, was redete er da.

Aufmerksam studierte Ella sein Gesicht.

„Und dann gibt es da eine andere Seite. Und die verbietet mir jeden Gedanken daran und sagt mir, ich muss Ihnen einfach etwas sagen, das Sie wissen sollten."

„Gut."

Noch immer kniend, rutschte er ein wenig an sie heran, bis sich ihre Knie fast berührten. Vom Lagerplatz ertönte ein leises, langes Gebrüll von Axel, gefolgt von Kristov.

Charlie nahm ihre Hände. „Ella ... es gibt einen Gott, der Sie liebt."

Sie wollte sich ihm entziehen, aber er schloss seine Hände ein wenig fester um sie. „Bitte, lassen Sie mich das jetzt sagen, und anschließend können Sie aufstehen und nie mehr wiederkommen, wenn Sie wollen." Aber er las in ihrem Blick, dass sie das nicht wollte. *Gott, gib mir jetzt die richtigen Worte.* „Als Sie mir damals bei Ihnen in der Wohnung erzählten, was Ihnen passiert ist ... ich kann Ihnen gar nicht sagen, wie mich das schmerzt. Für Sie." Jetzt streckte er seine Hände vor. „Ich bin durchaus in der Lage, gewalttätig zu werden, Ella." Hundert Mal hatte er daran gedacht, wenn nicht öfter. „Es macht mich so zornig. So unglaublich zornig."

Sie entwand ihm ihre Finger und er sah, dass er sie verlieren würde. Sie war kurz davor zu fliehen. Wenn nicht körperlich, dann doch innerlich. Er bemühte sich, seine Angst davor zu bezwingen.

„Aber dann versuche ich, mit Ihrem Kopf zu denken und mit Ihrem Herzen zu fühlen und ..." Seine Hand fand ihren Hinterkopf. „Sie müssen wissen, was für ein unglaublich feiner Mensch Sie sind. Und was für eine absolut perfekte Frau."

Ihre Unterlippe bebte.

„Hören Sie, was ich sage?"

Ella nickte sacht.

„Sie bedeuten mir so viel", flüsterte er.

Ella lief eine Träne über die Wange.

„Aber es gibt eine Seite in Ihnen, die ist verletzt." Als sie blinzelte, streckte er die Hand aus und hätte beinahe seine Finger auf ihr Herz gelegt. „Es macht mir Kummer, wenn ich daran denke, warum das so ist. Und deshalb muss ich Ihnen einfach sagen: Ella, es gibt einen Gott. Und er liebt sie. Unendlich. *Er sehnt sich schmerzlich nach Ihnen.* Er kann eifersüchtig sein und manchmal auch zornig. Ich glaube ..." – ja, von ganzem Herzen – „ihretwegen ist er beides."

Sie sah zu ihm auf.

„Ich weiß nicht, warum Ihnen das zugestoßen ist. Und ich muss auch zugeben, dass ich mich manchmal frage, warum Gott tut, was er tut. Was er alles zulässt. Aber, Ella", er senkte seinen Kopf so tief, dass jetzt er zu ihr aufschauen musste, „meinen Sie, dass Sie heute eine andere sind als vorher?"

Sie nickte und er hoffte, sie glaubte nicht, er meine ihren Körper. Das sagte er ihr auch. Sie nickte wieder.

„Wenn wir uns getrennt haben, werde ich für Sie beten. Und zwar darum", er nahm wieder ihre Hand, „dass sie innerlich heil werden. Hier drinnen." Er tippte sich auf die Brust. „Dass Sie Frieden finden." Jetzt hielt er ihre beiden Hände fest in seiner. „Dieser Mann hat Ihnen etwas gestohlen. Und er hatte kein Recht dazu."

Ella wandte den Kopf ab.

„Und wenn Sie es zulassen, dann hat er die Macht, Ihnen noch mehr zu nehmen." Sein Arm legte sich um ihre Schulter, seine Hand lag in ihrem Rücken, wo ihr Herz gegen die Rippen pochte. Plötzlich war seine Stimme sehr leise. „Bitte, lassen Sie nicht zu, dass er Ihnen noch mehr stiehlt."

Ella senkte den Kopf, sodass ihr Zopf seinen Arm streifte.

„Die Bibel spricht von Gottes Zorn, aber vor allem spricht sie von Gottes Gnade. Er wird diesen Kampf für Sie ausfechten, Ella. Meinen Sie, Sie können das glauben?"

Sie schürzte die Lippen und er konnte sehen, wie unentschlossen sie war.

„Dieser Gott ist nicht gegen Sie, Ella." Charlie strich ihr eine Haarsträhne aus dem Gesicht. *„Er ist auf Ihrer Seite."*

Sie nickte sanft und er wusste, sie brauchte jetzt Zeit zum Nachdenken. Vielleicht viel Zeit. Die Löwen brüllten wieder, leise und schwermütig. Beanspruchten ihren Raum. Riefen nach ihm.

„Meine Bibel. Darf ich Sie Ihnen schenken? Damit Sie sie behalten?"

Ella schien einen Moment zu überlegen. Dann sagte sie: „Behalten Sie sie. Wirklich." Sie verschränkte die Finger und senkte den Blick. „Sie können damit so viel Gutes bewirken. Sie helfen so vielen Leuten. Ich bin doch nur eine unbedeutende Einzelne."

Ihre Worte schnitten ihm ins Herz. Aber wenn er ehrlich war, hatte er nichts anderes erwartet. Er suchte nach etwas, was sie ermutigen konnte. Aber sie kam ihm zuvor.

„Aber vielleicht können Sie mir ja etwas daraus aufschreiben? Das, was Sie am Sonntag vorgelesen haben. Das mit der Ruhe für die Seele." Sie legte die Hände in den Schoß. „Das würde ich gern noch einmal lesen."

Charlies Kehle war wie zugeschnürt und die Worte kamen nur mühsam. „Das … tue ich … sehr gern." Hier war kein Raum mehr für Worte. Er zog sie einfach an sich und sie lehnte sich an ihn, ihr Gesicht an seiner Schulter, seine Hand barg ihren Kopf.

Charlie schloss die Augen. Eins musste er noch sagen. Um seiner selbst willen. Weil es die reine Wahrheit war. „Ich liebe dich, Ella", flüsterte er.

Seite an Seite saßen sie im Gras, Ella lehnte an Charlies Brust und kam ihm plötzlich sehr klein vor. Er fürchtete, er hätte sie überrumpelt, und hielt sie einfach in den Armen, ohne eine Antwort zu erwarten. Er war sogar froh, dass er keine bekam, denn eine Antwort würde es ihm so viel schwerer machen zu tun, was er am nächsten Tag tun musste.

Er würde sie nach Hause begleiten. Und dann würde er gehen.

# 28

Ella stand im roten Zirkuswagen und ein Blick auf Angelina zeigte ihr, dass diese genauso niedergeschlagen war wie sie selbst. Der Morgen war wie im Flug vergangen. Jetzt war es schon fast Nachmittag und Charlies Landkarten sagten, dass sie beide nun den Weg nach Nordwesten nehmen mussten. Zeit also, um Abschied zu nehmen.

„Wir vergessen dich nicht", sagte Angelina mit feuchten Augen. „Und wir beten für dich."

Ella nickte heftig. „Ich danke euch." Sie wischte sich ein paar Tränen ab. „Ich wünschte, ich könnte euch schreiben. Vielleicht in euer Winterquartier? Charlie hat davon gesprochen."

„Ich geb dir die Adresse." Angelina holte einen Zettel und schrieb die Anschrift auf. „Und wenn du mir sagst, wohin ich *dir* schreiben kann, tu ich das auch. Und vielleicht kann ich dir ja eines Tages ein Foto von mir und meinem Mann schicken."

Diese Vorstellung war so bittersüß, dass sie ein paar weitere Tränen zum Fließen brachte. So sehr Ella sich freute, dass Angelina eines Tages ihren Liebsten in den Armen halten würde, so sehr musste sie auch an Charlie denken und daran, was die Zukunft für ihn bereithielt.

Sie schloss Danielle in die Arme und dann Evangeline. Dass sie sich tatsächlich hier verabschiedeten, kam ihr fast unwirklich vor. Aber sie hatte gewusst, dass dieser Tag kommen würde. Es war Zeit, nach Hause zu reisen. Es war Zeit. Das hatte sie sich in der letzten Nacht immer wieder gesagt, als das Zirpen der Grillen sie nicht schlafen ließ. Und das Wissen, dass Charlie nur ein paar Schritte entfernt war.

Und dass er sie liebte.

Ella spürte weitere Tränen kommen und wischte sich rasch über die Augen. Ein letztes Mal sah sie sich in dem gemütlichen Wagen um. Prägte sich alles ein: die Spitzen, die Rüschen, die Gesichter der drei Schwestern, die ihr ans Herz gewachsen waren.

So sehr ans Herz gewachsen. Und ihr stand noch ein Abschied bevor. Ella holte tief Luft und zwang sich, die Stufen hinabzusteigen.

Little Joe und anderen, die sie näher kennengelernt hatte, hatte sie schon vorher Auf Wiedersehen gesagt. Jetzt sah sie den Weg hinunter, wo Charlie sein schwarz-weißes Pferd mit einer Satteltasche belud. Er hatte ein zweites Pferd geliehen, das den Wagen ziehen würde. Und er hatte es ihr zwar nicht gesagt, aber sie hatte gesehen, wie er einen der Hilfsarbeiter dafür bezahlt hatte, dass er in seiner Abwesenheit dafür sorgte, dass Regina und Holland und seinem Wagen nichts zustieß. Charlie würde nur zwei Tage fort sein. Der Zirkus würde bald Charlottesville erreichen, wie sie gehört hatte, und der wichtigste Mann durfte in der Vorstellung nicht fehlen.

Als sie näher kam, steckte er gerade eine Pistole in eine der Satteltaschen, dann folgte ein Magazin Patronen. Ihre Sachen hatte er bereits in der Tasche verstaut, darunter auch ein Haarband, das Angelina ihr geschenkt hatte. Ella würde es immer in Ehren halten.

Charlie schnallte gerade eine weitere Decke fest, als Regina ihm aus dem Wagen etwas zurief. Er sprach mit der klein gewachsenen Frau, dann trug er eine Kiste aus dem Wagen, in der allem Anschein nach Proviant war. Mit geübten Bewegungen packte er ein paar Gläser und Pakete in die Satteltaschen, dann einen zugeknoteten Sack. Ella lief zu Regina und ergriff ihre warme Hand.

„Vielen Dank für alles“, flüsterte Ella.

Regina wartete, bis Ella sich zu ihr hinabbeugte, und streichelte ihr Gesicht. „Es ist eine Freude, Sie zu kennen, *mia cara. Eine wahre Freude.*“ Mit mütterlicher Zärtlichkeit rieb sie Ella mit dem Daumen die Wange.

Ella schenkte ihr einen letzten, intensiven Blick. Sie würde diese tapfere kleine Frau vermissen. Charlie fragte nach Streichhölzern und Regina ging danach suchen. Dann erklang eine andere Stimme, die Ella herumwirbeln ließ.

„Klopf, klopf.“ Madame Broussard kam auf sie zu, das schwarze Haar straff zurückgebunden, eine Kamee am Kragen ihrer dunkelgrünen Bluse. Der Blick, den sie Ella zuwarf, war so eisig, dass diese es vorzog, sich in den Hintergrund zurückzuziehen.

„Dann ist es also so weit“, sagte die Frau.

Charlie zog einen Gurt straff und vertäute das lose Ende. „Was willst du?“

„Zunächst einmal freundlich begrüßt werden.“ Mit einer lässigen Handbewegung wedelte Madame mit einem Blatt Papier. Charlie verstummte. In Ellas Augen war es nur ein kleiner Zettel, mit spitzen Fingern gehalten. Aber die Weise, wie er Charlie plötzlich zum Schweigen brachte, ließ ihr einen Angstschauder über den Rücken laufen.

„Und das hier ist immer noch das Beste.“

Charlie ignorierte sie und ging um das Pferd herum. Madame folgte ihm und redete leise auf ihn ein. Der junge Mann schüttelte den Kopf. Seine Stimme war ruhig und beherrscht. Aber Ella hörte den Zorn darin.

Die Frau sprach jetzt in scharfem Ton und schoss funkelnde Blicke zu Ella hinüber. Charlies Blick folgte dem ihren – für den Bruchteil einer Sekunde –, dann antwortete er ihr. Jetzt war er wirklich zornig.

Wieder ging er um das Pferd herum. Die Frau redete weiter auf ihn ein, während sie ihm folgte. Schließlich ließ er seine Hände auf dem Sattel ruhen und starrte ins Leere. Madame beobachtete ihn noch ein paar Augenblicke, dann steckte sie ihm das Papier in die Tasche und stolzierte davon. Charlie rührte sich nicht. Er stand nur reglos da und starrte zu Boden.

Ella ging zu ihm. Er hatte die Augen geschlossen. Dann schien er zu spüren, dass sie da war, und sah auf. „Wir müssen los. Sie sollten sich von Holland verabschieden.“

Ella kniete neben dem Holzbettchen und betrachtete das kleine Mädchen, das an einem verschneiten Wintertag plötzlich in ihren Armen gelandet war. Holland lag auf der Seite, die Händchen umklammerten eine abgenutzte Decke, und sie schlief. Die rosigen Lippen kräuselten sich. Dichte Wimpern bebten leicht auf blasser Haut. Ella drückte ihren Mund auf die seidige, runde Wange und flüsterte ein Gebet für das Kind.

Und dann noch eines für den Mann, der mehr Papa war, als ihr eigener Vater es je gewesen war.

Aus dem Korb neben dem Bett nahm Ella Hollands blaue Strickmütze und drehte sie in den Händen. Charlie stand schweigend im Eingang und sah ihr zu, wie sie die Mütze in der Hand bewegte und dann nach dem winzigen Pullover griff und beides an die Brust drückte – in Erinnerungen versunken. Sie sah auf Holland hinunter und strich ihr mit der Hand über den schlafwarmen Rücken. „Ich hab dich lieb, meine Kleine", flüsterte Ella.

Dann verschwamm ihr alles vor den Augen. Sie blinzelte die Tränen fort und fuhr mit dem Finger über die Schnitzerei an dem kleinen Bett. Mond und Sterne und kleine Tauben. Ihr Daumen zeichnete die eingekerbten Buchstaben nach: *Holland Löwenherz.*

Ella beugte sich vor, drückte ihre Lippen auf die goldenen Locken und spürte die Wärme der Babyhaut. Lauschte auf den leisen Atem. Der Kloß in ihrer Kehle war riesengroß. „Pass gut auf deinen Papa auf, ja?"

Aus dem Augenwinkel sah sie, wie Charlie sich mit der Hand übers Gesicht fuhr. Er sprang vom Wagen und ging davon, beide Hände in seinem Haar vergraben.

Ella drückte noch einen Kuss auf Hollands seidigen Nacken und schloss die Augen. Mit zitternden Händen drückte sie das Baby noch einen Herzschlag lang an die Brust.

Dann stand sie auf.

Ließ sich von Charlie vom Wagen helfen.

Und konnte sich kaum erinnern, wie er sie zum Pferd geführt hatte.

„Ich würde gern laufen", sagte Ella. „Wo geht's lang?"

Charlie wies nach Nordosten und Ella, die sich mit den Händen die Augen trocknete, setzte sich in diese Richtung in Bewegung. Sie konnte jetzt nicht nachdenken. Konnte nichts anderes tun, als einen Schritt vor den anderen zu setzen. Sie musste laufen. Wenn sie jetzt stehen bliebe und zu gründlich nachdächte, würde sie ihren Entschluss ändern.

Also lief sie weiter ... lief ... und lief ... und plötzlich war Charlie neben ihr, das Pferd am Zügel.

Er sagte nichts und sie war froh darüber, denn sie hatte schon Mühe, überhaupt weiter zu atmen. Die Wiese stieg leicht an und dahinter erhoben sich Hügel und Bäume, die zum Horizont hin immer dunkler wurden. Ella wischte sich mit dem Ärmel über die Augen. Sie befahl sich weiterzugehen, aber sie schaffte es nur ein paar Minuten lang, dann sank sie zu Boden.

Charlie kniete neben ihr, seine warme, starke Hand lag an ihrer Wange und er zog sie in seine Arme.

„Ich weiß nicht, wie ich das schaffen soll", flüsterte sie.

Worte, die sie nicht hätte sagen sollen. Sie brachte ihn damit in eine schwierige Lage. Sie kam sich selbstsüchtig vor. Er nahm sich die Zeit, sie nach Hause zu bringen – und nahm alles in Kauf, was daraus folgen würde –, und sie lag hier am Boden und konnte sich nicht auf den Beinen halten.

Charlie drückte sie sanft an der Schulter. „Versuchen wir mal, Sie aufs Pferd zu kriegen", sagte er leise.

Sie wusste, dass er nicht unbegrenzt Zeit hatte, und ließ sich von ihm aufhelfen. „Es tut mir so leid."

„Das sollte es nicht."

Als sie den Fuß in den Steigbügel setzte, fasste er sie um die Taille und hob sie hoch, sodass sie den Sattelknauf packen konnte. Ella zog sich in den Sattel und strich ihre Röcke glatt, so gut es ging. Dann heftete sie ihren Blick auf Charlie, der die Zügel nahm und ihnen wortlos voranging.

# 29

Das Land stieg allmählich an. Charlie führte Siebel über einen Hügel, der so dicht und üppig bewachsen war, dass er beinahe befürchtete, sie würden sich darin verlieren. Nur die Bäume in einiger Entfernung sagten ihm, dass sie bald in höheres Gelände kommen würden. Ella saß schweigend im Sattel, schluchzte ab und zu und fuhr sich immer wieder mit dem Ärmel über die Augen. Es machte ihn ganz krank. Er brachte das Pferd zum Stehen, kramte in seinem Gepäck und reichte ihr ein Taschentuch.

Während das Pferd weitertrottete, fasste Ella sich allmählich und schließlich bat sie Charlie, ihr aus dem Sattel zu helfen. Charlie packte sie um die Taille, half ihr herunter und sie lief neben ihm weiter. Nicht so nah, dass er glauben durfte, sie sei sein, aber nah genug …

„Das müsste die Straße sein", sagte er, als das Land steiler zu den Bergen anstieg. Der Weg war nicht viel breiter als ein Trampelpfad, aber dies musste die Abzweigung sein. Ella lief ein wenig voraus und kauerte sich vor einen kleinen, schief stehenden Wegweiser. Das Holz war verwittert und trug die Spuren der Zeit. Sie fuhr mit den Fingern über den Namen des Passes, den Charlie erst lesen konnte, als er sie erreicht hatte.

„Ja. Wir sind richtig", sagte sie.

Sie gingen weiter. Der Pfad war hart und grasbewachsen, als sei er seit dem letzten Schnee nur wenig begangen worden. Die Luft war warm, schwer. Frühlingsblumen knospten an den Rändern des Weges, auf dem sich kaum ein Stein fand. Charlie vermutete, das würde sich ändern, wenn sie höher kamen, aber fürs Erste war der Weg für das Pferd unbeschwerlich. Siebel hatte zwar ein neues Hufeisen, lahmte aber noch immer ein wenig und das Hufgeklapper war langsamer als sonst. Und das verstärkte sich noch, je länger sie unterwegs waren.

Der Pfad wurde schmaler. Die Baumschösslinge auf beiden Seiten drängten ihn und Ella eng aneinander, ein Umstand, gegen den

Charlie nicht das Geringste einzuwenden hatte. Ein leichter Wind raschelte durch noch unbelaubte Äste voller knospender Blüten.

Wege einzuschätzen hatte Charlie im Lauf seines Lebens gelernt. Er hatte ein Gespür für Zeit und Entfernung; zwischen einer Stadt und der nächsten hatten immer die Meilen gelegen. Und jede einzelne davon hatten sie zu Fuß zurückgelegt. Als Junge hatte er immer gewusst, wie weit er bis zum nächsten Meilenstein am Straßenrand rennen musste und wie sehr er außer Atem sein würde. Er wusste, dass sie etwa vier Meilen auf dem steiler ansteigenden Pfad zurückgelegt hatten. Die veränderte Landschaft bestätigte ihm das. Dunkelgrünes Gebüsch säumte jetzt den Weg und ein leichter Nebel stieg auf, der kühl auf seiner Haut lag und Ellas Haar kringelte.

„Wo sind wir hier?", fragte er.

„In einer Senke." Sie streckte die Hand aus und ließ den Nebel durch ihre Finger wehen.

„Aber das hier ist eine Wolke", stellte er fest.

Ein kleiner Funke in ihren Augen ließ ihn hoffen, dass Ella bemüht war, die Tränen durch ein Lächeln zu ersetzen. „Das kommt schon mal vor, wenn man in höhere Regionen kommt."

„Nun, mit Bergen habe ich nicht gerade viel Erfahrung." Besser gesagt gar keine. Aber das hätte er ja nicht unbedingt kundtun müssen, schalt er sich.

Sie wandte sich zu ihm um und drehte ein Blatt zwischen den Fingern, erst in die eine, dann in die andere Richtung. „Dafür gibt es einen Namen."

Er wartete, bis er sie erreicht hatte, und bemühte sich um eine möglichst unbekümmerte Stimme. „Ist er besser als *Zeisel?*"

Sie lächelte. „Flachlandtiroler", sagte sie.

Ihre Schulter streifte die seine und ihre Hand neben seiner fühlte sich allzu vertraut an, sodass er zurücktrat und stattdessen nach Siebels Zügel griff. „Oh", sagte er. „Ja, vermutlich bin ich das."

Vor ihnen öffnete sich eine Bergwiese. Das Gras war frühlingsgrün und weich unter ihren Füßen. In einiger Entfernung lag ein Gehöft; der Garten war bereits umgegraben und die Saat schlummerte vermutlich schon im Boden. Siebel wurde merklich langsamer und Charlie schlug vor, eine Rast zu machen. Wenig später wies Ella auf einen umgefallenen Baum in einem Eichenhain, der eine gute Sitzgelegenheit bot. Charlie pflockte das Pferd an langer Leine an und stöberte dann in den Satteltaschen nach etwas Essbarem.

Die beiden roten Äpfel und die gestreifte Tüte mit Erdnüssen, die er zutage förderte, brachten Ella zum Schmunzeln.

„Zirkusessen", sagte sie und langte mit einem schelmischen Lächeln nach der zerknitterten Tüte. „Und das mitten im Wald."

Charlie knackte eine Nuss und warf die Schalen weg. „Schon wieder eine Premiere. Ich hätte Limonade mitnehmen sollen."

Ella lächelte leise und ihm wurde warm ums Herz.

Neben ihnen kaute Siebel Eicheln. Charlie wusste, dass sie aufbrechen mussten, bevor er zu viel davon fraß. Er ließ Ella und dem Pferd noch ein paar Minuten Zeit, bis er sich die Erdnussschalen von der Hose klopfte und aufstand. „Wir gehen besser weiter, sonst verdirbt Siebel sich noch den Magen."

Ella verstaute die restlichen Erdnüsse wieder in der Satteltasche. Er nahm an, dass sie weiter laufen wollte, und ihm war das nur recht, denn er genoss es, sie neben sich zu haben. Während sie die nächste Meile in Angriff nahmen, wurde der Boden dunkler. Die kümmerlichen Bäume bildeten dichte Haine und reckten bizarr geformte Äste auf der Suche nach Sonne gen Himmel. Im Schatten wuchs Moos an den Felsen und auf dürren Ästen turnten Eichhörnchen herum. Knotige Wurzeln zogen sich hin und her über den Weg und verlangsamten ihre Schritte. Das Pferd lahmte vorn stärker, was Charlie etwas beunruhigte.

Der Nachmittag neigte sich dem Ende zu und es lag schon ein Hauch von Abendkühle in der Luft, als Stimmen und Schritte die Stille unterbrachen. Charlie lauschte einen Moment, unsicher, ob Ella es auch gehört hatte. Sekunden später wandte sie den Kopf in Richtung der Geräusche und Charlie machte zwei Männer aus, die auf sie zukamen. Die Gewehre über ihren Schultern und die beiden Fasane, die sie am Hals gepackt trugen, verrieten, in welcher Angelegenheit sie hier unterwegs waren.

„Kennen Sie die Männer?“, fragte Charlie, eher aus Neugier. Er wusste nicht, wie es auf dem Land zuging.

„Das kann gut sein.“

Die Fremden kamen näher und er spürte, wie Ella die Männer taxierte. Die beiden Jäger taten umgekehrt dasselbe. Sie waren jetzt nah herangekommen und gingen langsamer. Charlie presste eine Hand in Siebels Flanke und brachte ihn zum Stehen.

„Guten Tag“, sagte Charlie, als Ella schwieg.

„’n Abend.“

Einer der beiden sah von ihm zu Ella, wo sein Blick hängen blieb. Er wanderte über ihr blondes Haar, ihr Gesicht. Dann nahm der Fremde den Filzhut ab. „Sie sind nich’ vielleicht eins von den Beckley-Mädchen, was?“

„Doch, Sir“, sagte sie.

Seine Miene war freundlich. „Der Mama wie aus’m Gesicht geschnitten.“

Überrascht schnappte Ella nach Luft; es konnte alles und nichts bedeuten.

Der Blick des Mannes wanderte nun von Ellas ringlosem Ringfinger zu Charlie. Weil er die Situation nicht erklären wollte, streckte Charlie ihm die Hand entgegen. „Charlie Löwenherz.“ Sie schüttelten sich die Hände und der Mann schien ihn abzuschätzen. „Freut mich, Sie kennenzulernen.“

Der Fremde senkte den Kopf. „Aufm Weg nach Hause, Miss Beckley?“

„Ja, Sir. Was glauben Sie, wie weit ist es noch von hier?“

Der Mann kratzte sein schütteres Haupt und sah sie an. „So sieben Meilen, würd ich sagen.“

Nicht gut. Charlie stellte ein paar Berechnungen an, während die anderen Neuigkeiten aus der Gegend und über die Leute austauschten. Er wurde langsam unruhig und war deshalb froh, als die Männer sich verabschiedeten.

„Ihr Zeisel seid seltsame Vögel“, sagte er schließlich. „Ich dachte schon, die beiden hören gar nicht mehr auf zu reden und bleiben ewig.“

„Wir sind nicht seltsam. Sie waren einfach nur freundlich.“

Ella gab ihm einen leichten Rippenstoß. „Und es ist nicht sehr freundlich, andere Leute Zeisel zu nennen."

Charlies Mundwinkel hoben sich. Dann kratzte er sich am Hinterkopf, nicht sicher, ob sie eine Antwort erwartete. Aber er konnte die Bemerkung nicht auf sich sitzen lassen. Er überlegte einen Moment, dann antwortete er ihr in Carni, der Sprache der Zirkusleute. Wohl wissend, dass sie ihn nicht verstehen würde, sagte er ihr, wie wunderschön sie in ihrem gelben Kleid aussah.

Offensichtlich verwirrt runzelte sie die Stirn.

„Wenn Sie auch nur einen Tropfen Zirkusblut in sich hätten, hätten Sie mich verstanden. Womit bewiesen ist, dass Sie ein *Zeisel* sind." Er trat näher und nahm ihr Gesicht in beide Hände. „Aber, meine Liebe", sagte er sanft und genoss den Anblick ihres verblüfften Gesichts, denn er war gerade selbst von sich überrascht. So leise er konnte, flüsterte er: „Sie haben angefangen. Sie haben mich einen Flachlandtiroler genannt."

Charlie spürte ihr Lächeln in seinen Händen, sah es, strahlend wie die Sonne. Erbarmen! Er wollte sie küssen. Aber er wandte sich ab und schnalzte mit der Zunge, um Siebel anzutreiben.

Während die Sonne langsam hinter den Bäumen verschwand, kamen sie an weiteren Gehöften und steilen Felsvorsprüngen vorüber. Hier und da schloss ein Hartriegel die Blüten. Charlie fragte nach Ellas Familie und sie erzählte ihm von ihren Eltern, Milly und Holden Beckley. Und als sie an einem Bach haltmachten, um das Pferd zu tränken, beschrieb sie ihm ihre Geschwister.

Ella hielt ihre Hand in das glucksende Wasser und erklärte Charlie, der an einem hohen, dürren Baumstamm lehnte, dass sie die Älteste war; dann kamen die Zwillinge Elizabeth und James, zwei Jahre jünger als sie, die beide inzwischen geheiratet und eigene Familien gegründet hatten. Dann gab es noch Connor, inzwischen fünfzehn. Danny war gerade zehn geworden und die Jüngste, Beth, würde demnächst acht.

Charlie war darin geübt, Fremde einzuordnen. Er prägte sich die Namen und das jeweils zugehörige Alter ein und schob sie dann in den Hintergrund seines Gedächtnisses. Er ging zum Bach, füllte einen Wasserschlauch und band ihn an den Sattel;

dann nahm er das Pferd am Zügel und winkte Ella aufzubrechen.

„Alles in Ordnung mit Ihnen?“

Ihr Lächeln sah ein wenig gezwungen aus. „Es ist gut, nach Hause zu gehen.“

„Das würde ich annehmen.“

„Aber Sie werden mir fehlen.“ Ihre blauen Augen folgten jeder seiner Bewegungen.

Charlie wollte erwidern, dass er sie auch vermissen würde. Sie schon jetzt vermisste. Mehr, als sie ahnen konnte. Aber er hielt seine Zunge im Zaum. Verzweifelt versuchte er mit der Hilfe des Himmels einen Rest Verstand zu bewahren. Dennoch wollte er Ellas Worte nicht unbeantwortet lassen und so beugte er sich zu ihr, nahm ihren Kopf in beide Hände und drückte ihr einen hauchzarten Kuss auf das warme Haar. Er hoffte, das war Antwort genug.

Vielleicht wäre es besser gewesen, sein Herz hart zu machen und Ella glauben zu lassen, sie sei ihm gleichgültig. Aber Charlie wollte in seinem Leben nichts zu bereuen haben und das wäre ganz sicher etwas, das er bereuen würde.

„Wohin werden Sie gehen?“, fragte sie.

„Nach Charlottesville zuerst an die Küste und dann nach Norden, nach Baltimore. Und dann weiter hoch, vielleicht bis nach Massachusetts, bevor wir wieder runterkommen nach New York und für den Winter in Coney landen.“ Er sah sie nicht an. „Warum fragen Sie? Sie denken doch nicht etwa daran, doch noch durchzubrennen und zum Zirkus zu gehen?“

Ella schlug die Wimpern nieder.

„Denn falls Sie das tun, wüsste ich jemanden, der Sie nehmen würde.“

Sie nickte und presste die Hand auf den Mund.

Oh, das hätte er nicht sagen sollen. „Bitte nicht wieder weinen.“ Aber Ellas Kinn zitterte schon und so stöberte Charlie in der Satteltasche und reichte ihr noch ein Taschentuch. „Sie sollten jetzt besser wieder aufs Pferd steigen.“

„Bitte. Ich möchte lieber laufen.“

„Sie sind schon erschöpft und wir haben noch ein gutes Stück Wegs vor uns." Noch war Charlie nicht bereit, Ella zu sagen, dass sie an diesem Abend nicht mehr ankommen würden. Er versuchte immer noch selbst der Tatsache ins Auge zu sehen, dass – und da bestand kein Zweifel – sie und er die Nacht hier draußen im Freien verbringen würden.

„Wann müssen Sie zurück sein?", fragte sie, als die Schatten im dichter werdenden dämmerigen Wald schon lang wurden.

„Am Samstag. Zur Vorstellung. Spätestens." Zweieinhalb Tage.

„Werden Sie es rechtzeitig schaffen?"

„Werde ich." Er musste es schaffen. Charlie sah sie an. Es war Zeit, es ihr zu sagen. „Ella, in einer halben Stunde wird es dunkel. Wie weit, glauben Sie, ist es noch bis zu Ihren Eltern?"

Sie sah sich um, als suche sie nach einem vertrauten Punkt in der Landschaft. „Ich weiß es nicht. Ich bin noch nie allein hier entlanggelaufen. Papa war immer für den Weg zuständig. Was denken Sie, wie weit sind wir gegangen, seit wir die beiden Jäger getroffen haben?"

„Drei Meilen." Geschätzt. Vermutlich eher zwei, aber er wollte sie nicht entmutigen. Sofort bereute Charlie die Lüge und sagte ihr die Wahrheit.

„Sie könnten doch auch reiten", sagte Ella.

„Danke, ich laufe."

„Aber dann wären wir schneller da."

Etwas, wonach Charlie kein Verlangen hatte. Denn er wusste jetzt: Wenn sie Ellas Elternhaus erst erreichten, würde sein Herz richtig krank sein. Und reiten – der Gedanke, dass sie ihre Arme um ihn legte oder er um sie, war zu viel für ihn. Nein. Er würde laufen. „Das Pferd ist müde und kann nicht mehr tragen als Sie."

Ella sah drein, als bedauere sie ihren Vorschlag.

„Sehen Sie, Ella, ich kann mit aufsteigen und wir können eine Weile gemeinsam reiten, aber Siebel ist wirklich müde. Sein Huf ist noch nicht in Ordnung und das Gelände ist uneben und anders, als er es gewohnt ist. Das hilft auch nicht gerade. Ich weiß also nicht, wie weit wir kommen würden. Oder wir gehen einfach weiter wie bisher. Vielleicht sind wir gegen Mitternacht da, vielleicht auch später." Charlie schüttelte eine lästige Mücke von seiner Wange ab. „*Oder* wir suchen uns einen Platz zum Übernachten, solange es noch ein wenig hell ist. Wir sind jetzt schon ein Weilchen an diesem Bach entlanggegangen; ein Stück weiter oben war ein verlassenes Camp. Der Platz ist so gut wie jeder andere. Und wir gehen morgen früh weiter zu Ihren Eltern. Ich überlasse es Ihnen."

Als Ella Charlie gestanden hatte, was ihr zugestoßen war, hatte sie nicht gesagt, wo es geschehen war; aber da sie an dem Abend von der Kirche nach Hause gegangen war, schloss Charlie, dass es vermutlich ein Waldweg gewesen war. Vielleicht ein Weg wie dieser. Der Gedanke, dass sie sich vor ihm fürchten könnte, war ihm unerträglich und er musste sie wissen lassen, dass es andere Optionen gab.

Ella streckte die Hand aus und tätschelte Siebels Hals. Ein violetter Sonnenuntergang flammte auf ihren Schultern. „Bleiben wir besser hier. Es wäre gut, wenn das Pferd sich ausruhen kann", sagte sie, ohne Charlie anzusehen. „Und dann morgen ganz früh aufbrechen. Ich habe meine Familie so lange nicht gesehen und sie rechnen auch nicht mit mir. Ich möchte sie nicht erschrecken, wenn wir mitten in der Nacht ankommen. Es ist am besten, wenn wir hierbleiben."

Es brauchte einen Moment, bis Ellas Worte bei Charlie angekommen waren. Schließlich nickte er. „Dann suchen wir jetzt einen Rastplatz."

# 30

Ella spähte in die zunehmende Dunkelheit. Sie folgte Charlie und dem Pferd zurück zu der Lichtung, die er erwähnt hatte. Der unebene, wurzelüberwachsene Weg öffnete sich in eine kleine Waldwiese. Charlie ließ die Zügel los und ging zum Bach, der sich hinter einer Baumreihe glucksend dahinschlängelte.

Als er zurückkam, löste er den Sattelgurt.

„Wie kann ich helfen?", fragte Ella.

Charlie sah sich um. „Sie könnten etwas Kleinholz als Zunder sammeln. Und dort drüben aufschichten." Er wies auf einen Ring aus Steinen, der aussah, als sei er schon oft als Feuerstelle benutzt worden. „Ich bringe ein Feuer in Gang, dann haben wir ein wenig Licht."

Charlie wuchtete den Sattel vom Pferd. Mit einem Zungenschnalzen dirigierte er Siebel zum Bach, der dort ausgiebig trank. Dann sammelte Charlie größere Holzstücke und legte sie auf die Zweige und Stöckchen, die Ella zusammengetragen hatte. Während er an der Feuerstelle kniete, klopfte sie sich den Staub von Händen und Kleid.

Flink baute Charlie das Feuer aus den kleineren Scheiten und entzündete es mit den Streichhölzern aus der Satteltasche. Immer noch auf den Knien beugte er sich vor und blies die Flammen sacht an und schon bald flackerten sie heller und kräftiger. Währenddessen kümmerte sich Ella um eine Unterlage zum Schlafen. Da sie jedoch nicht in Charlies Sachen stöbern wollte, versuchte sie den Knoten zu lösen, der den Sack mit ihrem eigenen Gepäck an den Sattel band.

Jetzt trat Charlie zu ihr. Im Nu hatte er den Sack abgebunden. Ella setzte ihn ab und holte ihre Decken heraus. Es war jetzt ganz dunkel. Nur um das prasselnde Feuer in der Mitte der Lichtung lag ein heller Schein. Ella sah sich um. Wo sollte sie ihr Lager aufbauen?

Als spürte er ihre Unsicherheit, wies Charlie zum Feuer. „Der beste Platz ist ganz sicher dort."

Zögernd trug Ella ihr Gepäck näher an die Flammen. Sie breitete die Decken aus, wollte aber nicht gleich ein Bett bauen – oder daran denken, was das nach sich zog. Also faltete sie sie so, dass man gut darauf sitzen konnte. Die Dunkelheit war ihr jetzt sehr bewusst und sie starrte in das aufflackernde Feuer. Charlie brachte ein Bündel herüber und legte es neben ihren Deckensitz.

„Abendessen." Kurzerhand holte er noch sein eigenes zusammengerolltes Bettzeug und bestand darauf, dass Ella es nahm. Abwartend sah sie auf die Decken.

„Sie beißen nicht, Ella."

Dann band Charlie das Pferd an einen Baum und redete leise und beruhigend auf das Tier ein, damit es das Bein hob und ihn den Huf untersuchen ließ. Schließlich stellte er das Bein des Pferdes wieder auf den Boden und strich Siebel über die Flanke. „Dann geh ich mal Wasser holen", sagte er, suchte mit geschickten Fingern ein wenig in seinem Gepäck und ging dann mit seiner Feldflasche zum Bach.

Er blieb viel länger fort, als es dauern konnte, die Flasche zu füllen, und kehrte nach einer Weile mit nassem Haar zurück. Sein Hemd war trocken, klebte ihm aber auf der Haut, als sei sie feucht.

Mit angezogenen Knien, die Hände um die Knöchel gelegt, starrte Ella ins Feuer. Eine heftige Sehnsucht nach Holland überfiel sie und sprengte Risse in alles, was die Stille um sie her an Ruhe zu bieten hatte. Der Gedanke an zu Hause war der Faden, der alles wieder flicken konnte. Aber war er stark genug?

Charlie beugte sich zu ihrer Seite und holte ein Glas mit getrockneten Äpfeln aus seinem Bündel. Er schraubte es auf, Ella nahm eine Handvoll, dann bediente er sich selbst. Sie brach etwas von dem dunklen Brot ab und reichte ihm das größere Stück.

„Auf Ihren Decken sehen Sie aus wie die Prinzessin auf der Erbse", sagte Charlie in die Stille hinein.

Ella lachte leise und rutschte auf ihrem Bettzeugthron herum. „Ich bin es nicht gerade gewohnt, im Freien zu schlafen." Sie kam sich nicht gerade wie eine Prinzessin vor, eher wie eine Feldmaus. Vorsichtig löste sie ihren Zopf, kämmte das Haar mit den Fingern, flocht es neu und steckte es mit Haarnadeln aus ihrem Gepäck hoch. Als sie sich über die Stirn strich, spürte sie, wie staubig sie war.

Es wäre schön, sauber zu sein, wenn sie morgen ihre Familie wiedersah. Nach ein paar gedankenverlorenen Minuten sagte sie: „Ich würde mich gern waschen."

Charlie sah sie an, als sei er überrascht von ihrem Mut. „Mmhhmm." Er warf einen Blick in Richtung des Baches. „Ich schwöre, ich werde hier sitzen und mich nicht vom Fleck rühren."

Ella hatte keinen Zweifel, dass er das tun würde. Schnell stand sie auf, suchte Seife und Waschlappen aus ihrem Gepäck und nahm auch den Baumwollschal mit, den Angelina ihr als Haarband geschenkt hatte. Den konnte sie als Handtuch benutzen. Dann ging sie los, doch als sie die Schwärze wahrnahm, die sie umgab, warf sie einen Blick zurück auf Charlie.

„Möchten Sie, dass ich Sie hinbringe?", rief er.

„Nein, es geht schon." Dennoch blieb sie stehen und starrte in die Dunkelheit, die den Bach verbarg. Vielleicht, wenn sie dem Glucksen des Wassers folgte …

Sie ging ein paar Schritte, aber da kam Charlie ihr schon nach und lief ihr voran. Nach und nach gewöhnten sich Ellas Augen an das blasse Mondlicht, bis sie den Weg vor ihren Füßen sehen konnte. Charlie nahm Ihre Hand. „Hier kommt eine Böschung", sagte er. „Passen Sie auf, wo Sie hintreten."

Sie tat es, stolperte aber doch fast über eine Wurzel.

„Hier", sagte er, als sie unten angekommen waren, „ist der Bach weit wie ein kleiner Teich. Es ist nicht sehr tief, aber eiskalt. Also ertrinken Sie bitte nicht, denn ich möchte *nicht* kommen müssen, um Sie zu retten."

Ella lächelte. „Ich verspreche, ich werde nicht ertrinken."

Charlie drehte sich um und wies zurück in die Richtung, aus der sie gekommen waren. „Sie sehen das Feuer? Dort werde ich warten."

„Danke."

Flink stieg Charlie die Böschung hinauf zur Lichtung und setzte sich an die tanzenden Flammen.

Und nun? Da es dunkel und sie *nicht ganz* allein war, beschloss Ella, Korsett und Petticoat anzulassen und nur am Ufer Katzenwäsche zu machen. Himmel, war das Wasser kalt!

Mit kräftigen Bewegungen rieb Ella Gesicht und Arme ab und genoss das Gefühl, sauber zu sein. Das Haar hatte sie hochgesteckt und fuhr mit dem Waschlappen über Nacken und Schultern, bemüht, die Träger ihres Unterhemds nicht nass werden zu lassen. Als sie sich das Gesicht wusch, tropfte ein wenig Wasser herab. Ella fröstelte, griff zum Baumwollschal und rieb sich damit die Haut trocken. Ein Blick zum Feuer zeigte ihr, dass Charlie noch immer dort saß, die Arme auf die Knie gestützt. Er brach einen dünnen Ast durch und es sah aus, als wolle er ihn ins Feuer werfen, aber dann drehte er sich in ihre Richtung um. Ella, die sich ins Dunkel eingehüllt wusste, erschrak nicht.

Vielleicht war ihm aufgefallen, wie still sie geworden war.

„Ich ertrinke nicht", rief sie ihm zu und hörte ihn leise lachen.

Als sie das Kleid wieder überzog, bedauerte sie, keinen sauberen Rock und Bluse mitgebracht zu haben. Aber da sie ja auf dem Boden schlafen würde, war es vielleicht am besten, die frischen Kleider für den nächsten Morgen aufzuheben. Ein paar Knöpfe später hörte sie etwas – ein langsames Knacken. Irgendetwas Großes bewegte sich am anderen Ufer des Bachs. Erschrocken griff sie nach ihren Stiefeln, in denen noch die Strümpfe steckten, und eilte die Böschung hinauf. Der Lichtschein des Feuers zog sie zu Charlie und sie setzte sich so eng neben ihn, dass ihre Hüfte die seine berührte.

„Es ist vermutlich nur ein Schwein", erklärte er ruhig. Sein Blick wanderte ins Dunkel, wo sie gerade noch gewesen war, dann zurück zu ihr und verharrte dort.

Ella brauchte ein paar Minuten, um aus ihrer Erstarrung aufzutauen. Dann nahm sie einen Strumpf aus ihrem Stiefel, wandte sich ab und streckte den bloßen Fuß unter dem Rocksaum hervor. Sie schob die weiche Baumwolle über Zehen und Ferse. Charlie rückte ein wenig zur Seite, um ihr Platz zu geben. Die Hände sicher unter dem Rock verborgen, zog sie den Strumpf über die Wade und bis übers Knie.

Seine Augen folgten zögernd ihrer Bewegung.

Unsicher tasteten Ellas Finger nach dem Strumpfband, aber das würde sie nicht einmal *versuchen* überzuziehen, wenn er zusah. Sie kämpfte gegen die Röte in ihren Wangen und griff nach dem zweiten Strumpf. Dann warf sie Charlie einen Blick zu. Warum nur hatte sie das nicht außerhalb seiner Sichtweite getan? Als habe er bemerkt, in welchem Dilemma Ella steckte, wandte Charlie den Blick ab. Schnell schob sie die Zehen in den anderen Strumpf und zog ihn über die Wade. Dann strich sie ihren Rock glatt und zwang sich, die Hände in den Schoß zu legen.

Charlie sah sie wieder an, einen langen, stillen Moment lang, der ihr Herz wild schlagen ließ. Dann griff er nach dem Brot und brach sich ein Stück ab.

Mit zitternden Fingern vergewisserte Ella sich, dass ihr Rock richtig saß.

„Keine Sorge", sagte Charlie ruhig und stand auf. „Sie tun nichts Unangebrachtes." Er ging um das Feuer herum und sah sie nicht an.

Minuten vergingen im Schweigen. Immer wieder rieb er sich die Handgelenke. Eine seltsame Angewohnheit, hatte Ella einst gedacht. Jetzt kannte sie den Grund.

Jeder Muskel schmerzte, als sie aufstand. Ella holte ihr Medizinkästchen und nahm die Salbe heraus. Sie schraubte den Deckel ab und reichte ihm den Tiegel.

„Charlie. Warum tun sie Ihnen das an?" Sie setzte sich ihm gegenüber. „Warum der Käfig, die Ketten?"

Schweigend trug er die Salbe auf und schraubte den Deckel wieder auf den Tiegel. Ella verstand, dass sie keine Antwort bekommen würde. Das Wasser im Bach gluckste leise und davor hörte man Siebel, der in gleichmäßigem Rhythmus Gras abrupfte und kaute. In den Baumkronen rauschte der Wind. Die Klänge der Nacht verschwammen zu einem einzigen, aus dem sich schließlich Charlies Stimme heraushob.

„Meine Schwester war Trapezkünstlerin."

Ella sah auf.

„Und Lucca, ihr Mann, auch. Aber er war süchtig – Alkohol, Opium, alles, was er kriegen konnte." Charlie streifte einen Hosenträger über die Schulter, dann den anderen, und ließ sie herabhängen. „Er hat zu viel von ihr verlangt, zu rasch. Manche sagen, ihr Tod war ein Unfall, aber ich sage, er hätte verhindert werden können."

Ella dachte an die Vorstellung im großen Zelt. Wie die Artistinnen durch die Luft flogen – im Vertrauen darauf, dass der Fänger sie fangen würde. Wie sich Hände um Handgelenke schlangen. Fleisch an Fleisch. An den Puderstaub und den Applaus des Publikums. Eine Darbietung von Kraft und Perfektion, von sorgfältig erprobter Präzision, die das Geheimnis des Zirkus war. Sie erinnerte sich an das Netz und Trauer überflutete sie bei dem Gedanken, dass es Hollands Mutter nicht hatte retten können. Dass nichts sie hatte retten können.

„Es heißt, Mimi war sofort tot, als sie abstürzte. Irgendjemand kam und hat es mir gesagt, aber ich erinnere mich nur verschwommen. Lucca war verschwunden. Alle suchten nach ihm, aber … vergeblich. Ich dachte, er hätte das Baby mitgenommen, aber dann gab es Gerede, dass die Kleine bei Madame sei."

„Und Lucca …?"

„… hat sich als reicher Mann aus dem Staub gemacht. Ich vermute, er hat das Land verlassen, aber das weiß ich nicht. Holland war schon fort – irgendwo versteckt. Und mich hatten Madame und ihre Kohorten schon am Haken."

„Kohorten?"

„Ich … hmm, nun …" Er strich mit der Hand ein paarmal über sein leicht stoppeliges Kinn. „Es ist keine Geschichte für empfindliche Gemüter."

Als Ella ihm versicherte, es mache ihr nichts aus, atmete er tief durch und betrachtete sie ein paar Augenblicke schweigend, forschend, als treffe er eine schwierige Entscheidung. Dann sprach er weiter. Erzählte ihr die Geschichte. Von wohlhabenden Frauen, die einen Skandal nicht scheuten, und wie er mitten hineingeraten war. Er sprach von einem Bordell und von leeren Wochen in einem Hotelzimmer. Von Stunden mit der Nadel auf seiner Haut, weil er sich geweigert hatte, sich auf irgendeine andere Weise zu geben.

Als er geendet hatte, wusste Ella nicht, was sie sagen sollte.

„Madame passt gut auf alles auf, was sie besitzt“, fuhr Charlie schließlich fort. „Keine Scheren in Angelinas Reichweite, sicherstellen, dass Arnold immer rechtzeitig in sein Zelt gebracht wird … Sie hat ein wachsames Auge auf alles, womit sie Profit machen kann. Und weil mein Vertrag mit ihr etwas anderer Art ist als der der anderen, war mir klar, dass Madame nicht glücklich sein würde, Sie in meinem Zelt zu finden. Mit mir.“

Ellas Lippen öffneten sich ein wenig.

„Ich hoffe, das ist Ihnen nicht unangenehm.“

„Hätte sie denn gedacht …?“

„Sie hätte gedacht, was sie denken will. Für sie gibt es nichts geschenkt. Nicht, wenn man auch Geld dafür verlangen könnte. Und ich glaube, sie hat nur darauf gewartet, dass ich ihr diesbezüglich die Stirn biete.“ Seine gefurchte Stirn glättete sich und er warf ihr einen zögerlichen Blick zu. Sie musste ihn ungläubig angestarrt haben, denn seine Mundwinkel hoben sich eine winzige Spur. „Habe ich Sie schockiert?“

Ella bemühte sich, ihre Gesichtszüge zu beherrschen. „Nein. … Danke für Ihre Ehrlichkeit. Sie müssen nichts befürchten“, sagte sie und meinte es auch so.

Charlie schälte langsam die Rinde von einem Stock und warf sie ins Feuer. Schließlich ließ er den Stock folgen. Funken stoben auf und er wischte sich die Hände an der Hose ab. „Diese Frauen waren sicherlich aus den unterschiedlichsten Gründen dort. Für mich war die Gelegenheit zum Greifen nah, einen anderen Weg zu wählen, aber … Darf ich Sie etwas fragen?“

Sie nickte.

„Könnten Sie sich einen anderen Weg für sich selbst vorstellen? Wenn Sie in einer wirklich verzweifelten Lage wären?“

Ellas Blick suchte den seinen. Was las sie dort? Verständnis – schmerzvolles, grenzenloses Verständnis. „Ich … ich weiß es nicht. Ich habe noch nie darüber nachgedacht.“

„Und wenn Sie es jetzt tun?“

Irgendwo kannte ihre Seele die Antwort. Aber diese Ahnung kam ihr vor wie ein Brunnen, der in die tiefsten Tiefen ihres Inneren reichte. So tief, dass selbst das längste Seil trocken wäre, wenn es wieder hochgezogen würde. „Ich weiß es nicht, Charlie. Warum fragen Sie?“

Er griff nach einer Decke und breitete sie aus. Erst als er auf der dunklen Wolle saß, sprach er weiter. „Weil ich ihre Gesichter immer noch vor Augen habe.“

Seine Hand rieb die Manschette des Ärmels, als jucke die Haut darunter.

„Sie haben ein mitfühlendes Herz“, sagte sie leise.

Charlie sah sie an, als empfinde er nichts als Kummer. „Aber die Einzige, für die ich etwas ändern konnte, war Holland.“ Wieder rieb er sich das Handgelenk und schob den Ärmel hoch.

„Sie haben sicher mehr bewirkt, als Sie wissen.“

Zweifelnd schüttelte Charlie den Kopf. Ella jedoch erkannte in dem Mann, der ihr da gegenübersaß, eine solche Stärke und spürte, wie Wasser in diesen tiefen, tiefen Brunnen strömte. Wie es das Seil benetzte – und sich die Ahnung einer Antwort wie ein Flüstern in ihrer Seele regte.

Die Stirn nachdenklich in Falten gelegt, zog Charlie den Ärmel wieder herunter. Aber die Bilder – die Tätowierungen – blieben vor ihrem inneren Auge stehen.

So etwas auf sich zu nehmen. Noch vor ein paar Tagen hatte sie nicht einmal geahnt, dass jemand vor eine solche Entscheidung gestellt sein könnte. Eine Entscheidung von solcher Tragweite. Bevor sie für Dr. Penske arbeitete, hatte sie von Tätowierungen noch nicht einmal gehört, ganz zu schweigen davon, jemanden zu Gesicht zu bekommen, der über und über damit bedeckt war.

In all diese Gedanken war sie versunken, bis Charlie die Hand ausstreckte und Ella eine Haarsträhne in den Nacken strich.

Seine Berührung elektrisierte sie und sie hatte Mühe zu sprechen. Aber die Wahrheit wollte heraus. „Ich bin stolz auf Sie.“ Sie dachte daran, was die sensationslüsterne Menge ihm zugerufen hatte. Lauter Kundgaben, wie wertlos er war.

Worte, die man auch über sie gesagt hatte. Schändlich. Wertlos. Verdorben.

„Ella, ich habe einmal in höchsten Adelskreisen verkehrt. Mit Leuten, die absolut schockiert wären, wenn sie wüssten, wer da mit Krawatte und Zylinder an ihrer Tafel saß. Deshalb weiß ich, dass Mr Graven alles tun wird, um mein Geheimnis zu bewahren. Und ich weiß auch, dass kein Vater mir die Hand seiner Tochter anvertrauen würde. Ich weiß das alles. Aber ich werde die Hoffnung nicht aufgeben." Er befeuchtete sich die Lippen. „Vielleicht sehe ich nicht so aus, wie ich sollte. Aber ich möchte doch glauben, dass dies …" – er fuhr mit der Hand über Bauch und Brust – „… für Gott nicht unlösbar ist."

Ella ließ die Worte in sich einsickern. Wie aus weiter Entfernung. Aber sie trafen sie doch mehr, als ihr lieb war. Denn es lag Wahrheit darin. Sie dachte daran, wie einfühlsam er gewesen war, als er über ihr Herz gesprochen hatte und dass sie Gott daraus verbannt hatte. Seine Bitte klang immer noch in ihr nach.

*Bitte, lassen Sie nicht zu, dass er Ihnen noch mehr stiehlt.* Ella sah in den Himmel hinauf und verlagerte ihre Position.

„Und das lässt mich jeden Tag aufs Neue dankbar sein, dass Er mich will." Charlies Kummer war fast mit Händen zu greifen.

Tränen stiegen Ella in die Augen und sie blinzelte sie fort. „Sie sind es wert, dass man Sie will, Charlie."

Ihre Worte irritierten ihn sichtlich, also wandte Ella ihre Augen rasch zu Boden. Indessen beugte sich Charlie vor und schürte das Feuer. Erst als er sich wieder gesetzt hatte, redete er weiter. „Sie sollten jetzt schlafen. Morgen haben wir noch ein gutes Stück Wegs vor uns."

Er wartete, bis sie unter die Decken geschlüpft war, dann legte er sich ein paar Schritte weiter ebenfalls hin, drehte sich auf den Rücken und faltete die Hände hinter dem Kopf.

Ella hob den Blick zum Himmel und betrachtete die sternenfunkelnde Schwärze zwischen den Baumkronen, die die Lichtung säumten. Sie schloss die Augen, spürte die Wärme des Feuers, wie weich ihr Lager war und nahm die Geräusche des nächtlichen Waldes wahr, die sie einmal mit Schrecken erfüllt hatten.

Ein wohltuender Friede hüllte sie ein, das Wissen, dass das Gute siegen *konnte.*

Sie war schon fast eingeschlafen, als sie Charlie leise sagen hörte: „Gute Nacht, Ella.“

# 31

Vogelgezwitscher kündigte den Morgen an. Charlie rieb sich die Augen und sah hinüber zum Feuer auf die erkaltete Asche. Er hatte es die Nacht über am Brennen halten wollen, war aber so erschöpft gewesen, dass er zu tief geschlafen hatte. Irgendwann während der Nacht waren Ella und er aneinandergerückt wie zwei Magnete. Charlie stemmte die Hände auf den Boden und schob sich von ihr fort. Im grauen Dämmerlicht des Morgens lag sie unter den Decken, das zerzauste, taufeuchte Haar rief geradezu nach seinen Fingern. Sie hatte die Stirn gerunzelt, als ob sie träume. Wie gern wollte er ihr mit dem Daumen die Stirn glätten … sie irgendwie beruhigen. Stattdessen rieb Charlie sich mit dem Handballen über Augen und Stirn.

Am Abend hatte er wach gelegen und in die Dunkelheit gelauscht. Als es im Wald ruhig geworden war, hatte etwas anderes ihn wach gehalten. Von seinem Vater hatte er gelernt, sich an die alten Kirchenlieder zu halten, wenn Zweifel oder Angst ihn überfielen. Schon viele Jahre hatte Charlie darauf gewartet, dass Gott ihn mit seiner Braut zusammenbringen würde, und gestern Abend – so nah bei der Frau, von der er hoffte und Gott bat, dass sie es war – waren ihm viele alte Choralworte durch den Sinn gegangen. Irgendwo zwischen „Steh mir vor Augen“ und „Schönster Herr Jesus“ war er schließlich eingeschlafen.

Jetzt, beim Aufwachen, klangen die Worte noch in ihm nach.

Leise stand Charlie auf und ging zum Bach. Er stillte seinen Durst und stand dann eine Weile da und sah den Fischen zu, die sich im seichten Wasser tummelten.

Irgendwo hinter ihm fiel ein Tannenzapfen zu Boden. Charlie drehte sich um und kehrte gerade zur Feuerstelle zurück, als ein Paar blaue Augen sich öffneten. Als sie Charlie entdeckten, setzte Ella sich langsam auf.

„Gut geschlafen?“, fragte er, etwas unsicher, wie er eine Frau begrüßen sollte, die gerade unter seiner Bettdecke aufgewacht war.

„Ja, danke." Ella fröstelte und zog die Knie hoch. „Und Sie?"

„Gut, vielen Dank. Haben Sie Hunger?" Er holte einige von den kleinen herzhaften Pasteten aus der Satteltasche, die Regina gebacken hatte. Eine reichte er Ella, die überrascht die Augen aufriss.

„Hat Regina gemacht", sagte er. „Sie hat mitgekriegt, was ich Ihnen vorsetzen wollte, und Mitleid bekommen."

Ella sah ihn lächelnd an. „Ich werde mich bei ihr bedanken müssen."

Auf seine Pastete konzentriert, nickte Charlie. „Ich werde es ihr ganz bestimmt ausrichten." Dann stand er auf und begann einzelne Dinge einzupacken, während er weiteraß. Ella rollte das Bettzeug zusammen und er sattelte Siebel. Der gefleckte Wallach schien ausgeruht. Charlie klopfte ihm auf die Kruppe. Er dachte an seine Löwen; ohne sie fehlte ihm etwas im Tagesablauf. Wenn er zurückkam, würde er vermutlich die Quittung bekommen. Die Katzen hatten ihre eigene stürmische Art, ihm zu zeigen, dass sie ihn vermisst hatten.

Während Ella noch am Feuer saß, zog sie die Nadeln aus ihrem Haar. Etliche Bürstenstriche später flocht sie es und steckte es fest. Mit einem verschämten Blick stand sie schließlich auf. „Ich möchte mich gern umziehen."

Charlie fuhr sich mit der Hand über den Mund und sah sich um. „Da drüben sind ein paar Büsche." Damit drehte er sich um, sattelte das Pferd und zurrte die Satteltaschen fest.

Ella nahm ihre Sachen und verschwand hinter den Büschen. Ein paar Minuten später verkündeten Schritte, dass sie zurück war. Sie trug einen dunklen Rock, eine luftige weiße Bluse und eine Schärpe, ähnlich wie die an dem Abend, als er sie geküsst hatte. Wie schön sie war.

Zögernd blickte Charlie an sich herunter. Wer war er schon? Nur ein Zigeuner, der das zerknitterte Hemd über der Hose trug und Stiefel, die mehr Schnallen hatten, als Stiefel haben sollten.

Er hätte ihr gern gesagt, wie sehr sie ihm gefiel. Aber er wusste nicht, ob sie mit einem Lächeln oder mit Verlegenheit reagieren – oder, Himmel hilf, wieder in Tränen ausbrechen würde. Also begnügte er sich damit, ihre letzten Kleinigkeiten zu verschnüren.

Während sie Seite an Seite ihres Wegs gingen, brachte er es nicht einmal fertig, irgendein belangloses Gespräch zu beginnen. Aber das Schweigen hatte auch sein gutes Recht. Charlie war dankbar, einfach mit Ella zusammen zu sein. Als die Sonne schließlich über die Baumkronen stieg, fragte er, ob sie lieber aufsitzen wollte.

„Nein, danke. Ich laufe lieber mit Ihnen."

Ella hatte so eine rührende Art, ehrlich zu sein, dass Charlie wusste, dass sie es wirklich so meinte. Und als ihre Hände sich wie zufällig streiften, umschloss er die ihre sanft. Ella entzog sie ihm nicht, sondern verschränkte ihre Finger zu seiner Überraschung in seine, als wolle sie ihn für immer festhalten. Lange gingen sie einfach so weiter. Charlie wusste nicht, ob es eine Meile war oder zwei, so gefangen war er. Der Weg war fest und eben, also gab es keinen Grund, sich voneinander zu lösen. Inzwischen stieg die Sonne höher und erwärmte die Luft. Der Vormittag verging. Die Stunden verflogen viel zu schnell. Siebel wurde immer langsamer und Charlie wusste, der Huf brauchte Ruhe.

In dem Augenblick flüsterte Ella: „Wir sind fast da."

Charlie wusste nichts zu antworten und hielt einfach ihre Hand fest in seiner, während sie unter ein paar hohen Beerensträuchern hindurchwanderten.

Plötzlich sog Ella hörbar den Atem ein. In einiger Entfernung lag ein Haus. Unvermittelt wandte sie sich ihm zu. Ihre Augen schimmerten feucht. „Charlie."

Er ließ ihre Hand los und sah zu dem Haus hinüber. In ihm stieg ein solcher Schmerz auf, dass er keine Worte fand. Es war also so weit. Charlie schluckte schwer und war sich sehr wohl bewusst, dass er nicht einfach weiter stumm dastehen konnte. Ein Abschiedswort. Er musste ein Abschiedswort sagen. „Dann … lasse ich … Sie jetzt allein weitergehen", sagte er schließlich.

Doch Ella schüttelte den Kopf, ihr Kinn bebte.

Unfähig, sie anzusehen, begann Charlie, ihr Gepäck abzuladen, aber seine Finger zitterten so, dass er die Knoten nicht aufbekam.

„Nicht so. Bitte", sagte sie.

„So ist es am besten, Ella." Was wollte sie denn? Dass er sie bis an die Haustür brachte? Dass sie ihn ihrer Familie vorstellte? Endlich löste sich ein Knoten.

Ella schüttelte noch einmal den Kopf. „Bitte."

Ungeduldig fragte Charlie: „Was soll ich denn tun?" Die ganze Sache hier brachte ihn um. Je eher er ihr den Rücken kehrte und ging, umso besser.

„Meinen Sie, Sie könnten zum Abendessen bleiben?"

Charlie ließ die Worte hinaus, bevor er es sich noch anders überlegen konnte: „Meinen Sie, Sie könnten mich heiraten?"

Ellas Lippen öffneten sich.

Wenn nicht, gab es keinen Grund, zum Abendessen zu bleiben. Bloße Freundlichkeit konnte er nicht ertragen. Nicht, wo er sich nach so viel mehr von ihr sehnte.

Ellas große Augen blickten ihn so fragend an, dass er in zwei Schritten bei ihr war und die Hände um das geliebte Gesicht schloss. Dann senkte Charlie den Kopf und presste seine Lippen auf die ihren. Nicht ruhig, sanft und geduldig, wie damals auf dem Dach. Nein, jetzt war er drängend. Hungrig.

Ellas Hand klammerte sich in sein Hemd, die andere legte sich an seine Taille. Sie küsste ihn glühend, aber ihre weit aufgerissenen Augen und ihre zitternden Hände verrieten ihren Schrecken deutlicher, als sie ahnte.

Irgendwo wurde eine Tür geöffnet und geschlossen. Schön, denn er hatte sich selbst geschworen, dass er sie nicht eher küssen würde, als bis sie sicher zu Hause angelangt war. Charlie wusste, dass er das nicht tun sollte – ob nun hier in aller Öffentlichkeit oder sonstwo –, aber er konnte nicht anders und hauchte drei Küsse in ihren Nacken. Ellas Puls schlug gegen seinen Daumen an ihrem Hals. Sichtlich bewegt senkte sie den Kopf.

„Ich wollte Sie nicht erschrecken", flüsterte er. „Ich frage Sie im Ernst." Charlie zwang sich, zurückzutreten und sie freizugeben. Ella wankte, aber er ergriff sie am Arm.

Ihre Brust hob und senkte sich rasch.

Auch ihm pochte das Blut in den Ohren und er rieb sich den Nacken. Es gab sicher bessere Weisen, einen Antrag zu machen, aber sie hatten nicht viel Zeit. Es gab nur diese wenigen Sekunden.

Und er musste es einfach wissen.

Ella sah ihn unverwandt an, während ihr Tränen in die Augen stiegen. Die Sekunden verstrichen. Charlies Magen zog sich zu einem festen Knoten. Warum weinte sie denn? Sagten Mädchen nicht einfach *Ja,* wenn sie einwilligten?

War es etwa nicht so? Charlie versuchte sich einzureden, dass er für sie nicht abstoßend war, doch es wollte ihm nicht gelingen. Was dachte er sich denn? Er war ein Objekt in einer Monstrositätenschau, Menschenskind noch mal.

Als er da stand, sah Charlie Ellas Trauer und wusste, dass er sich nur selbst etwas vorgemacht hatte. Monatelang nun schon. Versucht hatte, sich als einen Mann wie alle anderen zu sehen. Als einen, der einer Braut würdig war. Und wie ein Idiot hatte er gerade eben eine Frau gebeten, ihn zu heiraten. Und nicht irgendeine Frau. Sondern Ella. Seine Ella. Hatte sie gebeten, sich mit Leib und Seele an ihn zu binden.

Charlie atmete schwer, so ungeheuerlich kam ihm das jetzt vor, und das Herz schlug ihm gegen die Rippen. „Sie kennen mich erst eine Woche und ich weiß, dass ich mir viel herausnehme, wenn ich annehme, das sei genug."

Ihre Augen schimmerten feucht. Er wurde fast krank bei diesem Anblick. Dann kam Ella auf ihn zu. „Charlie …" Ihre Stimme zitterte. „Ich … ich … das kommt alles so schnell."

„Ella, bist du das?"

Die fremde Stimme ließ Charlie zusammenschrecken. Ella wandte sich zu dem Mann um, der jetzt auf sie zukam. Das grau melierte Haar war mit einer Schnur zurückgebunden, sein Gesicht war wettergegerbt, aber er war keineswegs ein alter Mann.

Es musste ihr Vater sein. Charlie griff nach Siebels Zügel.

„Papa?" Ella machte einen Schritt vorwärts und begann dann zu laufen und im nächsten Moment umschlossen sie seine Arme in einer Geste so voller Zärtlichkeit, dass sie Charlie direkt ins Herz fiel. Der Mann vergrub sein Gesicht an ihrem Hals und hielt sie mit bebenden Schultern umfangen. „Du bist nach Hause gekommen." Seine Arme spannten sich an. Dann hob er den Kopf und sah Charlie an … und setzte Ella zu Boden.

Sie strich sich das Haar aus dem Gesicht und wandte sich zu Charlie um, als sei ihr gerade erst wieder eingefallen, dass er noch da war.

Was hätte er dafür gegeben, wenn sich die Erde in diesem Moment aufgetan und ihn mit Haut und Haar verschlungen hätte.

„Papa, das ist Charlie. Charlie Löwenherz."

Mit einem fragenden Gesichtsausdruck kam der Mann näher und streckte Charlie eine kräftige Hand entgegen. Charlie wischte die seine an der Hose ab, bevor er den festen Händedruck erwiderte.

„Charlie, das ist mein Vater."

„Freut mich, Sie kennenzulernen, Mr Beckley."

„Ebenfalls", antwortete der Mann freundlich und sah dann Ella fragend an.

„Oh. Ich bin in Roanoke gewesen, das weißt du ja …" Sie schien sich ihre Worte gut zu überlegen. Charlie war für sein Leben froh, dass sie ihn nicht ansah. „Ich wusste, es war Zeit, nach Hause zu kommen, und Charlie kam mit seinem Zirkus …"

*„Mit seinem Zirkus?"*

Ella nickte und Charlie spürte, wie nervös sie war. „Er ist Löwenbändiger, weißt du?"

Die silbergrauen Augenbrauen schossen himmelwärts. Daher hatte sie das also. Mr Beckley maß Charlie mit seinen Blicken.

„Ja, Sir", sagte Charlie. „Unsere Truppe war in Roanoke und meine Nichte war krank. Ella hat sie versorgt und ich habe gedacht, ich könnte … ich könnte ihr vielleicht nützlich sein und sie nach Hause begleiten. Ich bin bis hierher mitgekommen, um sicher zu sein, dass sie gut bei Ihnen ankommt."

Ellas Vater sah sie einen Augenblick ungläubig an. „Du bist mit einem Zirkus mitgereist?"

Sie nickte kleinlaut.

Er stieß ein Lachen aus. „Du wirst mir ein paar Dinge erklären müssen, meine Tochter." Als sie errötete, fügte er noch hinzu: „Und vermutlich hast du auch ein paar Geschichten zu erzählen."

Sie hob den Blick zu Charlie. Alles in ihm schmerzte.

„Ein paar Geschichten …“, sagte sie und in ihrer Stimme lag die ganze bittersüße Wehmut, die er selbst empfand.

„Ja, und vielleicht gibt es auch eine besondere Geschichte, die ich besser gleich hören sollte?“ Mr Beckleys Blicke wanderten zwischen den beiden jungen Leuten hin und her.

Ella schüttelte kaum merklich den Kopf. „Wir sind … wir sind nicht verheiratet“, sagte sie.

Ihr Vater sah Charlie an.

„Nein, Sir“, bestätigte er.

Der Mann rieb sich das Kinn. „Hmm.“

Charlie fasste Siebel fester am Zügel.

„Das Pferd sieht müde aus“, sagte Mr Beckley.

Charlie trat von einem Fuß auf den anderen. So sehr er diesen Moment bereute, so erleichtert war er über jedes Wort, das Ella nicht sprach. Seine Frage – ob sie ihn haben wollte – stand noch zwischen ihnen. „Er ist daran gewöhnt.“

„Warum gönnen Sie ihm nicht ein wenig Ruhe? Bleiben Sie doch zum Abendessen“, sagte Ellas Vater nun mit ernstem Gesicht. „Ich würde doch gern den Mann kennenlernen, der den ganzen Weg von Roanoke auf sich genommen hat, um meine Tochter nach Hause zu bringen.“

Lag da eine Kampfansage in seinem Ton? Charlie schluckte. „Ja, gern, Sir.“

Charlie verfolgte, wie Mr Beckley Ella die Haustür offen hielt und im Inneren eine solche Aufregung ausbrach, wie er sie noch nie erlebt hatte. Er zögerte, aber der Mann winkte ihn herein. Sein Blick war einladend und forschend zugleich. Drinnen stand Ella in der Umarmung ihrer Mutter. Sie drückte sie so eng an sich, wie er nie eine Umarmung gesehen hatte. Charlie trat einen

Schritt zurück und stieß sich beinahe am Fenstersims. Worte, Tränen und Lachen flogen zwischen Ella und der Frau hin und her.

Charlie war sich selten so übergroß und so fehl am Platz vorgekommen. Ja, er hatte immer die Massen begeistern können. Aber nicht diese Menschen. Abgesehen von einem gelegentlichen Geschäftsessen und dem Abend in Ellas Wohnung war er seit Langem nicht mehr bei anderen zu Hause zu Gast gewesen. Und schon gar nicht, um die Familie einer Frau kennenzulernen.

Ella wandte sich zu ihm um. „Mama, das ist Charlie Löwenherz."

Die Frau sah in seine Richtung, während ihr Mann nickte. „Er ist beim Zirkus."

Aus dem Korridor tauchte ein junger Bursche auf. „Beim Zirkus!"

Hinter ihm kam ein kleines Mädchen zum Vorschein und dann ein weiterer Junge. Ella schloss sie alle in die Arme und das Mädchen klammerte sich an sie, während sie Charlie vorstellte. Er versuchte sich an die Namen zu erinnern, aber der Puls dröhnte in seinen Ohren …

„Sie sind beim Zirkus?", wiederholte der ältere der Jungen.

Die Worte wollten einfach nicht kommen, also nickte Charlie nur. Instinktiv griff er sich an den Kragen, ob der auch fest geschlossen war. Dann an die Handgelenke. Betrübt beobachtete Ella seine Handgriffe. Charlie schluckte schwer. Nie im Leben war er so nervös gewesen. Und es wurde nicht besser durch den forschenden Blick, den Ellas Vater auf seine Hand warf. Er musste seine ganze Willenskraft zusammennehmen, um sie nicht in der Hosentasche zu versenken. Endlich begegnete er dem abwägenden Blick des Mannes. Der sah ihn so eindringlich an, dass sich der Raum um Charlie zu drehen begann. Er trat einen Schritt zurück und stieß dabei beinahe eine Vase vom Fensterbrett.

Ellas Mutter lächelte freundlich. „Wollen Sie sich nicht setzen, Mr Löwenherz?"

Er wollte am liebsten ablehnen, aber da hatte sie schon einen Stuhl bereitgestellt und bot ihm eine Tasse Kaffee an. Er gab sich einen Ruck und setzte sich langsam. Ellas Augen, die ihm flüchtige Blicke zuwarfen, waren weit und nachdenklich. Aber als ihre Mutter anfing, ihr Neuigkeiten zu erzählen, ließ sie sich ins Gespräch verwickeln. Die Kinder starrten ihn neugierig an und Charlie wurde bewusst, dass er die Frage noch nicht beantwortet hatte.

„Ich bin tatsächlich beim Zirkus", sagte er freundlich zu dem älteren Jungen.

„Wir sind noch nie in einem Zirkus gewesen."

Charlie lächelte. Dieses Gespräch entspannte ihn und er beschloss es weiterzuführen, bis er sich verabschieden konnte. „Nun, das erklärt mir allerdings einiges über deine Schwester."

Der Junge lachte. „Was machen Sie da?"

„Ich arbeite mit Löwen. Ich dressiere sie."

„Löwen!"

Charlie nickte bekräftigend.

Dem Jungen blieb einen Moment lang der Mund offen stehen. „Sie. Haben. Einen Löwen."

„Drei sogar."

Mrs Beckley, die Ella inzwischen wieder in den Armen hielt, brach ihr vertrautes Gespräch ab und wandte sich an Charlie. „Und haben Sie Familie, Mr Löwenherz?"

Er betrachtete die Frau. Ja, sie und ihre älteste Tochter sahen sich wirklich erstaunlich ähnlich. „Ich habe ein kleines Mädchen", sagte er. „Sie ist das Kind meiner Schwester … die im letzten Jahr gestorben ist."

„Oh, das tut mir leid."

Charlie nickte.

„Danke, Ma'am. Und dann lebt noch meine Patin bei mir. Sie kümmert sich um die Kleine. Sie ist ja noch ein Baby." Charlie drehte die Kaffeetasse in unsicheren Händen. „Und um mich kümmert sie sich auch. Ich bin nicht gerade der Ordentlichste."

Mrs Beckley lachte und Ellas Augen glänzten feucht. „Das Baby heißt Holland", erklärte Ella ihrer Mutter.

„Und wie haben Sie unsere Ella kennengelernt?", fragte Ellas Mutter nach einer Weile.

Er hatte die Frage erwartet. Jetzt trat Ella zum Tisch und setzte sich ihm gegenüber. Die kleine Schwester lehnte sich liebevoll an ihren Schoß.

Der Anblick schmerzte ihn. Charlie wandte Mrs Beckley seine Aufmerksamkeit zu. „Ich habe Ella vor etwa einer Woche kennengelernt." Als er es aussprach, wurde ihm klar, dass es klug von ihr war zu zögern. Charlie schluckte den Kloß im Hals hinunter. „Holland war wirklich krank. Wir waren gerade in Roanoke angekommen und das Wetter hielt uns auf, also brachte ich sie dort zu einem Arzt." Sein Blick ruhte auf Ella. Die Erinnerung daran, wie er fast mit ihr zusammengestoßen war – mit der neugierigsten Krankenschwester, die ihm je begegnet war –, gab seinem Herzen einen Stich, brachte es zum wilden Klopfen. Aber die anderen sahen ihn erwartungsvoll an und so redete er weiter. „Und Ella hat sich um sie gekümmert."

„Sie ist das süßeste kleine Mädchen, das du dir vorstellen kannst, Mama", bemerkte Ella.

Mrs Beckley lachte. „So wie du das sagst, könnte man denken, man könnte sie mit dem Löffel verspeisen."

Charlie lächelte und spürte zugleich, wie sehr die Kleine ihm fehlte.

Mrs Beckleys Miene wurde nachdenklich. „Und Sie haben sie nicht bei sich?"

„Nein, Ma'am. Ich habe sie beim Zirkus gelassen. Die Truppe ist mir ungefähr einen Tag voraus, aber ich stoße in Charlottesville wieder dazu."

„Anderthalb Tage, würd ich meinen", mischte sich Mr Beckley ein.

Was bedeutete, dass er bald aufbrechen musste. Charlie spürte, wie sein Herz pochte, und widerstand dem Impuls, sich mit der Hand durchs Haar zu fahren. Als er dann sprach, sah er Ella nicht an. „Dürfte ich …" Er richtete den Blick auf Ellas Vater, der schweigsam geworden war. „Dürfte ich Sie einen Augenblick sprechen?"

Es wurde still im Raum. Mr Beckley wechselte einen Blick mit seiner Frau, dann mit Ella.

Charlie bezwang seine Nervosität, stand auf und streckte sich zu seiner ganzen Größe. Er spürte alle Augen auf sich ruhen. Dann verließ ihn sein Mut und plötzlich sah er nur noch Ella. Er prägte sich ihr Gesicht tief ins Gedächtnis ein, schloss es dort ein. Betete, es würde immer dort bleiben. Diese kleine Krankenschwester. Die Frau, die ihn und Holland einfach angenommen hatte, als niemand sonst es tat. Diese Frau … so stark und doch so voller Verletzung und Schmerz, dass es ihm das Herz brach. Alles in ihm hatte nur einen Wunsch – dass er ihr Herz in Händen halten und ihren Kummer für sie besiegen könnte. Dass er ihn für sie tragen könnte. Aber das war unmöglich, und wenn er es versuchte, würde er ihr nur noch mehr Schmerz zufügen.

Es war Zeit.

Mr Beckley trat hinaus in den Hof und Charlie nahm sich zusammen, damit seine Miene nicht verriet, was sich in ihm abspielte. Nach einem letzten Blick auf Ella folgte er ihrem Vater hinaus in die Sonne.

# 32

Ella stand am Fenster und betrachtete die geschlossene Scheunentür, hinter der Charlie und ihr Vater vor mehr als einer halben Stunde verschwunden waren. Worüber redeten sie nur so lange? Sie legte die Hand an die Scheibe. Zwischen Charlie und ihr war eine Distanz entstanden, die sie hasste, und sie wusste, die würde wachsen, wenn sie ihm nicht bald eine Antwort gab. Und oh, wie sie sich danach sehnte! Den Gesichtsausdruck, den ihr Schweigen und ihre Überraschung in ihm ausgelöst hatten, konnte sie nicht ertragen.

„Ich glaube, meine Tochter ist verliebt“, sagte ihre Mutter jetzt.

Ella wusste nicht, wo sie anfangen sollte zu erzählen. Ihr Herz war so erfüllt von Gedanken an Charlie und an alles, was sie zusammen erlebt hatten. Und von Kummer, dass jetzt alles so überstürzt sein musste. Die Entscheidung. Was er sie gefragt hatte und was sie ihn wissen lassen musste. Sie fühlte sich klein wie nie zuvor, klein und an der Schwelle zu einer Veränderung.

Die kleinen Geschwister fragten danach, was sie beim Zirkus erlebt hatte, als wären vier Jahre in Roanoke höchstens halb so interessant wie die letzten anderthalb Wochen. Ella genoss dieses liebevolle Interesse und beantwortete alle Fragen. Wie hatte sie diese Gesichter vermisst – umso mehr nahm sie sie jetzt in sich auf.

Aber sie konnte nicht an zwei Orten gleichzeitig sein.

Ella legte die Hand an ihr Herz, das es in alle Richtungen gleichzeitig zog, und versuchte es an dem einzigen Ort zu verankern, der sich richtig anfühlte. Und dieser Ort war bei Charlie. Sie warf noch einen Blick hinüber zur Scheune. Jetzt dauerte das Gespräch schon fast eine Stunde.

Um etwas zu tun zu haben und sich das Warten zu verkürzen, half Ella ihrer Mutter beim Abwasch und räumte anschließend das Geschirr ein. Das eine und andere hatte inzwischen einen anderen Platz erhalten und so war sie manchmal weniger nützlich als erhofft. Noch dazu, wo ihre Gedanken um die beiden Männer in der Scheune kreisten und um die Frage, wie sie ihren Eltern die ganze Sache so erklären sollte, dass sie überzeugend war.

In diesem Moment krachte und zersplitterte etwas hinter ihr. Ella fuhr herum. Beth hatte ein Glas Bohnen fallen lassen, die jetzt kreuz und quer über den Fußboden kullerten. Ella kniete sich neben ihre Schwester und sie lasen die Bohnen auf. Ihre Mutter reichte ihnen eine Schüssel, die Ella mit Wasser füllte, um die Bohnen zu waschen. Dann entdeckte sie noch ein paar unter dem Tisch, kroch hinunter, las sie auf und ließ sie rasselnd in die Schüssel gleiten.

Beim Aufstehen stieß sich Ella den Kopf am Tisch. Sie rieb sich die schmerzende Stelle und setzte sich auf. Charlie musste gleich kommen.

Wie auf ein Stichwort ging jetzt die Tür auf. Ihr Vater kam herein … und schloss die Tür hinter sich.

Ella wollte aufstehen, aber ihre Beine gehorchten ihr nicht. „Papa?“ Als er sie ansah, umklammerte sie die Tischkante und zog sich daran hoch. Der Raum um sie schien zu schwanken. „Wo ist Charlie?“

Es schien, als müsse ihr Vater lange über die Antwort nachdenken. Schließlich zog er einen Umschlag aus der Tasche und reichte ihn Ella. Die junge Frau rührte sich nicht. Sie sah aus dem Fenster. Dann wieder auf ihren Vater. Er streckte ihr noch immer den Umschlag entgegen. Sie nahm ihn und eilte zur Tür. Ihr Kopf war leer, so leer.

„Er ist fort, Ella. Vor fünf Minuten ist er gegangen.“

Nein. Ella riss die Tür auf und eilte auf die Veranda, ließ ihren Blick über den Hof schweifen. Er musste doch noch zu sehen sein. Sie rannte zur Scheune, stopfte den Umschlag in ihre Rocktasche und schob das schwere Tor auf. Leer. Leer. Leer. Jede einzelne Box.

Alles.

Leer.

Hastig lief Ella zurück, kehrte wieder um. Lief den Weg entlang. Rannte. Rannte so schnell sie konnte. *Bitte, Gott, lass ihn zu*

*Fuß unterwegs sein.* Aber es gab keine Stiefelspuren. Nur die des Pferdes. Vielleicht eines Pferds im Galopp. Ihr Herz raste und in ihrem Kopf, in dem diese Leere herrschte, drehte sich alles. Sie rannte weiter, rief wieder seinen Namen. Wieder und wieder.

Dann ergriff sie eine Traurigkeit, die ihr den Atem nahm.

Denn der Weg atmete Leere. Nichts als tiefe, unermessliche Stille. Alle Hoffnung verließ Ella und sie sank auf dem aufgewühlten Weg in die Knie, wo kräftige Hufspuren nur bestätigten, was ihr Vater gesagt hatte: *Er ist fort.*

Ihre Umgebung sah Ella wie durch einen Schleier. Nur sein Gesicht stand ihr klar vor Augen. Das Flattern der Fahnen klang in ihr nach. Ein Geräusch, das es hier nicht gab – außer in ihrem Herzen. Ella sank tiefer zu Boden. Ihr Gesicht zuckte, sie dachte an die Kühle auf einer Waldlichtung. An seine Hand in ihrer. An diese blassgrünen Augen, die so spitzbübisch lächeln konnten. An Glühwürmchen und an sein geflüstertes *Ich liebe dich.*

Charlie. Sie rief seinen Namen. Schmeckte ihn. Brauchte ihn so sehr.

Was hatte er vorhin auf dem Weg zu ihr gesagt? *Meinen Sie, Sie könnten mich heiraten?* Die Frage war so unvermittelt gekommen, dass sie Mühe gehabt hatte, sie zu verstehen. Aber als jedes Wort seinen Platz gefunden hatte und ihr langsam dämmerte, was er gesagt hatte – was er ihr anbot, *ihr schenkte* –, hatte sie versucht, eine Antwort zu finden. Die Knospen dieser Tage und ihrer gemeinsamen Zeit waren rasch erblüht, aber er war tief in ihrem Herzen verwurzelt. So tief, dass sie ihn nie wieder herausreißen konnte. Und das musste er wissen.

Musste ihre Antwort wissen. Ja. Sie wollte.

Etwas in Ella riss entzwei. Etwas Bleischweres zog sie zu Boden und sie schluchzte, die Knöchel vor den Mund gepresst. Im tanzenden Licht wurde die Luft kühler und wieder wärmer, der leichte Wind spielte mit den Wolken … und trieb alle Dinge voran.

Plötzlich fiel ihr der Umschlag ein und Ella setzte sich auf. Sie wischte sich mit dem Ärmel über die Augen, dann griff sie in die Rocktasche, holte ihn heraus und öffnete ihn.

Ein einziges Blatt Papier, das sie jetzt herauszog, aber ihre Hände zitterten so sehr, dass sie es nicht lesen konnte.

Vor ihren Augen verschwamm alles, sie musste die Tränen fortwischen. Und der Anblick der sauberen männlichen Schrift, die die halbe Seite füllte, brachte eine neue Tränenflut.

*Kommt alle zu mir, die ihr mühselig und beladen seid.*

*Ich will euch erquicken.*

Ella schluchzte auf.

*Nehmt mein Joch auf euch und lernt von mir, denn ich bin sanftmütig und von Herzen demütig. So werdet ihr Ruhe finden für eure Seelen. Denn mein Joch ist sanft … und meine Last ist leicht.*

Das Blatt erzitterte, als sie die Worte mit dem Finger nachzeichnete.

*Matthäus 11,28-30*

Dann bemerkte sie, dass noch etwas in dem Umschlag steckte. Sie zog es heraus. Eine Postkarte. Die Zeichnung der Landschaft in Holland. Wieder kamen Tränen und Ella blinzelte, sodass sie fließen konnten. Sie drehte die Postkarte um.

*Du bist geliebt und niemals vergessen.*

*Charlie*

# 33

Spätsommer 1890

Charlie genoss die warme Sonne auf seinem Gesicht. Warm und perfekt. Er hatte die Augen geschlossen und ließ den Wind über sein Gesicht streichen, spürte, wie er durch die trockenen Gräser fuhr. Sein Kopf ruhte an Axels breiter Flanke. Der Leib des Löwen hob und senkte sich in einem stillen Seufzen und Charlies Kopf mit ihm.

Er war so zufrieden, dass er am liebsten ebenfalls eingeschlafen wäre, aber das wagte er nicht, sondern zwang sich stattdessen, die Augen zu öffnen. Im gleißenden Mittagslicht musste er gegen einen tiefblauen Himmel blinzeln. Er sollte jetzt zu Ende packen. Es gab so viel zu verladen. Aber dieser Moment war zu kostbar. Bis sie nach Coney Island kamen, war Philadelphia einer der wenigen Orte, wo die Löwen ihren Auslauf in der Sonne haben und einmal das Gras unter ihrem Fell spüren konnten. Und das wollte er auskosten, so lange er konnte. Charlie schloss die Augen wieder. Und sein Seufzer war fast so tief wie der von Axel.

Holland rührte sich. Ihre Locken kitzelten seine Wange.

Eine heisere Männerstimme zerriss die Stille. „Die Truppe will abbau'n. Hab Order, sie zu verladen."

Charlie blinzelte mit einem Auge. Vor dem Gitter stand einer der Zirkusarbeiter. Sorgsam darauf bedacht, weder Katze noch Kind zu stören, zog er Holland auf die Brust, legte die Hand um sie und setzte sich auf. Sie blinzelte nicht einmal, als er aufstand. In den letzten gut drei Monaten war sie gewachsen, aber für ihn war sie noch immer ein Leichtgewicht. Ihren ersten selbstständigen Schritt musste sie erst noch tun, aber da ihr erster Geburtstag nur noch zwei Wochen auf sich warten ließ, wusste er, dass dieser Zeitpunkt nicht mehr fern war.

Er trug Holland aus der Umzäunung, drückte sie eng an sich

und steckte mit dem Daumen sein offenes Hemd locker in den Bund. Er hätte es ordentlich zuknöpfen sollen, aber Holland schlief gerade so zufrieden, dass er das ignorierte. Wenn Madame ihn so sah, würde sie einen Wutanfall kriegen – niemand bekam diesen Anblick umsonst – nach ihrer Philosophie. Aber es waren keine Zeisel in Sicht, also besprach er mit dem Arbeiter einfach die nötigen Dinge, um sicherzustellen, dass Axel sicher verladen würde.

„Ich sehe noch mal nach dem Rechten, wenn ich angespannt habe und das Baby schläft."

Charlie lief über das verlassene Zirkusgelände. Zirkusleute schlenderten herum und trafen die letzten Vorbereitungen zur Abfahrt. Niemand beachtete ihn besonders. Die Leute hier wussten, wer er war. Er war einer unter vielen – und auf seine eigene Weise war jeder hier irgendwie anders. Zudem kam es selten genug vor, dass er sich im Freien aufhalten konnte, ohne bis zum Hals zugeknöpft zu sein, egal zu welcher Jahreszeit. So genoss er den Spätsommerwind auf seinen Schultern und Hollands gleichmäßigen, friedlichen Atem, während er zu seinem Wagen zurückschlenderte.

Siebel war neben dem grünen Wagen angepflockt und rupfte am Gras. Charlie grinste, als er bei Ruth vorbeikam, deren Stute um den Bauch herum deutlich rundlicher aussah. Er hob die Hand, während Ruth ihn auf ihre spielerische Art mit einem finsteren Blick bedachte. Seit sie Kinder waren, hatten sie in diesem Ton miteinander geredet. Manche Dinge änderten sich wohl nie.

Er wusste, dass sie ihm nicht wirklich böse war – nicht, dass sie Grund dazu gehabt hätte. Wenn sie erst mal wieder unterwegs waren, würde sie höchstwahrscheinlich anbieten, ein Weilchen auf Holland aufzupassen. Er nahm das Angebot immer an, hatte aber so einen Verdacht, dass ihre Absichten wohl weniger mütterlich als eher romantisch waren, was ihm ein bisschen unangenehm war. Wenn er Hilfe brauchte, fragte er gewöhnlich Angelina oder ihre Schwestern. Und wenn es darum ging, dass Holland die Geheimnisse der Frauen kennenlernte, würde er ganz sicher noch wählerischer sein.

Charlie blinzelte ins Mittagslicht und dachte an Ella. Daran, wie sie Holland im Arm gehalten hatte, wenn sie mit ihm übers Gelände ging. Was sie jetzt wohl machte? Was sie dachte? Ob sie ihn vermisste?

Denn er vermisste sie ganz bestimmt.

Der Zirkuszug hatte zwei volle Reisetage vor sich. Zwei ermüdende Tage auf der Straße. Und Hollands Geburtstag rückte immer näher. Voraussichtlich würden sie ihn in Coney feiern; dort wollten sie bis September bleiben. Und dann hätte er seinen Vertrag erfüllt. Es wurde ihm leicht ums Herz, so leicht, dass er beinahe laut aufgelacht hätte. Er hatte es fast geschafft. Er war so gut wie frei.

Der Zirkus würde bald wieder nach Süden ziehen, und wie er Ella gesagt hatte, würden sie dann in Richtung Winterquartier unterwegs sein. Einige Artisten würden mit ihren Promenadenshows an die Ostküste gehen. Charlie hatte das früher auch getan, aber inzwischen verbrachte er den Winter auf dem Zirkusgelände in Louisiana. Seit Holland da war, bemühte er sich zu lernen, sesshaft zu werden.

Im letzten Winter, wo andere aus dem Zirkus gefaulenzt hatten oder hausieren gegangen waren, hatte er drei Monate auf einem Schrottplatz in der Nähe von New Orleans gearbeitet, für fünfzig Cent am Tag. Den Vorschlaghammer zu schwingen brachte nicht viel ein, aber es hielt ihn bei Kräften und erlaubte Holland ein paar ruhige Monate weit weg vom Zirkusbetrieb.

Es bedeutete allerdings auch, dass er im Frühling immer noch ein Habenichts sein würde – genauso wie an dem Tag, an dem er im Mai in diese Klinik gestürmt war. Er musste an Ellas schockiertes Gesicht denken und lächelte – sie hatte einen Wäschestapel in den Händen gehabt. Emsig wie eine Biene. Das Wissen, dass er nicht viel mehr als Kleingeld besaß, ernüchterte ihn. Und dann ihre Freundlichkeit. Ihre Güte. Wie sie ihm damals hinaus in den Schnee gefolgt war und so viel Mitgefühl bewiesen hatte. Und wie sie ihn auf ihrem Fußboden hatte ausruhen lassen – und er zum ersten Mal seit Tagen wieder wirklich geschlafen hatte.

Er musste damit aufhören. Irgendetwas schnürte ihm die Brust zusammen.

Charlie konzentrierte sich darauf, den Wagen anzuspannen. Regina machte es sich mit Holland auf der kleinen Plattform hinten bequem. Das schwarz und weiß gesträhnte Haar der Frau war zu einem hohen Knoten aufgetürmt. Die dunklen Augen funkelten energisch und klar. Und die beiden da hinten waren prachtvoll anzusehen, viel mehr als all die ausgefallenen Schnitzereien und Verzierungen am Wagen.

Charlie zog sich ein Hemd über, dann führte er Pferd und Wagen an seinen Platz im Zug. Ein kurzer Besuch bei den Löwen, und als der Zug sich in Bewegung setzte, war er zurück. Als Lärm und Geschäftigkeit von Philadelphia hinter ihm lagen, stieß er einen Seufzer der Erleichterung aus. Er mochte die Stadt nicht besonders. Sie erinnerte ihn nur daran, dass er Mimi verloren hatte.

Am Tag zuvor hatte er ihr Grab besucht. Holland war im Gras herumgekrabbelt. Sie hatte sich an dem kleinen Stein auf dem Grab hochgezogen, bis sie zum Stehen kam. Charlie hatte vor dem Stein gesessen und seine Finger über die Buchstaben gleiten lassen: *Jessamine.* Hatte daran gedacht, wie dieser Tod ihn erschüttert hatte. Wie er Lucca mit jeder Faser seines Seins gehasst hatte. Einmal dafür, weil er Mimi verloren hatte. Und dann für das, was er seiner Tochter angetan hatte.

Charlie hatte einfach dagesessen, einen Löwenzahn zwischen den Fingern gedreht, zugesehen, wie Holland Grashalme pflückte, und Gott gebeten, dass er den Hass auf diesen Mann aus seinem Herzen nehmen möge. Dass er frei sein konnte von dieser Verachtung, die ihn nach Rache dürsten ließ. Dann hatte er Holland auf den Arm genommen. Entschlossen, die Erinnerung an seine Schwester lebendig zu halten, hatte er Holland gefragt, ob sie wisse, wie schön ihre Mutter gewesen war. Holland hatte geplappert und ihre Fingerchen in die Furchen von Mimis Namen gesteckt.

Nein, Holland erinnerte sich nicht. Würde es nie können. Also musste Charlie es ihr erzählen. Er würde ihr immer alles erzählen.

Er verweilte bei seinen Erinnerungen. Erinnerungen an Mimi. Und an Ella. Und er wusste, die beiden wären Freundinnen geworden. Mimi hätte Ella wie eine Schwester willkommen geheißen, denn sie war so ein freundlicher und offener Mensch gewesen. Und Ella … nun, die hätte tausend Fragen gestellt und Mimi hätte jede einzelne davon beantwortet. Mimi hatte einfach für ihr Leben gern geredet.

Die Augen brannten ihm, aber Charlie lachte in sich hinein.

Als Holland unruhig wurde, übernahm Charlie sie von Regina. Der Zug ruckelte vorwärts. Mit Sack und Pack. Hunde bellten. Kinder lachten. Durch die Radspeichen pfiff der Wind und der Gesang der Vögel. Irgendwo trompetete ein Elefant.

Charlie seufzte zufrieden. Und das wiederholte sich noch oft, während sie Meile für Meile zurücklegten. Er spürte Holland im Tragetuch vor seiner Brust. Sie war jetzt hellwach und zog an seinem Hemd. Sie wollte aus dem Tuch heraus. Charlie lief mit schaukelnden Schritten, um sie noch ein Weilchen ruhig zu halten. Und wieder einmal ertappte er sich staunend bei dem Gedanken, dass sie eines Tages hier an seiner Seite laufen und ihre kleine Hand in die seine legen würde.

Bei dem Gedanken wurde sein Herz leicht und schwer zugleich.

Meine Güte, wie schnell sie wuchs. Da ihr Geburtstag bevorstand, hatte Charlie ein Dokument aufgesetzt. Weniger ein Vertrag, nahm er an, als eine Art Abmachung, die Madame unterschreiben sollte. Er hatte zehn Dollar für einen Advokaten ausgegeben, um sicher zu sein, dass das Papier rechtsverbindlich war. Der hatte über der Sache gegrübelt und ihn dann über dicke Brillengläser hinweg angeschaut und noch einmal zehn Dollar verlangt, weil die ganze Sache illegal sei. Ihm war flau im Magen geworden und der Mann war ihm aufs Äußerste unsympathisch, aber da er keine Wahl hatte, hatte Charlie das Geld auf den Tisch gelegt.

Er brachte es nicht fertig, in dem Wissen zu gehen, dass der Mann übel von ihm oder von Holland denken würde, also hatte er die ganze Sache erklärt und der Anwalt schien ehrlich bewegt. So sehr, dass er die Extragebühr zurückgab.

Nun war er Charlie schon ein wenig sympathischer. Er hatte das Büro mit einem Grinsen verlassen, mit einem Dokument, auf das er sich verlassen konnte, und ziemlich froh, dass er auf den Dreh gekommen war, dem Herrn Advokaten eine Mordsgeschichte aufzutischen – auch wenn sie wahr war.

Er hatte nicht gewusst, wie er vorgehen musste, um ein Kind zu adoptieren, und war sich auch ziemlich sicher, dass er die nötigen Voraussetzungen nicht erfüllte. Er besaß keine Geburtsurkunde und wäre jede Wette eingegangen, dass auch sein Nachname nirgends aktenkundig war. Was er da tun könne, hatte er den Rechtsberater gefragt, und nach ein paar Formularen und weiteren Gebühren war er nun dabei, diesen Zustand zu ändern.

Er war ein Niemand; keinem Menschen in diesem Land bedeutete er etwas. Und Holland ebenso wenig. Das war ja der Grund, dass Lucca überhaupt damit davongekommen war, sie zu verkaufen – ein Baby, das irgendwo im Nichts in einem Zelt zur Welt gekommen war. Ihre ersten Schreie hatten allenfalls die Tiger zur Kenntnis genommen. Für die Gesellschaft hier hätte sie ebenso gut eine Feldmaus sein können.

Charlie traute Madame nicht. Und dieses Papier war alles, was ihm eingefallen war, um wenigstens irgendeine Aussicht auf Frieden zu haben. Das und eine ordentliche Dosis Gebet.

Seine Gebete begleiteten ihn den Rest des Tages, bis der Zug sich am Lagerplatz im Kreis aufstellte. Als die ersten Sterne am Himmel erschienen, schloss er Ella in sein Gebet ein. Das war der einzige Schutz, den er ihr und Holland bieten konnte.

Charlie ging mit Holland zum Kochzelt, schöpfte sich einen Teller voll Eintopf und ging zurück zu seinem Wagen. Mit dem Baby auf dem Schoß setzte er sich auf die hintere Plattform. Er spießte die kleineren Bissen auf und fütterte sie, bevor er selbst den Rest vertilgte. Regina machte woanders einen Besuch und Charlie hörte bereits, wie irgendwo Instrumente gestimmt wurden. Es würde keine Stunde mehr dauern, bis der Tanz begann. Doch er war nicht in Stimmung dafür und brachte Holland zu Bett. Wenn sie unterwegs waren, stellte er es immer so auf, dass er es in Reichweite hatte. Bis Holland eingeschlummert war, war Regina zurück.

„Macht es dir was aus, auf sie aufzupassen?“, fragte Charlie und fuhr sich mit der Hand durchs Haar, um es in Ordnung zu bringen. „Ich bin nicht lange weg."

„Überhaupt nicht." Regina sah ihn neugierig an.

Auf diesen Moment hatte er lange gewartet. Er verschwand im Wagen und gab sich Mühe, leise zu sein. Er zog die Weste über, rieb sich Pomade ins Haar und zog einen Kamm hindurch, dann suchte er nach seinen Papieren. Sie waren genau da, wo er sie verstaut hatte. Mit den Dokumenten in der Hand trat er ins Freie.

Regina beobachtete ihn, als er neben dem Wagen die Weste zuknöpfte. Er zog noch einmal den Kamm durch die Haare. Ohne Spiegel wandte er sich an Regina. „In Ordnung so?"

*„Molto bene."*

Der Abend war warm, aber ihn fröstelte plötzlich. Charlie schob die freie Hand in die Tasche, zog sie dann wieder heraus. Um seine Nerven zu beruhigen, rieb er sich die Finger.

Irgendwo begann Gitarrenmusik, langsam und einschmeichelnd. Romantik lag in der Luft, die noch immer die Hitze der Sonne speicherte. Ein Lied für Zigeuner. Vagabunden aus der ganzen Welt – aus dem alten Indien, Griechenland, Russland und wer weiß wo sonst noch her. Eine Frauenstimme setzte ein, leise und sanft. Charlie verstand nicht alles – aber er erkannte, dass sie in Romani sang, denn seine Kindheitserinnerungen dufteten nach diesen Worten und nach dem schönen Mund seiner Mutter. Nach ihrem ebenholzschwarzen Haar und ihren goldenen Armreifen.

Plötzlich fehlte ihm seine Mutter und er senkte den Kopf.

Das fremdartige Lied verklang, eine andere Frauenstimme setzte ein. Sie sang ein Liebeslied. Charlie schaute im Vorbeigehen in die Richtung, aus der die Musik kam. Das Licht des Feuers flackerte über die bräunlichen Gesichter, schwarzhaarige Kinder spielten im Gras. So wie einst Mimi und er. Etwas brannte in seiner Brust.

Als er hochsah, stellte Charlie fest, dass er am Ziel war. Der noch etwas entfernte Wagen war reich verziert – in tiefem Burgunderrot mit Goldbemalung und Beschlagwerk, das selbst im Mondlicht noch als außergewöhnlich zu erkennen war. Die Wagentür war geschlossen, obwohl der Abend warm war, aber durch die engen Fenster drang Licht heraus. Die Stufen waren bereits hochgezogen, als wollte jemand sagen: *Niemand willkommen.*

Charlie streckte die Hand nach der kleinen Leiter aus und zog sie herunter. Heute war es so weit. Und nichts würde ihn davon abhalten.

# 34

Charlie klopfte. Kräftig.

Er hörte schlurfende Schritte, dann öffnete sich der obere Teil der Wagentür und er wich zwei Schritte zurück, um dem Türflügel auszuweichen. Eine stirnrunzelnde Madame Broussard sah auf ihn herab.

„Ich würde gern ein paar Worte mit dir sprechen", sagte Charlie.

Die Falten auf ihrer Stirn vertieften sich und sie schob die Lippen vor. Dann hörte er das Türschloss klicken. Sie drehte ihm den Rücken, ohne zu öffnen. Charlie rieb das Dokument zwischen den Fingern, atmete tief aus und öffnete dann die Tür. Drinnen empfing ihn der üble Geruch von Opium – ein süßlich-klebriger Duft, bei dem sein Magen rebellierte. Er sah sich nach Olaf um und schloss aus dem schnarchenden Hügel unter der Bettdecke, dass der Mann für heute genug gehabt hatte. Madame griff zu einem Glas auf dem schmalen Sims über dem kleinen Kaminofen, entnahm ihm etwas und steckte es in den Mund. Sie hielt Charlie das Glas hin, doch er schüttelte den Kopf. Vermutlich waren es harmlose Bonbons. Aber aus ihrer Hand würde er niemals etwas annehmen.

Sie sah ihn mit hochgezogenen Brauen an, als warte sie darauf, dass er sein Anliegen vortrug.

Charlie entfaltete das Papier. „Dies ist etwas, das du unterzeichnen musst."

„Unterzeichnen."

Er nickte, entschlossen, die Nerven zu behalten. „Nur als Bestätigung, dass du eine Frau bist, die zu ihrem Wort steht. Denn natürlich bist du das."

„Ein Vertrag."

Charlie schüttelte den Kopf. „Eine Vereinbarung." Er hatte genug von Verträgen mit dieser Frau.

Madame taxierte ihn von Kopf bis Fuß und Charlie war mehr

als nur ein wenig froh darüber, dass Olaf außer Gefecht gesetzt war. Sie sah ihn aus schmalen Augen an, als spüre sie, was er empfand. Wusste sie denn nicht, dass dieser Mann und seine Gewohnheiten so durchschaubar waren wie eine Uhr? Heute war die gewöhnlich schlimmste Nacht für Olaf. Wenn keine Vorstellung in Sicht war und er keine Verpflichtungen hatte, war er zuverlässig spätestens bei Sonnenuntergang jenseits von Gut und Böse.

„Es ist eine Abmachung", begann Charlie. „Sie hält fest, dass sie rechtmäßig mir gehört." Er sprach das Wort *rechtmäßig* wie beiläufig aus, aber das war ihr ebenso bewusst wie ihm.

„Warum sollte ich das wohl unterschreiben?"

„Um zu bestätigen, dass unser Vertrag mit Hollands erstem Geburtstag erfüllt ist."

„Antonia", entgegnete sie. „Und hier müsste Bassi stehen, nicht Löwenherz."

Charlie antwortete nicht.

Als hätte sie nichts anderes erwartet, fuhr sie fort: „Unser Vertrag reicht völlig aus."

Ihm nicht. „Ich hätte gern meine eigene Fassung. In meinen eigenen Worten." Etwas, das sie nicht zerreißen oder verbrennen konnte. Er reichte ihr das Dokument. „Du kannst es gern lesen."

Madame griff nach ihrer Brille auf dem Kaminsims und Charlie trat einen Schritt näher zur Tür, hungrig nach ein wenig frischer Luft. Er spürte bereits einen Anflug von Kopfschmerzen. Sie studierte das Papier und ließ sich dazu etliche Minuten Zeit.

Schließlich sagte sie rundheraus: „Ich wüsste nicht, warum ich das unterzeichnen sollte."

„Dann wüsste ich nicht, warum ich in Coney noch auftreten soll."

Ihr Blick schoss zurück zu ihm. Coney Island war einer der profitabelsten Standorte im ganzen Jahr. Hier lag das Geld nur so auf der Straße. Eine Stadt der Sünde, die nie schlief. In der die Menschen ihr Vergnügen suchten – in welcher Form auch immer.

„Das kannst du nicht und das weißt du." Madame faltete das Dokument zusammen.

Charlie zwang sich, ruhig zu bleiben und tief durchzuatmen.

„Du unterschreibst dieses Papier. Und dann bist du mich los. Du kriegst deine Vorstellung und deine Einnahmen."

Mit einem berechnenden Blitzen in den Augen betrachtete sie ihn.

„Nicht weniger. Nicht mehr", fügte er hinzu.

Ihre Augen verengten sich.

Er wies auf das Dokument in ihrer Hand und dachte an den Kontrakt, den sie mit Lucca gemacht hatte, als der versucht hatte, sich abzusetzen. Sie hatte das Papier vor Charlies Augen zerrissen. Aber er konnte sich nicht darauf verlassen, dass Madame nicht noch irgendwo eine Kopie hatte. Er konnte es nicht wissen.

Deswegen wollte er vorsorgen. „Dieses Kind … diese Antonia Bassi … wer wird wohl glauben, dass das ihr richtiger Name ist? Ich wüsste niemanden hier, der ein Kind mit diesem Namen kennt."

Madame starrte auf das Papier, wo die Worte *Holland Löwenherz* schwarz auf weiß unter seinem eigenen Namen zu lesen waren.

„Glaubst du wirklich, dass deine Tricks ihr auch nur im Geringsten weiterhelfen?"

„Es ist kein Trick." Er lächelte.

„Deine Schwester war eine Närrin. Und dieser dümmliche Kosename …"

„Ist beim Staat Louisiana eingetragen worden. Ich habe ihre Papiere beantragt. Sie werden gerade ausgestellt." Geburtsurkunde, alles, was man brauchte. Wenn er im Winter dorthin zurückkam, würde er dem Registrierungsbüro noch einen Besuch abstatten, aber bis dahin waren ein paar Rädchen in Bewegung gesetzt. Der Anwalt hatte ihm gesagt, dass es selten vorkam, dass die Adoption eines Verwandten vor Gericht formell bestätigt werden musste, aber Charlie war dazu bereit, wenn es nötig war. Und das ließ er Madame wissen.

Sie kniff die Augen zusammen und blickte sich im Wagen um, von Olaf zu dem unordentlichen Sofa, dem Kaminsims und dann wieder zu Charlie. Ihr Blick war so stechend, dass er sich zwingen musste, auf den Beinen zu bleiben.

Immer ganz die Madame.

Sie nahm die Brille ab. „Du glaubst, du bist so anders …“ Sie wies auf den Raum, der sie umgab. „Aber eines Tages wirst auch du als alter Mann verfaulen.“

Charlie antwortete nicht.

Ihre immer noch erhobene Hand zitterte leicht. Er hatte ihr Gesicht noch nie so milde gesehen. Zum ersten Mal im Leben … zum ersten Mal, seit sein Albtraum begann … tat sie ihm leid.

„Ich bitte dich jetzt, das zu unterschreiben.“ Er klopfte mit dem Daumen gegen seine Hüfte. „Und nur damit du es weißt: Ich hatte keine Gelegenheit, die Krankenhausrechnung für sie in Roanoke zu bezahlen.“

Ihre Mundwinkel zuckten.

„Also tue ich dir eigentlich einen Gefallen. Sie waren dort wirklich verärgert. Der ganze Laden in hellem Aufruhr. Falls du also wieder einmal dort durchkommst, grüß den Doktor von mir.“

Madame verdrehte die Augen und riss ihm das Papier aus der Hand. „Ich freue mich schon darauf, es diesem fetten kleinen Kurpfuscher zu zeigen.“

Charlie grinste, was sie nur noch mehr aufbrachte.

Ihre schlanken Finger tasteten auf dem Sims herum, wohl nach einem Füller. Sie fand ihn und Charlie reichte ihr die Tinte. Aus dem Bett ertönte ein tiefes Schnarchen und Charlie spürte, wie ein warmes Gefühl in ihm hochstieg. Die Sache war beinahe erledigt. Madame tauchte den Füller ein und dann kratzte die Feder über das Papier. Charlie schob das Deckblatt beiseite, hinter dem sich ein Duplikat verbarg. Der Blick aus den schmalen Augen schoss zur bemalten Decke und dann wieder zurück zu ihm. Ein eisiger Blick.

„Fast geschafft“, sagte er freundlich.

Sie setzte ihren Namen auf das zweite Dokument und er nahm auch die Kopie an sich. Er prüfte die Unterschrift und sah dann auf Madame herunter. Sie starrte zurück. Klein und hohl.

„Ich will deine Zeit nicht länger beanspruchen“, erklärte er.

Sorgfältig hielt er die Papiere in einer Hand und zog mit der anderen seine Weste zurecht. Dann öffnete er die Tür und stieg die Stufen hinab. Unten angekommen wandte er sich um und sah sie in der Tür stehen. Er sog die klare Nachtluft ein, dann grüßte er mit den Dokumenten in ihre Richtung. Ein Dankeschön.

Die Nacht trug ihn heim, begleitet von der Musik am Hang, wo bunte Laternen leuchteten. Eine Freude erfüllte ihn, für die es keine Worte gab. Bei sich angekommen, betrat er den Wagen und beugte sich über Hollands Bett. Er kniete sich hin und drückte ihr einen Kuss auf den bloßen Hals. Auf die weiche, warme, milchige Haut. Die Pausbäckchen. Das Ohr.

Sie seufzte wohlig im Schlaf.

„Ich schätze mal, jetzt wirst du mich nicht mehr los, Miss Holland“, flüsterte er, beugte sich vor und küsste ihre winzige Nase. „Und das ist okay. Und ich werde dich nicht mehr los. Und ich muss sagen, das gefällt mir wirklich gar nicht schlecht.“

# 35

Ella füllte dickflüssige heiße Marmelade in das saubere Glas, das vor ihr stand. Sie schöpfte das Glas fast voll, dann griff sie nach einem weiteren und wiederholte den Vorgang. Neben ihr wischte ihre Mutter die Glasränder ab und legte die Deckel bereit, bevor sie weitere Gläser in den Topf mit kochendem Wasser stellte.

Mama sang bei der Arbeit.

Ella hörte ihr zu und hoffte, es würde ihre Nerven beruhigen. Sie wischte die klebrigen Finger an einem feuchten Tuch ab. Durchs Fenster fiel die frühe Morgensonne in die Küche.

„Du musst mir nicht helfen", sagte ihre Mutter sanft, während sie sich wieder zum Einwecktopf umdrehte. Der gestreifte Rock schwang um ihre Beine.

Ella nickte. „Ich weiß. Ich möchte aber."

Alles, was ihr von Charlie geblieben war, lebte in einem kleinen Briefumschlag. Fast jeden Tag nahm sie die Zeilen heraus und las sie erneut. Es half ihr zu wissen, dass er Wirklichkeit war, er und Holland – und alle anderen. Und immer las sie auch die Worte, die er für sie aufgeschrieben hatte. Wieder und wieder. Ließ sie tief in ihr Herz fallen – und spürte die Wahrheit darin.

*Kommt zu mir.*

*So werdet ihr Ruhe finden.*

Sie wusste, hier sprach Gott zu ihr. Doch es war lange her, dass sie das von Gott geglaubt hatte. *Sehr* lange. Aber jetzt fand sie hier neue Hoffnung. Die Worte gaben ihr Trost. Selbst mitten in aller Ungewissheit, in der sie ihre Kissen öfter mit ihren Tränen durchnässte, als sie zählen mochte. So sehr sie Charlie auch vermisste, so sehr dieser Verlust sie innerlich zerrieb – es gab Hoffnung. Es musste so sein. Diese Worte versprachen es ihr.

Es fühlte sich irgendwie selbstsüchtig an, diese Hoffnung für sich zu behalten. Es war ein langer Weg gewesen bis zu diesem Tag, aber vielleicht war sie ja … ebenso wie Charlie … bald frei.

Sie klammerte sich an diesen Gedanken, während sie ein weiteres Glas füllte und abwischte. Mama stellte die verschlossenen Gläser zum Abkühlen auf ein zusammengefaltetes Handtuch. Als sie fertig waren, machte Ella sich daran, die Küche zu putzen. Ihr Vater kam aus der Scheune herein, hängte seinen Hut auf und nahm das Glas mit kaltem Pfefferminztee, das Ella ihm einschenkte. Freude strahlte aus seinen Augen, er setzte sich ans Klavier, hob den Deckel und entlockte den Tasten ein Lied. Seine Lieblingsbeschäftigung für eine Mußestunde. Und ganz besonders an einem Sonntag.

Ella hatte gebeten, heute nicht mit zur Kirche kommen zu müssen, weil es etwas gab, das sie dringend erledigen wollte.

Mama machte sich daran, Kekse zu backen, und Ella trat ans Klavier. Sie lehnte sich gegen das dunkle Holz und genoss den melodischen Klang seines behutsamen Spiels. „Du hast diese Woche hart gearbeitet", sagte sie.

Er sah zu ihr auf. Er war ein stiller Mensch, ihr Papa.

„Wo sind die Jungs?", fragte sie.

Der Vater lächelte. „Schwimmen gegangen." Dann warf er seiner Frau einen Blick zu. „Können wir später ein paar Kekse mitnehmen?"

Seine Frau nickte.

Seit Charlie verschwunden war, lag Ella eine einzige Frage beständig auf dem Herzen. Als sie sie jetzt zum wiederholten Mal äußerte, hob ihr Vater den Blick, wachsam und leicht amüsiert. Das tat er immer, wenn sie von Charlie sprach. Und wenn sie ihn wieder einmal fragte, worüber sie an jenem Tag gesprochen hatten.

Jedes Mal lenkte ihr Vater das Gespräch dann auf etwas anderes. Sagte etwas von Versprechen, die man hielt, wenn man sie gegeben hatte. Behutsam schlug er die Tasten an und spielte eine langsame, wehmütige Melodie.

„Was hast du Charlie versprochen, Papa?", bohrte Ella nach.

Doch ihr Vater lächelte nur, während seine kräftigen Finger einen C-Dur-Akkord anschlugen und dann zum Cis wechselten.

„Du willst es mir immer noch nicht sagen", flüsterte sie wehmütig.

In seinen Augen glomm ein leiser Funke, als er den Kopf schüttelte. Stetig glitten seine Hände über die Tasten, er hielt das Tempo sicher. „Warum spielst du nicht ein Duett mit deinem Vater?“, fragte er jetzt und klopfte auf die Bank neben sich. „Wir wissen nicht, wie oft wir dazu noch Gelegenheit haben werden.“ Sein Blick suchte den ihren – forschend, offen.

Und Ella fragte sich, was er ihr sagen wollte. Sie empfand zugleich Sehnsucht und Freude, denn sie hatte viel verloren und doch auch viel gewonnen. Sanft küsste sie ihren Vater auf den Kopf und zögerte. „Reservierst du mir diesen Platz für heute Nachmittag? Ich muss jetzt erst mal woandershin.“

„Aber gern.“

Sie konnte sehen, wie glücklich sie ihn machte. So viele Jahre hatten sie nicht zusammen gespielt. Aber jetzt hatten sie wieder damit begonnen. Die alten Lieder, die er immer geliebt hatte. Sie wusste, wie viel ihm das bedeutete, denn ihr ging es genauso.

Aber dieser Vormittag hielt anderes für sie bereit. Sie atmete tief durch, betete stumm um Kraft für das, was sie vorhatte, und hauchte ihrem Vater noch einen Kuss auf die Stirn.

Kaum eine Stunde später lief sie neben ihrer Mutter den Pfad entlang. Ella trug ihr bestes Kleid und hatte ihr Haar so sorgfältig frisiert, wie sie konnte – diese störrische Locke war sicher festgesteckt. Die, die ihr immer über die Augen fiel. Aber warum eigentlich sollte sie sie verstecken? Sie war jegliches Versteckspiel leid. Sie wollte nicht mehr davonlaufen.

Sie schob ihre Hand unter den Arm ihrer Mutter und spürte, dass sie zitterte. Auch ihre Mutter schien es zu bemerken und drückte sie sanft an sich. Wie vorhin in der Küche hatte ihre Mutter auch jetzt ein Lied auf den Lippen.

Die Worte beruhigten Ella. Sie war dankbar für diese Frau, die sie seit Jahren vermisst hatte. Nur weil sie geglaubt hatte, der Abstand von zu Hause würde ihr helfen zu gesunden. Schön und gut. Die Jahre in Roanoke würde sie auch gegen nichts anderes eintauschen wollen. Und doch hatte sie den Eindruck, dass es mehr an Heilung geben konnte. Mit dem Korb am Arm, wanderte ihr Blick den Weg voraus.

Ellas Puls beschleunigte sich, vielleicht weil der Weg langsam anstieg. Aber eigentlich wusste sie, dass es mehr mit dem Blockhaus zu tun hatte, das nun in einiger Entfernung auftauchte und dem sie sich langsam näherten. Es stand abseits, weit oben. Abgelegen.

Einsam.

Er hatte nicht immer hier gewohnt. Das wusste sie sicher. Der Prediger hatte früher ein stattliches Haus neben der Kirche bewohnt, nicht diese Hütte, die sich unter ein paar Fichten duckte. Ella sah sich um. Das Herz schlug ihr plötzlich bis zum Hals.

Sie merkte, dass sie wieder zitterte, denn Mamas Griff um ihre Hand wurde fester. Monate-, nein, jahrelang hatte Ella die finstere Erinnerung an jene unglückselige Nacht nicht loswerden können. Die Worte, die der Sohn des Predigers während der Chorprobe mit ihr gewechselt hatte, wie er sie dann später *verdammt schön* genannt hatte, als sie gemeinsam auf dem nächtlichen Weg unterwegs gewesen waren. Seine Hand an ihrem Handgelenk, dann auf ihrem Rücken. Das entsetzliche Gefühl, das in ihr hochkroch, so unglaublich allein zu sein. Niemanden zu haben, der ihr zu Hilfe kommen würde.

Zitternd sog Ella die Luft ein. Sie wollte dieses Gefühl nicht immer wieder erleben. Diese bleischwere Last, dass sie ganz allein auf der Welt war. Sie wusste, sie würde die Narben ihr Leben lang mit sich tragen. Und niemals würde sie den kleinen Jungen vergessen, den sie die zwei kurzen Stunden seines Lebens in ihren Armen gehalten hatte. Aber sie klammerte sich an die Hoffnung, dass mit jedem Schritt, den sie tat, die Last leichter werden würde.

*Denn meine Last ist leicht …*

So wie jetzt hatte sie sich noch nie gefühlt. Jedenfalls nicht in den letzten fünf Jahren. In den Zeiten, in denen sie Gott aus ihrem Leben gestrichen hatte. Aber jetzt wusste sie, was Charlie gemeint hatte. *Lassen Sie nicht zu, dass er Ihnen noch mehr stiehlt.*

Der Sohn des Predigers hatte ihr bereits genug gestohlen. Und was von ihrem Herzen übrig war, hatte sie selbst sterben lassen, Stück für Stück. Sie hatte geglaubt, es sei nichts mehr da, das sie noch verschenken könnte. Aber jetzt wusste sie: Sie selbst hatte entschieden, so von sich zu denken. Doch die Wahrheit war: Solange ihr Herz noch schlug, würde sie immer etwas zu geben haben.

Ella trat auf die Lichtung und blieb stehen. Sie betrachtete die bescheidene Wohnstatt. Jetzt öffnete sich die Tür und ein grauhaariger Mann trat heraus. Sie erinnerte sich an Zeiten, in denen sie ihn wirklich gemocht hatte. Auch seinetwegen war sie gern zur Kirche gegangen. Er war so jovial. Immer ein Lächeln auf den Lippen.

Und jetzt lebte er hier in dieser abgelegenen Hütte. Ganz allein … und das an einem Sonntagmorgen. Kein Freund, der sich blicken ließ.

Wegen all der Dinge, die sein Sohn getan hatte.

Ella betrachtete den Prediger. Sie war unsicher. Der Mann sah zu ihr herüber. Sein Sohn war verschwunden und man hatte ihn nicht wieder gesehen. Die Gemeinde hatte ihren Prediger mit Schimpf und Schande entlassen und sie war froh darüber gewesen. Ebenso wie ihre Familie. Er wurde aus der Gemeinde ausgeschlossen und damit auch von so vielem anderen. Vielleicht war es richtig, dass Menschen sich so verhielten. Sie wusste es nicht mehr so genau.

Vor etwa einem Jahr hatte er ihr einen Brief geschrieben, aber Ella hatte ihn ins Feuer geworfen, ohne ihn auch nur zu öffnen. Hatte *gemeint,* diesen Ort auf diese Weise hinter sich lassen zu können. Aber der Schmerz war ihr gefolgt. Er wohnte nicht in diesen Hügeln oder an diesem Berg. Er wohnte in ihr. Egal, wohin sie ging. Und er würde sie gefangen halten, solange sie es zuließ.

Jetzt sah sie dem Prediger ins Gesicht. Ja, er war nicht mehr der Geistliche der Stadt, aber sie wusste nicht, wie sie ihn sonst bezeichnen sollte. Den Mann aus ihren Erinnerungen, den Prediger auf der Kanzel, erkannte sie kaum wieder. Er trug keinen schwarzen Rock mehr, stattdessen ein verwaschenes und zerknittertes Flanellhemd. Einen zerbeulten Filzhut. Eine silberne Haarsträhne fiel ihm in die Stirn. Er hielt eine Bibel in der Hand. Die hellwachen Augen waren voller Fragen.

Ella drehte das Glas in den Händen und hörte kaum, wie ihre Mutter sagte, sie würde hier warten, wie sie es besprochen hatten. Die junge Frau befahl sich, den nächsten Schritt zu tun. Und dann noch einen. So ging es weiter, bis sie die Stufen zur Veranda erreicht hatte. Ihre Hände umklammerten den Glasdeckel. Ella schluckte schwer und wurde sich bewusst, dass sie jetzt auf seine Stiefel starrte. Abgetragen. Staubig. Sie holte tief Luft und hielt ihm dann das Glas entgegen. Nein, so übergab man kein Geschenk. Sie zwang sich, ihm ins Gesicht zu sehen.

Immer wieder hatte sie sich eingeredet, dass er sie vielleicht gar nicht wiedererkennen würde. Und dass das alles einfacher machen würde. Aber dann sah sie, dass sein Kinn mit den silbernen Bartstoppeln bebte. Er sah auf das eingepackte Glas, dann zu ihr, blinzelte kurz und klemmte die Bibel unter den Arm.

„Für Sie", sagte Ella leise und stieg eine Stufe höher, damit er das Geschenk erreichen konnte. Das Glas, das noch warm war, wechselte von einer Hand in die andere.

Die Augen des Predigers wurden feucht und seine Lippen bewegten sich tonlos. Wieder und wieder, als brauchten sie Zeit, die Worte wie vom Grund eines tiefen Brunnens zutage zu fördern. „Danke, Miss."

Ella schenkte ihm ein Lächeln, das ihr selbst schwach vorkam. „Brombeermarmelade", sagte sie leise. „Gerade frisch gekocht." Völlig unangebrachte Worte, aber etwas anderes fiel ihr nicht ein.

Der ältere Mann drehte das Glas in den Händen. Strich mit dem Daumen über das braune Papier, in das sie es eingewickelt hatte.

Ella versuchte es noch einmal mit einem Lächeln und hoffte, dass es ihr dieses Mal besser gelungen war.

Mehr musste sie nicht tun. Es war das, was sie sich vorgenommen hatte. Der einzige Grund, warum sie diesen Augenblick auf sich genommen hatte. Aber wie er sie jetzt ansah … als sehe er nach einer langen Gewitternacht wieder einmal einen Sonnenaufgang … Sie konnte sich nicht umdrehen und gehen. Sie wollte etwas sagen, aber die Worte verließen sie.

„Ich …" Das Papier knisterte unter seinen Fingern, die das

verpackte Geschenk drehten. „Es … tut mir von Herzen leid.“ Sein Kinn zitterte wieder. „Was Sie durchgemacht haben.“ Seine grauen Augen wanderten über den Boden vor ihren Füßen und dann hinauf in ihr Gesicht. „Das Unrecht, das Ihnen geschehen ist.“

Mit tränenfeuchten Augen konnte Ella nur nicken.

Sein Blick wanderte weiter und er musste ihre Mutter ausgemacht haben, denn jetzt nickte er in einem stummen Gruß in ihre Richtung. Ella trat einen Schritt zurück. Dann überwältigten sie ihre Gefühle und sie wandte sich zum Gehen.

„Wenn Sie je etwas brauchen …“

Sie hielt inne und warf einen fragenden Blick zurück.

„Ich stehe zu Ihrer Verfügung.“ Er nahm den Hut ab, unter dem das silbergraue Haar hochstand, und presste ihn ans Herz. „Jederzeit. Was immer es auch ist.“

Ellas Kehle brannte und sie brachte kaum einen geflüsterten Dank heraus.

Der Prediger kam eine Stufe herab, dann noch eine. Sein Gang war unsicher, als hätten die Jahre ihm ein Hüftleiden beschert. „Und … Miss … es tut mir sehr, sehr leid.“ Er befeuchtete sich die Lippen und seine Augen schimmerten feucht. „Es tut mir so leid wegen des Babys.“

Ella nickte heftig und blinzelte die Tränen fort. „Er war so ein entzückendes Kind.“ Und es hatte ihr für zwei ganze Stunden gehört. Frisch gewickelt und sicher in ihren Armen. Seine winzigen Hände in ihren – die kleine Brust rang nach Luft, die nicht kommen wollte, wie inständig sie auch betete.

Auf der gefurchten Stirn des Predigers stand Überzeugung. „Er wäre seiner Mutter ähnlich geworden.“

Ella presste die Lippen zusammen und konnte nur den Kopf senken, denn es wollte einfach kein Wort aus ihrer Kehle kommen.

Sie winkte ihm kurz zum Abschied, dann wandte sie sich um und ging zurück zu ihrer Mutter. Der Weg kam ihr wie eine Ewigkeit vor und zugleich hatten sich ihre Schritte nie im Leben so befreit angefühlt. Leise zitternd schob Ella ihren Arm unter den ihrer Mutter. Mama drückte sie und gab ihr einen Kuss auf die Wange, dann machten sie sich auf den Rückweg.

Mit einem tiefen Stoßseufzer lehnte Ella sich an die starke Frau neben ihr und schloss die Augen. Sie fühlte sich vollkommen erschöpft. Aber diese Erschöpfung brachte eine unbändige Freude mit sich, von der sie nicht gewusst hatte, dass sie in ihr lebendig sein könnte. Die Wucht dieser Empfindung brachte ihre Haut zum Kribbeln.

Ella spürte, wie ein Lächeln in ihr aufstieg. Und nun? Sie wusste es nicht.

Aber sie dachte an eine sonnige Wiese. An Löwen. Und fragte sich, ob der Mann mit einem Herz für Löwen wohl an diesem Sonntagmorgen gerade singend hinter seinem Wagen saß. Bei dem Gedanken daran war Ellas Herz plötzlich von einer solchen Wärme erfüllt, dass es schmerzte. Diesen Klang zu hören … *nur noch ein einziges Mal* … Sie klammerte sich fester an den Arm ihrer Mutter.

Morgen war Hollands Geburtstag. Vielleicht gab es Musik und Tanz. Oder sogar einen Kuchen. Sie lächelte und stellte sich vor, welche Spitzbübereien Charlie sich ausdenken würde. Und sie wünschte sich nichts sehnlicher, als dabei zu sein. Holland wieder im Arm zu halten. Zu sehen, wie groß sie geworden war. Und Charlies Gesicht zu betrachten – und die Freude darin, die ihn nie mehr verlassen würde.

Denn jetzt war sein kleines Mädchen sicher … und er war frei.

# 36

Der Kuchen?", fragte Charlie und schob einen Stapel gebrauchtes Geschirr beiseite.

„Schon fertig."

„Und die Gäste?"

Reginas dunkle Augen blitzten. „Kommen alle."

„Schön. Ich bringe dann die Hauptperson mit."

Regina tätschelte seinen Arm und sagte, sie sei gleich wieder da. Für den Spätnachmittag hatte Charlie einen schattigen Picknickplatz reserviert, auf dem alle zusammenkommen wollten. Er lag weit weg von den Badepavillons und der belebten Seebrücke von Coney Island – nah am Wasser, aber doch nicht überlaufen von Urlaubern, die den restlichen Strand wie Möwen bevölkerten.

Als Regina verschwunden war, suchte Charlie nach dem Perlenkettchen, das Evangeline zu diesem Anlass für Holland gemacht hatte. Aber er konnte sich für sein Leben nicht erinnern, wo er es verstaut hatte. Er durchsuchte die Kiste mit Hollands Sachen, nahm Socken, Kleidchen und lauter kleine Rüschenteile heraus, die seine Schwester für die Kleine genäht hatte und von denen er immer noch nicht wusste, wozu sie gedacht waren.

Schließlich fand er die Kette und legte sie beiseite. Dann ließ er seine Hände auf dem Boden der Kiste ruhen. Da lag der gelbe Pullover. Er war Holland inzwischen zu klein, also gab es eigentlich keinen Grund, ihn zu behalten. Charlies Finger betasteten die ungleichmäßigen Stiche, mit denen er den Knopf in der Mitte angenäht hatte. Er erinnerte sich genau, dass er nur noch lose am Pullover gehangen hatte, nachdem die Krankenschwester ihn in ihrer Ungeduld beinahe abgerissen hatte. Diese nervöse kleine Krankenschwester, die ihm schwer zu deutende Blicke zugeworfen und sich so besserwisserisch aufgeführt hatte. Charlie musste lächeln. Wehmut überfiel ihn.

Holland brabbelte etwas und ließ ihn in die Gegenwart zurückkehren. Die Kleine war zu einer Keksdose gekrabbelt und saß nun davor, einen halb verputzten Keks in der Hand.

„Was machst du denn da, du Schlingel?“ Charlie kniete sich neben das Mädchen, nahm die Keksdose weg und stellte sie auf ein Regal.

Holland begann zu weinen, aber mit dem Mund voller Keks kam nur ein klägliches Gejammer heraus.

„Hey.“ Ernst wies Charlie mit dem Finger auf sie.

Das Geschrei verstummte, aber ihre Unterlippe zitterte.

„Nein, hab ich gesagt.“

Holland ließ den Kopf hängen. Ihr Geburtstagskleid war voller Krümel. Unter dem blau karierten Stoff und dem lustigen roten Saum lugten weiße Strümpfe hervor. Zwei Taschen in der Form von Tulpen zierten das Kleid. Reginas Werk.

Lächelnd nahm Charlie die Kleine auf den Arm und wirbelte sie in einem kleinen Tanz sacht herum. Sie hielt sich an ihm fest, eine Hand an seiner Schulter, die andere um seinen Hals. Immer noch hatte sie ihren Keks im Mund, während Charlie sie auf die klebrige, runde Wange küsste.

„Happy Birthday, kleine Lady.“ Er setzte sie auf seinem Bett ab und kletterte dann zu ihr hoch in den Wagen.

„Wenn Sie sich einen Augenblick gedulden, ziehe ich mich rasch um und dann können wir los.“ Er nahm den guten Zylinder ab und zog die Samtweste aus. Nur das Kostümhemd behielt er an. Dann suchte er unten in den Kisten nach Hollands Schuhen. Er brauchte eine Weile, sie ihr anzuziehen, die Knöpfe waren so schmal und seine Finger so kräftig – es war wirklich unfair. Holland kicherte vergnügt beim Zusehen. Im Spaß fragte er sie, wo er wohl den Knopfschließer gelassen hatte, aber sie zeigte nur auf die Keksdose und sagte: *„Teks?“*

Lächelnd nahm Charlie Holland auf den Arm. „Wie wär's, wenn wir jetzt feiern gehen?“ Er nahm den abgeschabten Zylinder seines Vaters von einer Truhe und setzte ihn im Hinausgehen auf.

Draußen vor dem Zelt empfing sie die heiße Spätsommersonne. Der Seewind trug das Sausen einer entfernten Achterbahn herüber. Er setzte Holland in den neuen kleinen Handwagen, den er in einem dunklen Pflaumenblau gestrichen hatte – ihr Geburtstagsgeschenk. Er hatte den Wagen mit einer Decke ausgepolstert aus Sorge, dass sie umfallen könnte, und als er ihn anzog, fiel Holland prompt rücklings auf das weiche Polster. Charlie grinste, während Holland unsicher die Augen aufriss und sich wieder aufsetzte.

„Mein geschicktes Mädchen."

Charlie zog den Wagen über den lärmenden Hauptweg des Zirkusareals. Hier und da winkte ihnen jemand von den Artisten oder Zirkusarbeitern zu. Es gab ein paar *Happy-Birthday*-Rufe zu Hollands Ehren. Er ging weiter über die gepflasterten Fußwege, entfernte sich vom Trubel auf der Promenade und den Darbietungen und allmählich verblasste das Gelächter des Amüsierbetriebs vor dem Rauschen und Tosen des Ozeans. Die Luft wurde kühler, über ihren Köpfen schwebte eine Möwe. Charlie zog Holland in ihrem Wagen einen seichten grasbewachsenen Hügel hinauf, von dem aus man das Meer sehen konnte. Lärm und Geschäftigkeit lagen jetzt weit hinter ihnen. Angelina, ihre Schwestern und alle anderen Gäste warteten bereits auf dem reservierten Picknickplatz auf sie. Fröhlich winkte Danielle ihnen zu.

Überall verteilt lagen Decken auf dem Gras. Charlie brachte den Wagen zum Stehen, hob Holland heraus und setzte sie in der Mitte des Geschehens ab. Sofort hatte sie den Kuchen entdeckt und krabbelte darauf zu. Flink ging Charlie auf die Knie, hechtete vor und erwischte sie mit einem Lachen am Fuß. Evangeline kam ihm zu Hilfe und brachte den Kuchen in Sicherheit. Während Charlie Holland an den Füßen auf der Decke zurückzog, quietschte sie vor Vergnügen.

Sie quietschte noch mehr, als Charlie ihr beim Geschenkeauspacken half. Es gab jede Menge Mädchensachen, über die Holland sich ebenso freute wie die Schwestern. Von Arnold bekam sie eine Blechpfeife und Little Joe hatte ein Holzkästchen zum Aufheben von Krimskrams mit einer Krawattenschleife verziert. Charlie dankte allen herzlich.

Regina verteilte den Kuchen und Angelina schenkte eisgekühlte Limonade aus. Für Charlie war es ein Fest wie kein anderes. Nie hatte er ein so entzückendes kleines Mädchen gesehen wie das, das die Finger voll Zuckerguss hatte und ihm durchs Haar zog, wenn er ihm zu nahe kam. Er küsste Holland auf die Finger und verzog knurrend den Mund wegen der klebrigen Süßigkeit. Sie lachte aus tiefster Kehle, ein Lachen, das er bis in die Zehenspitzen fühlte.

Plötzlich wehte eine salzige Windbö ihm den Zylinder vom Kopf und trieb ihn auf dem trockenen Gras vor sich her ans Ufer. Charlie sprang auf und rannte dem Hut nach. Anfeuerungsrufe und Pfiffe begleiteten ihn und er lachte. Evangeline und Danielle rannten hinter ihm her – die Röcke gerafft, sodass die bloßen Füße zu sehen waren. Der Hut kullerte den Hügel hinab, weiter und weiter fort.

Mit Charlies ausladenden Schritten konnten die beiden Schwestern nicht mithalten. So erreichte er den Hut als Erster, klopfte den Sand ab und setzte ihn sich wieder auf. In gespielter Enttäuschung rangen die beiden Frauen die Hände. Als Charlie sie erreicht hatte, legte er jeder einen Arm um die Schultern und gemeinsam kehrten sie zu den anderen zurück.

„Ihr beide könnt ganz schöne Plagegeister sein, wenn ihr es drauf anlegt“, keuchte er. „Was würden eure Männer wohl dazu sagen?“

Mit strahlenden Gesichtern sahen sie ihn an.

Arnold, der auf einem Fleck im Schatten saß, sagte: „Ich glaube, ich sollte mir auch so einen Hut besorgen.“

Alle lachten.

„Eines Tages“, sagte Angelina, die auf einer Quiltdecke saß, „wird dir dieser Hut noch mal abhandenkommen.“

„Und wann soll das geschehen?“ Charlie sank neben Holland auf die Decke und erholte sich im Schatten von seinem Sprint.

Angelina lächelte ihm vielsagend zu.

„Warum macht ihr eigentlich alle so ein Tamtam um diesen Hut? Gibt's da ein Geheimnis?“, mischte Little Joe sich ein.

Angelina sah ihn hintergründig an und begann mit den vertrauten Worten der Geschichte, die Charlie selbst sein Leben lang gehört hatte. „Manche sagen, es ist Glück. Andere … Magie.“

Charlie hob die Hand. „Aber ich sage, es ist …“

„... Liebe", beendete Regina den Satz.

Neben ihrer Schwester zog Evangeline Holland auf ihren Schoß. „Erzähl uns die Geschichte noch mal."

Holland schmiegte ihr Gesicht an Evangelines pinkfarbenes Kleid und gähnte. Die Augen fielen ihr schon fast zu, wie sie da in dem warmen, tanzenden Sonnenlicht saß. Sie würde sicher bald einschlafen. Was Charlie daran erinnerte, dass er heute Abend noch eine Pflicht zu erfüllen hatte. Bald war es so weit. Zum letzten Mal – die Extraschau. Der Gedanke daran erfüllte Charlie mit Schmerz und Freude zugleich und ihm wurde eng ums Herz.

„Ich bin kein guter Geschichtenerzähler ...", protestierte Charlie, als er Popcorngeschossen auswich, mit denen er unsanft in die Gegenwart zurückgeholt wurde. „Okay, okay. Das stimmt nicht ganz."

*„Ich* erzähle euch die Geschichte." Regina streckte den kurzen Arm hoch. „Denn *ich* bin die, die dabei gewesen ist." Sie legte die Finger an die Lippen und tat so, als müsse sie nachdenken.

Charlie betrachtete sie voll gespannter Erwartung auf die vertrauten Erinnerungen.

„Er stand neben dem großen Zelt, dein Vater." Ihre funkelnden dunklen Augen fanden Charlie. „Er hatte es gerade nach der Vorstellung in Ordnung gebracht. Es war ein kalter Tag und ich kam mit deiner Mutter vorbei. Sie war neu in der Truppe. Ihre erste Woche. Und sie war eine wahre Schönheit, diese Romafrau." Reginas Miene wurde wehmütig und Charlie blinzelte zu ihr hinab, überwältigt von dem Bild seiner Mutter, das in seiner Erinnerung erstand.

„Wir haben uns unterhalten – ich weiß nicht mehr, worüber", fuhr Regina fort. „Vermutlich über die Vorstellung. Ich habe schon damals Kostüme genäht und sie war Artistin. Bei der Trapeztruppe. Sie war so begabt dafür und so schön. Und herzensgut. Ich weiß noch, dass sie sich eine Rosine von den Fingern wischte ..." Regina demonstrierte es mit ihrer kurzen Hand. „Aber dann kam ein Windstoß. Und wehte dem stattlichen Mann den Hut vom Kopf." Ihre Hand flog durch die Luft bis zum Boden. „Wehte ihn zu Boden." Sie blickte von Holland zu Charlie. „Direkt vor die Füße deiner Mutter."

„Und es heißt …" Charlie hob eine Augenbraue. Die beiden fehlten ihm in diesem Moment so sehr, dass es wehtat.

„… dass die beiden schon in der nächsten Stadt geheiratet haben."

Der Schmerz wurde heftiger, je länger er daran dachte, wie wunderbar das Leben gewesen war, das er mit seinen Eltern und mit Mimi gehabt hatte. Er konnte sich glücklich schätzen, diese Familie gehabt zu haben. Charlie sah auf Holland hinunter, die inzwischen selig schlummerte.

„Ob es nun Glück war … oder Magie …", fuhr Regina fort.

„… oder Liebe", beendete er den Satz, stand auf und nahm Holland hoch.

In diesem Moment schnürte ihm etwas die Kehle zu und er schluckte. Es kamen ihm Ellas weit aufgerissene Augen in den Sinn, als er den Zylinder von seinem Kopf genommen und ihn ihr aufgesetzt hatte. Er sah das goldene Laternenlicht auf ihrem Haar funkeln. Ihre schmale Hand, die so perfekt in seiner lag. Schön, sie hatte den Hut nicht selbst erobert. Kein Wind hatte ihn ihr vor die Füße gepustet.

Aber das änderte nichts daran, dass dieser Hut ihr gehörte. Ihr allein.

# 37

Die Abendluft war erfüllt vom eingängigen, eiligen Zirpen der Grillen. Ella saß auf der Veranda neben ihrer Schwester auf der Schaukel, die leise quietschend im Wind schwang. Ihre bloßen Füße berührten kaum den Boden. Sie putzte Bohnen aus einer Schüssel auf ihrem Schoß. Beth hatte sich an sie gelehnt. Ellas Finger bewegten sich flink und sie genoss diese ruhige, einfache Abendbeschäftigung. Dank erfüllte sie für ihre Familie und für alles, was Gott ihr geschenkt hatte. Auch das Bewusstsein dessen, was sie vermisste. Charlie. Holland.

Ihren kleinen Jungen.

Inzwischen wurde die Luft kühler und allmählich verstummten die Grillen. Papa stand neben der Windmühle und betrachtete den Sonnenuntergang. Mama hatte die Jungen ins Haus gerufen, um sie fürs Bett fertig zu machen. Ella hatte ihnen zuerst folgen wollen, konnte es dann aber doch nicht lassen, die Bohnenschüssel zur Seite zu stellen und Beth vorsichtig auf das gestreifte Kissen zu betten. Dann stand sie auf, verließ die Veranda und ging zu ihrem Vater hinüber.

Eine Weile stand sie einfach neben ihm, schweigend. Schließlich räusperte er sich. „Ist das mein Mädchen, das immer so viele Fragen hat?"

Ella lächelte. Sie hatte sich die ganze Woche über beherrscht und ihre ständigen Fragen für sich behalten. „Ich denke die ganze Zeit an ihn."

„Tatsächlich?" Er klang amüsiert. „Nun, ich kann nicht verschweigen, dass uns das nicht entgangen ist. Es muss ein besonderer Mann sein, der meine Tochter zu so etwas bringt." Ellas Vater zwinkerte ihr zu, aber in seinen Worten und seiner Miene schwang ein Ernst mit, der Ella verstehen ließ, was er meinte.

Vor ihnen, im letzten Licht der Sonne, schoss ein Habicht herab und stieg dann wieder auf. Die Windmühle klapperte im Wind und das Eisen ächzte. Die Luft war warm und trocken.

Ihr Vater sah sie an und in seinen Augen leuchtete ein seltsamer Funke.

„Weißt du, wer Charlie war?", fragte sie. „Und ich meine nicht den Teil mit den Löwen." Nie zuvor hatte sie diese Frage gestellt.

Er versank in Schweigen, die Arme vor der Brust verschränkt, und schließlich deutete er ein Nicken an. „Ich weiß, wer er war."

„Du weißt es?" Ella studierte sein Profil. „Er hat es dir gesagt?"

Die Flügel der Mühle drehten ein paar Runden, dann nickte er wieder.

Ella fuhr sich mit der Zunge über die Lippen und starrte in den Sonnenuntergang – auf die blaue Silhouette der Berge vor dem rosa und grau gestreiften Himmel. Sie versuchte sich das Gespräch zwischen den beiden vorzustellen, damals, in der Scheune – und alles, was Charlie gesagt haben könnte.

In seinen abgetragenen Stiefeln trat ihr Vater von einem Fuß auf den anderen. „Er war schon ein ganz Besonderer", erklärte er, ohne abwertend zu klingen.

„Ja, das war er."

„Er hatte viel zu sagen an jenem Tag. Und auch eine Menge zu zeigen."

Hatte er das wirklich gewagt? „Und … was hast du gedacht?", flüsterte Ella.

Mit der wettergegerbten Hand fuhr sich Papa über den Mund. „Es war … nun ja … recht schockierend … aber …" Er neigte den Kopf. „Es war ehrlich." Er sah Ella von der Seite an. „Und Ehrlichkeit hat etwas für sich. Besonders dann, wenn jemand auch anders handeln könnte."

Ella drückte ihm die Hand, während sie wortlos beieinanderstanden und Ella über seine Worte nachsann. „Hat er dich um etwas gebeten?"

„Er hat mich um etliches gebeten." Ihr Vater strich mit seinen kräftigen Fingern über die ihren. „Er hat mich gebeten, gut auf dich achtzugeben", sagte er und lächelte traurig. „Und natürlich habe ich ihm das versprochen."

Das hatte er ihr bereits früher gesagt, aber der Gedanke bedeutete ihr viel. Wie sehr sie Charlie vermisste.

„Er hat mich gefragt, was ich von Landwirtschaft verstehe", sagte Papa.

„Tatsächlich? Das hast du mir nie erzählt."

Sein Lächeln verwandelte sich in ein Grinsen. „Wie mir scheint, kann dieser Junge einen Pflug nicht von einer Tüte Saatgut unterscheiden."

Ella lachte. Alles, was sie an Charlie liebte, strömte plötzlich in ihre Brust. „Ich weiß nicht, was ich tun soll, Papa. Ich möchte so gern losziehen und ihn suchen."

Papa zog ihren Arm unter den seinen und tätschelte ihr den Ärmel. „Das ist ein großer Schritt. Hast du schon gefragt, was der Herr dazu sagt?"

„Ich weiß nicht, wie. Und wenn Gott nun Nein sagt?"

Er schmunzelte. „Das bezweifle ich. Er wäre ganz und gar nicht abgeneigt, dich auf dieser Suche zu begleiten. Der Schöpfer der Welt hat nämlich durchaus Sinn für Abenteuer."

Ella lächelte. Ihr Vater zog sich das eine Hosenbein hoch, dann das andere und sank schließlich auf die Knie. Sie tat es ihm gleich. Eine schwielige Hand ergriff die ihre und hielt sie in festem Griff.

„Können wir auch darum beten, dass es ihm gut geht?" Sie wusste ja, wo er an diesem Abend war. Wusste um seinen Körper und um sein Herz. „Dass er keine Furcht verspürt. Keinen Schmerz."

Papa nickte. Und seine starke Hand schützend um ihre gelegt, zeigte er ihr, wie man ein Gespräch mit dem Himmel beginnen konnte. Zu Anfang ein Gruß, dann ein Herz voller Dankbarkeit. Schweigend saßen sie da, während die Windmühlenflügel sich knarrend über ihnen drehten. Papa drückte ihre Hand und Ella sagte, was sie zu sagen hatte. Ihre Stimme war so leise, dass ihr Vater sie gewiss nicht hören konnte. Aber er hielt sie fest und blieb zuverlässig an ihrer Seite.

Die Fackeln flackerten, und obwohl die Leinwandbahnen des Zeltes im Wind raschelten, drang nicht der geringste Luftzug herein, um dieses Elend ein wenig zu erleichtern.

Charlie kniete auf den harten Brettern des Käfigwagens, gab der Menge das Schauspiel, für das sie bezahlt hatte, und versuchte seine Kraft zusammenzunehmen. Dieser Abend sollte nicht schwer sein. Es war das letzte Mal. Er sollte erleichtert sein, sich freuen. Was war es dann, das ihn so niederdrückte und fast erzittern ließ? Vielleicht die Luft, die stickig und schwerer als sonst über der Menge lag? Diese Stadt der Sünde, die nie zur Ruhe kam? Er konnte ihren Puls jetzt spüren im Auf und Ab der Stimmen, die über ihn hinwegrollten und aus denen sich hier und da betrunkenes Gestammel abhob. In der Hitze und dem üblen Geruch von Schweiß und zu viel Alkohol konnte er kaum atmen. Etwas Warmes, Feuchtes traf ihn an der Brust und er mochte sich nicht vorstellen, was es war.

Charlie verschränkte die Finger eng ineinander und ließ seinen Blick über die Menge hinauswandern.

*Fels des Heils …*

Eine Bewegung erregte seine Aufmerksamkeit. Das war seltsam, wo doch das ganze Zelt ein einziges Geschubse und Gedrängel zu sein schien. Aber dies hier war anders. Eine Frau drängte sich nach vorn, weder amüsiert noch in wohligem Entsetzen, sondern in gelassenem, würdevollem Schweigen. Ihr Gesicht war blass. Und atemberaubend. Und er erkannte sie im selben Augenblick, als er sie erblickte: die Kurtisane, die sich ihm an jenem Tag unter der Lichtkuppel angeboten hatte. Ja, sie waren in Coney Island, nur eine kurze Zugfahrt entfernt von jenem Etablissement.

Ihre langen Wimpern waren hellblond, die vollen Lippen tiefrot und in ihren Augen lag Entschlossenheit. Das Kleid unter dem Mieder war aus grünem Satin. Nur wenige Frauen ihres Gewerbes waren so exquisit gekleidet und er wusste, dass man ihm das Beste angeboten hatte. Die windzerzausten Locken flammten rot um ihren Kopf. Die Haut war beinahe durchsichtig. Sie zog sich einen schwarzen Handschuh von der Hand und streckte dann samtweiche, weiße Finger durch die Gitterstäbe zu ihm hin.

„Wir haben gehört, was man Ihnen antut." Ihre Augen schimmerten feucht, als hätte sie seit jenem Tag die Tränen zurückgehalten. Eine löste sich jetzt und sie wischte sie fort. „Ich habe die Plakate gesehen. Von dem Zirkus, der eine solche Attraktion zu bieten hat. Und ich habe gehofft, dass Sie es sind."

Sie hatte gehofft, dass … *er es war?* Als Mensch – und nicht als … Bestie?

Der Hauch von Sommersprossen auf ihren Wangen gab ihr etwas Mädchenhaftes. Man würde sie auf achtzehn schätzen, siebzehn vielleicht. Langsam schob sie sich immer näher an den Käfig heran, bis ihr Gesicht nur noch Zentimeter von seinem gesenkten Kopf entfernt war. Ihr Parfüm wehte zu ihm herüber wie das wohlriechendste Öl und verschaffte ihm einen Moment Erleichterung von den Ausdünstungen von billigen Zigarren und Schnapsfahnen. Dann flüsterte sie: „Danke." Die Ketten klirrten, als sie seine Finger an ihre Lippen zog. Sanft drückte sie ihm einen Kuss auf die Hand, dann auf die andere. Feuchte Augen sahen zu ihm auf. „Danke, dass Sie der Mann sind, der gegangen ist."

Charlie senkte den Kopf und schloss die Augen. Sie hielt seine Hand mit ihren beiden umklammert. Hielt sie so fest, dass er ihren Puls spüren konnte. Seine Augen brannten und er blinzelte sie an, während alles vor seinen Augen verschwamm. Sie stand so nah, dass ihr Kleid sich um die Radnabe wickelte, wo Ruß und Fett es befleckten. Die Spätsommerhitze ließ ihm Schweißtropfen über den Rücken laufen. Auch seine Brust glänzte von Schweiß. In der Feuchtigkeit kringelten sich die Spitzen ihres Haars. „Darf ich hier bei Ihnen bleiben?", flüsterte sie. „Bis Sie frei sind zu gehen?"

Seine Kehle war wie ausgetrocknet, sodass er kaum sprechen konnte. „Das werden sie nicht zulassen."

Mit betrübter Miene hob sie seine Hand und legte sie an ihre Wange, an diese seidige, makellose Wange, die ihm plötzlich bewusst machte, dass seine eigene Haut klebrig war von Schweiß und Staub. Wie dreckig er war, wie beschmutzt.

Die Menge verharrte in einem erwartungsvollen Schweigen. Vielleicht starr vor Staunen, wie schön sie war. Vielleicht verblüfft darüber, wie sie sich ihm näherte.

„Gehen Sie nicht dorthin zurück“, sagte er sanft und brach damit die Regeln, die ihm verboten zu sprechen. Sicher hatte man ihren Wortwechsel inzwischen bemerkt.

Aus ihrer Tasche förderte sie ein kleines Glasfläschchen zutage und schraubte es langsam auf. Sie warf einen Blick auf den Fackelträger, der sie aufforderte, sich zu entfernen. Die junge Frau ignorierte die Anweisung. Stattdessen traten zwei Männer an ihre Seite, die ihre Leibwächter sein mussten, und schirmten sie ab. „Es gibt nur eins, worin ich gut bin, mein Herr“, sagte sie mit vielsagendem Augenaufschlag.

„Und es gibt nur eins, worin *ich* gut bin“, erwiderte Charlie. Seine Kehle schrie nach Wasser und er konnte nur noch flüstern. „Aber ich hoffe, eines Tages werde ich mich darin versuchen, einen Pflug zu führen.“

Sie lächelte, strahlte ihn geradezu an. „Und haben Sie eine Lady, die sie dabei begleitet, Mr Löwenherz?“

„Die habe ich“, sagte er, heiser vor Durst. Und weil es aus tiefstem Herzen kam, hob er jetzt die Stimme. „Und ich werde sie finden.“ In dem Moment, in dem er hier herauskam.

Die junge Kurtisane neigte den Kopf und zu seiner Überraschung kippte sie das Fläschchen auf ihre Fingerspitze und massierte das Öl in seine Handgelenke, sodass die milde Tinktur unter die Fesseln floss und ihm Linderung verschaffte. Als sie ihn noch einmal anblickte, entdeckte er in ihrem Gesicht eine neue Lebendigkeit. Eine Lebendigkeit, die ihm sagte, dass sie nicht an jenen Ort zurückkehren würde. „Dann bete ich um Glück für die Reise. Für Sie beide.“

Die Hände noch immer im Schoß gefaltet, spürte Ella, wie ihre Zweifel sich zerstreuten. Sie war sicher keine sehr geübte Bittstellerin, aber um mit Gott zu sprechen, musste man nur eines können: Worte finden, die von Herzen kamen. Die Bitte, dass Charlie in dieser dunkelsten Nacht geschützt war. Dass er nicht allein war. Sich nicht ängstigte.

Sie dachte an die Menge, die ihn jetzt begaffte. Betete, dass Spott und Verachtung ihn an diesem Abend nicht erreichten.

Wenn die Leute wüssten … Der Mann arbeitete mit Löwen. Eine unerbittliche Schutztruppe, die ihn verteidigen würde, wenn er es ihnen nur mit einem Wink befahl.

Der Wind spielte mit ihrem Haar, zupfte an den Ärmeln ihrer Bluse. Ein warmer, trockener Wind, der sie ans Ende des Sommers denken ließ. Daran, dass der Mann, den sie liebte, bald wieder nach Süden ziehen würde. Ella kniff die Augen zusammen und betete inständig, dass er den Weg zurück zu ihr finden würde – und wenn das nicht möglich war, dass sie den Weg zu ihm fand.

Wenn das hieß, dass sie in den Zug steigen und ins Winterquartier des Zirkus reisen musste, dann würde sie es tun. Vielleicht brauchte man dort ja noch jemanden, der die Kostüme in Schuss hielt. Sie würde jonglieren lernen oder Purzelbäume schlagen, falls nötig. Beim Gedanken daran musste sie laut auflachen und schreckte ein paar Krähen auf. Und ihren Papa. Er hob kaum merklich den Kopf und zwinkerte ihr zu.

Das war gewiss ein ungewöhnliches Amen, dieses Lachen. Aber vielleicht zählte die Freude, die sie wiedergefunden hatte, ebenso.

Ihr fiel ein, wie Charlie sie damit aufgezogen hatte, dass sie nicht auf einem Fuß hüpfen konnte, ohne hinzufallen. Eine Erinnerung, bei der ihr warm ums Herz wurde – sein komischer Akzent und seine Kartentricks. Die tausend Kostümteile, die aus seiner Truhe quollen. Und wie er die Zuschauer angezogen hatte mit seinen Rätseln und Tricks. Dafür gesorgt hatte, dass Ella die Naschereien bekam, die zu einem Zirkusbesuch gehörten. Und – was ihr damals nicht aufgefallen war – dass er mit ihr umgegangen war wie mit seinen Katzen, mit denen er spielte. Dass er ihr immer wieder Grund gegeben hatte zu lachen. Zu spüren, wie der Käfig weiter und die Welt grenzenloser wurde.

Wenn sie nur noch ein einziges Mal dort sein konnte, würde

sie es versuchen. Wenn sie ihm nur noch ein einziges Mal ihr Eintrittsgeld in die Hand drücken konnte, würde sie es tun. Nicht, um sich die tragische Gebrochenheit von Menschen anzuschauen. Sondern um Anteil zu haben an der Einmaligkeit und an einem Leben, das in keine Form zu pressen war.

Und wenn sie da war? Dann würde sie dafür sorgen, dass er wusste, wie sehr sie ihn liebte.

Gerade als draußen das Feuerwerk begann, betrat Charlie sein Zelt. Die Zeltwände schimmerten rot und dann blau. Holland, die daran gewöhnt war, schlief, als sei das Spektakel ein Wiegenlied. Regina, schon im Nachthemd, tauchte aus ihrer Ecke auf. Ohne nachzudenken, nahm Charlie sie auf den Arm – was er sonst nie tat, denn sie hasste das. Während er ihr stürmisch einen Kuss auf beide Wangen drückte, strampelte Regina, verfing sich aber nur mit dem Fuß in seinem Umhang. Charlie wusste ohnehin, dass sie es nicht so meinte, denn sie strahlte. Draußen spielte die Blaskapelle und Charlie drehte seine Patin in einem komischen Tanz. Dann setzte er sie wieder auf den Boden.

Regina stemmte die Hände in die Hüften und sah mit jedem Fünkchen Temperament, das sie besaß, zu ihm auf. „Und? Was nun?"

„Nun?" Er kletterte in den Wagen auf sein Bett und griff zur dünnen Klinge, mit der er die Kerben in die Wand schnitzte. Seine Hand zitterte, als er sie an das grün bemalte Holz setzte. Endlich drückte er zu und ritzte eine kurze Markierung. Die letzte Kerbe. Er lehnte sich zurück und betrachtete die lange Reihe. Fast ein Jahr seines Lebens. Dann ließ er seinen Blick durch den Wagen schweifen, das Zelt … zu Regina und Holland. Und dachte an die, die nicht hier waren.

„Und nun?", fragte Regina noch einmal.

„Im Moment“ – Charlie stieg aus dem Wagen, bückte sich, nahm ihre kleine Hand und presste sie auf seine Stirn – „im Moment habe ich das Gefühl, dass ich mir irgendwas eingefangen habe. Husten. Eine Erkältung. Mindestens Fieber. Oder glaubst du, es könnte ein gebrochener Arm sein? Egal. Ich habe mir bereits freigenommen, um mich zu erholen.“

Reginas Augen blitzten. „Hört sich ganz so an, als brauchtest du einen Arzt.“ Sie ging zum Waschtisch, befeuchtete ein Tuch und winkte ihm, sich zu setzen.

„Ich dachte eher an eine Krankenschwester.“ Charlie zog eine Kiste heran und setzte sich darauf.

Mit langsamen, gleichmäßigen Bewegungen rieb Regina ihm die Schwärze aus dem Gesicht. Zum letzten Mal.

„Begleitest du mich?“, flüsterte er. Regina fuhr noch ein paarmal mit ihrem Tuch über seine Stirn, und als er die Augen öffnete, blickte er in ihr lächelndes Gesicht.

„Das würde ich mir um nichts in der Welt entgehen lassen.“

# 38

Der Morgen kam taufeucht und brachte den ersten Kuss des frühen Herbstes. Ein paar Blätter taumelten durch die Luft. Ella half ihrer Mutter bei der Wäsche. Aus dem eisernen Kessel im Hof stieg der Dampf auf und Ella tauchte mit dem großen Holzlöffel Laken und Bettbezüge in die schäumende Lauge. Papa überquerte den Hof, das Gewehr über der Schulter, winkte ihnen kurz zu und verschwand hinter dem niedrigen Hügel.

Untertauchen, rühren, spülen. In diesem Rhythmus verging der Vormittag und die Wäscheleine füllte sich. Ihre Mutter presste mit der Wringmaschine das letzte Wasser aus einem Unterrock, dann hängte Ella ihn auf. Sie unterbrachen die Arbeit nur für eine knappe Mahlzeit aus warmen Bohnen und Brot. Schließlich kam Papa zurück, zwei erlegte Kaninchen in der Hand. Während ihre Mutter das Abendessen vorbereitete, beendete Ella die Wäsche.

Sie stand barfuß an der Leine und streckte sich, um eine Schürze aufzuhängen und mit der hölzernen Klammer zu befestigen. Ihr Blick ging über die Leine hinaus zum Horizont, der sich leer im Nachmittagslicht abzeichnete. Ella sank zurück auf die Füße und nahm die nächste Klammer aus dem Korb. Sie heftete die letzten Wäschestücke an, dann schob sie den Korb zur Seite und wischte sich die Hände an der Schürze ab. Mit einem tiefen Seufzer ließ sie ihren Blick schweifen. Wieder bis zum Horizont. Zu dem Horizont, der so leer war wie jeden Tag. Wie jede Stunde.

Dann erstarrte sie.

Erblickte ihn.

Da war ein Mann … vor ihr auf dem Feld. Ein äußerst ansehnlicher Mann in grauer Weste. Das braune Haar glatt zur Seite gekämmt.

Ella rührte sich nicht. Ihre Arme hingen stocksteif an ihr herunter und sie merkte nicht, dass sie vergessen hatte zu atmen, bis sie keuchend nach Luft schnappte.

Charlie.

Ihre Brust hob und senkte sich schneller … schneller.

Ihr Blick hing an ihm, das Laken, hinter dem sie hervorlugte, lag kühl in ihrer Hand. Sie stieß es beiseite, ihre Füße setzten sich wie von selbst in Bewegung, trugen sie über das dürre Gras, näher zu ihm. Jetzt hatte er sie entdeckt. Sie wusste es, weil er den Schritt verlangsamte. Zu ihr hinsah. Die Hände zu Fäusten ballte.

Sie hatte ja gewusst, dass er groß und stattlich war. Aber wie er nun mitten auf dem Feld ihres Vaters so vor ihr stand und das Sonnenlicht um seine Schultern spielte und sich ihrem Herzen die Wahrheit aufdrängte – dass er zu ihr zurückgekommen war –, … war der Anblick vollkommener, unendlich viel schöner als alles, was sie je gesehen hatte. Und plötzlich rannte sie.

*Du bist geliebt und niemals vergessen.*

Sie wusste nicht, wie lange sie brauchte, bis sie bei ihm war, aber nun endlich schloss er sie in die Arme und hob sie hoch. Langsam, langsam schwenkte er sie im Kreis und stellte sie dann sanft wieder auf den Boden. Er roch nach Sommer und nach allem, was sie liebte, und sein Blick war so schutzlos offen, dass es sie schmerzte. Sie strich ihm über das glatte, seidige Kinn. Ließ ihre Hand über seine Wange wandern und durch sein Haar. Hauchte seinen Namen.

Er rief den ihren lachend und aus voller Kehle, als ob er lange darauf gewartet hätte, ihn wieder auszusprechen.

„Du bist gekommen."

Er seufzte leise und seine Augen saugten ihren Anblick förmlich auf. „Nun … Ich habe da einem Mädchen, das ich zufällig kenne, eine Frage gestellt und sie hat mir nie darauf geantwortet." Er küsste sie auf die Stirn und wartete.

Ella schloss die Augen.

„Ich würde auch *noch* einen Versuch machen", flüsterte er und deutete eine Verbeugung an.

Schnell umklammerte Ella den Kragen seiner Weste mit beiden Händen. „Ja."

Charlie hielt in seiner Bewegung inne.

„Ja … bitte."

Er lachte. „‚Ja, bitte' … soll ich noch einen Versuch machen? Oder ‚ja, bitte' … willst du, dass ich dich heirate?"

„Ja, bitte. Heirate mich."

In diesem Moment verschwand Charlies schelmischer Humor und ein Mann sah zu ihr herunter, dem die Tränen in die Augen traten. Als hätte er am Ende doch nicht mit dieser Antwort gerechnet.

Ella fuhr mit ihrem Daumen über den Rand seines Kragens.

Er schloss die Augen. „Bist du dir ganz sicher?", flüsterte er und sie merkte, wie ihm die Stimme versagte.

Ella nickte, ihr Blick verschleierte sich. Der Gedanke, ihn haben zu dürfen – sein zu sein für den Rest ihrer Tage –, überwältigte sie und ihre Schultern bebten. Er zog sie an sich.

„Du hast mich verlassen", sagte sie und ergänzte beinah, dass sie wünschte, es wäre anders gewesen. Aber jetzt wusste sie, dass es weise gewesen war, das zu tun. Es war weise, wegzugehen und sie zu zwingen, tiefer zu graben und zu verstehen, was sie wirklich für ihr Leben wollte. Und dass er ihr Zeit gegeben hatte, langsam heil zu werden.

„Es tut mir so leid", flüsterte er. „Glaub mir, ich wollte nicht gehen." Er schob sie sanft von sich, um sie ansehen zu können. „Es war nur … es gab so viele Dinge, die ich klären musste. Und meine Frage kam viel zu schnell für dich. Ich weiß das jetzt." Er strich ihr die widerspenstige Locke aus der Stirn. „Ella … ich besitze kein Haus." In seiner Miene stand Bedauern und er trat noch einen Schritt zurück. „Ich weiß nicht einmal, wie ich in absehbarer Zeit eines erwerben soll. Und noch schlimmer ist, dass ich noch weitere drei Jahre einen Vertrag mit dem Zirkus habe. Mit den Löwen. Ich könnte ihn brechen, aber …"

Ella schüttelte rasch den Kopf. „Ich will nicht, dass du ihn brichst."

Er sah sie durchdringend an.

„Aber ich möchte, dass du mich mitnimmst."

„Meinst du das wirklich?" Sein Stirnrunzeln verriet seine Unsicherheit.

Sie nickte heftig.

„Du bekommst nur mich", sagte er. „Und Holland und einen Zirkuswagen. Und natürlich Regina."

„Alles Menschen, die ich liebe." Sie wischte sich über die Augen. „Die ich sehr, sehr liebe. Und Zirkuswagen mag ich auch. Wenn du darin bist … dann mag ich sie."

Charlie errötete plötzlich. Vielleicht bei dem Gedanken, dass sie in seinem Wagen bei ihm wohnen würde.

„Oh, du hast mir gefehlt." Seine Hand glitt über ihr Ohr. „Aber genau das macht mir Sorgen." Er befeuchtete die Lippen und nahm ihr Gesicht in beide Hände. „Ich möchte dich lieben und ich möchte dich zu meiner Frau machen. Ich möchte dir der Mann sein, den du brauchst. Und ich möchte dich nie verletzen oder dir Kummer bereiten." Er brach ab, als wolle er ihr Zeit geben, seine Worte aufzunehmen. „Ich verspreche dir, Ella … ich verspreche dir, dass ich auch warten würde …"

„Ich hab ihm einen Namen gegeben", unterbrach Ella ihn. Er musste wissen, wie unbedingt sie ihm vertraute.

Seine Stirn legte sich in Falten. „Was?"

„Ich hab ihm einen Namen gegeben."

„Wem?"

Ella fuhr sich mit der Zunge über die Lippen und legte eine Hand auf ihren Leib und die andere auf ihr Herz. „Ich habe ihn Charlie genannt."

Sein Kinnmuskel spannte sich.

„War das in Ordnung?" Sie trat auf ihn zu. „Glaubst du … glaubst du, es darf zwei Charlie Löwenherz geben?"

Plötzlich bebte sein Kinn. Seine Augen wurden feucht und er wandte den Blick von ihr ab und sank auf die Knie. Ella tat es ihm gleich. Er neigte den Kopf und schlug die Hände vors Gesicht. Seine Schultern bebten. Sie sah ihn nur noch undeutlich, denn jetzt kamen auch ihr die Tränen.

„Ich möchte nirgendwo anders sein", flüsterte sie. „Aber ich möchte mir gern vorstellen, dass er so geworden wäre wie du."

Die Faust an die Stirn gepresst sah Charlie sie an. Die Tränen liefen so reichlich, dass er sein Gesicht an der Schulter abwischen musste. „Ella." Langsam schüttelte er den Kopf.

„Willst du mich haben, Charlie?“ Sie schob ihre Hand in seine und flocht ihre Finger durch andere, an die sie jeden einzelnen Tag des letzten Jahres gedacht hatte. „Ich möchte nicht mehr ohne dich sein. Bitte nimm mich mit.“

Alle bittersüße Freude, die sie selbst empfand, stand ihm ins Gesicht geschrieben, als er sie an sich zog. Sie in die Arme schloss.

Ella schniefte. „Ich rede mit meinen Eltern. Sie werden verstehen …“

„Das hab ich schon“, flüsterte er.

„Was hast du?“

„Ich hab mit deinem Vater gesprochen.“

„Dann habt ihr damals darüber geredet?“

Er lächelte verschämt und wischte sich wieder die Augen. „Unter anderem.“ Langsam beruhigte er sich. „Ich habe ihm viele Fragen gestellt und er wollte auch einiges von mir wissen. Und die einzige Bedingung, die er gestellt hat, war, dass ich dir Zeit lasse.“

Sie war so überwältigt, dass sie kaum Worte fand. „Und darum bist du gegangen.“

Er schob das Kinn vor und sah aus, als ringe er noch immer um Fassung. „Unter anderem deswegen. Es war das Beste. Aber …“ Er befeuchtete sich die Lippen. „Ich habe ihm gesagt, dass ich wiederkomme, und gestern Abend habe ich ihn noch einmal gefragt.“

„Du warst gestern Abend hier?“

Er nickte. „Nur kurz.“

„Warum wusste ich das nicht?“

„Ich weiß nicht. Du warst in der Küche beschäftigt.“ Er grinste und sie wusste, dass er alles getan hatte, damit sie ihn nicht zu Gesicht bekam.

Fast hätte sie ihn geohrfeigt. Als ob er das spürte, grinste er wieder.

Ella genoss den Anblick. „Und was hast du gesagt?“

„Ella.“ Er nahm ihre Hände und küsste erst eine, dann die andere. „Glaubst du, du könntest überleben, ohne eine Frage zu stellen? Nur für *zwei Minuten* … bis ich fertig bin?“

Sie lachte schniefend und nickte.

„Und nun sei so gut und stell dich ganz aufrecht hin, damit ich alles ordnungsgemäß ausführen kann."

Sie schüttelte den Kopf, schlang die Arme um seinen Hals und drängte sich an ihn.

Lachend drückte er sie an sich. Er rieb sein Gesicht an ihrer Schulter, einmal, noch einmal. Als er dann sprach, war seine Stimme sanft. „Holland. Manchmal schaut sie sich im Zelt um und ich denke dann, sie hält Ausschau nach dir."

Ella presste ihre Stirn an seine Schläfe.

„Ich denke, es versteht sich von selbst, aber du würdest auch gleich eine kleine Tochter bekommen."

Ellas Lippen bebten. „Ich nehme sie gern." Von ganzem Herzen.

„Ich habe nichts anderes erwartet. Und Regina ..."

„Auch Regina."

Er richtete sich auf und lächelte angesichts ihres Eifers. „Regina möchte zu ihrer Tochter nach Florida gehen. Sie freut sich schon eine ganze Weile darauf. Sie würde also nicht deinetwegen gehen, und wenn es nicht wegen Holland und mir gewesen wäre, wäre sie schon längst nicht mehr bei der Truppe. Und jetzt ..." Er schüttelte den Kopf. „Sie weiß, dass ihre Zirkusjahre vorbei sind. Alles hat seine Zeit." Er lächelte so wehmütig, dass Ellas Kinn zitterte. Er nickte, als ob er dasselbe dachte wie sie. „Sie ist ein feiner Mensch."

Ella hauchte ihm einen zarten Kuss auf die Stirn.

„So sieht es also aus. Und wenn du mich immer noch willst ..."

„Von ganzem Herzen." Sie küsste seine warme Haut. Eng an ihn geschmiegt blickte Ella zum Haus, wo ihre Eltern auf der Veranda standen. Das Schluchzen, das sich ihr entrang, war ein Freudenlaut. Sie schlug die Hand vor den Mund. Langsam und zögernd kamen ihre Eltern ihnen entgegen. Ihre Mutter schloss sie in die Arme. Papa schüttelte Charlie die Hand.

Und Ella sah, wie Charlie sie anblickte – als wolle er die Augen nie wieder abwenden.

Am nächsten Tag nahm Charlie ein Bad im Fluss und hoffte, dass er in seinem besten Hemd und dunklen Stiefeln respektabel genug aussah. Er kämmte das Haar, bis die Locken gebändigt waren, und mit einem heftigen Kribbeln im Bauch spannte er den Wagen an und fuhr zu Ellas Farm. Regina und Holland saßen auf der hinteren Plattform und hatten so strahlende Gesichter, dass sie aussahen wie Sonnenblumen.

Nie war er so nervös gewesen wie jetzt, als er das Pferd in den Hof führte. Noch bevor die gold bemalten Räder zum Stehen kamen, trat ihr Vater aus dem Haus. Die Kinder folgten. Zuletzt kam Ellas Mutter, Tränen in den Augen. Alle waren festlich gekleidet wie für den Kirchgang. Charlie reichte Ellas Vater einen Umschlag, der ein Dokument enthielt. Ein Dokument, auf dem Hollands Name stand … und noch so viel mehr.

Der Mann gelobte, es sicher zu verwahren.

Charlie sah sich im Kreis um, als die Familie ihn begrüßte, aber alles verlor sich in den Hintergrund, als Ella aus dem Haus trat. Dort stand sie … das entzückendste Ding, das er je gesehen hatte, in einem blassblauen Kleid, das Haar zu einem lockeren Zopf geflochten. Und er wünschte sich, seine Eltern hätten sie kennenlernen können.

Sie hätten sicher verstanden, warum ihm plötzlich die Knie weich wurden und warum er wusste, dass sein Leben keine leeren Tage mehr kennen würde.

Dann kam der Prediger. Ein schlichter Mann – mit einem Lächeln von einem Ohr zum anderen. Er schien Ella zu kennen wie ein Freund. Zu den Lauten von Holland, die auf Reginas Arm vor sich hin plapperte, führte der Mann die beiden in den Schatten einer Eiche direkt hier im Hof ihrer Eltern.

Der Prediger sagte ein paar Worte und Ella nickte. Sie nahm Charlie Löwenherz zum Mann und bestätigte, den Blick auf ihn gerichtet, dass es immer so sein sollte. Immer. Charlies Versprechen folgte – aus einem Herzen, das so voll war, dass es fast zersprang. Mit feuchten Augen erklärte der Prediger, sie sei nun seine Frau und er ihr Mann.

Das Einzige, was Charlie vermisste, war, dass er seinem Vater nicht sagen konnte, dass er glücklicher war als ein Mensch zu sein verdiente.

In der Mitte einer stillen Waldwiese hob Charlie Ella später am Abend in seinen Wagen. Regina und Holland hatten sich in das Zelt zurückgezogen, das etwas entfernt aufgebaut war. Charlie wollte bereits in den Wagen steigen, hielt dann aber inne und blieb davor stehen. Ella kniete neben der Matratze und so war ihr Gesicht auf gleicher Höhe mit seinem. Er legte seine Hände um ihre Wangen, schloss die Augen, und lehnte seine Stirn an die ihre. Ihr Atem, der warm über sein Gesicht strich, stockte kurz, als er sie ein paar Herzschläge lang ruhig und fest so hielt.

Sicher eine ungewöhnliche Weise für einen Ehemann, seine Frau zu begrüßen, während die Grillen die Ouvertüre zu ihrer Hochzeitsnacht musizierten. Aber es war das aufrichtigste *Ich liebe dich,* das er kannte.

Als er sie losließ, war ihr Blick hell und fragend. Das Bündel mit den Decken lag noch neben ihr. Er lachte, um seine Nerven zu beruhigen. Und als sie errötete, spürte er, dass auch sie angespannt war.

„Wie die Prinzessin auf der Erbse“, flüsterte er in der Hoffnung, ihr die Nervosität zu nehmen, während die Sonne langsam sank. Und er schickte ein Gebet zum Himmel, dass sie sich nicht ängstigte, und einen Schwur, dass er ihr nie Grund dazu geben wollte.

Sie sagte, das sei in Ordnung, wenn er nur ihr Prinz war. Und das Dunkel, das sie umgab, hatte sich nie heller angefühlt, denn es umhüllte sie, und ihre Gegenwart veränderte ihn. Und er veränderte sie.

# Epilog

Holland Löwenherz
Virginia, 1904

Im Laternenlicht sieht Papas Gesicht einfach perfekt aus. Als wäre es dazu geschaffen, nur so gesehen zu werden. Wie ich hier sitze und ihn und Mama und meine Schwestern betrachte, glaube ich, ich könnte für immer hierbleiben.

„Erzähl uns Geschichten, Papa“, drängelt Priscilla. Sie ist klein und quirlig und wirklich goldig.

„Geschichten?“ Seine Stimme ist leise und wie ein Grollen. „Ich wüsste nicht, dass ich irgendwelche Geschichten kenne.“

„Vom Zirkus! Von den Löwen!“

„Löwen? Ella, kannst du dich an Löwen erinnern?“

„Nicht, dass ich wüsste.“ Mama spitzt die Lippen, aber ihr müsst wissen, sie kann überhaupt nicht gut lügen.

„Immer müsst ihr uns aufziehen!“, protestiert Priscilla.

Priscilla ist unsere Plaudertasche und sie erinnert sich so gut wie ich daran, wie Axel früher manchmal ins Haus kam und Mama zu Tode erschreckte. Papa hat es immer gehört, wenn sie um Hilfe rief, und dann kam er vom Feld hereingerannt, nahm Mama auf seine Arme und tat so, als rette er sie, während Axel nach ihren Schürzenbändern schlug.

Papas Augen glänzen. „Kannst du dich an irgendwelche Löwen erinnern, Holland?“ Er sieht mich mit erstaunter Miene an. Papa kann sehr gut Theater spielen.

Ich überlege einen Moment, bis die Spannung im Raum so groß ist wie meine eigene. „Es *waren einmal* drei Löwen“, flüstere ich.

Meine Schwestern quietschen und Papa betrachtet sie alle mit einem Blick, der mir sagt, dass er gleich in dröhnendes Lachen ausbricht.

„Was war mit den Löwen? Erzähl's uns noch mal!", bettelt Sonja.

Ich betrachte meine kleinen Schwestern der Reihe nach und wünschte, sie wären damals schon bei uns gewesen und hätten die Löwen miterlebt. „Sie waren weich." Ja, so weich. „Und warm. Und ich kann mich erinnern, dass ich an ihrer Seite geschlafen habe. Und dass sie ganz still lagen und mich beinahe umarmten … und ich fühlte mich ganz sicher, denn sie waren stark und mir konnte nichts passieren. Niemals. Und ich weiß noch, wie sie geatmet haben. Mit leisen Geräuschen, wie ein Wiegenlied."

Papas Miene verändert sich. Als ob er sich auch erinnert. Als ob ich ihm ein Geschenk mache, das nur ich ihm machen kann. Ich kann mir kaum noch vorstellen, dass es einmal eine Zeit gab, in der es nur uns beide gab, ihn und mich. Ich bin erst fünfzehn, aber es kommt mir vor, als liege das alles ein ganzes Leben zurück. Jener Ort damals. *Dies* ist der Ort … hat er meinen Schwestern einmal erzählt … wo er die Tätowierungen bekam. Immer wenn sie nach den Bildern fragen, die sich nicht abwaschen lassen, zeigt er sie ihnen, antwortet ihnen. Er versteckt sich nicht. Nicht vor meinen Schwestern. Und ich habe mich oft gefragt, ob diese Bemalungen etwas mit mir zu tun haben, denn manchmal sieht er mich an, wenn er darüber spricht. Aber ich weiß es nicht.

„Die Löwen", drängelt Priscilla.

Und erst jetzt merke ich, dass meine Schwestern mich erwartungsvoll ansehen. Aber ich mag plötzlich nicht mehr reden; meine Kehle ist wie zugeschnürt und ich kann kaum schlucken. Axel lebt nicht mehr. Und Han und Kristov auch nicht. Sie starben alt und glücklich und Papa hat sie unter dem alten Kirschbaum begraben. Die Jüngsten können sich nicht daran erinnern. Aber ich vermisse sie, meine Onkel, genauso wie Papa. „Sie hatten sehr kräftige – und *sehr ungezogene* – Pranken."

Papa lacht; er weiß, dass es stimmt.

„Was weißt du noch, Holland? Erzähl uns vom Zirkus", hakt meine kleine Schwester nach.

Ich muss lächeln, wenn ich zurückdenke, und dann huste ich,

um den Schmerz zu vertreiben. Ich erzähle ihnen von der Sonne auf dem Grasboden und vom Wind – irgendwo flatterten immer irgendwelche Fahnen in leuchtenderen Farben, als man sich vorstellen kann. Ich beschreibe die Geräusche – das Wiehern und Bellen und Trompeten der Tiere, das Lachen in den Zelten. Die vielen Sprachen aus allen Ecken der Welt. Den Kanonendonner und das Feuerwerk und das Gefühl von Federn und Pailletten an meiner Wange. Ich schaue Nancy an. Sie war noch dabei, aber sie erinnert sich an nichts.

In dem Jahr, als sie geboren wurde, haben wir den Zirkus verlassen. Mama hat sie im Zelt zur Welt gebracht, irgendwo in der Prärie zwischen Kentucky und Missouri. Papa hat gesagt, Mama war tapfer. Er ging dann mit ihr zurück in die Berge und dort hat er kurz danach dieses Haus gebaut, mit Großpapas Hilfe. Damit sie ihre eigenen vier Wände hatte. Wurzeln hat er es genannt. Aber keiner von uns fühlt sich hier wirklich verwurzelt. Papa nicht und Mama nicht. Und ich auch nicht.

„Was noch?", will Sonja wissen. „Papa, erzähl uns, wie du Mama kennengelernt hast." Mir fällt plötzlich auf, dass sie nicht mehr lispelt. Ich schaue meine Schwestern der Reihe nach an. Und obwohl wir eigentlich gar nicht richtig verwandt sind, hab ich sie alle ins Herz geschlossen, jede einzelne.

„Ich fürchte", sagt Papa und schüttelt den Kopf, „daran kann ich mich nicht erinnern. Es ist schon so lange her, wisst ihr."

„Neeiiin!!!", kommt es wie aus einem Mund.

Priscilla springt auf und rennt zur Truhe unter dem Fenster. Sie kramt darin herum und hüpft dann mit einem Zylinder in der Hand zu ihm zurück.

„Was ist das denn?", fragt er, als sei er wirklich neugierig, und dreht den ramponierten Hut in den Händen. Dieser Hut wird immer zu ihm gehören wie die Fältchen um seine Augen.

„Das", erklärt Priscilla lachend, „das ist, damit du dich erinnerst."

„Oh! Das ist es also?" Er zieht die Stirn kraus, wie nur er es kann. „Und was muss ich damit machen, mein Mädchen?"

„Du musst ihn aufsetzen."

„Ungefähr so?“ Er setzt den Hut schief weit hinten auf den Kopf.

Priscilla muss so lachen, dass sie kaum noch ein „Nein, doch nicht so!“ herausbringt.

„Dann vielleicht so?“ Er schiebt den Hut seitlich etwas vor, stützt sich auf die Ellenbogen und blickt finster um sich.

„Neeiin!“, kreischen meine Schwestern im Chor.

„Oh!“

Und er wirft mir einen Blick zu, der mein Herz zum Tanzen bringt, denn ich weiß, was jetzt kommt.

Er lehnt sich vor, lässt seinen Blick durch den Raum schweifen und meine Schwestern halten den Atem an. Mama sitzt im Schaukelstuhl in der Ecke und lächelt. Ihre Augen strahlen.

„Aber so.“ Langsam zieht er sich den alten Hut etwas schräg in die Stirn, sodass seine Augen im Schatten liegen.

Er ist ein ansehnlicher Mann, mein Papa. Der fescheste, den ich kenne. Ich frage mich manchmal, ob er das weiß, denn immer, wenn er den Hut so aufsetzt, zwinkert er Mama zu, als hätten die beiden ein Geheimnis. Manchmal zieht er sie auf und sagt, deshalb gäbe es sechs von uns, und dann überlegt er, ob es vielleicht auch noch eine Nummer sieben geben könnte. Mama wird dann immer etwas rot.

Und dann kichern meine Schwestern und verdrehen die Augen und Papa lacht so dröhnend wie ein König in seinem Thronsaal.

Mama sagt, er solle sich benehmen, sonst bräuchten wir bald ein größeres Haus.

Sie ist nicht wirklich meine Mutter, das weiß ich. Aber ich nenne sie so, denn für sie bin ich ihre Tochter und dafür liebe ich sie. Papa erzählt mir von Mimi und wie sie war und manchmal träume ich von ihr, obwohl ich sie nicht kenne. Ich sollte jetzt auch erzählen, dass es auch einen Jungen gab. Unseren Bruder. Er wurde noch vor mir geboren. Papa nennt ihn unseren kleinen Prinzen. Er sagt es immer dann, wenn er möchte, dass Mama sich an ihn anlehnt, denn das tut sie dann immer. Und er umarmt sie.

„Oh, jetzt erinnere ich mich.“ Papa seufzt und seine Augen werden blank wie zwei Flusskiesel. „Ich erinnere mich ganz genau, wie es war, als ich dich getroffen habe, meine *schlichte und langweilige Ella.*"

Das Gekicher bringt den ganzen Raum zum Tanzen. Mamas Wangen sind rosig, denn Papa sieht sie an, als wolle er nie wieder wegschauen. Aber er tut es doch und winkt uns alle enger zu sich. Das Licht fällt auf seine Hand und auf die Worte, die darauf stehen. Mit raschelnden Röcken und auf Zehenspitzen drängen wir uns um ihn.

„Es gibt einen besonderen Ort. Einen Ort, wo zwei Welten sich treffen. Hört ihr?" Er lehnt sich in seinem Stuhl vor und legt eine Hand hinters Ohr. „Könnt ihr es hören?"

Meine Schwestern lauschen mit angehaltenem Atem und großen, verwunderten Augen.

„Ich glaube, ich höre es", flüstert Priscilla.

Papa zwinkert ihr zu. „Was du da hörst, Priscilla, das ist der Klang von tausend Gesichtern und tausend Ländern und tausend Geschichten, die nie jemand erzählen wird. Es ist der Ort, an dem aus bunten Farben und aus Staunen die beste Show der Welt entsteht. Das, meine Töchter …"

Ich lächele, denn ich fühle, wie etwas in meinem Herzen lebendig wird.

„Das ist der *Zirkus.*"

Sonja neben mir seufzt. Sie versteht.

Und gleich wird Papa sich vorbeugen, den Hut noch ein wenig mehr in die Stirn ziehen … und er wird uns Geschichten erzählen.